발 이야기 그리고 또다른 상상

HISTOIRE DU PIED ET AUTRES FANTAISIES
by J. M. G. Le Clézio

이 도서의 국립중앙도서관 출판예정도서목록(CIP)은
서지정보유통지원시스템 홈페이지(http://seoji.nl.go.kr)와
국가자료공동목록시스템(http://www.nl.go.kr/kolisnet)에서 이용하실 수 있습니다.
(CIP제어번호: CIP2017013045)

발 이야기 그리고 또다른 상상

Histoire du pied et autres fantaisies

J.M.G. 르 클레지오 소설

정희경 옮김

문학동네

일러두기

1. 주석은 모두 옮긴이주다.
2. 본문 중 고딕체는 원서에서 이탤릭체와 대문자로 강조한 부분이다.

차례

발 이야기

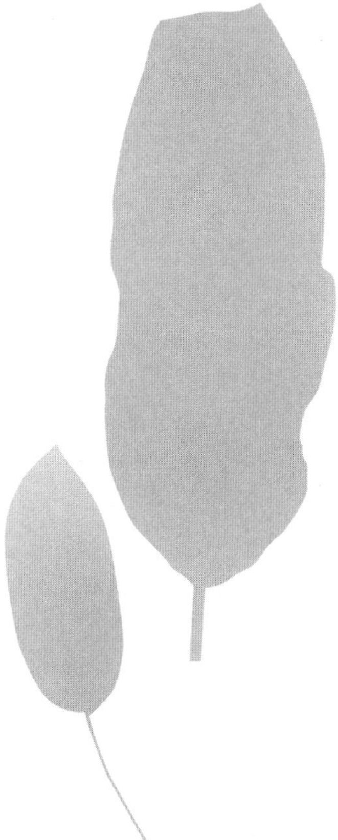

하나

평평하고, 물렁물렁하고, 가운데가 우묵하지만 그렇다고 푹 팬 것은 아닌 거죽.

살짝 쭈글쭈글한.

바다에서 멀지 않은 곳에서 휴식을 취할 때면, 드러누워 있거나 태양을 향해 수직으로 서 있다. 무엇이 양쪽 발의 다섯 발가락을 오므라들게 만드는 걸까? 아니, 실제로는 오므라드는 게 아니라 발가락 사이사이가 쫙 벌어져 부채꼴 모양으로 펼쳐지는 것이지만. 아마도 춥다는 생각이 들어서일지도. 해변으로 밀려와 부서지는 출렁이는 파도 더미 때문에. 파도 소리 때문은 아닐 테지(발이 들을 수나 있겠는가?). 그것은 먼바다에서 불어오는 바람결, 수평선 깊숙한 곳에서 불어와 밀물 때가 되면 해안까지 올라와서는 비키니 차림의 젊은 여인을 스치며 다리를 따라 솜털 하나하나를 곤두세우고, 차가운 손의 살결, 배꼽을 초록색 피어싱으로 장식한 배와 삼각뿔 모양 컵의 브래지어에 감춰진 가슴, 자연스레 뒤로 젖힌 얼굴까지 어루만지는 바람결 때문이다. 두 눈은 감긴 눈꺼풀 아래 뒤집혀 있고 흩날리는 머리카락은 한데 헝클어져 얼굴을 뒤덮을 지경인데, 제멋대로 삐져나온 머리타래 한 가닥이 두 눈 사이에 솟아 있는 코를 두고 이 뺨 저 뺨을 오간다.

하지만 발, 그것이 저를 못 가누는 것은 아니다. 그것은 마치 감시하듯, 저항하듯, 바람과 바다를 마주하고 서 있다. 무엇에게, 누구에게 저항하는 걸까? 모든 근육과 힘줄이 태세를 갖추고 느슨해지는 법 없이 긴장해 있다. 겉보기에 발바닥은 물렁물렁하다. 하지만 안쪽 신경은 팽팽히 당겨져 있고 뼈와 연골은 저마다 제자리에 있다. 쉬지도, 잠들지도 않고서.

이것은 긴 이야기다. 유진이 이 세상에 태어나던 이십육 년 전에 시작되었다. 양수 속에 떠 있는 듯 여전히 부드럽다. 발바닥과 손바닥이 온통 쪼글쪼글하고 빨갛다. 그녀의 어머니는 더할 나위 없이 야들야들한 손가락, 발가락이 모자라거나 남지 않는지 확인하려고 곧바로 세어보았다. 유진이 빨며 잠들던 엄지발가락, 얼굴에 닿도록 접힌 다리, 허벅지를 두른 팔, 마치 포근하고 보드랍고, 아주 뜨겁고 생기 넘치는 분홍색 살덩어리가 똬리를 틀고 있는 것 같았다. 이것은 오래전의 일이다. 이제 유진은 자신의 엄지발가락이 어떤 맛인지 더는 알지 못한다. 멀고도 낯선 이야기가 되어버렸다. 달라진 것이다. 그저 하나의 추억, 어느 날 "넌 연못에 떠 있는 연꽃 잎사귀에 앉아 엄지발가락을 빨고 있는 발라라마를 닮았구나. 크리슈나*의 형 말이다" 하고 말했던 어머니에 대한 추억일 뿐이다. 이제 어머니는 없다. 어머니에 대한 추억은 존재하지 않는 어느 시간으로 그녀를 돌려보낸다. 그것의 이름은 아마도 고독이리라.

궁금한 마음에 그녀는 애인인 마르크에게 자기 엄지발가락을 그의 입속에 넣어보겠다고 했다. "무슨 맛이야?" 마르크는 사랑을 하고 있다. 그는 이상한 이야기, 뻔한 일상에서 일어나는 엉뚱한 말들을 좋아한다. 그는 곰곰 생각하더니 웃는 눈으로 말했다. "우유맛이 나는데." 그는 그녀의 몸 구석구석을 다 맛보고 싶어했지만 유진은 몸을 움츠렸다. 그리고 발가락을 빼냈다. "변태." 그녀는 말했다. 하지만 이유를 설명하고 싶지는 않았다.

* 힌두교 신화에 등장하는 영웅신.

"그렇게 해달라고 한 건 너야." 유진은 그의 입술에 손을 가져갔다. "키스하자, 그게 더 좋아!"

그러니까 그것의 이름은 고독이다. 엄지발가락처럼 혼자이기. 물론 다른 발가락들이 곁에 있고 두 발도 있다. 하지만 그렇다고 해서 고독의 무게가 줄어들지는 않는다. 보지도, 말하지도 못한다. 입으로부터 멀찍이, 영혼으로부터 멀리 떨어져 있으니.

바닥. 흑백의 모자이크 타일을 붙인 기나긴 복도가 시멘트 계단으로 연결된다. 인조 화강암 바닥. 온갖 색깔의 자잘한 육각형 돌들이 박힌 차가운 표면이 반들반들해질 때까지 전기 숫돌로 오래오래 광을 낸 것으로, 스페인에서 들여왔지만 오래전에 한물간 그런 것이다. 예전에는 모서리가 완전히 마모되지 않아 삐죽삐죽한 탓에 맨발로 걸을라치면 거기에 닿지 않으려고 발을 오므려 발가락과 발꿈치로 아치를 만들어 건거나 발바닥 옆면으로 건거나 발꿈치로 걸었다.

"뭐야, 너 꼭 펭귄처럼 걷잖아!"

"유진, 몸을 똑바로 펴고 제대로 걸어야지, 원!"

"애가 평발인가보네. 정형외과에 데려가봐야겠어."

평발. 너무 길고, 납작하고, 굴곡이 부족한 발. 사내아이의 발이다. 학교 다닐 때 여자애들은 우족牛足이라고 했다. 발은 교정이 필요했는데 그러려면 벌을 주어야 했다. 금속 심이 들어간 반장화에 발을 욱여넣어 훈련시키고 길들여야 했다. 하나, 둘. 하나, 둘.

"발끝으로, 유진, 발끝으로!"

널따란 무용실의 니스칠된 미끌미끌한 마루판에는 살짝 거스러미가 나 있다. 칼날처럼 파고드는 타는 듯한 고통이 엄지발가락에 무리를 주고 힘줄을 옥죄고 다리를 타고 엉덩이와 샅까지 올라온다.

"더이상 못하겠어요, 선생님, 너무 아파요."

"자, 자, 우는소리 금물이야, 학생. 하나, 둘. 하나, 둘."

무용 선생님의 기다란 지시봉이 그녀의 엉덩이를 툭, 등도 살짝 툭 친다. 두 발은 전기가 올라 쭉쭉 뻗고 뛰어오르고 날아다닌다!

달리기. 여러 해가 지난 뒤의 달리기. 명사십리라고들 부르는 브르타뉴 지방의 고운 모래 해변, 바람과 썰물에 굳어진 모래사장에서 점점 더 빨리 달리기. 뭍으로 밀려와 회색 반점처럼 널려 있는 해파리와 해초를 뛰어넘으며 점점 더 멀리 달리기. 발은 해변을 날아가고 물웅덩이를 첨벙거려 짭짤하고 뜨듯한 물방울들을 튀겨낸다.

"유진! 유진, 멈춰!"

열여섯 살의 자유로움. 바닥을 차고 뛰어올라 몇 초 동안 공중에서 날기. 춤추기, 뛰어오르기. 마치 바닥이 여기 어디를 디뎌도 충격을 튕겨내기라도 하듯. 시멘트 보도건 아스팔트 도로건. 엄지발가락 아래쪽의 둥그런 부분, 유연하면서도 단단한 피부의 쿠션, 닳아서 매끄러워진 조약돌처럼 동그스름한 뒤꿈치, 그리고 피부 속 예민한 힘줄. 끊임없이 바닥을 딛고, 끊임없이 땅과 접촉하는 이 인생의 거죽, 그 위에 42킬로그램 나가는 여자의 실존의 무게가 고스란히 실려 있다. 패션쇼장, 승마 축제, 의료 기기 전시회, 의학 도서전, 여행 박람회에서 진회색 스리피스 정장 근무복을 입고 넓은 홀에서 안내원의 임무를 수행하고 있는 여자 말이다……

"반드시 굽이 있는 하이힐을 신어야 합니다."

"운동화나 발레 슈즈 같은 단화는 안 돼요."

"발이 드러나지 않는 신발이어야 해요."

다른 여자들의 웃음소리가 들리고, 불평도 들린다.

"내 발, 불쌍한 내 발!"

"신발 때문에 지레 죽겠어!"

"이젠 발에 감각이 없어."

"나막신을 신고 있는 것 같아."

그뒤에는 긴장을 풀어주고 진정시켜주는 더운물 목욕이다. 잠을 자고, 잊기 위해서. 욕조 바닥에서 솟아 있는 엄지발가락, 거품 바다에서 헤엄치는 열 개의 섬이 작은 오리 가족 같다. 예전에, 그녀가 아주 어렸을 때처럼 세어보고 또 세어보는 어머니의 목소리가 들린다.

"하나 둘 셋 넷 다섯…… 그리고 열! 열!" 자개 같은 앙증맞은 발톱이 달린 분홍색 새끼발가락 끝을 집게로 집듯 잡아보면서.

항상 전진하기.

구두 끝으로 바닥 치기, 그리고 가느다란 뒷굽에 체중 싣기. 실습. 첫 수업은 오래전, 유진이 아직 어렸을 때였다. 엄마의 구두를 신었는데 너무 커서 상자를 신고 걷는 것 같았다. 응접실 바닥을 또각또각 울리는 소리를 듣기 위해서였는데 엄마와 아니 숙모, 로베르 할아버지, 다니 할아버지, 자크 삼촌의 박수갈채와 웃음이 쏟아졌다. "진짜 아가씨 같은데!" "너 그렇게 상체 젖히고 걷는 걸 봤구나!" "굉장한걸, 곧 어엿한 숙녀가 되겠어, 등은 꼿꼿이 세우고 엉덩이는 볼록 내밀고!"

하지만 진짜 처음은 그로부터 한참이 지난 후, 어느 파티, 아마 누구의 결혼식 피로연 때였다. 소리가 울리는 넓은 홀, 니스칠이 된 마루판, 베란다, 화환과 화분에 심은 초목들로 꾸민 겨울 정원. 대기는 향긋했고 어디선가 오케스트라가 트로트, 맘보,

차차차를 연주하고 있었다. 유진은 단단한 가죽 하이힐을 꿰신었다. 봄이라 아직 서늘한데도 맨발이었다.

처음이었다. 그녀는 둥둥 떠다니는 기분이었고 대부분의 사람들보다 자신이 더 크고 더 날씬하고 더 고귀한 것처럼 느껴졌다. 하이힐 굽이 12센티미터쯤 됐는데 돌연 바닥이 멀어지면서 가벼워졌다. 처음에는 뒷굽이 바닥에 닿기를 기다리며 아주 조심스럽게 한 발 그리고 또 한 발, 발끝을 바닥에 댔다. 그녀는 춤을 추었다. 이제 그녀의 두 발은 음악의 리듬에 실려 날아올랐고, 뒷굽은 바닥에서 또각거리다가 빙빙 돌 때는 회전축이 되기도 했다. 모든 것이 쉽고 빨라졌다.

"춤을 참 잘 추는데, 아가씨. 나이트클럽에 자주 가나?" 그 허락이 있고 나서 그녀는 주말마다, 방학 때는 심지어 밤마다 거기에 갔었다. 바칼로레아*는 아직 멀었다. 그녀의 진짜 삶을 개시하는 모험, 그녀를 한 사람의 여인으로, 더는 소심하고 의존적인 아이가 아니라 진정한 여인으로 만들어주는 모험, 그것이 가장 급한 일, 최우선으로 해야 할 일이었다. 이젠 탱고나 트로트 따위의 춤이 아니라, 베이스기타와 드럼의 비트를 타고, 동맥에서 고동치는 심장박동의 리듬에 가까운, 숨막힐 듯 긴박감을 주는

* 프랑스의 대학 입학 자격시험.

기계적인 리듬의 격렬하고 야성적인 춤이었다. 힘줄과 장딴지 근육과 엉덩이 근육이 펌프질하는 피가 밑에서 위로 솟구쳤다. 피가 얼굴로 올라와 머리 꼭대기에 이르자 빰이 활활 타고 머리가 취한 듯 빙빙 돌았다. 하지만 그것은 바닥, 빛을 발하는 댄스 플로어에서 올라오는 피, 발바닥에서 올라오는 피였다. 바닥은 물결치면서 그녀의 발을 때렸고, 그녀가 온몸으로 연주하는 소리 없는 박자는 숨겨진 음악을 해방시켰다. "예쁘다, 춤꾼처럼 추는구나, 넌 섹시해, 저것 좀 봐, 네가 춤을 추면 남자애들 모두가 너를 원한다니까!" 그녀의 귀에는 들리지 않았다. 그녀는 누가 접근하는 걸 원치 않았다. 무도장에서 사내애들은 항상 뒤에서 슬쩍 다가와 스치듯 지나가면서 그녀를 만지려 하고 그녀의 엉덩이에 자기들 물건을 비벼대는 짓궂은 장난을 쳤다. 유진이 질색하면서 손으로 사내애들의 가슴을 툭 밀쳐낼라치면 그들 티셔츠를 흠뻑 적신 땀이 느껴졌다. 엉큼하고 한심한 그들은 겁먹은 강아지처럼 잠깐 멀어졌다가 다시 다가왔다.

그녀의 맨다리, 온몸의 탄탄한 근육, 홀쭉한 배, 눈과 같은 색깔인 초록 사과색 장신구로 피어싱을 한 배꼽. 그녀는 녹초가 되어 신경이 곤두선 흥분 상태로 새벽 네시에 집에 들어와 옷도 벗지 않고 침대에 몸을 던졌다. 수업 전까지 잘 수 있는 시간은 딱 네 시간뿐인데, 내일의 심리학 수업, 그다음엔 커머셜 잉글리시,

수학 시간 조금, 알 게 뭐람. 그런 것 따윈 생각조차 하지 않았다. 신발을 벗은 발바닥에선 통증이 느껴지고 발가락들은 부채 모양으로 펼쳐져 있다. 아직도 음악의 여운이 남아 힘줄이 떨려오고, 사그라지지 않는 흥분의 뿌리가 뒤꿈치의 굳은살, 발가락 관절, 발톱을 통해 그녀 밖으로 미끄러지듯 사라졌다.

그해는 그녀의 어머니가 췌장암 진단을 받은 지 채 석 달도 안 되어 병원에서 숨을 거둔 해였다. 어머니는 불교 신자였으므로 먼저 화장을 한 다음 빌쥐프의 작은 묘지에 묻었다. 아버지는 세계 일주라도 떠났는지, 영영 돌아오지 않았다.

유진은 이제 그것 없이는 지낼 수 없었다. 그녀는 12센티미터 굽에 올라서서 발가락 끝으로 몸을 지탱한 채 달리고 뛰어오르고 걷고 기다릴 줄 알았다. 그녀는 모든 것, 그렇다, 모든 것을 할 수 있었다. 당시 사귀던 남자친구 벤은 조금 놀리는 투로 말했다. "너희 여자들은 그 위에서 어떻게 균형을 잡으시나?" 그는 허구한 날 운동화만 신었는데 잠수부가 신는 반장화처럼 생긴, 빨갛고 흰 물건이었다. 그는 키가 그녀의 어깨 정도에 닿았다. "그게 네 말마따나 우리 여자들이 가장 잘하는 일이지, 몰랐단 말이야?"

지하철 안, 늘 그렇듯이 수업 시간에 늦고, 사장, 향수업자, 화장품업자 같은 귀빈의 공항 영접에 늦었다. 그녀는 계단을 내려갔다가 두 칸씩 되올라오고, 뒷굽이 계단 턱에 걸리기도 하고, 젖은 보도블럭 위를 뛰어가고, 금이 간 차도를 가로지르고, 자갈투성이 공사판을 달리기도 했다. 하지만 그녀는 푹신한 깔개를 좋아하지 않았고, 때로는 배수구 망에 발이 걸리기도 했으며, 바닥에 격자형 깔판이 깔린 테라스와는 상극이었다. 고용주들은 그녀를 총애해서 너그럽게 봐주었다. 그녀가 유럽과 아시아계 혼혈이라 연한 색 머리카락에 눈꼬리가 치켜올라가고 또 칡넝쿨처럼 호리호리했기 때문이다. 그건 전시회에서 통하는 외모여서, 그들은 몸에 꼭 끼는 검은 원피스가 그녀에게 잘 어울린다고 말하곤 했다. "네가 왜 뽑혔는지 알아, 응? 예쁘기 때문이야, 그렇다니까. 하지만 아무리 그래도 지각해도 괜찮다는 건 아니지."

매일 아침. 잠자리에서 일어나, 차가운 타일 바닥에 발 딛기. 잠(사랑, 꿈)을 깬 다음. "안녕!" 첫 접촉의 놀라움. 바닥 위에서 오므라드는 발가락들. 걷기. "발뒤꿈치로 걷네!" 틀림없이 노처녀일 그 노파가 하는 말. 그곳은 유진의 첫 아파트, 엘리베이터도 없는 육층의 단칸 아파트였지만 더이상 누구에게 대꾸할 필요도, 남동생의 짓궂은 장난이나 아버지의 지청구를 견뎌낼 필요도 없이 자유를 만끽할 수 있어 너무 좋았다. 하지만 바로 아래 오층에 사는 노파—언제나 저기압에 볼썽사나운 차림새, 성생활이나 할까 싶은 문학 선생. 노파는 자기 집 문 뒤에서 기다리고 있다가 유진이 지나가면 불러 세워서 말라비틀어진 팔로 길을 막으며 얼음장 같은 손가락 끝으로 유진을 만졌다. "잠깐만, 아가씨!" 다갈색으로 물들인 머리카락, 입가에 난 물집처럼 툭 불거진 회색 눈, 빼빼 마른 몸골에 작달막한 키인데도 조금 무섭다. "내가 충고 하나 하고 싶은데." 여러 해 동안 유진은 여자 선생을 두려워한 적이 없었지만, 분명 두Doux* 선생이 다시 생각났다. 그 여선생은 '두'라는 이름과 어울리지 않게 심술궂고, 교활하고, 신랄했다. 점수를 짜게 주었고, 자로 손바닥을 때렸으며, 손가락을 갈고리 모양으로 구부려 여자애들의 머리채를 잡고 아주 천천히 쥐어뜯으며 여자애들이 우는 소리를 내면 생쥐 소리같이 히!히!히! 하며 웃곤 했다.

"이봐, 아가씨는 자기가 발뒤꿈치로 걷는다는 거 알아요?" 유진이 대답할 틈도 주지 않고 노파는 계속 말했다. "아가씨를 보면 말이지, 몸이 아주 날래서, 저 뭣이냐, 날개 달린 진짜 공기의 요정이 아닐까 싶을 정도라우, 살랑! 살랑! 하지만 바로 아래층에 사는 사람에겐 쿵! 쿵! 코끼리가 따로 없다니까! 발뒤꿈치로

* 프랑스어로 '상냥한' '다정한'이라는 뜻.

디디며 걸으니 원, 그러니 바닥이 울리지! 쿵쾅거리지! 발에 쟁기라도 달았나!" 유진은 달아나 계단을 네 칸씩 내려가는데 난간이 흔들렸다. 두 선생의 날카로운 목소리가 그녀를 뒤쫓아와서 따라잡았다. "발뒤꿈치! 뒤꿈치로 걷는다고! 뒤꿈치로!"

그래서 유진은 슬리퍼조차 소음을 냈기에 맨발로 살아야만 했다. 천천히 발바닥 펴기, 먼저 발가락을, 그리고 뒤꿈치를 살살 딛기, 사-알-살!

사랑, 그건 예기치 못한, 뜻밖의 일이었다.

그녀는 더이상 사랑을 믿지 않으면서도 사뮈엘을 만났다. 그건 쉽지 않은 일이었다. 그는 그녀가 단골로 드나드는 스시 바, 클럽, 식당 같은 장소에 가지 않았다. 그는 춤을 추지 않았다. 노래방도 좋아하지 않았다. 그는 단순한 것을 좋아했고, 자기 입으로도 그렇게 말했다. 강변이나 예인로에서의 산책. 수영장, 하지만 아이들이 없는 저녁때. 그는 특히 연꽃 문양의 모자이크로 장식된 작은 발코니가 딸려 있고 파란색이 아니라 초록색 타일이 붙은 벨에포크 시대풍의 수영장을 좋아했다. 묘하게 구식인 수영장을.

거기가 첫 만남의 장소였다. 그녀는 물에 젖어 차가운 초록 타일의 감촉, 발 씻는 물때 낀 통, 서늘한 물속에 잠겨 있던 반달 모양 계단의 디딤돌들을 결코 잊지 못하리라. 때는 초여름, 6월이었다. 밖은 후텁지근하고 비가 내리고 있었다. 지붕창들을 타고 빗물이 흐르고, 수영장 조명이 시멘트 들보에서 반짝이는 별이 되었다. 아홉 개의 별, 그녀는 배영으로 미끄러지면서 별들을 세어보았다. 고무 수영모("여기선 의무야, 위생 문제에 철저하거든." 사뮈엘이 딱 잘라 말했다) 때문에 귀가 먹먹했다. 사뮈엘은 금지 사항이라면 모두 존중했고 규칙은 글자 그대로 철저하게 지켰다. 그런 사람이었다. 처음에는 몹시 섬세했다. "미안하지만, 아가씨……" 그는 뭐든 양해를 구했다. 유진의 손을 잡거나 가슴을 살짝 건드려보기 위해서도. 사적인 질문을 하거나 질문에 대답하지 않기 위해서도. "미안하지만, 지금 당장 그 얘길 할 수는 없을 것 같아요." 그는 스무 살 때 애인이 있었다. 그는 시선을 피하며 고백했더랬다. "그 사람 게이 아냐?" 유진의 직장 동료 마도가 곰곰 생각하고 내린 결론이었다. 그래서 실컷 웃었다. 그는 발이 아주 크고 길었다. 키도 매우 컸다. 2미터쯤? 유진은 언제나 키 큰 남자들이 좋았다. 길고 홀쭉하며 가운뎃발가락이 다른 발가락들보다 긴 발, 이런 발을 이집트인 발이라고 부르던가? 유진은 금세 그의 발을 사랑하게 되었다. 물론 그는 그런 줄도 몰랐다. 유진은 그렇게 바보 같은 얘길 털어놓느니 차라리 죽고 말았을 것이다. 유진은 자신의 발을 증오했다. 너무 평평한 모양새며 창백한 색깔이 싫고, 뭉툭한 발가락도 싫었다. 유진은 자기 발에 대해 얘기하는 것을 처음 들었을 때가 생각났다. 강변에서 열린 여름 캠프 때 여자애들과 함께 있었는데, 날이 더운데도 아무도 수영복을 가져오지 않았다. 그녀는 찬물에 발을 담그려고 바지를 걷어올렸다. 지도교사가 왔다가 유진에게 말했다. "어머나, 왕발가락 아가씨네?" 유진이 그 말을 이해하는 데는 일이 분이 걸렸지만 다른 여자애들은 벌써 알아듣고 따라했다. "왕발가락 아가씨! 왕발가락 아가씨!" 어째서 유진은 잊지 못했을까? 싸워보려고도 했다. 발목 양말에 앞뒤가 막힌 샌들을 신었고, 아프다는 둥 살이 쓸린다는 둥 둘러대며 플립플롭이나 슬리퍼는 절대 신지 않았다. 그뒤 발톱을 선명한 빨강으로 칠하는 습관이 생겼다. 발가락이 굵어서 어차피 눈에 띌 거, 뭐! 그러다가 이제 그런 건 아무래도 좋았다.

사뮈엘은 첫 키스를 한 뒤 사과했다. 사랑을 나눈 다음에도 사과했다. 다른 사람들처럼 "좋았어?" 하고 묻는 대신 "내가 아프게 한 건 아니지?" 하고 소심하게 말했다. 그게 우스우면서도 유진은 감동했다. 그와 함께하면 모든 것이 전혀 달랐다.

나중에 그녀는 새로운 사실을 깨달았다. "세상에, 그는 예술가의 발을 가졌다니까!" 아마 그것이 모든 것을 설명할 수도 있으리라. 피아니스트에 대해 말할 때 그의 손이 피아노 연주를 위해 만들어졌다고 하는 게 당연하듯. 그런 생각을 하면서 그녀는 미소 지었다.

그의 피부는 거무스름한 갈색에 전체적으로 털이 거의 없었다. 그녀는 발가락과 발등에 털이 나고 팔뚝에도 긴 털이 숭숭 난 남자는 질색이었다! 어떤 변명도 있을 수 없었다! 남자다움에 대한 엉뚱한 생각. 사뮈엘, 그는 남자다웠다. 키가 매우 크고 힘도 아주 세고 더없이 다정했다. 굵은 두 다리는 탄탄해서 조각상처럼 안정감이 있었다. 느긋하고 차분한 그가 사람들 무리에 섞여 있을 때면 머리 하나가 위로 솟아 있었는데 항상 몸을 좀 숙여 귀를 기울이고 말은 많이 하지 않았다. 그는 결코 화내는 법이 없었다. 단 한 번 예외가 있었는데, 그가 은행에서 일할 때 괴팍한 부장이 갑자기 사뮈엘이 시기심이 많다느니 화를 잘 낸다느니 하며 미워했을 때였다. 사뮈엘은 개의치 않았다. 그가 뭐라고 하건 내버려두었고, 계속해봐, 내가 어디 꿈쩍이나 하나, 하는 식의 빈정거리는 미소를 살짝 지었을 뿐이다. 그 부장은 사무실 여직원 중 행동이 좀 굼뜬 아가씨에게 못되게 굴었다. 그가 여직원을 모욕해 울리자 사뮈엘이 끼어들었다. "그녀에게 그런 식으로 말씀하시면 안 되죠!" 잠시 후 그는 부장의 사무실로 호출당했다. 부장은 널따란 책상 뒤 사장님용 안락의자에 앉아 사뮈엘에게 손짓으로 의자 하나를 가리켰는데 그것은 여느 의자가 아니라 바닥에 거의 닿을 정도로 낮고, 팔걸이도 등받이도 없는 발받침 같은 의자였다. 사뮈엘이 지시를 무시하고 그대로 서 있자, 마침내 당황한 부장이 짧은 두 팔을 약간 벌리고 우스꽝스러운 어깻짓으로 위협하며 사뮈엘 쪽으로 걸어왔다. 마치 키가 커 보이게 하려는 듯 짤막한 다리로 버티고 섰지만 신발 뒷굽이 있는데도 그의 키는 사뮈엘의 가슴께에도 닿지 않았다. 그는 알아들을 수 없는 말을 얼버무렸다. 말문이 막혀버린 것이다. 결국 그는 이렇게 결론을 내렸다. "이번엔 여기까지 하지."

사뮈엘은 이 장면을 들려줄 때 조금 거만한, 의기양양한 미소를 살짝 지었다. 큰 키가 자신에게 우월함을 부여한다는 듯, 그게 무슨 관련이라도 있는 듯 생각하는 거만함이 그대로 드러나는 그의 모습을 눈앞에서 보니 유진은 웃음이 났다. 동시에 그와 함께, 그렇게 키가 크고 아무도 두려워하지 않는 누군가와 함께 있다는 사실에 안심이 되었다. 그토록 단순한 누군가와. 그녀는 너무 작고 연약해서 자신의 머리 무게조차 지탱하기가 버거워 보일 정도였다! 그래도 유진은 그를 놀리는 즐거움을 마다할 수 없었다. "정말 낭만적이야! 은행에서 가여운 아가씨의 편을 들어주는 신사라니!" 그녀는 덧붙였다. "그래도 그 여자가 예쁘장했나보지?" 사뮈엘은 차가운 시선을 던졌는데, 그런 야유는 받아들일 수 없다는 의미였다. 하지만 그녀는 그에게 몸을 밀착하고 넓은 가슴에 머리를 기댔다. "아이, 농담이야, 내가 자기를 얼마나 자랑스러워하는데." 그가 투덜거렸다. "난 그게 아니라, 에이, 빌어먹을! 넌 정말 짜증나!" 그런데 그의 심장 뛰는 소리, 느리고 깊은 울림에 귀를 기울이자 그녀는 그 거대한 심장 옆에서 자신의 심장은 방울이 딸랑거리듯 전속력으로 요동치는 것 같았다. 그녀는 이 심장은 내 거야, 나를 위해 뛰고 있어, 하고 생각했지만 그에게 말로 할 수는 없었다. 그는 그런 얘기 듣는 것을 좋아하지 않았을 테고, 그 자신은 누구의 것도 아니라고 믿게 만들고 싶어했으므로.

그녀는 더 가뿐해졌다. 상상해본 적도 없는 일이었다. 법대 수업이 끝나고 거리를 걷고 있는데, 모두가 투덜거렸다. 날씨는 덥고 비는 오고, 차도는 혼잡하고, 보도에는 사람이 너무 많았다. 강의는 지루했다. 공법 교수는 느릿느릿한 투로 우물거렸고, 서푼짜리 농담에, 단조로운 목소리로 강의 노트를 읽으면서 고개를 숙이는 투며, 무거운 입김 같은 권태가 대기에 떠다녔다…… 그런데 유진, 그녀는 달리고 싶고 춤추고 싶었다. "무슨 일이야? 너 정말 컨디션이 좋아 보이는데!" 친구 미샤가 비꼬는 투로 그녀를 쳐다보았다. 웃기는 일 아닌가? 이 모든 것이 육 개월 전에는 알지도 못했던 한 남자 때문이라니. 알지도 못하는 사이에 그가 그녀의 인생으로 들어와 모든 것을 바꾸어놓았단 말인가? 이제는 권태도 슬픔도 없는 걸까? 그녀는 따져보고 싶었다. "아냐, 이건 바로 존재한다는 행복감이야, 다른 어떤 것도 아니라고—이건 특이해, 새롭다고! 그러면 이제 우리는 죽지도 않고 아프지도 않고, 만사형통인 건가?—그냥 짧은 한순간의 망각, 중간 휴식, 심한 변덕이라고 해두자—결국 이기적인 행복이란 말인가?—원한다면, 이기적인 사람이 안 되려면 바보가 되어야 해."

이건 이성적으로 생각할 수가 없다. 바닥에 탄성이 생기더니 수백만 개의 작은 용수철과 거품이 튀어오르고 관절 마디마디가 뜨거워지면서, 전류가 다리와 팔을 지나 온몸을 관통한다. 그녀는 걸으면서 자유를 느껴보려고 손가락 마디를 오므렸다 폈다 해보고 사람들에게 미소 짓지만 사람들은 그녀가 제정신이 아니라고 생각한다.

그녀는 깜짝 놀랐다. 그렇다면 이게 사랑이란 말인가? 머리 위에 후광이 떠오른 것처럼, 등에 보이지 않는 등딱지가 있는 것처럼 그녀는 매우 안전하다고 느꼈고, 내심 자신이 무적이라고 여겨졌다. 미끄러지듯, 그녀는 춤을 추었다.

그녀는 딴생각 없이 약속 장소에 나갔다. 사뮈엘은 확실한 것, 정해진 것은 아무것도 원하지 않았다. 그는 이렇게 말하곤 했다. "좋아, 내가 전화할게, 응?" 그는 절대로 자기 전화번호를 알려주지 않았다. 휴대전화는 없고 직장, 즉 은행 전화번호뿐인데 그리로 전화하는 건 말도 안 되는 일이라고 했다. 직장 뒤에, 부모 뒤에 숨고 싶은 모양이었다. 그가 유진에게 어머니 이야기를 조금 들려주기를, 연약한 여인인 어머니는 아버지가 병석에 누운 뒤로는 자기만 바라본다고 했다. 그들은 같은 건물, 같은 층에 살고 있었다. 그가 밤늦게 들어오기라도 하면 어머니는 경찰서와 병원에 전화를 해댔다. 그건 서른다섯 살 먹은 남자에겐 좀 어처구니없는 일이었지만 유진은 동시에 그 어머니의 자식 사랑에 감동하기도 했다. 유진에겐 아무도 없었다. 어머니는 죽었고, 아버지는 멀리 떠나버렸고, 다른 곳에 있는 남동생과는 별로 볼 일이 없었다. 그녀가 홀가분하고 자유롭다고 느낀 건 그 때문일 수도 있었다. 사랑은 거센 바람이었고 그녀는 풀잎 하프처럼 울리고, 물레방아처럼 돌고, 자신의 중심에서 고삐가 풀린 이 움직임, 명치의 현기증, 돌면서 진동하는 축을 느끼는 자유를 만끽했다. 그녀의 발밑에서 바닥이 탄성을 얻고 반향하고 주름이나 구멍 하나 없이 팽팽히 당겨진 것은 바로 이 때문이었다.

이제는 거리에서 사람들이 그녀를 바라보았다. 그녀는 일터, 학교, 상점에서 자신이 사람들의 시선을 끈다는 것을 의식했다. 얼마 전이라면 창피하다고 생각했을 것이다. 뭐가 문제인지 알아내려 하고, 머리카락으로 얼굴을 감추고, 모자챙을 푹 내려 썼을 것이다. 하지만 이제는 사뮈엘을 만나러 달려나가거나 그의 생각에 빠져 있느라 사람들의 시선에는 아랑곳하지 않았다. 그녀는 빛의 후광 안에서 어떤 오라의 보호를 받고 있는 느낌이었다. 사랑하는 사람의 얼굴, 갈색 눈이 뿜어내는 광채, 눈썹에서 코로 이어지는 선, 입술의 완벽한 윤곽선이 떠올랐다.

단장할 필요도 없었다. 그녀는 항시 준비되어 있어서, 전화기가 진동하고 화면에 모르는 번호가 뜨면 그게 사뮈엘이라는 것을 알았다. 그녀는 방크 거리로, 허튼소리를 늘어놓는 늙은이들과 전자오락에 빠져 머저리가 된 젊은이들이 허구한 날 죽치고 있는 건너편 카페로 달려나갔다. 그녀가 기다리면 그가 왔다. 그는 카페 안으로 들어와 눈으로 그녀를 찾았는데, 그 모습을 보면 그녀는 웃음이 나왔다. 오직 그에게만 보이지 않는지, 그녀를 알아보지 못했기에 자리에서 일어나 손짓해야만 했다. 그는 서둘러 블랙커피를 마시고 함께 밖으로 나와 그녀의 집으로 갔다. 그는 둘이 함께 걷는 모습을 들키기 싫어서 아무 말 없이 조금 뒤떨어져 걸었다. 그녀는 그가 손 잡아주고 감싸안아주면 얼마나 좋을까 하고 생각했다. 그러나 그는 자기 규칙을 강요했다. "여긴 내 직장이 있는 구역이고, 사람들이 험담하거나 하는 게 싫거든, 이해하지?" 처음에 그녀는 기분이 상해서 심한 말을 쏘아주고 싶었다. "창피하구나?" 하고 말했는지도 모르겠다. 하지만 그는 절대로 물러서지 않았다. 그녀는 그에게 규칙이 있고 다른 사내애들처럼 될 대로 되라 식으로 굴지 않아서 정말 좋았다. 그녀는 그걸 일종의 게임으로 간주했다. 더구나 어느 날 그는 칭찬처럼 이렇게 말했다. "넌 내가 만든 게임을 정말 잘해." 이유는 알 수 없었지만 그녀는 기뻤다.

그녀를 사로잡은 것은 일종의 회오리바람이었다. 그녀는 이처럼 흔들리는 감정이 너무 좋아서 자유를 박탈당하고 있다는 사실조차 더이상 느끼지 못했다. 명예도 자존심도 아무것도 중요하지 않았다. 이러한 감정 곁에 있는 것은 오직 허영심뿐이었다.

불쾌한 충고, 어그러진 약속, 냉정한 침묵, 또 무슨 사소한 일로 기분이 잠시 침울해질 때도 그녀의 몸과 마음은 그런 것에 연연하지 않았다. 그녀의 발은 훨훨 날아올라 방크 거리까지, 건너편 카페까지 달려가도록 그녀를 이끌었다. 그녀는 지치지도 않고, 숨 돌릴 새도 없이, 등에 멘 배낭에 든 책의 무게도 추위도 비도 목마름도 느끼지 못한 채 학교와 도시의 다른 쪽을 잇는 길을 주파했다. 전화기가 세 번 진동하다 그치면, 귀에 거슬리는 그 작은 소음이 그녀의 몸에 바람을 일으켜 풍차 날개를 다시 작동시켰다.

어떤 날은 사뮈엘이 카페에서 자기가 먹을 메뉴만 골랐다. 때낀 메뉴판을 찬찬히 들여다보고 참치샐러드, 사과파이 그리고 어김없이 진한 커피를 시키고는 마치 깜박했다는 듯 유진에게 눈짓으로 묻곤 했다. 하지만 그녀는 배고프지도 갈증이 나지도 않았다. 그를 바라보는 것만으로도 배가 불렀다. 그녀는 그를 먹고 마셨던 것이다. 그녀를 에워싼 후광, 그녀의 몸에서 빛을 내는 전류, 검은 머리카락의 광채, 그 모든 것을 알아보지 못하는 것은 사뮈엘뿐이었다. 구역질까지도.

그녀가 "속이 울렁거려"라고 말하면 그는 그 말을 곧이곧대로 듣고 "그럼 들어가서 쉬는 게 낫겠어?" 하고 물었다. 그녀는 꾹 참고 "아냐, 아냐, 괜찮아질 거야"라고 대답했다. 그가 되돌아가 버릴지도 모른다는 생각에 현기증이 났던 것이다.

유진은 자신이 할 수 있으리라고는 생각지도 못했던 일을 했다. 사뮈엘하고 호텔에 간 것이다, 그것도 여러 번. 그것은 한심하고 형편없는 짓이었다. 하지만 그는 그런 걸 좋아하는 것 같았다. 그는 말했다. "내가 네 집에 갈 수는 없잖아." 유진은 이유를 묻지 않았다. 어쨌든 그는 대답하지 않았을 테니까. 어차피 대답을 듣지 못하리라는 것을 그녀가 알게끔 그렇게 그가 행동한 것인지도.

사랑을 나눌 때 그는 다른 사람이 되었다. 다정하고, 상냥하고 친절했다. 그녀는 옷을 걸치지 않은 그의 커다란 몸, 자신과 마찬가지로 혼혈인 가무잡잡한 피부를 바라보고 살냄새를 맡는 게 좋았다. 그 체취, 언제나 그 냄새를 알고 있었고 기다려온 것 같았다. 그녀는 그와 헤어진 뒤에도 그의 존재를 느낄 수 있도록 그의 체취가 자기 몸에 배어들게 했다. 조악한 호텔방(침대 앞의 대형 거울, 콘돔 자판기, 싸구려 향내가 나는 비누, 크림, 바셀린, 종이 타월 등의 용품, 성인 채널이 나오는 텔레비전)에서조차 그녀는 닥쳐올 나날을 위해, 부재로의 긴 여행을 준비하기 위해 광채와 빛과 아름다움을 그러모았다.

그러자 삶이 홀가분해지고 모험처럼 여겨졌다. 유진(거의 언제나 하얀 남자 셔츠에 청바지를 입고 굽 높은 샌들을 신는 그녀를 사뮈엘은 '진'이라고 불렀다. 하루는 그가 그건 남자에게 가장 도발적인 옷차림이라고 말했다)은 겉모습도 바꾸고 천성도 바꾸었다. 그녀는 평소에 얼음장같이 차던 두 발이 따뜻해져 있음을 발견했다. 그녀는 그에게 알려주었다. "만져봐, 이젠 발이 차지 않아!" 그는 대수롭지 않게 여겼다. "나도 발이 차지 않은데!" "자기야 항상 발이 뜨겁지, 남자는 원래 발이 뜨겁고 여자는 차거든, 그걸 몰랐단 말이야?" 그는 어깨를 으쓱했다. "그걸 말이라고. 내가 알기로 발이 뜨거운 여자들도 있는걸." 그녀가 말을 막았다. "아, 그러셔? 그 여자들이 누군데, 응?" 그녀는 웃으며 분한 척했지만, 사실은 그럴 때마다 심장을 쥐어뜯는 괴로움과 함께 자신을 환상에서 끌어내 현실로, 고독으로 되돌려보내는 경종이 울리는 것을 느꼈다. 그렇다면 이건 질투심일까? 무슨 말도 안 되는 일이람?

하지만 그들의 발이 서로 얽히고, 그의 넓은 근육질의 발바닥이 허벅지 사이로 파고들면, 그녀는 쾌감에 몸을 떨었다.

사랑을 나누고 하룻밤이 지난 뒤에도 믿을 수 없을 정도로 긴 순간들이 있었다. 그는 좀 거칠다 싶은 욕정으로 그녀의 온몸 구석구석을 만지고 맛보고 싶어했으며, 포경수술을 한 발기한 성기로 말없이 그녀의 온몸을 애무했다. 그리고 그녀의 몸밖에다 사정을 한 뒤에는—얼마 전부터 그는 콘돔을 사용하지 않았다—바로 곯아떨어졌다. 입을 위로 한 채 큰 코 때문인지 코까지 조금 골았다. 유진은 그가 미웠는지도 모른다. 하지만 그의 체온을 빼앗아 자신의 깊숙한 곳에 담아두기 위해, 그의 커다란 몸을 둥글게 감싼 채 잠에 빠져들었다. 그것은 그녀의 양식이요 숨결이었다. 그래서 그녀가 잠에서 깨어 가장 먼저 하는 일은 사뮈엘이 아직 침대에 있는지 확인하기 위해 옆자리를 더듬어보는 일이었다. 그녀는 눈도 뜨지 않고 그를 찾아 그의 가슴에 팔을 두른 채 다시 잠에 빠졌다.

새벽 여명 속에서 그들은 가만히, 조용히 매트리스에 누워 있었다. 그는 아직 자고 있었지만 선잠이 든 상태였고 그녀는 반쯤 깨어 있었다. 그들의 발은 가만히 놓여 있었다. 발바닥의 우묵한 부분이 주글주글하고 발가락을 벌린 사뮈엘의 발은 모로 누워 있고, 시트에서 빠져나온 유진의 발은 간질이는 햇살을 더 잘 받으려고, 뜻밖의 꿈들을 붙잡으려고 똑바로 서서 발가락들을 쳐들고 있었다. 세상 그 무엇도 이 연인들을 방해하거나 이들의 휴식을 깨뜨릴 수 없었다. 그것은 사고思考도 예지叡智도 없는 무한에서 끌어낸 시간이었다. 바깥세상, 흰색 스투코를 바른 호텔 정면을 에워싼 거리와 도로에서는 통탕거리는 소리가 다시 시작되었다. 물림 장치가 덜컹거리는 쓰레기 수거 차량, 압축공기를 내뿜는 버스들이 마구 눌러대는 경적음, 긁는 소리, 삐걱거리는 소리, 덜그럭거리는 소리. 그리고 그들의 방 천장에서는 마치 수면에 빛이 반사되듯 자동차의 후진 등이 깜박거렸고, 멀리서 통풍구를 타고 땅에서 조금씩 조금씩 빠져나오는 부드러운 소음, 시내에 가장 먼저 도착한 교외 거주자들이 내는 소리, 주차할 곳을 찾아 우왕좌왕 헤매는 자동차들의 소리가 비현실적으로 들려왔다. 멀리서, 좀더 멀리서는 찬송가 같기도 하고 기도 같기도 하고 부엌에서 저절로 켜진 알람 라디오 소리 같기도 한 소리가 들려왔다. 그러나 대리석 조각처럼 희어서 흡사 시체와도 같은 매트리스 위의 발들은 고요하고 조금은 장엄하게, 잠시 동안 여전히 꼼짝도 하지 않았다.

둘

그녀는 절대로 싫증내는 법이 없었다. 늘 정신을 바짝 차리고 만반의 준비가 되어 있었다.

수업이 끝나고 나오면서 친구 리타는 "그 사람이 널 걷게 만드는구나" 하며 알은체를 했다. 유진은 그 말에 웃음이 나왔다. 맞아, 바로 그렇다니까 하고 생각했다. 사뮈엘은 그녀를 걷게 만들었다. 그녀는 삶의 모든 조각을 꿰맞추기 위해, 매일매일 집에서 법과대학으로, 법과대학에서 방크 거리로, 그리고 호텔로(대개 메르보라는 이름의 호텔이었는데 그 이유는 아무도 알 수 없을 것이다) 여러 곳을 전전했다. 그러다 사뮈엘이 자기 부모님 집으로 돌아가면, 무작정 정처 없이 발길 닿는 대로, 가서는 안 되는 곳, 음산하고 위험한 재해 구역까지 멀리멀리 거리를 쏘다녔다.

하지만 유진은 아무것도 두렵지 않았다. 제자리에 머무르지 말고 오직 밖으로 나가 불빛과 섬광과 네온사인이 수놓인 밤거리를 걸어야만 했다.

그해 여름, 그녀는 뭔가 이상하고 새로운 것을 느꼈다. 그녀 안에 자리잡고 커져가는 공허함. 며칠 전 자신이 임신했음을 알았기에 그건 이상한 일이었다. 그녀는 심지어 그 일이 어떻게 벌어졌는지도 정확히 알고 있었다. 그들은 차를 타고 억새밭 한가운데로 난 흙길을 따라 멀리 시골로 가서 어둠이 내리는 동안 차 안에서 사랑을 나누었다. 그녀는 자기에게 콘돔 상자가 없다는 것을 깨달았다. 그는 절대로 그걸 챙기는 법이 없었다. 그가 그녀 안에 자신을 쏟아냈을 때, 그녀는 뭔가 다른 것, 곧바로 근심이 뒤따르는 일종의 확신을 느꼈다. 목덜미에서부터 발바닥까지 관통하는 전율. 나중에 그녀는 그에게 그 얘기를 하고 싶었지만 어떻게 해야 할지 알지 못했다. 어떤 말로 그런 종류의 일을 전하는지조차 알지 못했다. "있지, 실은, 자기 모르지? 내가 임신한 거." 또는 짐짓 명랑한 목소리로 "자기야, 난 너무 행복해!……" 아니면 극적으로 "나 사랑해? 난 정말 자기가 날 사랑했으면 하는데……"

피곤함. 그녀는 거리로 나가자마자 현기증이 나서 비틀거리면서 벽에 몸을 기댔다. 두 발은 유진이 추가된 무게를 지탱해야 한다는 것을 벌써 알고 있다는 듯 약간 팔자로 벌어졌고, 소위 오리걸음으로 바닥을 타박타박 디뎠다. 그래서 유진은 하이힐 대신 납작한 발레 슈즈 같은 단화나 테니스화로, 대개는 해변용 샌들을 신었다. 단단하고 견고한 땅의 감촉을 발밑에서 느껴야 했다.

또한 깊이 고민해보지도 않고 담배를 끊었다. 사뮈엘은 깜짝 놀랐다. "아, 그래? 왜 그런 결심을 했지?" 그는 계속해서 태연하게 담뱃불을 붙여댔고, 사실 설명을 듣고 싶은 생각도 없었다. 그녀는 그 기회를 잡아 이유를 설명할 수도 있었지만 그렇게 하지 않았다. 그녀가 담배를 피우건 말건 그는 괘념치 않을 것이므로. 시도는 해보았다. "나랑 같이 좀 끊어보고 싶지 않아? 그러면 내가 견디는 데 도움이 될 텐데." 그는 이렇게 대답했다. "내가 왜 끊어야 하지? 나는 담배 피우는 게 좋아. 그러니 죽는대도 상관없어." 그는 가끔 이 문제에 대해 이런 말을 늘어놓았다. "술도 더이상 안 마시지, 담배도 더이상 안 피우지, 끝내주게 건강하게 죽겠네!" 유진은 버림받은 느낌이었다. "그럼 나를 기쁘게 하기 위해서는?" 묻는 동시에 그녀는 사뮈엘이 뭐라고 대답할지 알고 있었다. 항상 하는 비관적인 말. "우린 혼자 태어나고 혼자 죽고 혼자 잔다고. 확실한 건 그것뿐이야."

그녀는 몹시 피곤했다. 우연히 마주친 학교 친구 샤를로트에게 속내를 털어놓았다. "내가 원하는 한 가지는 다른 누군가가 되는 거야." 그애는 알아듣지 못하고 그녀를 바라보았다. 유진은 계속할 수가 없었다. 너무나 개인적인 일이었다. 산부인과, 그애는 단도직입적으로 나왔다. "아직 삼 개월이 안 되었으니까 중절을 할 수도 있어, 네가 원하는 게 그거라면 말이야."

사실 그건 아주 간단했다. 그러겠다고 하고 병원에 예약을 잡기만 하면 되는 일이었다. 왜 그걸 못했단 말인가? 그녀는 아무것도 알지 못했다. 피로, 어쩌면 외로움 때문이었는지도. 아니면 다른 누구도 아닌 그녀에게 달린 일이기에 어떻게 될지 궁금해서 한 번쯤은 더 멀리, 갈 데까지 가볼 필요가 있었던가.

그녀의 발걸음은 날마다 습관적으로 방크 거리로 향했다. 그녀는 사뮈엘이 두 개의 방문 예약 사이에 지친 표정으로 넥타이를 둘둘 말고 셔츠의 양쪽 겨드랑이에 땀 얼룩을 묻힌 채 사무실에서 나오는 순간을 기다렸다. 동료들이 그녀를 지나쳐 가버리면, 그는 보도 가장자리에서 그녀가 자기 쪽으로 오기를 기다렸다. 그녀는 그가 불평하는 소리를 들어주었다. 그녀는 문장 하나하나를 흡수했고 단어들은 두세 번씩 그녀의 마음속에서 울렸다. 현관에서 남편을 맞아들여 직장에서 있었던 이야기를 들어주는 유부녀가 된 것만 같았다. 그녀는 그가 떠나버리고 침대에 혼자 덩그러니 누워 있을 때도 그에게 귀기울이고 그와 나눈 대화의 편린들을 머릿속에서 되새기리라는 것을 알고 있었다.

"……이 모든 게 지겨워. 그들의 얼굴이며 머리 모양이 지긋지긋해…… 글쎄, 조금 전에 사무실에서 바로 내 앞에 앉은 사람을 보았는데, 나를 등지고 있어서 그 사람 목덜미가 보이더라고…… 벌써 머리카락이 빠지고 있더군, 마흔 살도 안 됐는데 말이야. 몇 년 후면 나도 저 사람처럼 되겠지 하는 생각이 들더라고. 허구한 날 다람쥐 쳇바퀴 돌듯 똑같은 짓을 하자면 난 진저리가 날 테고 견딜 수 없이 압박을 받을 거야."

도대체 왜? 유진은 대답할 말, 반박할 말을 지어냈다. 그에게 차마 하지 못한 모든 말을. 모든 게 아무것도 아냐, 아무것도 아니라고. 그건 사소한 일이야, 존재의 표면에 진 주름 하나 같은 거라고, 이야기할 가치도 없어, 나머지 모든 것을 함께한다면, 지나가는 순간순간 인생에서 무엇이 진실이고 무엇이 아름다운지를 안다면, 그건 아무것도 아냐. 누군가와 함께하면서 모든 것을 나눈다면, 혼자가 아니라면, 절대로 혼자가 아니라면 권태도 없고 타성에 젖는 일도 없을 거야. 그건 인생의 한 순간이야, 무한한 순간……

그녀는 왜 그토록 기다렸던가? 그는 그녀를 쳐다보지도 않는데. 그는 자기 앞의 에스프레소를 마셨고, 손가락 끝에서는 담배가 타들어가고 더운 바람이 불어와 담배연기를 하늘로 실어갔다. 그는 연기를 눈으로 좇았다. 그녀는 미소를 지으며 재미있고 재치 있는 말을 건네고 싶었다. 예전에 곧잘 했던 유머 가득한 귀여운 말, 말장난, 반딧불이처럼 재치가 반짝이던 그 말들은 친구들과 학교 여자애들, 그녀가 가차없이 내쳐버린 집적대는 무모한 남자들을 그녀 주변으로 끌어당겼다. 하지만 지금 그녀는 목에도 마음에도 무슨 덩어리가 걸린 것 같고 배가 텅 빈 것처럼 느껴졌다. 그것은 자리를 잡고 들어앉아 그녀의 기력을 빼앗고 있는 아이 탓이었다. 그녀는 침대 위에서 가만히 블라인드 살들 사이로 밤이 내리는 것을 바라보았다. 뺨 위로 눈물이 흘러 베개를 적시는 것이 느껴졌다. 이 물은 다 어디서 나오는 건지 알 수가 없었다.

어느 날 저녁, 유진은 돌이킬 수 없는 일을 저질렀다. 사뮈엘은 은행에서 해외 업무 발령을 받고 떠난 후였다. 그는 달랑 몇 마디의 문자 한 통을 보냈을 뿐이었다. 항상 그랬듯이. 그는 말이란 그저 소통을 위한 것이고 오히려 행동이야말로 순간 속에 사는 것이라고 했다. 떠나기 전 작별인사. 마치 내가 결코 돌아오지 않을 것처럼 해. 자유가 더 나으니까.

기다림의 며칠을 보낸 뒤, 그 무엇을 위해서도 그 누구를 위해서도 아니지만 유진은 무감각 상태에서 벗어났다. 날씨는 몹시 덥고 폭풍우가 도시 주변에 휘몰아치고 있었다. 자동차 엔진음, 천둥소리와 지하철의 진동 소리도 들려왔다.

지금 그녀는 초조함과 결핍을 절감하고 있었다. 말은 그만하고 몸으로 움직여. 사뮈엘은 그렇게 말했었다. 나는 그가 결코 돌아오지 않을 것처럼 해야 해. 기차 뒤칸에서 거꾸로 펼쳐지는 마을을 볼 때처럼. 지금 보이는 이 나무, 이 집, 이 아이들, 이 개, 나는 결코 이들을 다시 볼 수 없으리라. 그녀는 핑계를 찾지 않을 것이었다. 채워야 할 공허함, 반사된 영상과 신기루로 가득차 부풀어오른 비눗방울.

유진은 몇 날 며칠 만에 처음으로 업무 미팅에 나가는 것처럼 옷을 차려입었다. 회색 정장 치마에 흰색 셔츠, 하이힐, 사뮈엘이 몹시 좋아하던 스타일. 그녀는 앞머리를 자르고 사뮈엘이 생일 선물로 준 분홍색 산호 귀걸이를 하고 그것과 어울리는 립스틱을 바르고 목에 향수를 한 방울 떨어뜨렸다. 거울은 조금도 기죽지 않은 예쁘장한 아가씨의 모습, 아몬드 모양의 초록 눈과, 탐스러운 아랫입술과 진주 빛깔로 반짝거리는 앞니를 가진 그녀의 입을 비춰주었다. 그녀는 사뮈엘이 처음으로 자신을 은행 동료들에게 소개하던 때가 떠오른다. 키가 크고 조금 마른 쉰 살가량의 여자는 유진을 찬찬히 뜯어보더니 "어쩜, 정말 매혹적인 아가씨로군요! 배우인가요?" 하고 말했다. 무엇보다 그 말 때문에 사뮈엘은 다시는 그런 만남을 원치 않았다. 그는 그런 유의 평을 싫어했기에 이렇게 대답했다. "아니요, 아닙니다. 그냥 대학생입니다." 나중에 그는 배우라니, 그리고 또 뭐라고? 내가 여배우들과 나다닌다고, 내가? 난 일개 은행원이고 평범하게 살고 있는데, 하고 말했다. 하지만 유진은 그를 질투하게 만드는 것이 좋았다. 그가 질투를 할 수도 있다는 사실에 웃음이 나왔다.

공항으로 가는 지하철에서 사람들은 좀 엉큼하게 그녀를 쳐다보았다. 여자들은 그녀의 차림새를 자세히 살피다가 강렬한 파란색 구두, 파란색 인조가죽 가방, 귀걸이에 대해 수군거렸다. 좀 번드르르하게 생긴 지쳐 보이는 사십대 남자가 그녀를 뚫어져라 쳐다보았다. 가슴에서 배로, 그리고 다리로, 위아래로 오르내리며 온몸을 훑는 그의 시선이 느껴졌다. 그녀는 그 남자 쪽으로 가서 "자, 이러면 되겠니? 살짝 움직여줄까? 뒤로 돌아주면 좋겠지?" 하고 심한 말을 해볼까도 생각했다. 하지만 이젠 그저 하나의 영상일 뿐이어서 마음속에 더이상 아무것도, 고뇌도 부푼 기대도 품지 않는 것도 좋았다.

유진은 공항까지 열네 개의 정류장을 지나는 내내 서 있었다. 대합실에 들어갔을 때 그녀는 희망이 없음을 깨달았다. 인파, 불빛, 수속 창구 앞에 늘어선 줄, 이 상황을 통제할 수 없을 것 같았다. 그녀는 그날을 알고 있었다. 그는 바로 그날 저녁 돌아올 것이었다. 다른 어떤 날이 아니라. 사뮈엘은 어디를 가는지 절대 말하지 않았고, 배웅하거나 마중 나오는 것을 질색했다. 그는 늘 말했다. "가당찮은 작별인사니 뭐니, 여행은 힘들어." 그는 매사에 주관이 뚜렷했다. 그는 또 이렇게 말했다. "절대 돌아오지 않을 요량으로 떠나는 것, 그게 이상적이지."

유진은 공항이 좋았다. 여행을 해본 적이 없는 그녀에게 공항은 떠나기도 전에 벌써 떠나버리는 그런 장소였다. 그녀는 웅성거림, 딩동댕 소리 다음에 이어지는 알아듣기 힘든 안내 방송, 지면과 창문을 흔들면서 이륙하는 비행기들이 멀리서 내는 굉음, 남아 있는 이들 때문에 마음이 착잡하여 갈피를 잡지 못하는 떠나는 사람들의 눈빛, 돌아오는 사람들의 지친 표정이 좋았다. 사뮈엘이 싫어하는 그 모든 것이. 그는 공항이 조직적인 지옥 같다고 했다. 그가 좋아하는 것은 집에 죽치고 들어앉아 책을 보거나 차를 몰고 전속력으로 들판을 가로질러 구불구불한 산길을 달리는 것이었다. 그는 절대로 어디를 가는지 말하지 않았다. 한번은 이렇게 말하기도 했다. "〈아라비아의 로렌스〉에서처럼 차를 몰다가 죽고 싶어."

서울, 도쿄, 오사카, 괌, 샌프란시스코, 덴버, 로마, 베를린, 아부다비, 방콕, 앙코르, 마닐라, 모리셔스, 멕시코 등 전광판에 이름이 뜨는 모든 도시들과 나라들. 마치 사뮈엘이 사방으로 간 것 같았다. 유진은 도착 게이트를 향해 왼쪽으로, 그리고 오른쪽으로 달려가서 나오는 사람들의 얼굴을 살펴보고 키, 옷, 머리색, 행동거지 같은 것을 확인하려고 했다. 그녀는 굵은 글씨로 이름을 하나 적고 싶어서 신문 가판대에서 메모지와 사인펜을 사두었다. 물론 그가 절대 용서하지 않을 테니 사뮈엘이라고 쓰지는 않을 것이다. 그가 멀리서 보고 알아볼 수 있을 아무 이름이나 하나 쓰고 싶었다. 그들이 가던 호텔 이름 '메르보', 아니면 그가 아주 좋아하던 '마일스 데이비스', 아니면 퇴근 후에 그녀를 데리고 가끔 샌드위치를 먹으러 갔던 '윙스'. 하지만 무슨 중요한 결정이라도 되는 양 손이 부들부들 떨려서 끝내 글씨를 쓸 수가 없었다. 그러자 그녀의 발이 저도 모르게 공항 대합실 이 끝에서 저 끝으로 그녀를 데려갔다. 그녀는 타일 위에서 또각거리는 하이힐 소리에 귀를 기울였다. 또각 또각 또각 또각 소리가 그녀의 머릿속에서, 몸속에서 울려댔고 그 소리에 현기증이 났다. 그러나 그녀의 두 발은 이제 멈출 수가 없어서 승객들의 도착을 한순간이라도 놓치지 않기 위해 걷고 모든 사람들보다 더 빨리 가야 했다.

오후가 지나고 저녁이 되었다. 대합실의 커다란 유리창 너머로 어둠이 내리고 가로등의 분홍 불빛이 켜지는 것이 보였다. 전조등을 켠 자동차들이 보도를 따라 질서정연하게 굴러가다가 속도를 늦추어 사람들을 내려놓고 브레이크등과 주차등을 켜고 방향지시등을 꽤 빠르게 똑딱-똑딱-똑딱거리고, 또다른 차들은 느리고 둔중하게 퉁, 퉁 소리를 내다 깜박거리며 다시 출발했다. 에어컨이 설치된 버스와 셔틀버스와 시설물을 관리하는 소형 트럭 들이 지나갔다. 이따금 경찰차가 상어가 헤엄치듯 아주 느릿느릿 주변을 경계하며 보도를 스칠 듯 지나갔다.

유진은 피곤을 물리치려고 출입 통제 문에서 멀지 않은 간이식당에 들어가 앉았다. 그녀는 종이컵에 담긴 뜨거운 녹차를 홀짝홀짝 마셨다. 여종업원이 먹을 것과 관련된 무슨 얘기를 했다. 녹차에 더운물을 조금 더 부어주겠다는 건가? 유진은 알아듣지 못하고 그녀를 바라보았다. 여종업원이 연민 혹은 동정심을 느끼는 사람처럼 부드러운 목소리로, 몸이 안 좋아요, 아가씨? 하고 덧붙일 만큼 유진이 얼빠진 표정을 짓고 있었던 모양이다. 유진은 손짓하며 애매하게 어물거렸다. 아니요, 아니에요, 다 괜찮아요. 그 순간 그녀는 왜 자신이 거기 있는지 더이상 알 수 없었다. 두 발이 퉁퉁 부어오른 탓에 신발을 벗어버리고 핸드백은 옆 의자에 내려놓았다. 옆 테이블의 사람들이 시끄러웠다. 한 가족인데 몸집이 다소 비대했다. 남자와 여자는 돈 또는 다른 것에 대해 언쟁을 하고 있고, 제 부모처럼 벌써 뚱뚱한 열네댓 살쯤 된 아들은 두툼한 입에 빈정거리는 듯한 주름을 만들며 엉큼하게 유진을 바라보고 있었다. 그러다가 격렬하게 싸울 태세로 부부의 언성이 몹시 높아지자, 여종업원은 멈춰 서서 구경했다. 그러더니 부부는 화해하고 심지어 포옹하기까지 했는데, 그건 측은하면서도 좀 역겹기도 했다. 그 가족은 결국 자리를 떴다. 그러자 카페가 다시 텅 비었다. 밤이 꽤 깊은 모양인지 지나가는 사람도 줄었다. 늦게 도착한 사람들이 서둘러 짐수레를 밀고 나오거나 여행가방을 끌며 나오는데 여행가방의 바퀴 하나가 제멋대로여서 기관총 쏘아대는 소리처럼 탁탁탁 소리를 내며 타일 바닥을 굴러갔다. 마치 장애물 사이를 지그재그로 비켜가면서 어두컴컴한 문을 향해 달려가는 유령 열차 같았다. 유진은 탁자 위에 두 팔을 포개고 머리를 기댔다. 녹차는 한참 전에 식어버렸고 대합실에는 적막이 내려앉았다. 천장에 달린 기다란 네온등이 지글거리는 소리가 분명하게 들려왔다.

이제 대합실에는 아무도 없었다. 카페테라스에서는 여종업원이 의자들을 쌓아올리고 카운터를 닦고 소다 캔과 샌드위치 상자로 가득찬 쓰레기봉투를 묶고 있었다. 가끔 종업원이 유진에게 이렇게 말하는 듯한 눈길을 던졌다. 네 맘 이해해, 네가 얼마나 서러운지 난 알지, 오늘밤 그는 오지 않을 거야…… 〈눈이 내리네〉라는 노래의 곡조…… 그녀가 걸레질하면서 휘파람으로 불었던가? 유진은 여자들 사이에서 흔히 볼 수 있는 이런 꾸며낸 동정심 같은 게 싫었다. 누가 그렇게 해달라고 했나? 남자에게 순종하는 것이 몸에 배어 거기서 벗어나지 못한 채 죄책감 말고는 다른 감정을 느낄 수 없는 영원한 희생자, 모욕당한 채 애처로운 대합실 처녀와 자기가 무슨 공통점이라도 있단 말인가? 그가 못되게 군 걸 생각하자 현기증이 났다. 그래, 나는 한 남자를 사랑하고 그가 그럴 만한 가치가 없다 해도 그건 오로지 내 책임이야. 구역질이 나고 배도 아프고 다리가 후들거려. 이건 웃기는 일이고 내가 저지른 바보짓이지. 바나나 껍질을 밟고 미끄러지거나 개똥을 밟은 거야. 나는 넘어져도 그걸 웃어넘길 줄 알지만 너는…… 유진은 있는 힘을 다해 몸을 일으켜 신발을 꿰신고, 너무 지루해서 반쯤 잠들어 있었다는 것을 보여주려고 기지개를 켜기까지 했다. 그녀는 의자를 밀고 일어나 핸드백을 어깨에 메고 천천히 자리를 떠났다. 그녀는 등뒤에서 여종업원이 자기를 뚫어져라 쳐다보고 있다는 것을 분명히 알고 있었다. 비틀거려서도, 약한 모습을 보여서도 안 되었다. 그녀는 문 쪽으로 가서 밖으로 나갔다.

바깥의 어둠 속에서 공허함이 그녀를 사로잡는다. 바람이 불고, 하늘은 깜깜한데 이 세상에 있을 법하지 않은 분홍빛이다.

고층건물 옥상은 계절이 바뀌었는데도 아직 덥다. 유진은 팔다리와 등줄기를 따라 소름이 돋는 것을 느낀다. 겨드랑이 아래로 얼음장 같은 한기가 엄습해온다. 그녀는 자동인형처럼 이곳에 왔다. 그녀를 거기까지 데려온 것이 두 발인 것만 같다. 금속성을 내며 울리는 시멘트 계단 턱에 구두 뒷굽이 걸렸다.

호텔은 34층으로 아주 높고 꼭대기는 옥상 테라스다. 안내데스크 직원은 문제가 되지 않았다. 사람 좋은 그는 그녀의 회색 정장과 핸드백, 굽 높은 신발이 낯이 익다 싶은지 은행 카드를 긁으며 알은체를 했다. "……긴 비행을 하셨으니 푹 쉬세요……" 유진은 미소를, 여승무원에게 가장 어울릴 법한 미소를 지었다. 사뮈엘은 유진이 질투하게 만들려고 여승무원들과의 연애담을 즐겨 이야기했다. 그것이 그가 뉴욕, 아부다비, 도쿄 여행에서 가져온 전부였다. 하늘 한가운데서. 놀고 있네, 아예 비행을 배우지그래! 그녀는 너무 가파른 계단 때문에 숨을 몰아쉬며 조소를 지었다.

계단은 바로 옥상으로 통했다. 그녀는 바람에 맞서 철문을 여느라 애를 써야 했다. 계단 통로에 갇혀 있던 공기와는 대조적인 축축한 공기가 사정없이 밀려들었다. 냄새, 숲속에 온 것 같은 온갖 냄새. 유진은 냄새가 나리라고는 예상 못한 터라 무슨 냄새인지 알아내려고 했다. 뜨거운 아스팔트, 비행기 엔진에 쓰는 등유는 물론이고 시골의 억새 들판 냄새와 뒤섞인 아주 먼 바다의 냄새, 늪에서 나는 후텁지근하고 들큰한 냄새.

유진은 침착하게 가방에서 병들을 다 끄집어냈다. 그것은 호텔 객실 냉장고에서 꺼내온 작은 술병들로, 한 잔이 나올까 말까 한 게 오히려 시음용 같다. 보드카, 진, 칼루아, 초록색과 노란색의 술들, 배가 불룩한 초록 병에 담긴 백주, 사케, 그리고 부드럽고 달콤해서 그녀가 단숨에 비우는 소주. 그녀는 정장 치마가 찢어지지 않도록 다리를 한쪽으로 모으고 바닥에 주저앉았다. 신발은 옥상으로 통하는 문 앞에서 벗어던졌다. 바닥이 바다 동물을 연상시키는 부드러운 어떤 것, 아주 신선하고 탄력 있는 초록색 표피로 덮여 있어서, 유진은 맨발로 이 지붕 위를 걷는 게 좋다. 그녀는 자유롭다고 느낀다. 바다를, 썰물에 드러난 해변을 걷던 때를, 그녀 뒤에서 삼켜지는 발자국들을 바라보던 때를 떠올린다.

그녀는 작은 병들을 하나씩 열어 홀짝홀짝 마신다. 술을 마시니 미소가 지어진다. 중심가의 노래방에서 함께 술을 마시던 어느 저녁, 사뮈엘이 한 말이 떠오른다. 넌 술이 세, 남자처럼 마실 줄 안다니까! 그는 두 잔을 마시고 취해서 감상적으로 횡설수설하다가 유진의 어깨 위에 고개를 떨구었다! 그의 눈은 눈동자가 네 개가 된 듯 이상했다!

그녀는 굴뚝에 등을 기대고 퍼져 앉았다. 에어컨 실외기 돌아가는 소리가 바닥을 울린다. 그녀 앞에 있는 나지막한 담장 너머로 도시, 결코 잠들지 않는 도시가 펼쳐져 있다. 저멀리, 노란 가로등이 밝혀진 고속도로 저 너머로 외곽 도로들과 중요한 건물들, 더 멀리로는 반짝거리는 집들, 고층건물들, 가스 공장, 조차장, 붉은 네온사인에 둘러싸인 교회의 뾰족탑. 불빛 없이 어둑한 시민 공원, 희미하게 보이는 공터, 강이 흐르는 어두운 계곡.

유진은 어쩌면 이 도시를 통틀어 자신을 생각하는 누군가가 있으리라 상상한다. 그것이 사뮈엘일 가능성은 손톱만큼도 눈곱만큼도 없다. 그의 이름을 부르거나 외친다 한들 그에게 들리기나 할까? 손으로 관자놀이를 감싸고 그를 골똘히 생각한다 한들 그가 자다가 돌아눕기나 할까? 지평선을 바라보기나 할까? 그녀가 꿈에 보이기나 할까?

갑자기 그녀는 멍치의 통증에 몸을 구부린다. 예상치 못하게 추억이 격렬하게 밀려와 그녀를 사로잡고 숨막히게 한다. 그녀는 조금 신음한다. 온몸에서 눈물이 차올라 눈꺼풀 밖으로 넘쳐 입속으로 흘러드는 것을 느낀다. 그녀는 사뮈엘과 함께 북해를 따라 억새 언덕을 가로질러 안개 속으로 구불구불 나 있는 길 위에 있다. 기억이 떠오른다. 그녀가 이름을 몰라서 그냥 풀이라고 부르자 사뮈엘이 설명해주고 라틴어 학명까지 알려주었던 것을. 중국인지 일본인지에서 온 식물이다. 억새, 그녀는 아주 감미로운 이 이름이 좋았다. 사뮈엘은 흙길 끝에 있는 빈터에 차를 세웠다. 작은 물방울이 때리는 앞유리창 너머로 그들은 그 식물에 닿을 듯이 감도는 망토 같은 안개를 함께 바라보았다. 떠오르는 햇살이 이슬방울들 때문에 더욱더 빛을 내며 하늘을 밝히고 있다. 키 큰 줄기들은 흔들림 없이 가볍고 터질 듯이 환희에 차 있다. 아무런 소리도 나지 않는다. 자신의 심장 뛰는 소리가 들려오자 유진은 사뮈엘의 가슴에 귀를 대고 일정한 리듬에 귀를 기울인다. 한 번은 길고 한 번은 짧고…… 전에는 한 번도 경험한 적이 없는 것 같은 행복한 순간이다. 그녀는 외로웠던 요 몇 년, 병원에서 죽은 어머니, 일을 해야만 하고 세상에서 한 자리를 찾아야 하는 불안을 상기한다. 그녀는 아무 말도 하지 않고 그 역시 입을 다문다. 그녀는 자신이 그를 사랑하고 그도 그녀를 사랑한다는 것을 안다. 그 무엇도 시간을 벗어나 세상 밖에 있는 이 순간을 지우지 못하리라는 것을 확신한다.

그녀를 사로잡은 것은 추억이 아니다. 그것은 어렸을 때 이후로 묻혀버린 감각, 불에 덴 자국, 고통, 기쁨, 저 깊은 곳으로부터의 재상승이다. 그것은 그녀의 뱃속에 자리잡은 생명, 그녀에게 달라붙어 현기증을 일으키는 그것과 관련이 있다.

유진은 지금 벼랑 끝에 서 있다. 그녀는 날개를 살짝 들어올리듯 두 팔을 몸에서 조금 벌려본다. 새벽빛이 벌써 그녀 앞에 와서 그녀의 두 눈 깊숙이 들어와 저항할 수 없는 부름으로 그녀를 함빡 적신다. 나는 간다, 나는 갈 거야. 그녀는 생각한다. 자신의 주변을 맴도는 이 집요한 시선, 스며들어 자신을 꿰뚫는 눈 없는 시선을 느낀다. 구름 없는 하늘에 얼굴 하나가, 떠오르는 달처럼 창백하고 매끄러운, 특징 없는 얼굴이 모습을 드러낸다. 그것은 하늘과 땅 사이, 두 삶 사이에 매달려 꿈에 이를 때까지 무한과 만나 자유로워지고, 훨훨 날고, 기억도 고통도 떨쳐내려는 어떤 목소리, 부름이다.

그녀는 옥상 가장자리에 있다. 그녀의 발가락들은 시멘트에 힘껏 달라붙어 있고, 이 건물이 지어졌을 때부터 스쳐지나간 비와 바람에 쓸려 금방이라도 바스러질 듯한, 차갑고 콕콕 찌르는 알갱이들이 관절 마디마디에 느껴진다. 유진의 마음속, 머릿속에는 이미 주차장을 향해 훌쩍 뛰어내려 부서져 널브러진 몸, 목구멍에서 뿜어져나온 피, 파열된 눈의 하얘진 각막을 뒤덮은 진홍색 피, 멈춰 선 자동차 바퀴들 사이로 낭자한 피. 이 모든 것이 어떤 소리를, 아니 소리가 아니라 하늘, 바다, 공항, 그리고 억새밭까지 에워싸는 얇은 울타리를 형성한다.

그녀의 두 발이 거부한다. 벌어진 발가락들이 떨어지지 않기 위해 단단히 붙어 있다. 시멘트 가장자리를 놓지 않을 것이다. 발가락들은 유진의 몸 한가운데까지 전율을 퍼뜨리고, 다리를 쇠기둥으로 변모시키고, 등골의 인대를 긴장시키고 머리를 뒤로 젖히게 한다! 발가락들은 세이렌의 노래에 귀기울이지 않는다! 그것들은 살아 있으며, 죽고 싶지 않다!

유진은 뒷걸음질로 지붕 위를 걷는다. 본능적으로 손으로 배를 감싼다. 마셔버린 빈병들의 잔해, 피우다 버린 담배꽁초들 한가운데로 아무렇게나 바닥으로 미끄러진다. 그중 그녀가 남긴 것은 많지 않다. 다른 사람들이 그녀보다 먼저 여기 와서 술에 진탕 취했다가 삶을 잇기 위해 아무 일 없이 멀쩡하게 돌아간 것이다.

유진은 쉬지 않고 진동하며 더운 김을 뿜어내는 굴뚝 아래쪽에 주저앉아 있다. 태양이 지평선의 연무 사이로 광채를 발하고, 첫 비행기들이 지구 저편을 향해 도시 위로 이륙하고 있다.

셋

유진은 이제 꼴이 엉망이 될 것이다. 그녀가 그렇게 되기로 작정한 것은 아니다. 혼자인데 무슨 결정을 할까? 하지만 이제 그녀는 진정 더이상 혼자가 아니다. 아직 엄마는 아니지만 둘이 되었고 그녀 안의 뭔가가 달라져서 묵직함과 느릿느릿함이 느껴진다. 노느라 정신을 놓거나, 행복 혹은 절망을 찾아 밤나들이를 하는 것은 이제 말도 안 되는 일이고, 발길 닿는 대로 언덕을 넘어 다니거나 아플 때까지 계단을 오르거나 하는 일도 이제는 안 될 일이다. 이 모두가 전에는 좋았던 것들이다. 무엇 이전에? 그녀는 스스로에게 질문했다가 성가신 파리라도 되는 양 생각을 쫓아버렸다. "그런데 연애는 잘돼가는 거야?" 상법 강의를 같이 듣는, 항상 그렇듯이 집요한 여자애들. 미샤, 샤를로트, 리타. 그들은 이야기를 지어내고 일을 꾸미고 뒤에서 수군거리는 게 하나같이 똑같다. "그거 알아, 얘? 모든 건 조종하기에 달렸어. 알겠어? 네가 조종하지 않으면 조종당한다니까." 사실 그건 간단했다. 선택만이 있을 뿐이었다.

모든 것이 가소로워 보인다. 기다림, 분노, 상처 입은 자존심. 유진이 저지른 정신 나간 짓, 사뮈엘 부모의 집에 가서 문 두드리기, 노모의 질겁한 시선, 아파트 안쪽에서 들려오는 부친의 떨리는 목소리, 이 나약함, 이 진부함. 코코뱅, 쇠고기 스튜 같은 거창한 요리 냄새. "아뇨, 아가씨, 그애는 여기 살지 않아요. 하지만 매일 오든지 전화를 하든지 하니 메시지를 남겨줘요, 전해주리다, 아가씨 이름이 뭐죠, 네?" 유진은 우물거렸다. 워낙 이름을 지어내거나 거짓말하는 데 서툴다 "메르보, 메르보예요. 감사합니다, 부인. 번거롭게 해드려 죄송합니다." 장난이 더이상 장난이 아니라 어리석은 내기가 되자 같은 말이 되풀이되고 우거지상이 된다. 대답은 없고 앞으로도 없을 것이다. "아니요, 아니에요, 감사합니다. 메시지를 남길 필요 없어요, 중요한 일도 아닌걸요, 죄송합니다." 노부인은 손에 메모지철과 볼펜을 들고 있다. 유진은 잠깐 사이 메모지 상단에 인쇄된 어느 항공사의 이름을 읽었는데 승객용 선물인 듯했다. 그가 사귄 여승무원들 중 한 명이 준 걸까? 그녀는 노부인이 문을 닫을 때까지 기다리지 않고 엘리베이터 버튼을 눌렀다. 하지만 엘리베이터를 기다리지 않고 계단으로 달려가 여덟 개의 층을 급하게 내려갔다. 계단을 밝히는 타임스위치가 꺼져버려서 마지막 두 층은 방망이질하는 가슴과 땀으로 축축한 손으로 더듬더듬 짚어가며 내려와야 했다. 이건 잊히지가 않는다.

공허함이 되돌아오도록 방치해서는 안 되었다. 일 분 일 초가 중요하다. 걷고, 법대로 강의를 들으러 가고, 상공회의소에 가서 일거리를 구하고, 스포츠센터와 박물관 견학과 답사 모임과 노래 교실과 공방에 등록해야 한다. 아침부터 저녁까지 온 힘을 다해 걷기, 말하기, 귀기울이기, 심지어 밤중에도 멈추거나 생각하는 일 없이 오르내리기, 등록하기, 계산하기, 나누기, 판단하기, 절대로 기다리지 않기. 기다림은 탐욕스럽고 잔인한 괴물이다. 그것은 기회를 노리면서 먹잇감을 찾고 있다. 공허함 속에는 독재자, 거대한 배후 조종자의 얼굴이 숨어 있다. 그것을 없애기, 파괴하기. 열렬히 사랑했던 것을 증오하는 법 배우기.

먼저, 더이상 복종하지 않기. 유진은 사뮈엘의 전화 한 통이라도 놓칠세라 절대로 전화기에서 멀어지지 못하던 시절이 떠오른다. 이제 모든 것이 다시 생각난다. 거짓말과 모욕의 모자이크가 조각조각 떠오른다. 그의 매트리스에서 잠든 저녁들, 그녀는 도시의 소음, 클랙슨 소리, 부르릉거리는 오토바이 소리(토머스 에

드워드 로렌스가 죽음을 맞던 순간 타고 있던 오토바이), 동시에 사방에서 들려오는 앰뷸런스들의 사이렌 소리에 귀를 기울인다. 시트 위 그녀 옆에 놓인 전화기, 그녀는 검은색 전화 케이스를 지켜본다. 화면은 어둡기만 하다. 불이 들어오지 않고, 진동하려고도 하지 않는다. "자, 울려! 제발, 바로 지금이야! 백까지 셀 테니 울리는 거다! 서두르지 않고 천천히 샤워도 하고 머리도 감을 거야. 내가 욕실에서 나오면 부재중 전화 표시가 보일 거야. 나는 건물 1층 안뜰로 내려가 쓰레기봉투를 던지고, 뭔가 확인할 게 있는 듯 건물을 한 바퀴 돌고 다시 올라오는 거야. 자! 부재중 전화!" 그녀는 사뮈엘의 잘난 체하는 태도가 기억난다. "절대로 기다리지 말고 아무것도 바라지 마." 또 한번은 이유는 생각나지 않지만 이렇게 말한 적도 있다. "세상은 네 욕망에 답하지 않아." 어느 날 저녁 그녀는 사뮈엘의 멋진 차를 타고 어느 언덕 위에 함께 있었다. 끝없이 펼쳐진 하늘로 비행기 한 대가 막 이륙하고 있었다. 유진이 장래에 대해 이야기했던가, 아니면 그저 다음날 다시 만날지 말지에 대해 이야기했던가? 사뮈엘은 비행기가 그린 항적을 바라보았다. "강렬히 원하기만 하면 저게 추락할 것 같지!" 유진은 가슴께를 칼로 살짝 에는 듯한 고통을 느꼈다. 그녀는 아무런 대꾸도 하지 않았지만, 지금은 항의한다. 바보 같은 소리! 그녀는 길 가는 사람들이 돌아볼 만큼 크게 소리친다.

"바보 같은 소리! 비행기를 추락시킬 수 있다는 말을 내가 믿을 줄 알고!" 난 정말 머저리였어! 그녀가 감히 말하지 못했던 모든 것. 말하도록 내버려두었던 모든 것. 말했어야 했지만 하지 못한 것.

전화를 피하기가 곤욕스러워서 유진은 번호를 바꾸었다. 이제 기다릴 것이라고는 눈곱만큼도 없다. 그러나 그걸로는 충분치 않다. 그녀는 무슨 일이 일어났는지, 어쩌다 덫에 걸려들었는지 따져보려 한다. 이야기의 흐름을 거슬러오르려 한다. 그렇게 하면 상처를 지우고 흔적들을 희미하게 만들어버릴 수 있을 것이다. 먼저 똑똑히 들여다보기, 그리고 지우기. 이 모든 시험과 비열한 행동. 자신이 놀잇감이었다는 것을 깨닫기 전에는 일종의 게임이라고 여겼던 모든 것. 사랑이 무례한 행동들을 감추기에 충분한가? 아니면 그것은 사랑이 아니라 이기심에서 비롯된 것인가. 그녀는 추억들에 표시를 하고, 그것들을 회계장부에 적고, 자산과 부채라 부를 것이다.

예를 들면 이렇다. 만날 약속을 한 경우, 그녀는 지하철역 앞에서 차가운 비를 맞으며 기다렸다. 사뮈엘이 이런 문자를 보냈기 때문이다. 2번 출구, 15시.

그녀는 확인하고 깨닫기 위해 그 장소에 다시 가본다. 그곳은 증권거래소 부근의 역이어서 항상 일정한 수의 사람들이 바삐

몰려든다. 지하철역 앞에는 무허가 노점상들, 메뚜기떼를 닮은 여대생 무리. 구걸하는 걸인, 검게 물들인 머리와 창백한 안색 때문에 언제 봐도 나이를 알 수 없는 그 남자는 벽에 기대서서 지나가는 여자애들을 보고 있다. 여자애들은 그를 베토벤이라 부른다. 그에게는 그런 사람들한테 따라다니기 마련인 사연이 전해지는데, 그가 일찍이 약혼녀를 잃고 매일 똑같이, 계속 이 지하철역에서 여자를 기다린다는 것이다. 유진은 2번 출구로 다시 갔다. 오지 않는 약혼자가 도착하지나 않을까 살피면서 머리가 흠뻑 젖은 채 기다리고 서 있던 자신 역시 그 베토벤과 비슷했었다고 생각하니 이제는 분노 같은 게 느껴진다. 사뮈엘도 약속 장소에 오지 않았기 때문이다. 그런데 만약 그가 거기 있었다면? 거리 반대편 기둥 뒤에 숨었거나 1번 출구 쪽, 아니면 계단 아래 티켓 자동판매기 옆에 있었다면? 심장이 목에서 두방망이질치고 머리끝까지 화가 치밀어오른다. 이 지점들 어디서건 2번 출구는 완벽하게 보이니 말이다.

다른 경우를 보자. 어느 날 아침 그에게서 전화가 왔을 때, 유진은 미샤와 다른 여자애들과 함께 강의실을 나와 『리어 왕』 발표 준비에 대해 의논하려던 참이었다. 그래도 그녀는 전화를 받아서 이렇게 말했다. "끊지 마, 금방 받을게." 그러고는 여자애들에게 말했다. "회膾하고 녹차 시켜줘, 금방 올게." 카페테리아가 너무 시끄러운 탓에 밖으로 나가서 다정하게 대해주고 싶은 기분에 한껏 들떠 입술을 전화기 가까이 가져가자, 심술궂고 퉁명스러운 목소리가 흘러나온다. "내가 말했지, 내가 전화했을 때 네가 다른 사람과 얘기하는 게 싫다고. 하던 일이나 계속해." 그러고는 침묵, 그녀가 다시 통화하려고 애를 써도 소용이 없다. 수화기 저편에는 아무도 없다. 그것은 깨뜨릴 수 있는 일회성 침묵이 아니다. 중단된 의사소통의 (거의) 영원한 기계적인 침묵이다. 그가 이렇게 구는 게 내 탓인가? 곧바로 그녀는 큰 소리로 대답한다. "그래, 맞아, 네 탓이야. 너는 그런 취급을 받아 마땅해. 네가 받아들였으니까!" 이제부터는 절대로 아무것도 받아들이지 않기, 이놈으로부터건 다른 어떤 놈으로부터건.

또 있다. 배려심의 부족과 자칭 인생의 가르침이 떠오른다. 그가 게임이라고 불렀던 것 말이다. 그녀는 그게 그토록 잘나고 확신에 찬 이 남자, 그가 자기를 위해 지어낸 게임이라고 생각했다. 그리고 당시 그녀는 경험도 없고 가족도 없고 직업도 없어서 그가 후견을 맡아 존재의 법칙을 가르쳐야 할 소녀였던 것이다. 그가 주도하고 그녀는 따라하는 춤. 그가 유일하게 좋아하는 춤이 탱고여서 그녀는 어느 건물 지하의 이상한 무도장으로 그를 따라간 적이 있었는데 나이 지긋한 남자들이 아주 어린 여자들과 빙글빙글 돌고 있었다. 그는 몸을 내맡기고 자연스럽게 실려

가야 한다고 그녀에게 말했다. 이제야 그녀는 그 춤이, 그리고 그가 왜 그걸 그렇게 좋아했는지 이해가 된다. 그 춤은 부자연스럽고 극적이었으며, 스피커에서는 반도네온으로 연주하는 음악이 끽끽거렸다. 그녀는 딱 한 번 거기에 갔다. 그는 줄곧 드나들었나? 하지만 그녀는 화가 나서 스텝, 음악, 그것이 숨겨진 장소까지 모두 잊어버렸다. 그도 유진에게 자기가 규칙을 정한 그 게임을 보여주려고 딱 한 번 거기에 갔을 수도 있다. 첫번째 규칙은 그는 결코 그 규칙을 정당화할 필요가 없다는 것이었다.

제 마음대로 약속 장소 바꾸기, 전화 걸기, 제 방식대로 약어 문자 보내기. "RDV 힐튼 호텔 13시 30분". 그러면 유진은 모든 일을 중단하고 버스나 지하철, 시간이 없을 때는 택시를 타고 달려갔다. 심장은 쿵쾅거리고 손은 땀에 젖은 채 숨을 헐떡거리며 도착했다. 몇 번이나 사뮈엘은 벌써 도착해서 싫증난다는 표정으로 손을 주머니에 넣은 채 안내 데스크의 여자들과 노닥거리며 멀리서는 그녀를 알아보지도 못했다. 아, 맞다, 이 남자는 고도근시지, 그런데 왜 안경을 안 끼지? 막상 가서 보면 거기 없었던 적도 많았다. 드넓은 호텔 로비가 사람들로 붐비는데도, 비어 있다. 안내 데스크에서는 아무도 그를 알지 못한다. 안내 데스크의 여자들—분명 같은 사람들이 아니다—이 그녀를 경멸하듯 위아래로 훑어본다. 아주 작은 소리로 비웃는지도 모른다. 어떻게 하지? 맞다, 그 게임은 묻는 것, 질문하는 것이 금지되어 있다. 사뮈엘이 금과옥조로 공표한 이 규칙뿐이다. "난 절대 기다리지 않아. 약속 시간에서 삼 분이 지나면 나는 간다." 왜 삼 분이지? 전자시계가 없을 경우에 대비해서?

그렇다면 유진이 가장 사무치게 그리워하는 것은 무엇인가? 만날 약속? 아니면 모든 것을 잊어버린 듯 보이는 사뮈엘과 다시 만나 서로에게로 미끄러져들어가 하나가 될 때의 짧은 행복? 시선들이 서로 합쳐져 하나가 되는 걸 보려고 자기 얼굴을 다른 사람의 얼굴로 가져가는 아이들의 놀이처럼 말이다. 나란히 누워 잠든 채 동이 틀 때까지, 기상起牀의 해변까지 각자의 꿈을 꾸면서도 같은 뗏목을 타고 실려갈 때, 그리고 그의 몸을 바라볼 수 있고 허벅지 윗부분의 부드러운 살결과 목에 밀착된 어깨의 온기를 느낄 수 있을 때.

모든 것을 지워버리기 위해서—고통과 긴장까지 모든 것을 기억하려는 게 아니라면—유진은 자신이 달려온 길들을 거꾸로 되짚어본다. 호텔 로비, 영화관, 술집, 교회, 중앙도서관 계단, 다이마루 백화점 입구. 그녀의 발걸음이 닏고 다닌 그 모든 장소들, 기대감이 마법 같고 영광스럽고 환상적인 것으로 만들어버린, 네온사인으로 빛나고 대리석이나 강철로 장식된 기념물들, 또는 고통스럽고 음침하고 외로운 다리의 아치들, 역의 플랫폼,

지하철역 출입구, 공터.

무엇이 남았나? 아무것도, 쓰라림조차 없다. 사뮈엘이 추구하는 이 쓰라림, 그가 예를 들어 보여준 쓰라림. 사뮈엘에 따르면 존재의 두 극은 권태와 쓰라림이다. 그녀는 기억한다. 처음에 그녀는 이렇게 대답했다. "이상하지, 난 절대로 지겹지가 않거든." 사뮈엘은 어깨를 으쓱했다. "난 너랑 권태에 대해 논하고 있는 게 아냐, 네 말마따나 나야 진을 빼고 있지." 그는 카페, 벽에 걸린 더러워진 거울, 테이블에 앉은 사람들, 검은 액체로 가득찬 자신의 찻잔을 가리켰다. 그곳은 지하철역 계단 아래 위치한 '라 크레프 미셸'이라는 이상한 이름의 지하 카페였다. "아니, 나는 너에게 그것에 대해 얘기하고 있고, 너도 알지. 이 모든 것을." 그녀는 그것이 고뇌, 불만족이라는 것을 깨닫기 시작했다. 그녀는 무엇이 불완전하며, 무엇이 그의 가슴을 옥죄는지 알았다. 마치 그때까지는 절대로 그것을 알려 하지 않았다는 듯. 나중에야, 그녀는 광기와 방황 속에서 사뮈엘의 말들이 떠올랐다. "이 모든 것." 쓰라림, 공허함. 에스프레소의 맛. 기다리는 사람들, 현기증. 완수되지 않을, 절대로 완수되지 않을 일. 이 모든 것. 인생의 가르침들.

거기서 벗어나기 위한, 처벌. 그녀에게 해결책을 가져다준 것은 리타, 아니면 미샤, 혹은 누군가다. 어느 날 그녀는 마치 남 얘기하듯 위험을 무릅쓰고 넌지시 자기 얘기를 했다. "누가 너에게 어떤 번호로 전화를 걸어달라고 해서 전화를 걸었어. 그런데 전화를 걸면 반시간 동안이나 통화중인 거야. 그러다가 마침내 신호가 갔는데 이젠 저쪽에서 전화를 안 받는 거야. 너라면 어떻겠어?" 그리고 명확한 대답. "그런 짓을 즐기는 놈은 정신병자야. 나라면 되도록 멀찌감치 달아나겠어." 세상에, 바로 그거였다. 그냥 단순히 정신병자이고, 유진은 그 병자의 먹잇감이었다. 그로 인해 그녀도 약간 병이 든 것이다.

병을 고치기 위해, 유진은 하마터면 죽을 뻔했던 그 정신 나간 밤, 마지막 행동을 거꾸로 다시 해본다. 두 발이 그녀를 공항행 기차로 이끌었다. 시간이 지나자 아이는 더이상 단순한 관념이 아니라 실제로 존재하기 시작했다. 아이는 위를 누르고 방광을 압박한다. 기차역 화장실에서 유진은 세면대에 구토를 했다. 거울 속 창백한 모습 뒤에서 한 여자가 유진을 지켜본다. "미안합니다." 유진의 눈에 눈물이 고였다. 여자가 다가왔다. "첫아인가요?" 유진은 그렇다고 고개를 끄덕였다. 왠지 모르게 부끄럽다. "두고 봐요, 두 달만 지나면 나아질 거예요. 컨디션도 좋아질 테고." 여자는 화장지를 내민다. 보통 때는 동정이라면 질색이다. 하지만 여기, 기차역 화장실에서 느껴지는 고독 속에선 그게 도움이 된다. 유진은 자신 없는 목소리로 "감사합니다" 하고 중얼거리고 찬바람이 부는 플랫폼으로 나간다. 공항까지 가지 않을 생각이다. 지금 그녀는 확신한다. 사뮈엘은 결코 여행을 떠나지 않았다고. 심지어 그녀가 모든 것을 지어냈는지도 모른다. 그녀는 주차장을 가로질러 호텔까지 걷는다. 오후 끝 무렵이어서 밤 근무 조는 아직 업무를 개시하지 않았다. 안내 데스크의 젊은 여자가 경계하는 눈빛으로 그녀를 쳐다본다. 창백한 피부와 다크서클이 진 두 눈, 헐렁한 외투(감출 건 아직 없지만 넉넉한 옷으로 몸매를 가리고 싶어서)를 걸친 유진은 이제 여승무원, 사뮈엘이 이곳에 데려오곤 하던 여승무원들 중 누구와도 비슷하지 않다.

"방을 좀 볼 수 있을까요?" 이렇게 물어보면서도 그녀는 방을 줄 거라고는 생각하지도 않는다. 거만한 새침데기는 빈정거리는 시선으로 그녀를 쳐다본다. "죄송해요, 제겐 방을 먼저 보여드릴 권한이 없어서요. 더구나 빈방도 없고요. 저희 인터넷 사이트에 들어가면 언제든 살펴보실 수 있어요." 그녀는 거짓말을 하고 있다. 유진은 서너 개의 방에만 커튼이 열려 있는 것을 보았다. 옥상에서 보낸 밤이 다시 떠오른다. 마치 그 모든 일이 오래전에 다른 사람에게 일어났던 것 같다. 그녀 안에서 뭔가가 또 동요한다. 무릎도 발목도 아니다. 그것은 목덜미, 견갑골 사이에 있는 기억의 지대에서다. 그녀는 오목한 손바닥을 적시는 땀을 느끼고는 신경질적으로 외투에 대고 닦는다. 안내 데스크의 젊은 여자는 이제 노골적으로 적대감을 보이며 카운터에 놓인 전화를 흘끗거린다. "제가 달리 해드릴 일이라도?" 유진은 한 걸음씩 뒷걸음친다. "아닙니다, 아니에요, 고마워요, 전……" 그녀는 출구를 향해 간다. 떠나간다. 주차장 한가운데에 이르자 뒤돌아서서 건물 옥상, 하늘을 배경으로 한 회색 시멘트 가장자리를 바라본다. 새들에게도 너무 높다. 하지만 그녀에게는 한 마리 황새와 매우 흡사한, 양팔을 펼친 가느다란 실루엣이 보이는 것 같다.

혼자 지낼 방법이 늘어날수록 평화롭게 있을 시간도 늘어난다. 유진은 어긋난 행동에 복수를 하고 싶다. 그녀는 그 '게임'이 금지한 모든 것을 한다. 은행에 전화를 걸어 사뮈엘에게 분별없는 메시지들을 남기고, 그의 휴대전화 번호를 입수한 지금은 약속 장소를 문자로 보내고 외투와 선글라스로 변장을 하고서 건물 입구에 숨어서 지켜본다. 이따금 그가 나타난다. 그는 예전만큼 의기양양한 기색이 아니다. 좌우를 둘러보다가 뒤돌아서서 기다린다. 자기 휴대폰을 살펴본다. 방금 전 유진은 이런 문자를 보냈다. "낭패네, 그럼 뭐 언젠가 또 보자." 그건 그가 좋아하던 표현이다! 어떤 것도 확신할 수 없고 내일은 존재하지 않기에.

그녀는 더이상 두문불출하고 싶지 않다. 그녀는 외출해 바깥

바람을 쐬고 사람들과 만나려고 애썼다. 그녀를 이끄는 것은 두 발이고, 그녀는 생각할 필요조차 없다. 수업이 끝나면 운동이다. 예비 엄마들을 위한 가벼운 운동이 아니라, 통통하고 날렵한 혼혈 여성의 지도 아래 힘센 여자들과 함께 도심의 조잡한 체육관에서 하는 리드미컬한 격투기 운동인데, 유진은 이번에는 조짐이 좋다고 생각했다. 하나, 둘, 어퍼컷, 왼쪽 스트레이트, 하나, 둘, 오른쪽 스윙, 훅, 몸은 앞으로, 왼쪽 다리로 지탱하고, 발은 바닥에 붙이고. 하나같이 쓸데없고 조금은 우스꽝스러운 동작들이지만 정신 건강에는 유익하다. 옆에서는 진통제와 수면제로 망가지기 전에는 예뻤을 것 같은 한참 어린 여자가 옆으로 휘둘러치고 잽을 넣고 허공을 때리고 있다. 그녀가 자기 남자, 자신을 배신한 남자를 때리려니 상상하는 것은 어렵지 않다.

유진은 부동산 중개 사무소에서 일을 구했는데, 크리스티앙 종케라는 사무소장은 유진에게 말을 놓았고 유진 역시 편하게 말했다. 그는 스트레스를 많이 받는 사십대의 게이였는데 유진과는 잘 통했다. 그는 유진이 물건 소개를 잘하는데다 법학 전공이라는 점에도 깊은 인상을 받아 외근을 내보냈다. "유진, 보여줘야 할 아파트가 있어. 머니까 택시를 타라고. 이 건은 놓쳐서는 안 돼." 그가 초조하게 굴면 유진은 이렇게 말한다. "자, 진정해요, 잘될 테니까." 그녀는 계약서를 가져온다. 옷을 차려입고 화장을 한다. 살짝 아이섀도를 바른 눈두덩, 블러셔로 연한 홍조를 띤 뺨에, 비단결처럼 윤기가 흐르는 검은 머리카락이면 누구든 설득할 수 있다는 것을 그녀는 안다. 그것은 일종의 도박이다. 돈 벌어오기, 유능해지기, 자기 능력 이상의 실력 발휘하기, 이 모든 것은 그녀 자신이나 사무실을 위해서가 아니라 그저 재미로 하는 일이다. 100미터 달리기를 하거나 줄넘기를 하는 것이 근육의 문제인 것처럼. 그리고 자신이 마침내 성인이라고 느끼기(곧 서른 살, 때가 되었다). 한 번도 시내에서 살아본 적이 없으니 시내에서 살기, 인터뷰, 미팅, 고급 식당, 은행가들과의 회의. 선팅한 창문, 에어컨, 가죽 시트에 기사가 딸린 안락한 자동차 굴리기. 기저귀를 찬 운전사들이 모는 초라한 택시만 타본 그녀가 말이다! 한 번인가 두 번, 그녀는 마음의 작은 동요를 경험했다. 사뮈엘의 자동차를 본 것 같았기 때문이다. 프리마, 프렐뤼드, 프로테제, 뭐 그런 종류의 우스꽝스러운 이름인 진회색 승용차를 그는 무척이나 자랑스러워했다. 순간적인 이미지, 이전 삶에 대한 주의 환기. 그녀는 신발을 벗어던진 채 차 안에서 발가락을 펼치고 기지개를 켜고 쿠션을 허리에 받쳤다. 차창 옆으로 펼쳐지는 회색과 흰색의 풍경을 바라본다. 아무것도 느껴지지 않고 아무 생각도 들지 않는다.

하지만 모든 것은 조만간 끝나게 되어 있다. 불어난 몸무게, 입덧, 현기증. 크리스티앙이 제일 먼저 알아챘다. 리타나 다른 여자애들 중 그 누구도 짐작하지 못했지만 크리스티앙은 본능적으로 알아차렸다. 아마 그가 더 세심했으리라. 어느 날, 그가 일을 보러 나가는 그녀를 멈춰 세운다. "유진, 얘기 좀 할 수 있어?" 그는 단도직입적으로 말한다. "사실대로 말해, 예정일이 언제야?" 그는 화가 나면 눈에 경련이 이는 버릇이 있다. "왜 나한테 거짓말을 했지?" 유진은 눈물을 펑펑 쏟는다. 그의 마음을 움직이기 위해서가 아니라 단번에 현실과 다시 맞닥뜨렸기 때문이다. 그녀는 의자에 앉으면서 몸이 무겁다고, 둔하고, 바보 같다고 느낀다. 그러자 더욱더 서럽게 눈물이 쏟아진다. "분명히 널 채용하지 않았을 거야." 크리스티앙은 난감해하고, 분노는 수그러든다. 그도 유진의 맞은편에 앉는다. "그럼 그놈은? 그놈은 뭐래?" 유진은 어깨를 으쓱한다. 그놈이라니, 그놈은 없는데. "그럼 너 혼자서 이 문제를 떠안고 있는 거로군." 그가 덧붙인다. "어떻게 그런 짓을 했지? 똑똑한 줄 알았더니." 그는 화장지 상자를 꺼낸다. 결국 이것이 미혼모의 눈물에 대한 만국 공통의 대응이다. "좋아, 그럼 조금 더 일해, 너를 대신할 사람을 구하는 동안. 그다음에는 네가 알아서 해야지, 오케이?" 계약 얘기도, 수당 얘기도 꺼내지 않으니 할말이 하나도 없다. 고심 끝에 석

달 치 월급을 가불해주기로 한다. 그럴 의무가 있는 것도 아닌데. 그녀의 아마도 유일한 후원자가 되어준 사람은 바로 이 괴팍하고 까다로운 게이였던 것이다. 유진이 자초지종을 털어놓자 리타는 그녀를 탓했다. "뭐라고, 그게 다야? 법은 뭐하러 공부했어. 그놈에게 선물을 안겨준 건 바로 너라고!" 유진이 떠나는 날 크리스티앙은 그녀의 두 볼에 입을 맞추었다. "어쨌든 연락할 거지?" 그녀가 사무소 이름으로 된 명함 상자를 돌려주려고 하자 그는 거절한다. "갖고 있어. 내년에 또 쓰게 될지도 모르니까."

그녀 안에서, 그녀 주변에서 삶의 속도가 느려졌다. 유진은 하루하루 변화를 관찰한다. 그것은 그녀의 몸 한가운데서, 그리고 방과 아파트에서도 난감한 영역이다. 열리고 있는 동시에 그녀를 가두고 보호하는 어떤 것. 침묵.

사무소 일에 대한 열정이 잦아들자 활동도 줄어들고 더이상 기대할 것도 계획할 것도 없다. 그러나 아무것도 없는 것은 아니다. 힘과 능력이 있다. 지혜나 분별력은 없다. 그건 없다. 움직이는 것은 삶의 갈피갈피에서 뛰고 있는 생명의 맥박이다. 산부인과에서 유진은 스피커로 증폭되어 귀가 따갑도록 맹렬하게 뛰는 태아의 심장박동 소리를 처음으로 듣는다. 그녀 자신의 박동과는 다르게 더 빠른 리듬이다.

거리로 나오자 눈이 내려 보도가 혼잡한데도 심장박동 소리가 들린다. 그것은 모든 것을, 부르릉거리는 엔진 소리, 지하철의 전향차가 내는 굉음까지 덮어버린다.

시간은 길다. 예전 같으면 무의미하고 대단치 않게 여겨졌을 순간순간, 몸짓 하나하나, 오늘이 영원히 계속된다. 유진은 결코 끝나지 않을 듯 매 순간을 사는 것에 깜짝 놀란다. 자신이 사뮈엘도 크리스티앙도 아닌 다른 누군가, 그녀 안의 자기 분신인 다른 누군가와 함께 살고 있다는 것을 깨닫는다.

무게. 그것이 뼈도 거의 없고 겨우 몇 그램밖에 안 되는 태아 때문일 리는 없다. 하지만 그녀의 배는 양수로 가득차서 불룩해지고, 부풀어오르면서 피부가 팽팽히 당겨져 매끈해진 가슴에서는 정맥이 비치고 젖꼭지는 단단해지고 작은 돌기들로 덮여 있다. 밤에 그녀는 숨이 차고 땀이 나서 이불을 차버린다. 해변에서처럼 벌어진 발가락들, 그녀는 일렁이고 꼬물거리는 태동을 느끼기 위해 배에 손을 대고 있다. 그녀가 우주의 중심이 되어 모든 것이 그 주위를 돌고 있다. 커튼 없는 창문 너머로 그녀는 어두운 밤을 바라본다. 별이 천천히 나아간다. 그것은 무한한 아름다움을 지닌 신이다. 그 별이 그녀를 돌아보자 그녀는 밀려오는 행복을 온몸으로 받아들인다. 그녀는 자신에게 끝까지 가볼 힘, 자신의 역사를 살아낼 힘이 있으리라는 것을 안다. 이제는 결코 혼자가 아니라는 걸 안다. 다른 어떤 것도 이젠 중요하지 않다. 휴대전화가 침대 옆 탁자에서 울려도 좋고 작은 화면에 빛이 들어와도 좋다. 그녀의 번호를 다시 알아낸 사뮈엘이 전화를 했는지도 모른다. 그가 모든 것을 알고 있고 모든 것을 알아냈을 수도 있다. 그는 개인적으로 조사를 했을 테고, 지금쯤 꽤나 궁금할 것이다. 그는 자신에게 권리가 있다고 생각한다. 유진은 응답기에 인사말을 남기는 대신 〈바일렐로〉를 부르는 키리 테 카나와의 목소리가 흘러나오게 해둔다…… 그녀를 위해 말하는 이 목소리가 좋다. 시간이 멈춰버린 듯, 지난 일, 그것은 더이상 존재하지 않고, 똑같은 것, 무한히 긴 똑같은 순간만이 존재한다.

유진에겐 몹시 실망스러운 일 두 가지가 있다.

하나는 그냥 드라이브나 하려고 택시를 타는 것이다. 터무니없게 무분별한 사치다. 자신이 너무 뚱뚱해서 걸을 수 없다고 느낀다. 그녀는 기사에게 말한다. "가세요, 제가 길을 일러드릴게요." 사람 좋은 기사는 묵묵히 운전을 하며, 때때로 백미러로 의심스러운 눈길을 던진다. 그는 자기가 운전하는 초라한 고물 차 같이 생겼다. 회색 곱슬머리, 니코틴에 절어 누렇게 늘어진 콧수염의 늙은이. 그는 화장수 냄새와 지린내를 풍긴다. 십중팔구 그는 차를 세우는 일이 없도록 기저귀 팬티를 입고 운전하고 있을 것이다. 마침 언덕배기에서 그녀는 호젓하고 안개 자욱한 구석을 찾아낸다. "미안하지만 여기서 세워주시겠어요?" 그곳은 집 한 채 없고 자동차 한 대 지나다니지 않는 허허벌판이다. "잠깐 볼일이 있어요." 그는 시동을 켜놓은 채 담배를 피우기 위해 차에서 내린다. 유진은 안개 속에서 오한을 느낀다. 아주 가는 물방울들이 얼굴을 덮고 머리카락이 이마에 들러붙는다. 공중에 고정된 듯 꼼짝도 하지 않는 꽃도 없는 키 큰 풀들은 한날 휘어진 창처럼 보인다. 억새. 사뮈엘과 함께 왔던 날 이후, 생명이 그녀의 뱃속에 뿌리를 내리고 그녀가 이곳에 온 건 처음이었다. 그것은 이 소박하고 키가 큰 풀처럼 연약하면서도 끈질긴 미래에 대한 기억이다. 유진은 택시로 돌아와 운전사에게 말한다. "정말 아름답죠?" 하지만 그는 젖은 담배꽁초를 빨며 내뱉는다. "이 빌어먹을 잡초들, 분명 중국에서 왔을 거요!" 그녀는 웃을 수도 울 수도 없다.

또다른 문제는 리타 때문에 생겼다. 유진이 혼자서 의지가지없이 임신중이라는 걸 알고 리타는 더 자주 드나들기 시작했다. 과일을 가져오고, 개인병원에 진료 수속을 해주고, 토요일 오후마다 성가대 활동을 하는 교회 등 자기가 다니는 모임의 사람들을 초대했고, 유진이 리타를 따라간 적도 있었다. 그곳은 오염된 공기나 교통 체증과는 상관없는 부자 동네였다. "두고 봐, 애, 좋아질 테니까. 우리가 너를 잘 돌봐줄게." 유진은 저축한 돈이 바닥나버려 걱정이었다. "그 얘긴 할 필요도 없어, 우린 친구잖아, 안 그래? 우린 옛날부터 아는 사이라고 저 사람들에게 말해두었어." 친구가 있어 출산 때 혼자가 아니라는 것은 좋은 일이다. 리타가 소개한 병원 사람들은 친절했다. 의사 선생은 작달막하고 통통한 사람으로 안심하라는 듯 손을 꼭 잡아주며 미소를 지었다. 병원에 갈 때마다 리타가 따라왔다. 그녀는 대기실에서 잡지를 뒤적거리며 기다리다가 유진이 나오면 끌어안으며 "어떻대? 염려 없는 거지? 끝까지 둘이서 이렇게 함께 사는 거야" 하고 말한다. 단지 거기까지였다. 예정일이 임박한 어느 날 그녀가 병원으로 서류를 하나 가져온 것이다. "너 여기 서명해야 해, 여기에." "뭐야, 이 서류들은?" 리타가 유진에게 팔을 두르며 말한다. "아기에 관한 거야, 알지? 그애의 장래를 위해서야." 유진은 알아듣지 못하고 서류를 읽는다. 포기 각서다. 그걸 읽자 유진의 눈에 눈물이 가득찬다. "하지만 난 아기를 키우고 싶어, 왜 이런 서류를 주는 건데?" 리타는 이해심 많은 사람이고 싶다. "장담하는데, 애, 이게 가장 좋은 해결책이야. 아니면 넌 달리 어떻게 하고 싶은데? 애를 데려갈 가족도 벌써 알아놓았어. 좋은 분들이야. 너도 교회에서 본 분들이야. 멋진 집도 있고, 비용도 다 그분들이 댈 거야. 다 준비해놓았어. 아기는 진짜 엄마 아빠를 갖게 될 거라고." 유진은 너무나 절망한 나머지 그 각서에 서명을 한다. 서명란에 자기 이름을 적는다.

그러고는 말을 바꾼다. 리타는 늘 하는 소리, 듣기 좋은 말, 원칙을 들고 나온다. 생명, 생명 지키기. 애들 훔치기. 리타는 꽃다발을 들고 왔다. 병원 정원에서 꺾은 활짝 핀 개나리 다발이다. "네가 가져온 서류 말이야, 찢어주면 좋겠어. 그리고 꽃 말인데, 그것도 가져가줘! 절대로 내 아기를 내주지 않을 거야, 알겠어? 온 병원에, 멋진 집이 있는 그 사람들에게도 다 그렇게 말해도 좋아!" 그녀가 소리를 지르지는 않았지만 어찌나 화난 목소리로 말했던지, 리타는 그 노란 꽃들을 들고 가버린다. 생쥐처럼 쌩하니, 아주 멀리 가버렸으니, 유진은 다시는 리타의 소식을 듣지 못할 것이다!

뭔가 일이 진행중이고, 멈추지 않을 것이다. 그것은 멀리서 오는 동력으로 사실은 우주와 함께 시작되었다. 그것은 느리고 길고 심오하다. 그것은 본능적일 뿐 아니라 타인, 또하나의 미지의 존재(분명 사뮈엘은 아니다. 그는 우연의 대리인에 불과했다)의 의지, 욕망이기도 하다.

매일 유진은 탄생에 다가가고 있다. 기대가 되면서도 두렵다.

밤이면 몸이 가벼워지는 꿈을 꾸기도 한다. 그녀는 다시 아이가 되어 파도를 따라 단단한 모래사장을 있는 힘껏 쏜살같이 달린다. 어머니는 바람을 막아주는 모래언덕에 앉아 있다. 곧 그녀를 죽게 만들 병을 아직 진단받지는 않았지만, 통증은 이미 그곳, 뱃속 어딘가에서 병이 났음을 알려주고 있다. 때때로 어머니가 얼굴을 찌푸리자 유진이 어머니를 바라본다. "엄마 아파?" "괜찮아, 그냥 옆구리가 아파서. 곧 지나갈 거야." 잠에서 깨어나면서 유진은 잠깐 동안 혼란스럽다. 이 모든 게 꿈인가? 손으로 배를 더듬어본다. 꼬물거리는 태아와 자궁벽에 닿은 발의 형태가 느껴진다.

"들이쉬고, 내쉬고. 들이쉬고, 내쉬고." 병실에서—개인병원보다는 시설이 못하지만 무료다—여자들이 호흡 연습을 하고 있다. 유진은 석 달 전이었으면 웃음이 나왔을 것 같다. 남산만 한 배를 위로 하고 누운 여자들이 다 같이 숨을 들이쉬고 내쉰다. 빙산 기슭의 물개들. 애를 입으로 낳으려나?

갑작스럽게 사뮈엘에게서 전화가 왔다. 그녀는 사뮈엘이라는 걸 알고 전화를 받지 않았다. 그러다, 아니다, 전화를 받는다. 왜 숨는단 말인가? 이젠 알지도 못하는 사람인데. 그가 항상 주저하는 듯한 매우 낮은 목소리를 가졌다는 것도 잊어버렸다. 무엇보다 그의 목소리를 좋아했던 게 생각난다. 멀찌감치 거리를 두면서도 그의 목소리를 듣는 기쁨을 누리기 위해서다. "요샌 뭐 해?" 유진은 있는 그대로 말한다. "으응, 나는 그냥 이 일 저 일 해." 사뮈엘은 은행에서 자기가 하는 일에 대해, 곧 떠날 여행에 대해, 아프리칸지 한국인지로 파견 근무를 간다고 이야기한다. "그럼 우리 만날까?" 유진은 한순간 공황 상태에 빠진다. 그에게 이 남산만한 배를 보이다니, 말도 안 된다. 그녀는 사정을 설명하고 싶지 않다. "그런데 사미*, 나도 조금 바쁘거든. 나가야 해서." 침묵. "어디 가는데?" 그녀는 이렇게 대답하고 싶다. 달나라에, 아니면 억새의 나라에. 하지만 그녀는 아무 말도 하지 않고, 그냥 이렇게만 말한다. 나중에 얘기할게. 그의 호기심이 동하는 게 느껴진다. 심지어 그가 질투할 수도 있겠다는 생각에 조금 우스꽝스러운 승리감이 느껴져 웃음이 나온다. 지지 않았다는 이런 확신은 어리석고, 그녀는 그게 부끄럽다. 하지만 그게 좋다는 것은 인정한다. 그녀는 전화를 끊는다. 이제는 전화를 받지 않을 것이다. 이미 그녀는 엄마이고 아이를 보호하는 것 말고 다른 일을 생각해서는 안 되리라. 수토끼는 제 새끼를 잡아먹는다고 알려져 있으니까.

---

* 사뮈엘의 애칭.

유진은 그날그날을 살아간다. 아기를 먹이기 위해 잔뜩 먹는다. 더이상 몸무게를 달아보지도 않는다. 호흡 연습실에 오는 여자들은 저마다 사연이 있다. 부모 손에 마지못해 끌려온 거구들이 있는가 하면, 유진처럼 거의 뾰족할 정도로 배가 작고 둥근 여자들도 있고, 헐렁한 세일러복을 입고 허우적거리는 여자들도 있고, 무슨 운동 경기, 배구 시합에라도 나가듯 운동복을 입고 오는 여자들도 있다. 유진은 옆자리의 넬리와 이야기를 한다. 그녀는 슈퍼마켓 계산원이어서 여기서 끝나면 일을 하러 간다. 적어도 편안한 의자라도 주나? 그리고 뱃속 아기는, 일하는 걸 좋아하고? 넬리는 웃는다. 충치가 있긴 해도 그녀의 미소가 구릿빛 얼굴을 환하게 밝혀준다. "이상하지, 얘는 금전등록기가 울릴 때마다 동전을 움켜쥐고 싶다는 듯 뱃속에서 꼬물거린다니까!" "그럼 은행가가 되겠네!" 넬리가 웃는다.

유진은 팔 개월 전, 태아가 아직 새우만했을 때 사뮈엘을 만나러 은행 앞으로 갔던 일이 떠오른다. 이런 생각을 했었다. 사뮈엘도 자기 엄마 뱃속에서 엄지손가락을 빨며 잠잤을 텐데. 발이 벌써 너무 커서 어디다 쑤셔넣어야 할지도 모르는 채! 남자도 그런 것들을 생각할까? 이제 그는 한 남자여서만은 안 되고 받기 위해 주는 일도 그만두어야 할 것이다. 한번은 사뮈엘이 늘 그러듯이 남자들은 이렇고 여자들은 저렇고 하면서 이론을 펼치기에 유진이 말했다. "유일한 차이라면 남자들은 (정자를) 주고 여자들은 그걸 받는다는 거지." 그들이 서로에게 말하지 못한 모든 것, 소용없는 말로 남은 모든 것. 그녀가 자기 안에 담아둔 모든 것이 이제는, 보라, 이렇게 아이가 된 것이다! 생명 속 또하나의 생명, 자기 안의 이방인.

며칠 전부터의 진통. 자궁 수축, 예상했듯 조산원의 가르침대로 진행된다. 10상팀, 20상팀, 50상팀 동전. 파동. 그녀는 분만실에서 상상한다. 부풀어오른 거대한 배, 지구의만한 배! 유진은 생각한다. 바로 내가 나에게로 오는 중이다. 나는 다른 누구일 수 없고, 다른 곳에 있을 수도 없다. 남자들은 항상 다른 곳에 있을 수 있다. 전쟁터의 겁쟁이라도 그들이 선택하지 않은 순간이란 없다. "왕이 되느니 자유롭게." 그건 사뮈엘의 좌우명이다. 그녀는 믿었다. 이제는 더이상 철석같이 믿지 않는다.

드디어 올 것이 왔다. 병원의 산부인과 의사가 그렇게 결정했다. 그는 (달력이 아니라) 예약 수첩을 참조하더니 단 한 방의 주사로 사건을 개시했다. 그것이 기묘하고 경이롭고 기적적인 일이라고 믿게 만드는 것은 그의 소관이 아니다. 매일, 매시간 그 일이 일어난다. 9시 나도 부인, 10시 30분 소베고 부인, 11시 30분

자니코 부인, 12시 30분 부인, 아니, 아가씨…… 무엇보다 밤은 안 되고, 토요일은 아들과 외출하는 날이니 안 되고(그는 자기 잘못으로 이혼했다), 일요일은 공원 연못에서 조정 연습을 해야 하니 안 된다. 하지만 항상 뜻대로 되는 것은 아니다. 때로는 서둘러야 할 때도 있고, 순조롭게 돌아가지 않을 때도 있다. 열다섯 시간 삼십 분 동안의 진통에는 수술이 불가피하다. 겸자, 호흡기, 제왕절개다.

유진은 제정신이 아니다. 분명 경막외마취의 효과 때문이다. 그녀는 주사가 무서워서 원치 않았지만 설득당했다. 발은 수술대의 발받침에 들어가 있다. 들이쉬고, 내쉬고, 들이쉬고, 내쉬고…… 10상팀, 5상팀, 20상팀, 50상팀, 더 큰 동전도 있나? 유진은 거기 없다, 이젠 더이상 거기 없다. 작업은 다른 곳에서 이루어진다. 그녀는 다른 누군가로 대체되었다. 녹초가 되어 드러누운 임신부, 무릎은 세우고 발은 받침대에 비끄러매인 채로 어떻게든 빠져나와 표면으로 다시 올라가기 위해 뒤로 몸을 던지려는 듯 발버둥치고 또 치고 있다. 들이쉬고, 내쉬고…… 어쩌면 거인 아틀라스처럼 지구의 무게를 지탱해야 할까? 그녀 앞에 자신을 내려다보는 얼굴들이 보인다. 조산원, 간호사들. 산부인과 의사는 아직 왕림하시지 않았다. 그도 사뮈엘처럼 나그네에 지나지 않는다. 인형처럼 포동포동한 얼굴, 귀에 난 털, 큰 코와 짙은 눈썹의 세일즈맨인 것이다. 그가 안 오면 좋겠다. 그가 오면 뭐라고 말할지 생각해두었다. 아니요, 선생님, 전 아무것도 필요하지 않아요, 청소기, 다리미, 냉장고, 냉동고, 제게 필요한 건 다 집에 있어요. 빨래요, 빨래방에 갈 거예요, 기계는 항상 고장나잖아요. "어떻게 되어가지?" 좋습니다, 좋아요, 당신은 어떠세요? 우거지상. 달님은 어디 있나요? 난 그가 보고 싶어요, 아름다운 얼굴, 밤의 미소가. 아니요, 가차없는 빛을 무대에 쏟아내는 요오드 조명 말고요. 아니면 해님이라도요, 제발. 숲속 빈터의 감미로운 여름 공기 속에 수확이 끝나 그루터기만 남은 밭에서요. 증인이 없거든요. 그러니까 아이 아버지 말이에요. "출산을 지켜봐줄 누구 있어요?" 설명 없이, 아니요. 이번엔 병원 직원들 차례다. 반복해서 묻고 적고 강조한다. "불쌍해라. 혼자서, 아무도 곁에 없나봐, 찾아와줄 사람도 없고." 얼굴들이 착한 요정처럼 몸을 굽혀 주의깊게 내려다보고 있다. 유진은 왼쪽에 있는 조산원의 손을 꽉 쥔다. 어리디어린 여자로 장밋빛 뺨의 어린애 같은 얼굴인데 두건에서 금발의 곱슬머리가 빠져나와 있다. 유진은 고마운 마음이 밀려와서 그녀의 이름과 나이를 알았으면 싶다. 얼마나 오래전부터 조산원 실습을 받았는지도. 남자친구는 있는지, 곧 결혼할 건지? 들이쉬고, 내쉬고…… 두 호흡 사이에서 그녀는 질문할 겨를이 없다. 이제 그녀는 완전히 녹초가 되었다. 낮이 다 지나 태양은 구름 뒤로 숨고 달빛은 사위었고 이 눈부신 조명뿐이다. 난 아기가 파란 물속에서, 숲속 빈터에서, 수확이 끝나 그루터기만 남은 밭에서 태어났으면 해요. 벽 너머에서 달님이 하늘에 떠오르자 그의 노랫소리와 속살거리는 물소리와 흔들리는 풀의 감미로운 속삭임이 또렷이 들려온다. 유진의 딸이 태어난다. 그리고 유진은 잠이 든다.

에필로그

다시 여름이다. 구름이 모래언덕 위로 흘러가고 바람이 모래 사장에 핀 엉겅퀴를 흔들고, 살갗의 털도 파르르 떨린다. 유진은 바람을 피해 모래언덕 아래 웅크리고 누워 있다. 그녀는 피부를 스치는 바람결과 발가락 사이로 빠져나가는 모래를 느낀다. 오목한 배 위에는 욉랄리*가 잠들어 있다. 아이는 태어날 때를 기억한다는 듯 머리를 아래로 두고 거꾸로 자고 있다. 유진의 가슴 사이에 아이의 작은 두 발이 아무렇게나 맡겨져 있다. 그러자 유진은 지치지도 않고 발가락을 세어본다. 욉랄리를 웃기려고 유진은 어머니가 들려준, 전래 동요 〈이 꼬마 돼지〉를 흥얼거린다.

---

* '억새'라는 뜻.

꼬마 돼지가 시장에 갔다네, 꼬마 돼지가 집에 있다네, 그리고 새끼발가락을 잡고 위-위-위-위-위, 길을 쭈욱 따라서! 하나 둘 셋 넷 다섯, 모두 해서 열. 자갯빛 발톱이 달린 작은 분홍색 발가락들. 윌랄리, 그건 공항으로 가는 길에 안개와 뒤섞이던 긴 줄기들과 복슬복슬한 방울 술을 기억하며 유진이 고른 이름이다. 사뮈엘은 싫다고 하지도 않았고 이유도 묻지 않았다. 그는 여행에서 돌아왔고, 더이상 세상 끝으로 가지 않을 것이다. 삶은 유진과 윌랄리의 머리 위로 흘러가는 구름처럼, 모래시계 소리를 내는 바다처럼 변화무쌍하다. 윌랄리가 태어났을 때 유진은 아기를 데리고 매일매일 바닷가에 가리라 결심했다. 바닷소리와 바다 내음이 그애 안에 배어들어 그애가 영원히 간직할 수 있도록. 그녀는 지금 그렇게 하고 있다.

바르사,
아니면
죽음을

대양을 바라보아라, 떠나는 꿈을 꾸어라,
사랑하는 이가 돌아오기를 기다려라!

바다, 파투는 날마다 바다를 바라본다.

어렸을 때 파도를 세어보곤 하던 게 떠오른다. 그건 일종의 내기였는데, 그녀는 한 번도 이겨본 적이 없다. 얻을 것이라고는 전혀 없었다. 이쇠 할머니의 말마따나 오히려 시간을 잃었을 뿐이다. 파투는 마하마가 자기를 왓슨이라고 부르게 하듯, 자기를 바네사라고 부르게 한다. 그들은 고레 섬*에 오는 관광객들 때문에 그런 이름을 정했다. 사람들이 그들의 사진을 찍기 전에 이름을 물어보면 그렇게 알려준다. 그러다 끝내는 진짜 이름을 잊어

* 세네갈의 수도 다카르 동쪽에 위치한 섬. 과거 아프리카 연안 노예무역의 중심지였고, 유네스코 세계유산으로 등재되었다.

버릴 지경이 되었다. 마치 그들이 바르사*의 나라로 가기 위해 대양 저편을 떠나온 것처럼.

아버지가 세상을 떠나고 파투가 음부르**를 떠나왔을 때, 사방에 널린 모든 낯선 이들과 함께 이 섬에서 영위하게 될 삶에 대해선 한 번도 상상해본 적이 없었다. 엄마의 숙모인 이쇠 할머니는 파투에게 엄하게 말했다. "얘야, 지금까진 뭘 했지?" 파투는 읽고 쓰고 기도하는 법을 배우려고 학교에 다녔다고 했다. 이쇠는 이렇게 늘어놓았다. "기도하기 위해서라, 좋지. 하지만 지금부턴 가족을 도와야지. 가게를 보고, 음식을 만들고, 냄비를 닦고, 바닥을 쓸고, 매일 아침 여섯시면 쓰레기를 태워야 해. 돈을 벌고 네 밥값을 하기 위해 뭐든 해야 한다. 알아들었니?" 파투는 기죽지 않고 제 공부 얘길 하면서 비서가 되어 외국을 여행하고 싶다고 했다. 그러자 이쇠 할머니는 화가 나서 펄펄 뛰며 그애의 땋은 머리채를 잡고 방으로 끌고 들어가 허리띠로 두들겨 팼다. 그 일이 있은 후로 파투는 다시는 떠난다는 말을 하지 않았다. 대신 말없고 심술궂은 아이가 되었다. 웃고 노래하고 춤추고 햇볕 아래서 머리 땋기를 그리도 좋아하던 아이가. 파투는 여위고

---

* 바르셀로나.

** 세네갈 남부의 항구도시.

말라갔다. 땋은 머리를 자르고 검은색 스카프를 쓰고 턱밑에서 묶었다. 하루종일 빨래를 하느라 손이 트고, 불쏘시개로 쓰는 나뭇조각에 램프용 석유를 뿌려 불을 피우느라 얼굴은 지저분했다. 그애 엄마가 딴 남자와 살림을 차리려고 떠나버리자 사정은 더 나빠졌다. 늙은 마녀는 조카가 제 딸 파투를 위해 보낸 돈을 몽땅 차지했다. 파투가 자기에게 얹혀사는 주제에 음식까지 훔친다고 욕을 하면서 더욱더 악질적으로 굴었다. 그래서 파투는 일을 마치고, 외종조모가 매트리스 위에서 잠들면 집밖으로 나와 곶으로 왓슨을 만나러 갔다. 그들은 바오밥나무 아래 앉아 담배를 피우면서 바다를 바라보았다.

왓슨은 새카만 피부와 환한 미소를 지닌 스물여섯 살의 키 큰 청년으로 다카르 태생이지만 가족을 떠나 이 섬에 와서 이복누이와 함께 살고 있다. 왓슨은 외종조모의 식당 앞에서 잡동사니를 팔고 있는 파투를 만났다. 그리고 수다를 떨다가 두 사람은 친구가 되었다. 그들이 관광객들을 위해 이름을 지어낸 것도 그 무렵의 일이었다. 마하마는 어쩌다 그렇게 됐는지는 이젠 잘 모르지만 왓슨이라는 이름을 찾아냈다. 파투는 사람들이 그녀의 사진을 찍으면서 이름을 물으면 이렇게 대답했다. 바네사 파라디. 보통 관광객들은 더 물어보지 않고 장신구를 하나 사고는 떠나갔다.

사실 왓슨은 일을 많이 하지 않았다. 공식 가이드를 대신해서 그저 몇 차례, 오후에 성채와 '노예의 집'을 구경하러 온 관광객들을 안내할 뿐이었다. 대개는 곶에서 죽치면서 바오밥나무 그늘 아래 앉아 바다를 바라보며 담배를 피웠다. 그에게는 잘 통하는 친구가 하나 있었는데 나이가 꽤 든(서른다섯 혹은 더 많은) 사람으로 불구의 아버지와 함께 낡은 집에서 비밀스럽게 살고 있었다. 소문에 의하면, 그가 퇴역 병사인 아버지의 군인 연금을 타먹고 있다고 했다. 그는 말하기를 좋아해서 담배를 피우거나 소다, 또는 저녁에는 맥주를 마시면서 온갖 것에 대해 말도 안 되는 소리를 끝없이 지껄여댔다. 파투가 왓슨에게 물어보니 그는 철학자이며 지식인이라고, 그뿐이라고 했다.

왓슨이 '철학자'와 대화를 나눌 때가 아니더라도 혼자 곶에 있는 그를 파투가 만나러 가고 한 지가 꽤 되었다. 왓슨은 파투가 자기 애인이 되었으면 하는지 슬쩍 키스를 했고, 파투는 화난 척하면서 그를 밀어냈다. 어느 날, 험담이 돌자 이쇠 할머니는 파투에게 설교를 늘어놓았다. "그 녀석을 계속 만나서는 안 돼, 좋을 게 하나도 없으니까. 그리고 사람들이 우릴 어떻게 생각하겠니? 우리가 형편없다고 할 테고 내 지붕 아래 못된 계집애를 키운다고 할 테지?" 파투는 그 설교를 새겨듣는 척하다가 이쇠 할머니가 쏟아지는 잠을 이기지 못해 침대에 쓰러지자마자 곶으로 갔다.

왓슨은 떠나는 이야기를 했다. 그 얘기를 하기 시작한 지 벌써 좀 되었다. 그는 바다를 바라보면서, 저기 저편에는 섬들이 있는데 아주 가까워서 날씨가 맑은 밤이면 수평선 위로 그 불빛들을 볼 수 있다고 했다. 그 섬들은 크고 매우 아름다우며, 거기에는 운명을 바꾸기 위해 새로운 삶을 찾아 스페인의 바르사로 가는 문이 있다고 했다. 파투는 조금 비웃듯이 말했다. "저기서는 뭐가 더 좋은데? 죽지 않기라도 해?"

밤이 되면 왓슨은 바람을 맞으며 수평선에 불빛이 보이는지 보려고 곶의 가장 서쪽, 폐기물과 나무판자 조각으로 가득한 작은 해변으로 갔다. 우기가 끝나자 하늘은 별들로 가득했다. 왓슨은 어둠을 얼마나 오래 바라봤는지, 자기 눈이 엄청나게 커져서 밤의 어둠을 빨아들이는 것만 같았다.

다른 청년들이 그와 합류했다. 처녀들, 싸구려 장신구를 파는 목소리가 큰 아가씨들도 함께했다. 그들은 맥주와 담배를 사서 마치 내일은 없다는 듯 떠들고 마시며 그곳에 죽치고 있었다. 파투 역시 빠져나올 수 있을 때면 가끔 그들과 함께하면서 술을 마시고 담배를 피우고 왓슨의 트랜지스터라디오로 음악을, 레게와 펠라*의 노래를 들었다. 그녀는 또 텔레비전에서 본 영화, 새로

나온 비디오게임, 축구나 배구 경기 이야기를 하는 젊은이들에게 귀를 기울이곤 했다. 하지만 대화는 금세 스페인 여행, 떠난 사람들, 그들이 번 돈에 대한 이야기로 이어졌는데 그들이 돌아올 때는 멋진 시계를 차고 새 운동화를 신었으며 부자가 되었다고들 했다. 저마다 거리에서 주워들은 소문, 이야기, 세세한 내용, 허풍 등등 뭔가를 덧붙였다. 그러다 그들은 노래를 하기 시작했다. 그들 중에는 기타를 가진 이가 있었고 청년들은 빈 기름통을 북 삼아 연주하거나 마라카스로 박자를 맞췄다. 몇몇 청년은 뭍에서 왔는데 보트를 놓쳐서 다음날 여섯시에 오는 거룻배를 기다리고 있었다. 이따금 파투는 왓슨과 둘이 함께 있었다. 그의 큰 점퍼로 몸을 덮고 팔을 그의 몸에 두르고 찰싹 달라붙어 있으면 그는 그녀가 어린애라도 되는 양 안아주었다. 그녀는 그와 함께 큰 카누를 타고 떠나 바르사를 향해, 스페인으로 가는 관문이라는 그 경이로운 섬들을 향해 대양을 횡단하는 꿈을 꾸었다. 새벽이 되면 그녀는 해가 뜨기 전에 부랴부랴 집으로 돌아가 이쇠 할머니가 아무런 낌새도 채지 못하도록 마당에서 쓰레기를 태우기 시작했다. 어쨌든 그 할망구가 때리려고 들면 파투는 달아날 터였다. 그녀는 진작 그렇게 마음을 먹었다.

* 펠라 쿠티(1938~1997), 나이지리아 음악가.

어느 날 파투가 왓슨에게 말했다. "항상 떠난다는 둥 다른 세계로 간다는 둥 그런 얘기를 하면서 왜 아무것도 안 해? 너희 남자들은 말뿐이지, 할 줄 아는 게 그것밖에 없다니까." 왓슨은 그녀를 바라보았다. 아직 어린데도 부엌일과 설거지로 지쳐 있고, 일을 많이 한 탓에 손톱은 깨지고 손에는 굳은살이 박였다. 그는 그녀가 아주 어렸을 땐 어땠을까 상상하며, 먹으로 그린 듯 까만 눈, 짧게 깎은 머리를 머릿속으로 그려보았다. 그는 흥분해서 말했다. "저 말이야, 너한테 이런 얘길 하기는 좀 그렇지만, 나 외국으로 일하러 갈 거야. 내가 부자가 돼서 돌아오면, 너랑 결혼할 수 있어." 그는 무슨 생각을 하는 걸까? 펄 듯이 기뻐하며 목에 매달려 고맙다고 할 거라고 생각하나? 그녀는 비웃었다. "그러니까 당신네 남자들이 바오밥나무 아래서 작당해서 결정한 게 그거야?" 그녀는 그의 말을 더이상 듣고 싶지 않아서, 마치 급하게 끝내야 할 일이 있다는 듯 자리에서 일어났다. "당신들은 죄다 똑같아! 말하고, 말하고, 또 말하고, 말뿐이지 할 줄 아는 거라고는 없다고!" 그가 화를 냈다. "가버려, 부엌으로 돌아가. 넌 거기서나 쓸모가 있으니까, 노친네 종노릇 말이야, 너 따위 없어도 내가 떠나려면 어떻게 해야 하는지 알 수 있으니까." 하지만 동시에 그는 파투가 옳다는 것을 잘 알기에 배가 아프고 목이 메었다. 그도 이곳의 모든 사내들처럼, 행동하기보다는 맥주나 마시고 빈 통이나 두들기고 마리화나를 피우는 게 좋았다—모험이 두렵고, 바다와 해안경비대와 낯모르는 사람이 무서웠다.

어느 날 철학자는 왓슨에게 젊은이들을 밀항시키는 일을 하는 사람 이야기를 했다. 그는 시치미를 떼고 별것 아니라는 듯 말했다. "그 사람 이름은 '지기'라고 하는데 정기적으로 부두 카페에 오거든. 넌 내 쪽에서 보냈다고 말만 하면 돼."

때는 우기여서 섬에는 일거리가 많지 않았다. 바다가 거칠어서 관광객들도 뜸했다. 왓슨은 뭍으로 가서 부두 카페 위층에서 지기를 보았다. 그는 키가 큰 편으로 라스타파리안* 머리에 금귀고리와 목걸이를 하고 흰 바지와 셔츠를 잘 차려입은 사내였다. 그는 생각에 잠긴 듯 항구의 바닷물을 향해 반쯤 몸을 돌리고서 지루하다는 태도로 커피를 홀짝거리고 있었다.

왓슨이 테이블로 다가갔을 때 서너 명의 젊은이가 그 라스타파리안과 이야기를 하고 있었다. 그들은 가격과 날짜를 의논하고 있었는데 왓슨을 보자 말을 멈추었다. "뭘 봐?" 젊은이 하나가 말했다. 눈이 충혈되고 싸움을 좋아하게 생긴 젊은이였다.

* 에티오피아 황제 하일레 셀라시에를 숭배하는 신흥 종교 신자, 아프리카의 자존과 독립을 주창하는 문화 운동 지지자를 일컫는 말로, 머리카락을 길게 꼬아 늘어뜨리는 드레드록 머리 모양이 특징이다.

"너 우릴 염탐하는 거지? 아니면 뭐야? 꺼져, 거지새끼야." 왓슨이 화를 내려고 하자 라스타파리안이 젊은이들을 진정시켰다. 그는 매끈한 손가락으로 천천히 손짓을 하면서, 느린 저음에 질질 끄는 부드러운 말투로 말했다. "이봐, 자유국가잖아, 안 그래? 우린 얘기 좀 하려고 여기 카페에 있는 건데, 나한테 무슨 할 말이라도 있는 건가?" 지기는 미소를 지었지만 눈초리는 상냥하지 않았다. 그에게는 예리하고 회피하는 듯한 구석이 있었다.

왓슨은 꼼짝도 못하고 테이블 앞에 못박힌 듯 서 있었다. 조금 전만 해도 그 사내들과 싸울 태세였지만, 지기가 말을 시킨 지금은 무슨 말을 해야 할지 더이상 알 수가 없었다. 그래서 그는 그저 아니요, 괜찮아요, 갈게요, 하는 몸짓을 하고 물러나 카페를 나왔다. 그는 햇빛이 비치는 항구 둑길에서 군중을 헤치며 빨리 걸었다. 관자놀이가 아직도 분노로 떨렸다. 무엇보다 아무것도 감히 물어볼 엄두를 내지 못했다는, 돈이 없다는, 한낱 거지라는 것에 대한 분노였다.

조금 뒤 철학자가 소식을 듣고 곶으로 왔다. "그래, 지기를 만났다면서? 그가 무슨 제안을 하던가?" 왓슨은 여전히 화가 나 있었다. 그는 어깨를 으쓱했다. "몰라, 그에게 말도 못 붙여봤어." 조금 뒤 왓슨이 그에게 물었다. "그런데 형씨는 말이야, 왜 여기 남아 있는 거지, 하는 일도 없으면서? 왜 나하고 같이 바르사에 가지 않는 거야?" 철학자는 생각에 잠기더니, 항상 달고 다니는 담배—어쩌면 마리화나—에 불을 붙이면서 설명했다. "난 말이야, 사유를 하며 살고 있어. 당장 눈앞의 일에만 연연하는 너랑은 다르지. 알겠어? 난 잃을 것도 없고 얻을 것도 없어. 난 내 바위산에 머물러야 해, 그게 내 운명이거든." 왓슨이 말했다. "형씨는 줄곧 실천을 말하면서 왜 행동하지 않는 거지?" 철학자는 바다, 그리고 선명하게 그어진 수평선을 마치 높은 벽이라도 되는 듯 바라보았다. "떠나려면 내가 바뀌어야 해, 더이상 이곳에 속해서는 안 되는 거지. 저편에서 뭔가 다른 것을 찾을 수 있다고 확신하거나, 또는 지금까지의 내 삶, 모든 것을 성찰하고 비판하는 내 삶, 이런 삶이 아무런 의미가 없고, 나는 우연 속에 놓여 있었고 떠나서 삶을 바꿀 좋은 기회를 기다려왔다는 생각, 지금까지 내가 살아온 삶이 아무런 의미가 없다는 생각이 들어야 할 거야. 지금 내가 무슨 말을 하는지 알아듣겠어?" 왓슨은 이해했는지 확신할 수 없었다. 모든 것에 대답을 해주었기에 자신이 우러러보았던 이 사람, 언제라도 섬의 곶에 가면 담배를 피우면서 바다를 바라보고 있어 만날 수 있는 이 사람이 용기가 부족하단 말인가? 왓슨은 갑자기 이 사람이 그 자신의 운명과 결별하고 자기와 함께 갔으면 하는 갈망에 휩싸였다. "이봐, 형씨, 나와 함께 가자고. 거기서 형씨 같은 다른 철학자들을 만날 수 있을 테고, 형씨는 거기서도 쓸모가 있을 테니!" 철학자는 그에게 주의를 기울이지 않았다. 왓슨의 말은 조금도 중요하지 않다는 듯 계속 바다를 바라보았다. 결국 그는 이렇게 대답했다. "난 다른 사람들을 만날 필요가 없어. 여기 있는 사람들로도 충분하니까." 그는 비장한 설명을 짧게 덧붙였다. "있잖아, 마하마(그는 절대로 그의 가명을 부르려고 하지 않았다), 하루종일 아무것도 안 하고, 저녁에 집에 돌아가서 아버지를 보고 어머니를 보면, 그분들이 얼마나 늙고 작고 연약하고 노쇠해졌는지를 알게 돼. 그건 내 사유에 의미를 부여해. 나의 무위를 행동으로 변모시키지." 그는 마침내 왓슨에게 몸을 돌렸다. 눈은 작고 노랗고, 낡은 가죽 색깔의 얼굴에는 벌써 주름이 져 있었다. "이봐, 마하마, 넌 자유야. 그러니 내가 보냈다고 하고 지기를 만나러 가라고. 그가 너를 여행하게 해줄 테니. 넌 자유야. 그러니 떠날 수 있어. 지체하지 마, 내일이면 나처럼 발목이 잡혀서 이 바위 끝으로 되돌아올 수도 있으니까."

그것은 작별인사와도 같았다. 왓슨은 파투나 가족 얘기는 꺼내지 않았다. 그는 자기 주변 상황에 대해 철학자와 의논해본 적이 전혀 없었다. 하지만 그는 왓슨에게 자기 인생 얘기를 조금 털어놓으려 했다. 그가 말했다. "너도 알지? 내 아버지 말이야,

공산당이 잘나가던 시대에 공산당 행동대원이었지. 아버지는 알제리 전쟁 때 프랑스군 병사였어. 먹고살기 위해 참전한 거지. 감비아 출신이야. 내 이름은 시몽 F. F.야. 왜 내 이름에 F가 두 개인지 알아? 말이야, 내가 태어난 해에 프란츠 파농이 『대지의 저주받은 사람들』을 출판했는데 아버지가 그 책을 읽고 나에게 이 이름을 붙인 거야. 시몽 프란츠 파농 테일러, 이게 내 이름이야, 알겠어?" 그러면서 담배를 한 대 더 꺼내 불을 붙였다. 마치 금세 바닷속으로 잠길 붉은 원반 같은 태양으로 불을 붙이듯이. 왓슨은 그와 악수를 하고 그 자리를 떠났다.

파투가 처녀성을 잃은 것은 바로 이 무렵이었다. 진정 그녀가 작정한 일은 아니었지만 어느 날 오후, 더위에 녹초가 된 이쇠 할머니가 방에서 잠든 사이 일이 벌어졌다. 왓슨은 섬에 있는 한 호텔에서 쉬엄쉬엄 일을 하고 있었는데 객실 청소부여서 열쇠꾸러미를 가지고 있었다. 비가 내리고 바닷바람이 거칠게 휘몰아쳐서 호텔 정원의 야자수와 유카나무의 먼지떨이 같은 잎사귀들이 마구 흔들렸다. 호텔은 거의 비어 있었다. 여지배인은 뭍에 갔는데 나룻배를 운항할 수 있다 해도 밤이 되어야 돌아올 것이었다. 왓슨은 파투에게 방을 고르게 했다. 분홍색으로 칠한 별관 이층의 멋진 방으로 프랑스식 창이 정원으로 나 있었다. 알코브

같은 곳에 천개가 달린 큰 침대를 들여놓았고 침대 맞은편에는 커다란 거울이 달린 붉은색 나무 화장대가 자리잡고 있었다. 키 큰 목련 가지가 발코니에 닿아 있어서 바람의 방향이 바뀔 때마다 반쯤 닫힌 덧창으로 새어드는 불빛이 너울거렸다. 이상하게도 왓슨이 파투보다 더 흥분한 것 같았다. 그녀는 욕실에서 옷을 벗고, 벌써 침대에 들어가 있는 그에게로 갔다. 그녀가 방을 가로지를 때 왓슨은 갈색 젖꼭지가 달린 그녀의 조막만한 가슴을 보았다. 그는 말을 더듬었다. "어, 너 정말 예쁘구나!" 마치 그때까지는 그걸 잘 몰랐다는 듯. 그는 곧장 그녀를 제 쪽으로 끌어당겨 쓰다듬고 입을 맞추기 시작했다. 그는 힘줄투성이의 마른 몸이었다. 그녀는 그의 팔 근육을 만졌다. "자긴 정말 근육질이야, 굉장한데." 그는 은근히 뽐내며 몸을 조금 일으켰다. 그녀는 두 손을 목 뒤에 받치고 팔을 벌린 채 그가 자기를 갖기를 기다렸다. 그녀는 그가 키스를 하거나 만지는 것은 딱히 꺼리지 않았다. 하지만 그가 그녀의 엉덩이 아래로 손을 넣으려고 하자 그녀는 제지했다. 그녀는 일종의 초조감과 격렬함을 맛보았다. 아마도 기대하고 있었던 모양이다. 이윽고 그가 팽팽한 성기를 별 배려 없이 그녀 안으로 밀어넣자, 그녀는 아파서 작게 소리를 질렀다. 그녀는 자기에게 일어나고 있는 일을 분석하고 싶지는 않았지만, 삽입이 깊어질 때마다 성기 안의 얇은 피부가 찢어지는 것을 느꼈고 이어서 마치 온몸이 열리는 듯, 아픔과 쾌감이 뒤섞인 일종의 파동이 밀려오는 것을 느꼈다. 동시에 그녀는 점점 강해지고 점점 가빠지는 왓슨의 숨소리에 귀기울이며 팔과 엉덩이와 배, 심지어 얼굴까지 옭아매는 밧줄과 매듭 같은 그의 단단한 근육을 느꼈다. 어슴푸레한 빛 속에서 왓슨의 몸 색깔이 검붉게 보였다. 한순간 그녀는 큰 소리로, 중얼거리는 것이 아니라 분명하고 단호한 목소리로 말했다. "난 아기는 싫어." 그는 아무 말도 하지 않았지만, 잠시 후 조금 궁시렁거리면서 그녀에게서 몸을 빼내자 따뜻한 정액이 파투의 배 위로 쏟아졌다. 왓슨의 피부는 땀으로 번질거리고 심장이 동맥에서 펄떡거리며 가쁜 숨을 씩씩거렸다. 파투는 몸을 일으켜 욕실로 씻으러 달려갔다. 그러고는 다시 돌아와 청년 곁에 누웠다. 시트 위에는 아무런 흔적도 없었다. 피는 파투의 몸안에 남아 있다가 샤워를 하면서 씻겨내려간 것이다. 그녀는 어쨌든 좀 이상하다고 생각했다. 정열적인 행위 속에서도 시트를 걱정하고, 왓슨이 십중팔구 세탁장 열쇠는 갖고 있지 않을 거라고 생각했던 것이다. 그녀는 목욕 수건만 사용했는데, 그 정도라면 언제든 청소부 여자가 깜박한 걸로 넘어갈 수 있었다. 시적 감성은 좀 부족했다.

하지만 파투가 가장 좋아한 것은 그 이후의 순간들이었다. 왓슨은 마르고 큰 몸을 살짝 모로 뉘어 넓적다리에 성기를 늘어뜨린 채 침대에서 곯아떨어졌다. 파투는 그의 몸 윤곽에 맞춰 제 몸을 그의 뒤에 밀착하고 그의 배를 손으로 감싸안고 견갑골 사이의 오목한 곳에 얼굴을 묻었다. 좋았다. 그녀는 눈을 뜬 채로 덧창에 일렁이는 빛을 바라보며 휘몰아치는 바닷바람이 종려나무 잎사귀를 흔드는 소리에 귀를 기울였다.

그후로 그들은 가능할 때마다 규칙적으로 호텔에서 만났다. 왓슨이 와서 기다리고 있으면 조금 뒤에 파투가 살짝 열린 문을 통해 정원으로 숨어들곤 했다. 때로 그 분홍 방은 관광객들, 백인들, 일본인들의 차지였다. 그러면 둘은 창살 친 창문이 골목 쪽으로 나 있는 정원 안쪽의 방으로 갔다. 날이 몹시 더울 때 그 방은 동굴 내부 같아서 외부의 소음이 아주 작게 들려왔다. 파투는 절대로 완전히 긴장을 풀지 않고, 호텔 여주인이 돌아오거나 예상 밖에 누가 오지 않는지 동정을 살폈다. 그녀는 왓슨에게 말했다. "부자라서 여기서 온종일을 보내고 밤에도 잘 수 있으면 얼마나 좋을까." 왓슨은 상냥하게 말했다. "두고 봐, 내가 돈을 벌었다 하면 네가 원하는 모든 호텔의 비용을 낼 수 있을 테니까." 이제 그녀는 사랑을 나눌 때도 더이상 아프지 않았다. 그에게 찰싹 달라붙어 있으면 그의 열기를 마시는 기분이었다. 그녀는 자기 시트를 접어서 비닐봉지에 넣어 숨겨가지고 왔다. 얼룩을 남기고 싶지 않았다. 그녀는 이 문제를 걱정하는 게 왜 자기

여야 하는지에 대해 결코 의문을 품지 않았다. 사랑 나누기, 욕실에 가서 씻기, 그리고 시트를 걷어내 집에 가져가 빨기. 그는 잘 수도 있고, 천장을 쳐다보며 평온하게 담배를 피울 수도 있었다. 그게 그랬다. 그런데 한번은 그녀가 콘돔 얘기를 꺼내자 그가 어깨를 으쓱했다. "왜, 나를 못 믿어?" 그는 조금 있다가 상냥한 목소리로 덧붙였다. "만약 내게 병이 있다면, 너하고 자지 않았을 거야. 너를 너무 사랑하니까 그럴 수 없어." 파투는 다시는 그 얘기를 꺼내지 않았다.

그녀는 더이상 이쇠 할머니를 미워하지 않았다. 그녀는 식당에서 계속 뼈빠지게 일했지만 그건 아무래도 상관없었다. 하루는 이쇠가 위층에서 소리를 지르자 그녀는 이렇게 대답했다. "늙어빠진 할망구 주제에!" 노파는 입을 헤벌리고 있다가 뒤로 물러났고, 파투는 노파의 눈에서 두려움을 읽었다. 파투는 자신이 강하다고 느꼈다.

자신을 찾는 전화가 오자 왓슨은 곧바로 버스를 타고 남쪽으로 출발했다. 아버지가 죽은 후로 어머니 릴라를 못 만난 지 삼 년이었다. 릴라는 조금 더 강해졌고, 늙기는 했어도 여전히 아름다운 여인이었다. 그녀는 멋지게 차려입고, 채색 유리 장신구로 꾸민 땋아 늘인 붙임머리를 섞어 공들여 매만진 머리를 하고 있었다. 지금은 뚱뚱하고 떡 벌어진 거한과 살고 있었는데 그는 세관에서 일해 수입이 좋았다. 철조망으로 에워싸인 넓은 정원 가운데에 있는 소비 씨(이게 그의 이름이었다)의 집은 넓고 현대적이고 거실에는 에어컨이 있었다. 그 집에는 스무 살가량의 청년이 살고 있었는데 그는 소비 씨의 막내아들이었고, 다른 자식들은 프랑스와 독일로 유학을 가 있었다. 왓슨은 아버지가 죽은 후 어머니가 여기서 평탄하게 사는 동안 자기가 살아온 인생을 생각하자 쓰라림이 밀려들며 새삼스레 화가 치밀어올랐다. 하지만 그의 자존심, 아니 어쩌면 신중함 때문에 이런 감정을 드러내지 못했다. 그들은 친척 여자와 함께 지내는 왓슨의 섬 생활에 대해 이야기를 나누었다. 릴라는 걱정이 되는지 여러 가지를 물었다. 무슨 권리로? 다른 남자와 살림을 차리려고 떠날 때 그를 염두에 두기라도 했단 말인가? 어머니가 돈을 조금 주기만 했어도, 아니 전화 한 통만 해주었어도 그가 다른 세계로 떠나기를 그토록 열망했을까? 왓슨은 여전히 얼버무리고 있었다. 모든 게 잘되어가고, 계획도 있으며, 호텔에서 일하고 있다고. 그는 비자가 나오는 대로 곧 저쪽으로 떠날 거라고도 했다. 소비 씨가 끼어들려고 했다. "비자라니? 그럴 리가 없을 텐데. 그들은 그런 식으로 비자를 내주지 않거든. 생활 자금이 있어야 해. 그리고 계약서도 필요하고." 그는 아들들이 프랑스와 독일에 있어서 그 방면에 대해서라면 잘 알고 있었다. “필요한 돈은 저축해서 모을 거예요. 다른 사람들처럼 그러면 되지 않겠어요?” 그는 자신의 재력과 유학중인 아들들을 그토록 자랑스러워하는 이 거만한 남자와 그들의 비자와 안락한 삶이 미워지기 시작했다. 그 남자, 그들과 한통속인 어머니도 미웠다. 그는 서둘러 그 집을 떠났다. 정원에서 그를 포옹하면서 릴라는 지폐 뭉치를 하나 주었다. 그는 어머니가 미워서 고맙다는 말도 없이 돈을 챙겼다. 어머니의 근심 어린 얼굴을 보자 상당히 기분이 좋았다. 그는 릴라가 털썩 주저앉아 입꼬리가 노파처럼 고통스럽게 일그러지는 꼴을 보기 위해서 할 수만 있다면 소리지르고 고함이라도 쳤을 것이다. 소리지르기. “난 밀항 알선업자에게 돈을 주고 카누를 타고 망망대해로 나갈 거야. 바르사를 향해서, 죽음을 향해서! 절대 안 돌아와, 절대로, 엄마가 죽어도 절대 보러 오지 않을 거라고!” 아마 이런 말들이 소리 없이 그의 목구멍에서 빠져나왔을 거라고 생각했다. 릴라가 계단에 털썩 주저앉더니, 리멜 표 마스카라를 화장지로 닦으며 이쇠 할머니처럼 큰 소리는 아니지만 소녀처럼 처량한 소리로 울기 시작했기 때문이다. 그녀의 붙임머리가 개 귀때기처럼 옆으로 늘어져 있었다.

카누는 아주 길고 멋지다. 로켓처럼 끝이 뾰족하고 길쭉하다. 밀항 알선업자들의 농담이 있다. "이걸 타고 달나라로 떠나는 거야, 친구." 그들이 여행을 하는 건 아니다. 그들은 손님을 데려와 돈을 받고 그 일부를 키잡이에게 떼어주면 그만이다. "신분증이 있어서는 안 돼. 당신이 누군지 알 수 있을 만한 건 절대 없어야 해. 당신은 말리 출신이야. 그러니 당신을 다시 배에 태워 데려올 수 없지. 당신은 아는 사람이 전혀 없어, 바르사, 그다음에는 독일로 가, 거기에 당신을 기다리는 친척이 하나 있는 거야. 당신은 카누가 누구 건지 모르고 키잡이 이름이 뭔지도 몰라, 내 이름도 모르고."

돈, 그건 릴라가 주었다. 그리고 이쇠 할머니도. 그러나 이쇠는 모르는 일이다. 어느 날 오후, 이쇠가 깊이 잠들어 있을 때, 파투가 몰래 방에 들어가 비스킷 통에 넣어 침대 밑에 간수해둔 돈을 집어온 것이다. 왓슨은 주저하는 척했다. "괜찮겠어? 그 돈을 언제 돌려줄 수 있을지도 알 수 없는데." 파투는 심란한 눈길로 말했다. "어쨌든 돌아올 거잖아?" 그는 그녀가 듣고 싶어하는 말만 골라 했고 사랑의 말도 속삭였다. 그가 떠나기 전날 저녁, 그들은 밤을 같이 보내려고 감히 호텔로 갔다. 그들은 여주인의 주의를 끌까봐 불을 켜지 않았다. 그들이 처음 갔던 이층의 그 방이었다. 날씨가 무덥고 바람도 없었지만 에어컨을 켜는 것은 말도 안 되는 일이었다. 그들은 여러 번 사랑을 나누었고, 왓슨이 잠들 때마다 파투는 그에게 몸을 밀착했다. "또 할까?" 동이 트기 조금 전에 그들은 헤어졌다. 왓슨은 누이의 집으로 가방을 가지러 갔지만 파투는 즉시 집으로 돌아가지 않았다. 쓰레기는 천천히 처리해도 되니까. 그녀는 부두에서 왓슨을 다시 만나 그와 함께 첫 나룻배가 오기를 기다렸다. 시내 쪽에서 태양이 떠오르고 벌써 자동차들이 부르릉거리는 소리가 바람결에 실려왔다. 사람들은 서둘러 나룻배에 올랐고 파투는 꼼짝도 않고서 배가 멀어져가는 모습을 바라보았다. 몸이 뻣뻣하게 굳어 아무런 감각도 느낄 수가 없었다.

왓슨은 생루이 부두에서 사흘을 기다렸다. 파도가 거칠어서, 또는 승객이 모자라서, 아니면 해안경찰이 순찰을 돌고 있어서. 아침에 그는 부두를 따라 걸으며 배들을 바라보았다. 손에는 비누, 면도기, 담배, 비스코트 한 상자, 새 운동화 한 켤레 등의 소지품이 든 비닐봉지가 들려 있었다. 부두에서 그는 떠나려는 사람들을 알아보았다. 똑같은 비닐봉지에 구부정한 걸음걸이며, 시선을 피해 가짜 레이밴 선글라스 뒤에 숨으려는 태도가 그랬다.

사람들이 부두로 밀려든다. 어부들, 짐을 든 여자들, 먹을 게 없나 하고 두리번거리거나 벽에 대고 공을 차는 아이들. 낚싯배들은 집이나 다름없이 돛대와 돛대 사이에 줄을 매서 빨래를 말리고, 구석에서는 노파들이 튀김 요리를 하고 있다. 왓슨은 섬을 떠난 뒤로 비스킷 몇 조각과 시장에서 산 오렌지 하나 말고는 아무것도 먹지 못했다. 그는 부둣가에 앉아 카누들 사이로 반짝거리는 바다를 바라본다. 관광객들이 산책을 하고 아이들 사진을 찍고 있다. 왓슨은 생각한다. 그들에게 영어로 말을 걸면서 저도 잘 모르는 도시의 관광 가이드 서비스를 해주겠다느니 하면서 돈을 좀 뜯어내려던 게 오래전 일이 아닌데, 하고. 하지만 지금은 이미 멀리 떠나와서 이방인이 된 듯, 자신이 다르게 느껴진다. 그는 파투를 생각한다. 그애도 바다를 보고 있을까, 죽음을 생각하고 있을까?

그날 저녁, 해가 지기 조금 전에 출발이 이루어졌다. 밀항 알선업자들의 카누는 해안경비대에 적발되지 않으려고 밤에 떠난다. 아무도 누구에게 기별하지 않았건만 여행자들이 하나같이 초라한 보따리와 함께 거기 부두에 나와 있다. 왓슨은 자기 차례를 기다리다가 알선업자의 호명에 앞으로 나아간다. 그 방추형 카누는 외해에 있어서 승선하려면 배 두세 척을 건너뛰어야 한다. 왓슨은 앞쪽 자기 자리, 맨바닥에 앉았다. 그는 재수가 좋다고 생각한다. 카누가 파도를 뒤집어쓰는 경우에도 바닷물이 뒤로 가고 모터 소음도 덜 들릴 테니 뱃머리에 있는 게 낫기 때문이다. 만일 누가 뱃멀미를 해도 토사물 냄새가 안 날 것이다. 그는 자기가 가장 먼저 육지를 볼 거라고 상상한다. 누구보다 먼저 바르사의 불빛을 보기 위해 잠들지 않을 거라고.

지금 그는 특별한 흥분을 느끼며 머리가 빙빙 도는 것 같다. 이제 됐다. 섬의 곶에서 철학자와 파투, 그리고 청년들과 이야기했던 일이었다. 바로 지금, 그 일이 이루어지고 있는 것이다. 그는 또다시 파투를, 애무와 키스로 충만했던 밤을 생각한다. 그날 밤 목련 잎새를 흔드는 바람 소리를 들으며 둘 중 누구도 잠들지 못했지. 그가 바다 저편에서 자유를 쟁취하려는 것은 그녀를 위해서, 사랑을 위해서다. 지금 그는 그걸 확신한다. 그는 부자가 되어 돌아가 이렇게 말할 것이다. 사랑해, 넌 이제부터 절대로 일할 필요가 없어.

지기는 거기 없다. 그는 밀항 알선업자 두 명을 보냈고, 그들이 카누에서 돈을 걷었다. 왓슨이 지폐 다발을 내밀자 알선업자는 한 장 한 장 능숙하게 세더니 사업가들이 쓰는 것과 같은 가죽 가방에 서둘러 넣는다. 카누 뒤쪽에 있는 승객들 중 하나가 돈이 없는지, 뭐가 모자라는지 다른 알선업자가 내리라고 소리를 지르고 욕을 하며 그를 밀쳐서 카누가 위태롭게 흔들린다. 그러다 모든 것이 조용해진다. 키잡이가 온다. 심술궂게 생긴 깡마른 노인인데, 수단 사람처럼 피부가 검고 머리에는 터번 대신 낡아빠진 수건을 둘둘 감았다. 그는 배 앞쪽으로 올라와 맨발로 가장자리를 딛고 균형을 잡으며 승객들의 머리를 짚으면서 뒤쪽으로 달려간다.

곧바로 모터가 굉음을 내다가 잦아들고 다시 굉음을 내며 물을 토해내자, 두 알선업자가 옆으로 뛰어내려서는 꼼짝 않고 서서 떠나가는 카누를 바라본다. 태양이 붉게 타오르며 랑그 드 바르바리* 산등성이 뒤로 사라져가는 동안 카누가 펠리컨들을 몰아내며 물위를 미끄러져간다. 모터가 토해내는 긴 소음뿐, 아무런 소리도 들리지 않는다.

* 세네갈의 야생 조류 보호구역이자 국립공원.

연인 없는 삶은 길고 따분하다. 왓슨이 떠난 후로 파투는 날짜를 세지 않았다. 그녀는 아무것도 기다리지 않는다. 아무것도 바라지 않는다. 매일 오후가 되면 곶으로 간다. 그와 만나던 그곳으로. 수평선, 그리고 푸른 바다로 밀려와 검은 바위들 위로 차례차례 떨어지는 파도를 바라본다. 갈매기들, 펠리컨 몇 마리. 날씨가 덥고 건조해서 섬은 모서리가 깨진 오래된 조약돌처럼 황막하다. 저녁이면 청년들이 와서 농담과 욕지거리를 주고받는다. 마치 왓슨은 존재한 적도 없고 그들 무리에 낀 적도 없는 것 같다. 파투는 이쇠 할머니의 집에서 일을 계속했다. 접시를 닦고, 불을 지켜보고, 쓰레기를 태우고. 그녀의 눈은 충혈되고, 손은 거칠었으며, 머리카락과 옷에서는 매캐한 연기 냄새와 땀내가 풍겼다. 그녀는 자신이 늙었다고, 늙고 추하다고 느껴져서 이젠 거울을 들여다보지 않는다. 밤에 복부가 달아오르면, 그녀는 신음 소리를 내며 몸을 움츠리거나 자신을 어루만지며 죄책감을 느낀다. 그녀 안으로 들어와 쾌감을 느끼게 해줄 붉고 단단한 성기를 갈망한다. 그녀를 끌어안아줄 근육질의 팔뚝, 등을 따라 팽팽히 당겨진 근육을 꿈꾼다.

그녀는 가끔 분홍 집 앞을 지나간다. 왓슨이 떠나기 전에 함께 잤던 방의 창문을 바라본다. 관광객들이 몰려온다. 시즌이 된 것이다. 붉은 피부의 금발 여인이 쌍둥이처럼 보이는 여자아이 둘을 데려왔는데 한 명은 머리카락이 갈색이고 다른 한 명은 연한색이다. 그들이 골목으로 나가자 전문 가이드가 '노예의 집'으로 그들을 데려간다. 늙은 예언자는 이제 없고, 교수 풍모의 젊은 지식인이 사람들의 방문을 맡고 있다. 그는 라스타파리안처럼 가짜 머리카락으로 된 모자를 쓰고 있다. 그는 믿을 수 없는 이야기를 들려주고, 관광객들은 사진을 찍는다.

파투는 가끔 철학자를 본다. 파투가 나무 조각상, 보라색 조개, 소형 부두교 입상 따위를 파는 좌판 앞으로 그가 지나가는 일이 있다. 그는 파투를 못 알아보는 척한다. 하지만 파투는 왓슨이 철학자와 의논하려고 바오밥나무 아래로 갈 때 따라가곤 했었다. 그는 사람을 피하는 사나운 개의 눈초리를 하고 있다.

파투는 그가 밉다. 왓슨이 떠나도록 설득한 것도 그이고 밀항을 주선한 것도 그였다. 파투는 그가 바람잡이거나, 더 나쁘게는 젊은이들을 사지로 내모는 밀항 알선업자 조직을 거느리고 있다고 굳게 믿었다. 그가 이따금 그 잘난 프랑스 여자들, 독일 여자들을 앞세우고 비좁은 골목길에 나타나면 파투는 화가 나서 치를 떤다. 그녀는 앞을 똑바로 보면서, 그가 먼지를 일으키며 질질 끄는 발소리에 귀기울인다. 여자들의 예쁜 금빛 슬리퍼, 그리고 그가 신은 샌들이 보인다. 발톱이 거무튀튀한 빼빼 마른 긴 다리가 꼭 개다리 같다. 그녀는 그가 지나간 다음 땅에 침을 뱉는다. 그는 아무것도 못 들은 척하지만 금발의 여자들은 뒤를 돌아본다.

매일 오후 이쇠 할머니가 침대에 널브러져 잠들면 파투는 곶으로 돌아가 바다를 바라본다. 이따금 카누 한 대가 푸른 파도를 가르며 지나간다. 너무 멀어서 승객들을 분간할 순 없지만 천으로 몸을 덮은 여자들과 어부들이 있는 것 같다. 소형 보트가 해안을 따라오다가 오목한 곳으로 사라졌다 다시 나타나는 게 이상한 검은 물고기 같다. 그 배는 북쪽을 향해 간다. 파투는 아마 내일이면 그 배가 섬에 닿겠거니 생각한다. 어느 날 저녁 왓슨은 파투에게 수평선에 나타난 불빛을 가리키면서 스페인의 석유 시추용 플랫폼이라고 설명해주었다. 저기에 조개처럼 매달려 누군가 데려가주기를 기다릴 수 있을까? 어떤 어부가 바다에서 실종된 소녀들을 그물로 끌어올려 배에 태워서 다른 세계로 데려갈 수도 있다. 거기선 모든 게 다르고 삶이 새로 시작될 수도 있겠지? 파투가 가끔 뒤적거리는 잡지들에서처럼 소녀들은 학교에 가고 대학에 진학하고 진짜 직업 교육을 받고 새처럼 도시를 내려다볼 수 있는 아주 높은 층의 아파트에 사는 진짜 여자가 되어 다른 여자들, 남자들을 만나고 사랑을 알고 결혼을 하고 파리, 베를린, 아메리카를 여행하는 거다!

그녀는 담배에 불을 붙이고 이 모든 것을 꿈꾼다. 머리카락을 흩날리는 바람 속에서 왓슨의 점퍼에 머리를 기대고 청년들이 젬베 북을 두드리고 기타를 튕기던 소리를 듣던 때처럼. 하지만 그녀가 알던 청년들은 이제 거기 없다. 그들 역시 하나둘 차례로 떠나갔다. 남은 자들은 더이상 노래를 부르지 않고 피닉스 맥주를 마시고 마리화나를 피우는 것으로 만족한다. 이 모든 것이 소위 철학자, 눈깔이 노란 저 커다란 개새끼 탓이다. 저놈이 그들을 밀항 알선업자들에게 팔아넘긴 것이다. 예전에 그 빌어먹을 잡종, 안 페팽이 제 집 지하실에 가둬둔 흑인들을 팔아먹었듯이.

날이 갈수록 파투는 이런 생각을 곱씹었다. 그것은 숨을 쉬지도 먹지도 살지도 못하게 막고 있는 목구멍에 걸린 덩어리, 뱃속에 든 돌덩이 같았다. 이쇠 할머니조차 그 한결같은 욕설로도 이런 생각을 떨쳐버리게 만들지는 못했다.

섬은 일종의 감옥이다. 파투는 그걸 이토록 뼈저리게 느껴본 적이 한 번도 없었다. 파도가 벽을 갉아먹고 검은 바위에 부딪힌다. 바다는 생쥐 소리, 모터 소리를 내고, 바람이 골목과 안뜰에서 휘휘 분다. 파투는 더이상 그 소리가 들리지 않게 귀를 막는다. 바다는 끝이 없고, 왓슨은 그 한가운데서 다른 세상으로 자취를 감추었다. 아마도 모든 것으로부터 멀리 떨어진 바르사로 갔을 것이다. 왓슨이 떠난 지 곧 일 년이 된다. 파투는 그날 아침, 그가 나룻배에 오르던 순간을 되새겨본다. 그는 그녀에게 손짓을 했고, 태양이 물 위로 떠올라 시내의 건물들을 환히 비추고 있었다. 그는 떠났고 모든 것이 끝났다. 그에게서는 전화도 편지도 없다. 그는 말했다. 내가 일자리를 구하면 넌 곧바로 나한테 오는 거야. 비행기표를 보낼게. 그건 그냥 몇 마디 말이었지만, 파투는 그의 입술에서 그의 숨결을 찾고, 점퍼 아래 손을 넣어 그의 체온을 느끼고, 오목한 뒷목에서 그의 체취를 맡으면서 그 말을 귀담아듣고 마음에 간직했다. 그녀는 그의 말을 새겨들었지만 그다음에는 침묵이었다. 지금도 바다는 섬을 갉아먹고 있고 바람이 분다.

그녀는 폐가가 된 나무 옆 저택을 향해 섬 끝까지 걷는다. 때는 이쇠가 낮잠을 자고, 더위 때문에 사방이 텅 빈 오후다. 개들마저 바람을 향해 둥그렇게 원을 그리며 먼지 속에 코를 박은 채 그늘에 드러누웠다.

그가 거기, 바오밥나무 아래 앉아 있다. 그는 입을 실룩거리며 호리병박 씨앗을 까먹고 있다. 파투는 그가 혓바닥이 검은 늙은 앵무새 같다고 생각한다. 철학자. 자칭 프란츠 F., 하지만 그의 진짜 이름은 파델이고, 늙은 병사 오마르의 아들로 매달 프랑스가 주는 아비의 연금을 받아먹는다. 파투는 숨겨진 그의 본모습을 알아냈다. 그의 모든 거짓말과 수상한 짓거리를 간파한 것이다. 그가 파투를 보자 자리에서 일어나 가버린다. 말 그대로 줄행랑을 친다. 그곳, 바람이 쓸고 간 대지에는 그를 가려줄 사람이 아무도 없다. 그의 프랑스 여자들, 그의 독일 여자들, 그의 평화봉사단, 그의 진보연대, 아무도 없다. 그는 저를 닮은 개처럼 완전히 외톨이가 되어 성큼성큼 제 아버지 집 쪽으로 꽁무니를 뺀다.

"야, 너! 이리 와, 얘기 좀 하자, 이리 오라고!"

그는 집 문턱에서 문손잡이에 한 손을 얹고 뒤돌아본다.

"뭔데?"

그녀가 앞에 있다. 헐렁한 바지에 얼룩투성이 티셔츠, 슬리퍼

밖으로 비어져나온 두 발, 남자 옷을 입은 그녀는 아주 작고 빼빼 말랐다.

"바르사로 데려다주는 사람 이름을 대, 나도 떠날 거니까."

철학자는 웃음기 없이 그녀를 바라본다. 그의 눈이 좌우로 움직인다. 파투는 그가 겁을 먹었다고 생각한다.

"어째서 내가 누굴 안다고 생각하지?"

"난 알아! 왓슨에게 그 이름을 알려준 게 너잖아! 이젠 나한테 알려줘, 나도 떠날 거니까, 왓슨을 찾으러 갈 거야."

"너 미쳤구나, 이 넓은 세상천지 어디에 가서 그를 찾겠다고?"

그녀는 거의 닿을 만큼 철학자에게 다가간다. 그는 문을 열고 뒷걸음친다. 커튼이 내려진 어두컴컴한 실내가 보이고 죽음의 냄새가 풍겨온다.

"들어오지 마!" 위협적인 목소리로 남자가 말한다.

"넌 거짓말쟁이야!" 파투가 악을 쓴다. "거짓말쟁이, 거짓말쟁이, 넌 거짓말쟁이에 도둑놈이야. 네가 무슨 짓을 하는지 내가 모르는 줄 알아? 넌 돈을 빼앗지, 떠들고 또 떠들어서 그들의 돈을 빼앗고 사지로 내모는 거야, 넌 살인자야!"

철학자는 뒷걸음친다. 그러나 그가 문을 닫기 전, 그 틈에 파투는 넓고 텅 빈 거실, 가구, 소파, 내려진 커튼을 살펴본다. 그리고 이제 확신한다. 이 남자 말로는 병든 늙은 아버지를 돌보고 있다고 했다. 왓슨에게도 그렇게 말했다. 그런데 실은 그 큰 집에서 혼자 살고 있다. 그는 모든 사람들과 프랑스가 그를 착한 아들, 사랑스러운 아들이라고 믿게 했다. 그러고는 돈을 가로채는 것이다. 그는 거짓말쟁이다. 그는 왓슨에게 제가 철학자이고 이름은 프란츠 파농이며, 대지에서 저주받은 자들을 위해 목소리를 낸다고, 외국에서 일하고 싶은 젊은이들을 도우러 온 거라고 믿게 했다. 파투는 주먹으로 문을 두드린다. 그녀는 분노의 화신이 되어 울부짖는다.

"거짓말쟁이, 도둑놈, 살인자, 넌 죽은 네 아버지 돈도 훔치는구나, 이 강도 같은 놈아. 네가 왓슨에게서 빼앗아간 돈, 떠나는 젊은이들에게서 훔친 돈도 다 내놓게 될 거야, 이 도둑놈, 도둑놈아!"

이웃한 거리에서 문들이 열리고 여자들이 나오고 남자들도 나온다. 그들은 비웃기도 하고 어떤 이들은 파투에게 욕설을 퍼붓지만 그녀는 멈추지 않는다. 돌멩이로 문을 두들긴다. 바람이 머리카락을 헝클어뜨려 미치광이처럼 보인다.

"이 악마 같은 놈아, 왓슨에게서 훔친 돈을 내놓고, 내 친구를 내게 돌려주고, 네가 빼돌린 사람들도 모두 우리에게 데려다놔, 이 악마 같은 놈아, 넌 돈을 훔치려고 네 아비와 어미도 죽였지!"

결국 그녀는 닫힌 문 앞에서 쓰러진다. 이웃 여자들이 달려와

선 경찰이 끼어들기 전에 그녀를 일으켜 데려간다. 파투는 더이상 말할 기력도 없어 간신히 걸을 수 있을 뿐이다. 여자들이 파투를 진정시키려고 가만가만 달랜다. 내버려둬, 저 싸가지 없는 놈, 나쁜 놈, 우린 널 알아, 식당 하는 이쇠의 손녀지. 자, 잊어버리라고. 여자들은 파투에게 달콤한 콜라를 마시게 하고 바오밥나무 발치의 그늘에 앉혀놓는다. 파투는 이제 힘이 하나도 없고, 단단한 나무문을 하도 두드려서 손과 무릎이 까졌다.

이윽고 파투는 식당을 향해 혼자 걷는다. 안뜰로 들어가 꺼진 불 옆, 자기 돌에 앉는다. 접시도 닦지 않았고 비질도 하지 않았다. 암탉들이 먼지 속에서 쌀알을 쪼아먹고 있다. 바로 이 순간 그녀는 바르사를 향해 멀리, 오래오래, 영원히 떠나기로 결심한다.

왓슨을 찾아 떠나는 길은 시간을 거슬러가는 길이다. 파투는 그의 행적을 따라 큰 카누를 타고 타르파야까지 간 다음 육로로 트럭을 타고 탕헤르에 이르렀다. 그리고 모로코와 멜리야를 가르는 전기 철책을 통과한 다음 페리를 타고 스페인까지 갔다. 그녀는 성공했다. 왓슨도 그렇게 했기 때문이다. 파투는 밀항 알선업자, 열차 신호원, 심지어 경비원이나 짐꾼을 만날 때마다 왓슨의 사진을 보여주었다. 그러나 매일 크고 작고 마르고 뚱뚱하고 숯처럼 검거나 연회색이거나 거의 푸른빛이 도는 피부를 가진 흑인들을 수도 없이 보는 그들에게 흑인은 그저 흑인일 뿐이다. 그들은 여행 내내 들고 다녀 귀퉁이가 떨어져나간 그 사진을 들여다보고 어깨를 으쓱했다.

가져온 돈이 다 떨어지자 파투는 되는대로 일을 했다. 남들이 꺼리는 일이었다. 그들은 돈을 벌고 중요한 사람이 되기 위해 떠났다. 파투와는 사정이 달랐다. 파투는 화장실 청소를 하고 쓰레기를 태우고 설거지를 한다. 그녀는 이쇠 할머니 집에서 여러 해 겪은 고공살이에 단련되어 손은 낡은 가죽처럼 갈라졌고 척추는 유연했으며, 낡아빠진 옷 속으로 사라져 눈에 띄지 않는 방법을 터득했다.

스페인은 길을 잃을 수도 있는 큰 나라다. 또한 자유국가이기도 하다. 알헤시라스의 불법 이민자 수용소에서 삼십 일을 보낸 뒤, 어떤 이가 와서 좋은 소식을 알렸다. 사파테로 정부의 조치 덕분에 여기 남거나 자기 나라로 돌아가는 것 중에서 선택할 수 있게 되었다고 했다. 자기 나라로 돌아가는 쪽을 선택한 사람들은 돌아가면 500유로의 보조금을 받을 수 있다. 다른 사람들은 남아서 일거리가 있나 알아볼 수 있을 것이다. 파투는 남는 쪽을 선택했다.

수용소의 문이 열리고, 이민자들은 산탄총을 옆구리에 찬 제복 입은 경비원들 앞을 천천히 걸어간다. 바깥세상도 수용소 안과 마찬가지다. 텅 빈 공간, 도로, 작열하는 태양. 멀리 일렬로 늘어선 파란 건물들과 구불구불한 계곡이 보이고 고속도로에서는 부르릉거리는 자동차 소리가 들려온다.

어디로 가야 할까? 파투는 사람들 무리에 섞여 걷는다. 그들은 아프리카, 이집트, 에티오피아, 그리고 들어본 적도 없는 머나먼 나라 방방곡곡에서 왔다. 저마다 사연을 품고 있다. 인생, 가족, 친구, 사랑. 보이지 않는 인생의 짐은 길을 따라 흩어지고, 금세 피로가 엄습한다. 그때껏 몸에 조금 걸쳐 있던 누더기가 바람에 펄럭인다.

"이름이 뭐야?"

파투는 옆에서 걷고 있는 여자가 군청색 천을 뒤집어쓰고 고개를 숙인 채여서 나이든 여자인 줄 알았다. 그런데 밝은 쪽으로 얼굴을 돌리자, 맑은 눈과 매끈한 이마가 보인다. 아직 스무 살도 안 되었다. 그녀는 투박한 악센트의 영어를 썼고 곧바로 제 이름을 말한다. 시타, 길동무의 이름, 모험을 같이할 이름이다. 떠나온 뒤 처음으로 파투는 바네사가 아닌 제 이름을 말한다. 여기서는 더이상 거짓말을 할 필요가 없다. 어쩌면 바로 이 길에서 왓슨도 다시 마하마, 두렵고 지쳤지만 영광스러운 꿈을 포기하려 들지는 않는 아프리카의 젊은이가 되었으리라. 시타는 다른 질문은 하지 않는다. 다른 사람들에게 어디 출신인지, 어떻게 여기 왔는지는 묻지 않는 법이다. 아주 먼 곳, 사막, 길도 없는 어느 나라에서 왔다고 해야 한다.

시타는 절뚝거리고 비틀거리느라 잘 걷지 못한다. 파투는 가죽끈이 끊어진 너무 큰 샌들 때문임을 알아차렸다. 두 여자는 역 근처의 벤치에서 걸음을 멈추고 서로 말도 없이 앞을 바라본다. 이윽고 파투는 보따리에서 바꿔 신으려고 가져온 샌들 한 켤레를 꺼낸다. 카누를 타고 올 때 망가질까봐 따로 간수해둔 샌들이다. 그녀는 영문을 모르고 바라보는 시타에게 샌들을 내민다. 시타의 발 옆 땅바닥에 샌들을 내려놓고 주겠다는 몸짓을 한다. "테이크! 테이크!" 한 음절짜리 말이 쓸모가 있다. 긴 문장을 지어낼 필요도 없다. 시타는 샌들을 바라보더니 천천히 제 발을 가져가 예쁜 파란색 샌들에 꿰어넣는다. 시타는 갈색의 섬세하고 예쁜 발을 가졌다. 발가락을 펴고 엄지발가락을 샌들 가운데의 플라스틱끈에 고정한다. 마치 시타를 위해 만들어진 샌들 같다. 파투는 시타의 눈을 들여다본다. 홍채가 염소처럼 금색인데 작은 빛이 거기서 춤을 추고 있다. 파투는 그녀의 입술이 아니라 눈에서 웃음을 읽는다. 이제 길동무를 찾아낸 것이다. 몇 주 만에 처음으로 그녀는 자신이 성공할 거라는, 바르사까지 가게 될 거라는 생각이 든다. 마하마에게로.

바다에서 몇 날 며칠을 보낸 어느 날, 하루가 저물 무렵이었다. 25마력의 에빈루드 모터가 고장났다. 왓슨이 키를 잡고 카누를 조종하고 있다. 키잡이는 허리가 꺾인 채 방수포에 둘둘 말려 앞쪽에 널브러져 피를 토한다. 그는 상처가 아물지 않아 십중팔구 곧 죽을 것이다. 그래서 왓슨이 조종간을 맡았다. 섬 출신이라 배를 조종할 줄 알았기 때문이다.

두 시간 전부터 카누는 좌현 쪽 해안을 따라가고 있는데 지평선 위로 높은 산들이 솟아 있다. 해안이 가까워오자 파도가 이따금 회오리 물거품을 토해내는 평탄한 지대가 나온다. 승객들이 산을 보고 소리를 질렀다 "바르사다! 바르사다!" 하지만 왓슨이 바로잡는다. "바르사가 아닙니다. 카나리아제도예요. 내일은 모로코에 닿을 겁니다." 그는 내일은 트럭을 타고 국경을 통과해야 하며 스페인으로 가려면 또 배를 타야 한다고는 말하지 않았다.

바다는 거칠고 하늘은 푸르고 태양은 불타고 있다. 바람이 휘몰아치자 왓슨에겐 육지 냄새, 향신료로 쓰이는 각종 풀 냄새가 나는 것 같다. 그는 휘감기는 파도를 피하기 위해 본능적으로 카누를 해안 쪽으로, 해가 지는 방향으로 몰았다. 하지만 파도가 몰아닥쳐 카누를 옆으로 떠밀면서 승객들에게 뜨뜻한 바닷물 세례를 안기자 젊은 사람들은 무슨 재미있는 놀이라도 되는 양 소리를 지른다.

여섯시 조금 전, 어둠이 내릴 무렵 모터가 멈춰버렸다. 털털거리거나 앓는 소리를 내거나 하지도 않고 단번에 나가버린 것이다. 왓슨은 뱃전에 서서 실린더에 밧줄을 감았다 당기기를 반복했지만 소용이 없다. 모터가 없으면 무거운 카누는 바다에 떠 있는 병마개처럼 제자리를 맴돌면서 들이치는 파도를 고스란히 맞고, 거품 파도의 물마루가 마치 사납고 거대한 짐승처럼 카누 밑에서 왔다갔다하게 된다. 앞쪽에서 짐보따리에 매달린 젊은이들이 파도가 덮쳐오면 여전히 소리를 질렀지만 이제는 재미있어서가 아니라 이미 두려움에 사로잡혀서인 것 같았다. 한 남자가 왓슨에게 와서 욕지거리를 하면서 한 손으로 뒤쪽 가장자리를 붙잡고 자기도 모터의 시동을 걸어보려고 했다. 그는 땀과 두려움과 바닷물로 번들거렸다. 그는 욕설을 내뱉고 오만상을 찌푸리며 애를 써본다. 왓슨은 하나뿐인 노를 찾아냈는데 젓기에는 너무 짧은 고물이었다. 그는 카누를 육지 쪽으로 돌리기 위해 파도 반대편 해안으로 노를 저어 가려고 한다. 여행이 여기서 멈추고 감옥에서 끝난다 해도 할 수 없는 노릇이다. 그러나 바다는 너무 거칠고 파도는 이 순간에도 굉음을 내며 부서지고 있다. 승객들은 절규하며 육지를 향해 소리를 지른다. 그러다 눈 깜짝할 사이 파도가 짐보따리들을 삼키고 연료통들이 쓰러진다. 흘러가는 산들 사이로 가까운 해안, 가장자리에 야자수가 심긴 긴 회색 해변, 하얀 집들이 흩어져 있는 어두운 언덕이 보인다. 벌써 불이 밝혀져 있다. 젊은이들은 앞쪽에 서서 버텨보려 하면서 찢어지는 비명을 지르며 몸부림친다. 왓슨은 일순간 그들이 즐겁게 놀고 있다고 생각했다. 그가 저기 저 고래 섬에서 내포를 헤엄쳐 건너면서 파도가 덮쳐올 때마다 소리를 지르며 놀곤 했던 것처럼. 그러다가 그들이 죽는 게 무서워서 알지도 못하는 저 검은 섬을 향해 구해달라고 외치고 있다는 것을 깨닫는다.

왓슨은 노 젓기를 멈추었다. 그래봤자 헛일이다. 카누는 뽑힌 나무둥치처럼 좌우로 흔들리며 빙빙 돌고 있다. 그런 정경 위로 어둠이 천천히 내리고, 해변으로 밀려가 부서지는 파도 소리가 어찌나 큰지 아이들이 울부짖는 소리를 덮어버린다. 왓슨은 있는 힘을 다해 뚫어져라 바라본다. 혹시 사람이 있는지, 구명정이 오는지 보려고 회색 해변을 샅샅이 살피고 사람의 형체를 분간해내기 위해 하얀 집을 하나씩 훑어본다. 그는 헤엄을 치면 쉽사리 육지에 닿아 위험을 알릴 수 있으련만, 그렇게 되면 이 카누도 잊어버리고 이 덫, 겁에 질려 죽어갈 이 아이들도 떨쳐버릴 수 있을 텐데, 하고 생각한다. 그는 죽음이 두렵지 않다. 오직 파투, 그리고 부두에서 헤어지던 아침만을 생각한다. 모든 것이 너무 아득하고 비현실적으로 느껴진다.

카누 바닥에 물이 가득 들어차고 새는 연료통들에서 기름이 흘러나와 바닷물, 떠다니는 잔해, 플라스틱 샌들, 담뱃갑, 비스킷 등과 뒤섞인다. 물을 퍼내야겠지만 있는 것이라고는 손잡이도 없는 냄비와 반쪽짜리 코코넛 껍데기뿐이다. 그걸로 물을 퍼내는 것은 넓은 바다를 비우는 것만큼이나 가당찮은 일이다.

파도 소리가 하늘을 채우고 어두운 땅을 다시 뒤덮고 있다. 왓슨은 파도 하나하나가 배에 도달하는 소리에 귀기울이고, 말려 올라가 바람 속에서 거품을 일으키는 물마루 소리를 분명하게 구별해낸다. 그는 섬의 호텔방에서 파투와 함께 듣던 바닷소리가 떠오른다. 그들의 몸이 하나가 되어 어디론가 실려갈 때, 파도의 리듬을 따라 고조된 숨소리, 그에 맞춰 뛰는 심장 소리와 함께 천천히 반복되던 그 소리를. 그는 자신이 여기서, 이 검은 섬의 넓은 바다에서 해변을 눈앞에 두고 물에 빠져 죽을 거라고 생각한다. 생루이에 있는 어부들의 묘지 비석에는 바다에서 실종된 누구누구, 그리고 날짜가 새겨져 있다. 그는 그들, 카누 바닥에 웅크린 채 새끼 염소들처럼 서로서로 끌어안고 있는 아이들도 생각한다. 그에게 욕을 한 남자는 두려움에 납빛이 된 얼굴로 배 뒤쪽에 널브러진 채 손으로는 모터 덮개를 붙들고 입으로는 '비스밀라'를 웅얼거리며 신을 찾는다. 오직 늙은 키잡이만이 잠에서 깨어나 후들거리는 다리로 배 뒤쪽에 서서 거친 바다에, 덮쳐오는 파도에 시선을 두고 있는데 그의 너덜너덜한 스카프가 해적 깃발처럼 펄럭인다!

끝내, 뚜렷한 이유도 없이, 다른 때보다 더 큰 파도도 아니었건만, 제자리에서 회전하는 나무둥치처럼 카누가 단번에 홱 뒤집히고 모든 것이 사라져버린다.

아레시페의 타이체 감옥은 언덕 중턱에 세워진 커다란 콘크리트 건물로, 지그재그로 된 담장으로 에워싸여 있다. 왓슨은 만일 그 담장이 없다면 재소자들이 바람을 쐬러 안마당으로 나올 때 바다를 볼 수 있을 거라고 상상한다. 그는 그런 꿈을 꾼다. 그는 수감된 이후 바다 생각을 그만둔 적이 없다. 예전에 고래 섬에 있을 때 희망을 주었던 끝없는 푸르름, 랑그 드 바르바리 산등성이가 끝나는 곳의 잔잔한 바다, 또 파투와의 추억이 서려 있는 바다, 분홍 방에서 함께 듣던 파도 소리, 감미로우면서도 강렬하던 파투의 체취, 그녀의 순수한 눈빛, 모든 시름이 사라지던 일을 생각한다.

감방은 가로 3미터, 세로 3미터짜리 입방체로, 각지에서 온 여덟 명의 불법 입국자가 우글거렸는데 왓슨이 그들에 대해 아는 것이라고는 사미르, 미겔, 엑토르, 모셰, 아마, 피츠제랄도, 월터 등 왓슨과 마찬가지로 모두 지어낸 이름뿐이었다. 그들의 아무것도 아닌 소박한 꿈, 괴벽, 죄수들의 몹쓸 엉터리 스페인어 농담 등등 아무도 누구의 언어로도 말하지 않는다. 그렇다고 그들이 다른 이들보다 처지가 더 딱한 것은 아니다. 어쩌면 더 나을지도 모른다. 다른 이들은 경찰에 체포되고 고발되고 착취당했으며, 지금은 자신들의 나라로 되돌려 보내질까봐 두려움에 떨고 있기 때문이다.

일요일을 제외하고 하루에 한 번씩 그들은 감방에서 나와 간수들에게 에워싸인 채 아치형 복도를 따라 그늘 한 점 풀 한 포기 없이 메마른 넓은 공터까지 걷는다. 안마당은 그들과 같은 사람들, 그들처럼 더럽고 낡은 바지, 점퍼, 해진 운동화를 똑같이 걸친 이들로 가득하다. 까까머리들. 나이든 몇 사람은 이란 사람처럼 보이는 한 무리의 젊은 광신도들과 같이 수염을 길렀다. 이건 왓슨의 추측이다. 오후 세시경이 되면 이 늙은이들은 안마당에 함께 꿇어앉아 다른 이들이 지켜보는 가운데 기도를 한다. 왓슨이 오던 날 그 털북숭이 중 하나가 접근하더니 "아 유 어 무슬림?" 하고 묻기에 "마이 네임 이즈 왓슨"이라고 대답했더니 그것으로 그만이었다. 마하마, 그건 오직 그만이 간직해야 할 비밀이었다.

몇 달이 지나자 난파의 기억이 누그러졌다. 밤에도 파도와 바람 소리, 물에 빠져 죽어가던 젊은이들의 절규 같은 끔찍한 악몽에 더이상 시달리지 않았다. 현재와 기억을 가르는 넓은 빈 공간이 생긴 것이다. 하지만 육신은 천 갈래 만 갈래로 부서졌다.

왓슨은 말하기를 멈추었다. 작정한 것도 아니건만 그렇게 되었다. 어느 날 말이 멈춰버린 것이다. 감방에서 그는 침상을 버리고 성벽의 총안처럼 난 작은 창문 옆에 담요를 깔개 삼아 방바닥에 자리를 잡았다. 하루에 한 번 햇빛이 콘크리트 벽의 갈라진 좁은 틈 사이로 비쳐들면 그 노란 햇살은 먼지를 비추는 수직 띠가 되어 천천히 나아간다. 다른 수감자들은 이야기하고 카드놀이를 하고 노래를 부른다. 오후에 외출이 없으면 어떤 이들은 창문 쪽으로 돌아앉아 기도를 한다. 왓슨은 방바닥에 웅크리고 앉아 기다란 띠 모양으로 비쳐드는 햇살 쪽으로 머리를 두고 꼼짝도 하지 않는다. 감방에서는 땀내와 지린내, 그리고 왓슨이 잊을 수 없는 냄새, 디젤유와 섞인 바다 냄새, 죽음의 냄새가 풍긴다. 왓슨이 란사로테의 병원에서 나오자 경찰들은 그를 시체공시소로 데려가 들것에 누운 열여덟 구의 시신을 보여주었다. 얼굴들에는 죽음의 징후가 완연했고 냉장고의 냉기로 인해 옷은 뻣뻣하고 맨발인 왼쪽 발목에는 날짜가 적힌 라벨이 달려 있었다. 경찰들은 그에게 그들의 이름, 나라, 가족 등에 대해 소리쳐 물었지만 그는 해줄 말이 없었다. 그들에 대해 아는 바가 전혀 없었다. 그는 늙은 키잡이를 알아보았는데 그의 얼굴은 잿빛이었고, 터번은 바닷물에 쓸려나가버리고 없다. 젊은 사람들은 잠들어 있는 듯 보였다. 포름알데히드 냄새에 그는 욕지기가 치밀었다. 경찰들은 마스크를 쓰고 있었다. 그들은 계속해서 소리쳐 물었다. 왓슨은 그들이 생루이에서 카누에 탔고 석양 무렵 랑그 드 바르바리 산등성이가 보이는 곳을 지날 때 기뻐서 환성을 지르던 게 기억났다. 그에게 바다가 내는 소리는 멈추지 않았다. 거품을 뿜으며 흘러넘치는 엄청난 파도, 그리고 완벽하게 끝없이 파란 하늘. 왓슨은 스페인어 강좌를 들으러 간 세르반테스 센터의 탁자 위에 귀가 접힌 채로 놓여 있던 오래된 소설의 제목 '난감하게 파란' 즉 '디피실멘테 아줄'이 떠오른다. 왓슨은 이제 기억의 편린들 말고는 아는 게 없다. 그가 아는 거라고는 파투의 얼굴, 파투의 시선, 햇볕으로 달아오른 방에서 나던 그녀의 살냄새뿐이다. 그가 더이상 대답하지 않자, 경찰들은 그를 감방으로 데려간다. 라스팔마스 제6호 지방 법정은 그를 신문하고 위협한다. 검사는 소형 보트에 탄 열여덟 명의 승객을 죽음으로 몰아넣은 죄로 감형 없이 이십 년을 구형한다. 왓슨은 꼼짝도 하지 않고 있다. 자신에게 영어로 말하는 통역의 말에 더이상 귀기울이지 않는다. 그는 감방에 앉아 있다. 외출 시간이 와도 그는 메마른 안마당에서 태양을 향한 채 꼼짝도 하지 않는다. 타이체의 감방에는 지린내가 진동한다. 대변기는 없고 배관은 막혀서 플라스틱 석유통에 소변을 봐야 하고 죄수들이 당번을 정해 안마당 구덩이에 통을 비우러 간다. 대변은 참았다가 흙바닥을 바로 파서 만든 구덩이 하나에 누어야 한다. 밤에 왓슨은 작은 창문 아래 벽에 꼭 붙어 있다. 창유리가 없어서 밤의 냉기가 얼굴로 내려와 감각을 없애버린다. 그는 바닷소리에 귀를 기울인다. 그것은 아마 벼랑길을 지나는 자동차들의 소음이거나 감방 안 남자들의 숨소리일 것이다. 그는 잠을 자지 않는다. 여러 달, 여러 해 전부터 잠을 자지 않았다고 생각한다. 그저 낮이 되고 밤이 되고 또 낮이 될 뿐이다. 파도가 테기세 해변에서 방파제 역할을 하는 용암 덩어리에 부딪혀 부서진다. 하나가 지나가면 또하나가 오고, 파도는 잃어버린 환상도 함께 쓸어간다.

파투는 바르사의 항구 인근 동네에 살고 있다. 처음에는 시타와 호텔방 하나를 같이 쓰다가 시타가 어떤 남자를 만나 살림을 차리러 떠나자, 파투는 산호세 시장 뒤편, 엔 로치 거리의 오래된 건물 지붕 아래 자리를 잡았다. 그녀는 거기서 몇 구역 떨어진 콘페렌시아 호텔에서 청소부로 일한다. 일을 마치면 파투는 발길 닿는 대로 거리를 걷는다. 람블라 거리, 람블라 델 라벨 거리를 걷다가 항구까지 가기도 하고 가끔은 몬주이크행 버스를 타거나 베네다 감옥이 있는 자유지구에 가기도 한다. 거기에 가면 다른 여자들과 함께 마치 왓슨이 곧 나오기라도 할 듯이 문 앞에서 머무른다. 한번은 면회 신청을 한 적도 있다. 왓슨의 이름으로 서류를 작성하고 '관계'란에는 '처'라고 써넣었다. 그녀가 대기실에서 기다리는데, 조금 열린 문틈으로 황색 옷을 입은 죄수들과 제복을 입은 간수들이 지나가는 것이 보였다. 눈을 내리깐 죄수들의 어두운 얼굴은 허기져 보였다. 그러고는 답변이 왔다. 여자 간수가 와서 "여기에 그런 이름의 수감자는 없다"고 아무렇지도 않게 말했다.

파투의 방은 복도 끝의 햇빛이 들지 않는 방이다. 복도 중간에는 그 층의 공동 화장실이 있다. 다른 방들에는 건설 현장에서 일하는 불법 이민자들이 들어 있다. 다른 이들은 무직자이거나 잡범, 아니면 대마초 상인일 수도 있다. 파투는 절대 그들과 말을 섞지 않는다. 옆방에는 법적으로 하자가 없는 사람이 사는데, 잠보라는 이름의 키가 큰 남미인으로 흑인과 아메리칸인디언의 혼혈이라 피부는 꿀처럼 황갈색이고 얼굴이 곱상하다. 그는 친절하고 상냥한데다 남을 잘 도와주는 성격이어서 자신의 신분증을 빌려주기도 하고 다른 이들이 증명서를 구할 수 있도록 도와주기도 한다. 파투는 그를 몹시 좋아한다. 파투는 일터에서 돌아오고 그는 막 나가려는 참에 복도에서 종종 대화를 나눈다. 잠보는 아주 오래전부터 여기서 지냈기 때문에 포르투갈어, 스페인어, 카탈루냐어를 섞어서 말한다. 파투도 그처럼 말하는 법을 배웠다. 그는 파투와 예전부터 서로 알고 지낸 듯이 그녀를 미냐 데우자, 미냐 하이냐(나의 여신, 나의 여왕님)라고 부른다. 파투는 그가 항구 주변 거리에서 몸을 파는 남창이라는 것을 알고 있었지만 그런 건 아무래도 상관없었다. 가끔 그녀는 그의 방에 놀러가서 함께 소다수를 마신다. 그의 방은 아가씨 방처럼 깨끗하게 잘 정돈되어 있고 자기 사진과 브라질에 있는 가족들의 사진 그리고 금발의 인형들로 꾸며져 있다. 그녀가 언젠가 왓슨의 이야기를 한 적이 있어 그는 이따금 물어본다. "케 노티시아 도 세뇨르?(신사분한테서는 무슨 소식 없고?)" 파투는 그가 이런 단어로 왓슨에 대해 말하는 게 마냥 좋다.

이것이 바로 익숙한 모든 것으로부터 멀리 떨어져, 지구의 다른 쪽 끝에서 온 여행자들이 다음 파도에 휩쓸려가지 않을까 두려워하며 바위에 달라붙은 홍합처럼 살고 있는 이국땅, 바르사에서의 삶이다.

어느 날 저녁, 파투는 람블라 거리 아래쪽에서 잠보를 보았다. 그는 전혀 딴사람이 된 듯 비뚤어진 청년의 매력이라고는 더이상 찾아볼 수 없었다. 그는 여장을 한 다른 사내들과 함께 술집 앞에 서 있었다. 그는 한겨울 추위에도 불구하고 몸에 꼭 끼는 비닐 바지와 브이넥 블라우스를 입고, 두 눈에는 검은색 아이라인을 그렸다. 그가 잠깐 파투 쪽을 바라보았지만 그녀를 알아보지는 못하고 이상한 표정을 지으며 입술이 시뻘겋게 부풀어오르더니 짜증의 화신 같아졌다. 잠시 후 싸움이 벌어지자 그가 끔찍하고 날카롭게 변한 목소리로 온갖 욕설을 퍼부었다. 마리콘, 코바르데, 바스타르도!(계집애 같은 놈, 겁쟁이, 후레자식!)

파투는 자기 방으로 돌아와 이 밤을 슬퍼하며 울었다. 결코 다시는 왓슨을 만나지 못할 것이고, 이처럼 크고 거친 도시에서 자신은 너무나 외롭고 나약하며, 어떤 도시도 왓슨을 되돌려주지 않고 어떤 도시도 자취를 감춘 사람들을 돌려주지 않을 거란 생각이 들었기 때문이다.

그러나 소식을 전해준 것은 잠보였다. 일을 쉬는 어느 일요일 저녁 그가 방문을 두드렸다. "봐요, 미냐 하이냐, 테뇨 노티시아 파라 테, 보세 세뇨르(나의 여왕님, 당신한테 전해줄 소식이 있어요, 당신의 신사분 얘긴데요)." 그는 컴퓨터를 켜고 카나리아제도에서 일어난 소형 보트의 난파 소식을 전하는 스페인어 페이지를 띄웠다. 〈일간 라스팔마스〉의 기사는 사람들의 이름을 밝히지는 않았지만 날짜가 맞았다. 파투는 눈물범벅이 되었다. "그러니까 거기서 그가 죽었구나, 물에 빠져 죽은 거야!" 하지만 잠보는 파투를 위로했다. "노, 노, 미나 에르마오, 바야, 에 비보, 에 인테이로!(아냐, 아냐, 이봐요, 나의 누이, 세상에나, 생존자가 있대요, 멀쩡하게요!)" 그들은 오래오래 이야기를 했다. 파투는 그가 하는 말을, 생존자가 있다는 말을 믿을 수 있기만을 바랐다. 카나리아제도로 가야 하고 거기서 그녀는 그를 만날 것이었다. 그가 그녀를 기다리고 있었다!

잠보는 파투에게 합법적인 이민증을 마련해주었다. 파투가 자기 여동생이라고 해서 제 성을 붙여준 것이다. 그는 인터넷으로 그녀의 라스팔마스행 왕복 비행기표도 사주었다. 파투가 몹시 근심을 하자 그는 자기도 함께 갈 것을 제안했지만 그건 웃자고 한 말이었다. 파투는 결심했다. 이건 마법이고, 신의 선물이요 기적이었다. 잠보는 저 높은 곳으로부터 직관과 통찰력을 받았기에 그의 컴퓨터가 난파 소식을 전하는 페이지에서 켜졌던 것이다! 그녀는 사흘 후 출발했고 잠보는 히혼 공항까지 파투를 배웅했다. 그가 그녀를 두 팔로 끌어안았을 때 처음으로 파투는 그의 등 근육과 브래지어의 훅과 그가 허리에 입고 있는 일종의 코르셋을 느꼈다. 그는 늘 등이 아프다고 징징거렸다. "바야, 미냐 에르마오, 미냐 하이냐!(오오, 나의 누이, 나의 여신!)" 그는 감정이 북받쳐서 목이 메었고 파투는 그가 이 도시에서 단 한 명의 친구였음을 깨달았다. 그녀가 언젠가는 되돌아와 다시 만나게 될 거라고 하자 잠보는 화를 내다시피 말했다. "마이, 바이 에 눙카 마이스, 케 아키 에스 린페른, 바이 엠보라 미냐, 베조 보세 나오 미냐 에르마오, 아데우스!(절대로 그래선 안 돼요, 여긴 지옥이니까. 우린 다시는 만나지 못할 거야, 나의 누이, 안녕!)" 이것이 파투가 이 큰 도시 바르사에서 누군가와 나눈 단 한 번의 마지막 대화였다.

겨울이다. 회색 해변은 적막하다. 새 몇 마리만이 긴 거품 띠 속에서 뭔가를 기다리며 서 있다. 그래도 간간이 관광객들이 보이기도 한다. 은퇴한 영국인인 성싶은 한 부부가 있다. 남자는 조금 불룩한 배에 목은 뻣뻣하고 거동에 군더더기가 없고, 여자는 아직 예쁘장하지만 살집이 있고 편안한 털 재킷에 목이 파묻혀 어색해 보인다. 그들은 북풍에 떨며 해변을 한 바퀴 돌더니 사진을 찍고 호텔로 돌아간다. 그들은 버려진 어선들 사이로 걸어간다.

바다는 일 년 전 2월, 난파를 당하던 날처럼 거칠다. 초록색 파도가 갈기를 곤두세우고 해안을 향해 돌진해와서 해변에서 무너져내리고, 웅장하고 강력한 우렛소리가 하늘과 땅을 가득 채운다. 왓슨은 두 다리를 가슴 쪽으로 접어올리고 머리는 파투의 배에 기댄 채 모래사장에 누워 있다. 자고 있는 걸까? 그는 눈을 뜨고 있다. 구름이 흘러가는 어두운 하늘을 바라본다. 아주 오래전부터 그는 제대로 잠을 잔 적이 없다. 파투는 그가 어린아이 같다고 생각한다. 그는 연약하고 빼빼 말랐다. 타이체의 의무실 인턴은 그가 식사를 거부한 지 좀 되었다고 말했다. 이유도 없고 누구에게 무엇을 요구하는 것도 아니면서 그는 쌀밥과 생선, 과일, 빵 등의 배식을 더이상 건드리지 않았다는 것이다. 감방 동료들이 그의 몫을 먹어치워도 눈길조차 주지 않았다. 그는 물만 조금 마셨고 그게 전부였다. 파투가 감옥에 왔을 때 왓슨은 링거를 맞고 있었다. 그녀는 공무원, 사회복지 담당자, 상담원 들에게 이야기하고 끈덕지게 달라붙었다. 잠보의 이름으로 된 체류증 덕분에 그녀의 말이 통했다. 그녀는 브라질에서부터 여행이 시작된 걸로 꾸며냈고 경찰 조사와 언론의 취재가 있었다. 그녀는 마하마에 대해, 고레 섬에서의 생활에 대해 이야기하고 밀항 알선업자들의 이름과 그들의 밀항 경로를 밝히고 자칭 시몽 프란츠 파농 테일러, 철학자 오마르도 고발했다. 그가 밀항을 원하는 젊은이들로부터 갈취한 돈, 그가 바르사 아니면 죽음에 대해 떠들어댄 거짓말도 낱낱이 밝혔다.

그들은 마하마-왓슨을 어떻게 처리해야 할지 몰라 그녀에게 넘겨주었다. 그들은 그가 끝내 죽어버리지나 않을까 두려워했다. 이미 타이체의 새로운 감옥에서 여덟 명이 죽었고 제일-워처스, 노보더.org, 어스-타임스, 가브리엘델그란데 등의 비정부기구들은 추문이 터지기를 노리고 있었으며, 〈라 오피니온〉〈엘디아〉〈테네리페 뉴스〉 등의 신문들은 천막촌에 대해 입을 열 만반의 준비가 되어 있었다. 만일 그렇게 된다면 여러 명의 목이 달아날 것이었다.

파투는 로스 코코테로스에 있는 여유 있는 영국인들을 위한 고급 주택지 세드레스에서 일거리를 찾았고, 그 부속 건물에 딸린 방도 하나 구했다. 침대가 너무 좁아서 그녀는 매트리스 두 개를 그냥 맨바닥에 깔았다. 바로 거기서 왓슨은 단지 반대편에 있는 공동 욕실에 가는 것을 제외하고는 나가지도 않고, 거의 움직이지도 않은 채 자유의 첫 며칠을 보냈다. 밤이 되면 예전에 고래 섬의 분홍 방에서와 마찬가지로 바닷바람이 야자수 사이로 불어왔다. 파투는 왓슨의 숨소리에 귀를 기울인다. 그녀는 아무것도 생각하지 않는다. 특히 장래에 대해서는. 그녀는 오직 왓슨이 잠에서 깨어날 그 순간만을 생각한다. 그의 몸과 영혼의 각 부분이 생명을 되찾으리라. 잠보가 말했듯이 그는 다시금 완전해지리라. 머리, 눈, 귀, 입술. 어깨, 등, 팔, 손 그리고 성기. 그는 자신의 피부에 와닿는 파투의 강인하고 따뜻한 손만이 필요할 뿐 다른 어떤 것도 필요하지 않다. 이제 그들은 헤어지지 않고 영원히 함께 늙어갈 것이다.

야마
나무

마리가 야마에 대해 기억하는 거라고는 어떤 노래에 관한 것, 가사도 없이 그냥 루 루루루루 루, 루 루루루루 루, 루루루 루루루 루 하는 소리로만 된 슬프고 단조로운 자장가뿐이었다. 마리는 그걸 들으며 잠들곤 했다. 그후 전쟁이 일어났다. 전쟁, 그것은 살인자들을 피해 거대한 마노 강*을 건너야 하고 다시는 건너편으로 되돌아올 수 없음을 의미한다. 한쪽에 남겨둔 모든 것은 잊어야 하는 법. 야마는 그녀의 만딘카 부족 이름처럼 옛 세상에 속했다. 마리가 할머니와 어머니에 대해 알고 있는 모든 것은 코나 아주머니가 이야기해준 것이다. 마리의 어머니는 마리를 낳

---

* 라이베리아와 시에라리온 국경을 흐르는 강.

은 지 몇 주 뒤에 죽었고 야마 할머니가 마리를 품에 안고 숲을 헤치고 큰 강까지 걸어갔다고 했다. 나무가 있는 곳까지.

야마의 사진도 그림도 추억도 보석도, 심지어 옷가지 조각조차 남아 있지 않다. 오로지 이 자장가, 옛 시절의 오래되고 단조로운 이 노래뿐, 내용은 이렇다. 자거라, 아가야, 자거라, 안 그러면 악마가 잡아갈 테니, 자거라, 안 그러면 나무에 매달린 아이가 떨어져 바람에 실려갈 테니. 이것이 코나가 마리에게 가르쳐준 가사다. 그러나 마리는 바람 소리, 눈이 감기게 만드는 바람의 루루루 소리만을 기억한다.

열 살 무렵의 어느 날, 마리는 몰래 집을 빠져나와 나무가 있는 데까지 온종일 걸어갔다. 그리고 밤이 되어서야 돌아왔다.

"어디 있었어?" 다른 아이들이 묻는다. "코나 아주머니가 너를 찾아다녔는데."

"할머니 만나러 갔다 왔어."

"어딜 갔다 온 거냐? 우린 널 찾아다녔는데." 코나가 엄하게 말한다.

"야마 할머니 댁에 갔었어요." 마리가 대답한다.

"네 할머니는 오래전에 돌아가셨어." 코나가 말한다.

마리는 귀담아듣지 않는다. 마리는 여러 차례 나무가 있는 곳까지 되돌아갔다. 학교를 빼먹고 긴 풀이 우거진 초원을 가로질러 강까지 걸어갔다. 그러고는 구름이 걸린 것처럼 보일 만큼 키가 크고 굳건한 그 나무를 바라보았다.

마리는 그 나무의 이름도 수령도, 어쩌다 거기서 자라나게 됐는지도 알지 못한다. 그것은 작은 강에서 멀지 않은 메마른 초원 한가운데 우뚝 서 있다. 그 수종으로는 유일하다. 그 나무는 모든 사람들보다 먼저, 사람들이 칼랑고 마을을 건설하기도 전부터 거기 있었었다. 경작지나 화전보다도 먼저. 그것이 바로 사람들이 그 나무를 건드리지 않은, 혹은 잊어버린 이유다. 전쟁중에 테일러*의 병사들이 화염탄을 쏘고, 전투기들이 숲 위로 지나가면서 다른 나무들과 동물들은 모두 사라졌지만 그 나무는 건재하다. 그것은 오래되고 관대하며 굳건해서 영원토록 견딜 것이다. 마리는 그렇게 확신한다.

마리가 도착하면, 의식이 시작된다. 마리는 곧장 나무에게로 가서 두 손을 나무의 몸통에 대고 인사를 한다(보아 마메, 베바비?). 나무껍질은 늙은 여인들의 손 피부처럼 아주 매끈하다. 수직으로 팬 잔주름이며 여기저기 박인 옹이며 반점이며 흉터. 마리는 신선한 내음을 맡기 위해 나무 몸통에 뺨을 대고 이마를 나

* 찰스 테일러(1948~), 전 라이베리아 대통령. 반군인 라이베리아애국전선(NPFL)을 이끌며 잔혹하게 정권을 탈취한 후 내전 종결 이후 1997년부터 2003년까지 대통령을 역임했다.

무껍질에 가져다댄다. 그리고 나무껍질에 귀를 대고 안에서 수액이 흐르는 소리를 들어본다. 두 팔을 벌려 나무에 찰싹 달라붙으면 나무에 가벼운 전율이 일고, 마리는 얼굴 피부로, 온몸으로 그걸 느낀다.

학교에서 선생님이 나무의 일생에 대해 가르쳐주었다. 어떻게 잎으로 숨을 쉬는지, 어떻게 흙속에서 양분을 섭취하는지, 그리고 껍질 안쪽에서 그들의 피가 돌고 있다는 것도. 나무들의 몸통 한가운데에서 매년 늘어나는 나이테에 대해서도 말해주었다. 마리는 그들의 심장이 비어 있다는 것을 잘 안다. 야마 나무를 처음 찾아가기 시작했을 때 코나 아주머니와 아보 아저씨가 마리와 함께했다. 마리는 아직 너무 어리고 겁이 많아서 아주머니의 손을 꼭 잡고 놓지 않았다. 코나가 놀렸다. "너 무서운가보구나. 뭐가 무서운데? 너를 잡아먹을 표범도 없는데." 하지만 마리는 겁에 질린 눈으로 나무 밑동의 커다랗게 벌어진 부분, 뿌리들 사이에 있는 역삼각형의 검은 구멍을 바라보았다.

이제 마리는 익숙하다. 할 수 있을 때마다 초원의 풀밭을 가로질러 강까지 달려간다. 맨발로 흰개미집 한가운데를 지나 그 나무가 서 있는 숲속 빈터까지 달린다. 그 굳센 몸통과 팔처럼 벌어진 어두운색의 가지들을 보면 마음이 가라앉는다. 아침이면 수많은 새들이 가지에 앉아 있다. 흰따오기, 까마귀, 또는 작은 새들이 때로는 어찌나 많은지 나무의 잎사귀들이 휘청거린다. 마리가 좋아하는 것은 바로 이 순간, 나무로 다가가 나무와 그 주변에서, 그 나무가 동물들의 도시에 있는 유일한 집이라도 되는 것처럼, 그 생명을 느낄 때다.

"나무야, 야마 나무야." 마리가 말한다. 존경스러운 노인에게 하듯 눈을 내리깐 채 무릎을 꿇는 것이 아니라, 팔을 벌리고 손을 펼친 채 나무를 똑바로 보며 자기 방식대로 나무에게 인사를 한다.

그러고는 나무 안으로 들어간다. 처음으로 나무 속에 들어간 것은 읽기와 셈을 배우는 초등학교에 다니기 시작했을 때였다. 마리는 파란색과 초록색의 스코틀랜드 타탄체크 치마와 흰 블라우스 교복을 입고 윤이 나는 새 구두를 신었다. 옷을 망치지 않으려 벗어버리고 신발은 입구에 벗어둔 채 벌어진 구멍을 통해 나무 안쪽으로 미끄러져 들어갔다.

밖에서는 태양이 구름 한 점 없는 하늘에서 작열하고 있었다. 열기 속에서 새도 벌레도 바람도, 모든 것이 멈춰버렸다. 하지만 나무 안의 공기는 서늘해서 마리는 몸을 바르르 떨었다. "야마, 나야, 손녀딸." 마리는 속삭였다. "들여보내줘, 오래전부터 들어가고 싶었어, 나를 받아줘, 제발."

처음에는 아무것도 보이지 않았다. 이윽고 어슴푸레한 빛에 익숙해지자 나무 안이 상상했던 것보다 훨씬 넓고, 점점 가까워지는 높다란 벽들이 굴뚝 모양으로 일종의 동굴을 이루고 있음을 알게 되었다. 벌어진 틈으로 햇빛이 비쳐들었는데 넓은 잎사귀들에 투과된 약간은 파랗고 약간은 푸른, 아주 부드러운 햇살이었다. 안쪽 벽은 바깥쪽처럼 주름이 패지 않고 돌멩이처럼 닳아 빛나면서 매끈했다. 마리가 두 손바닥을 나무에 대자 마음이 편안해지는 행복감이 밀려왔다. "정말 아름다운 집이야, 야마." 마리가 말했다. 마리는 평화를 깨지 않으려고 낮은 목소리로 이야기했다.

마리는 바닥에 앉았다. 바닥은 부드럽고 서늘했으며, 잎사귀와 나무 부스러기로 짠 양탄자 같았다. 마리는 몸이 편안해지는 것을 느꼈고 타는 듯한 공기가 사라지자 두려움도 없어졌다. 출입구 너머로 보이는 바깥세상이 아주 멀고, 다르고, 위협적이지 않은 것처럼 느껴졌다. 마리는 오랫동안 머무르다가 어둠이 내리자 그곳을 나왔다. 코나 아주머니가 했던 표범 이야기가 생각났기 때문이다.

집에서는 코나 아주머니와 아보 아저씨가 기다리고 있었다.

"어디 있었니, 얘야?" 아보가 물었다.

마리가 대답했다. "야마 할머니 집에 있었어요."

아보 아저씨가 마리의 따귀를 때리자 코나가 끼어들었다.

"거짓말 아니에요. 얘가 아기였을 때 야마 할머니가 얘를 숨겨두었던 나무 말이에요. 슬퍼서 저런 소릴 하는 거라고요."

그러나 마리는 슬픔이 아니라 자신의 편을 들어준 코나 아주머니에게 감사의 마음을 느꼈을 뿐이다.

금지를 당했음에도 불구하고, 수업이 없는 날이면 종종 마리는 초원의 열기에 모든 것이 잠에 빠져 있는 동안 그 나무에게로 되돌아갔다. 더러워지지 않도록 옷은 나무 입구에 벗어두고 낡은 옷을 입는다. 갈색 누더기 원피스를 꿰입으면 나무와 훨씬 더 비슷할 것 같고 야마도 분명 좋아하리라 생각했기 때문이다.

몇 년이 흘렀다. 마리는 아가씨가 되었고, 코나 아주머니와 아보 아저씨는 마리가 교육과정을 다 이수하고 졸업장을 받을 수 있도록 도시로 보내기로 결정했다. 가톨릭 수녀들이 운영하는 엄격한 기숙학교였다. 파티마 성모학교는 소란스러운 길가에 야자수로 에워싸인 하얗고 큰 건물이었다. 처음에 마리는 이 건물과 교실에 갇힌 죄수가 된 기분에 다른 모든 부잣집 딸들 사이에서 몹시 외로웠다. 감색 치마와 흰색 블라우스, 모직 양말 차림의 교복을, 발가락을 조이는 검은 구두를 증오했다. 오후가 되면 마리는 다른 기숙생들과 함께 공놀이를 하는 대신, 계단에 앉아 초원과 숲과 야마 나무의 추억을 되새겼다. 여기 있는 나무는 능소화, 보잘것없는 그늘을 드리운 가시아카시아, 그리고 땋은 머리카락 뭉치를 달고서 꼼짝도 않는 바보 같은 야자수 따위의 다 말라빠진 것들뿐이었다. 마리는 자신이 불타는 도로 위 햇볕에 방치된, 쓸모없고 초라하고 새까만 벌레처럼 느껴졌다. 그리고 파티마 성모학교의 모든 소녀들, 아시아계 수녀들, 체육 선생, 수학 선생 역시 우글거리는 가소로운 버러지들처럼 보였다.

그러다 조금 적응이 되었다. 기숙생들 가운데서 시골 출신이 아니라 먼 나라에서 온 외국 소녀가 눈에 띄었는데, 밀랍 같은 피부에 초록색 눈의 레바논 소녀로 이름은 에스메였다. 마리는 쉬는 시간이나 저녁에 기숙사에서 그애와 대화를 나누었다. 에스메는 천식을 앓고 있어서 체육 수업을 면제받았기 때문에 마리는 다른 소녀들이 소리를 지르며 공놀이를 하는 동안 그애와 함께 벤치에 앉아 있었다. 에스메는 자기 나라에 대해, 그리고 전 세계를 돌아다니며 다이아몬드를 사고파느라 여행을 많이 하는 아버지에 대해 이야기했다. 어머니는 아버지와 헤어져 다른 남자와 함께 레바논에서 살고 있기 때문에 절대 만나지 못한다고 했다. 요컨대 에스메도 어찌 보면 마리처럼 고아였다.

마리는 고향, 그곳 강가에 있는 나무 이야기를 했다. 마리는 이 국제적인 소녀가 자기와 그 나무에 관심을 가져주었으면 했다. "그 나무 이름이 뭔데?" 에스메는 분명 그 나무의 수종과 라틴어 학명이 궁금했을 것이다. 마리는 대답했다. "어디다 얘기 안 할 거지? 야마라고 해, 우리 할머니 이름이야." 에스메는 그게 중요하다는 사실을 알아차리고 마리의 손을 잡고 말했다. "그 나무를 보고 싶어, 언젠가 나를 데려가줄 거지?" 그건 일종의 협약 같은 것이었고 그날 이후 마리와 에스메는 진정한 친구가 되었다.

수업이 없는 날에도 마리는 코나 아주머니 집으로 돌아갈 수 없었기 때문에 에스메가 마리를 집으로 초대했다. 바다에서 가까운 대사관 구역에 있는 아름답고 거대한 저택이었다. 집은 높은 담장으로 에워싸인 정원 한가운데 있었고 파란 수영장이 딸려 있었다. 마리는 지금껏 한 번도 그토록 아름다운 것을 본 적이 없었다. 처음으로 정원에 들어가 저택을 보고 마리는 순진하게도 소리를 질렀다. "궁전이잖아!" 그 말에 에스메는 미소를 지었다.

에스메의 아버지 지브릴 스테판은 자그마한 체구에 불안한 눈빛을 가진 신경질적인 사람이었다. 그는 정수리 쪽 머리카락이 빠지자 옆머리를 앞쪽으로 끌어다 대머리를 감추려고 기를 쓴다고 에스메가 말해주었다. 다이아몬드 사업 외에도 그는 사진에

열정을 쏟고 있었다. 그는 마리에게 작업실을 구경시켜주었다. 암실에서 그는 넓은 필름을 산성용액에 담갔다가 손수 네거티브 필름을 현상해 빨래집게로 줄에 매달았다.

정원에 면해 있는 같은 층의 드넓은 응접실은 아프리카 풍경, 거리 정경, 여인들의 초상화 등 그가 촬영한 사진들로 장식되어 있었다. 화장실에서 마리는 전라의 아프리카 여인을 정면에서 찍은 커다란 사진을 발견하고는 에스메에게 볼멘소리를 하지 않을 수 없었다. "이 여자는 누구야?" 에스메는 어깨를 으쓱했다. "아무도 아냐, 창녀 같기도 하고." 마리가 이런 종류의 사진을 본 건 처음이었다. 그 여인은 마리에게 충격을 주었다. 나이가 좀 들어 보이는 사십대 정도의 여인으로 정면으로 카메라를 응시하고 있었는데, 가슴은 묵직하게 처지고, 두 손은 커다란 엉덩이에 걸친 채 조금 벌린 투실한 두 다리 사이의 음부는 꼬불꼬불한 검은색 음모로 덮여 있었다. "아버지가 그러는데 이게 아프리카의 초상이래." 마리는 모욕당한 기분이었다. "네 아버지는 말을 막하시는구나, 이건 그냥 한 여자야, 창녀일 뿐이라고." 마리는 더 기분 나쁜 말을 쏘아주고 싶었다. "네 아버지는 분명 이 여자에게 돈을 주었을 거야." 하지만 마리는 입을 다물었다. 어쨌든 화가들 역시 모델들과 자곤 하지.

마리는 가끔 스테판의 저택에 갔다. 몇 번의 오후를 에스메의 방에서 수다를 떨고 웃고 음악을 들으며 보냈다. 초저녁 무렵 햇볕으로 데워진 수영장으로 가서 물놀이를 하다가 물웅덩이에 물리면 소리를 질러댔다. 대기는 부드럽고, 티티새는 나무들 사이에서 지저귀고, 커다란 붉은박쥐들이 정원가에서 춤을 추기 시작했다.

에스메는 자기 생일에(그녀는 열일곱 살이었다) 큰 파티를 열 수 있게 되었다. 여름방학이 되었지만 마리는 처음으로 시험과 대학 입학 준비를 핑계로(마리는 미국 장학금 지원자였다) 시골 마을로 돌아가지 않겠다고 했다. 지브릴 스테판 씨는 여느 때처럼 에마 조라는 필리핀인 요리사와 다다라고 불리는 사람 좋은 키 큰 주정뱅이 정원사에게 딸을 돌봐달라고 부탁하고는 다이아몬드 판매차 이스라엘로 떠나고 없었다. 파티는 몇 날 며칠 밤낮으로 계속되었다. 미국 고등학교 남학생들과 성모학교 여학생들이 술을 마시고 담배를 피우고 시시덕거리며 집과 정원을 점령했다. 음악이 소란스레 울렸고, 여학생 몇 명은 벌써 잔뜩 흥분하고 곤드레했다. 마리는 처음으로 마리화나를 피웠다. 시모어라는 미국 고등학교 남학생이 꽁초를 돌렸고, 작은 무리 하나가 정원 안쪽의 개집 옆에 모였다. 마리는 연기를 흡입하고 보드카를 몇 잔 마시고는 정원 안쪽의 세탁장, 빨래하는 곳으로 토하러 갔다. 음악이 규칙적인 박자로 땅을 울리고 개 존 람보가 짖어댔다. 키가 큰 다다는 여느 때처럼 술을 마시고 커다란 팔을 벌린 채 소리를 지르며 성큼성큼 정원을 누볐다. "피크니! 피크니! 조심해요! 미스터 스테판에게 다 이를 거예요." 하지만 그래봤자 젊은이들의 웃음만 살 뿐이었다. "다다! 이리 와서 함께 마셔요!" 에스메는 시시덕거릴 상대와 함께 저택 안으로 사라진 후였다. 그애처럼 빨간 머리의 영국 애와 함께였다. 마리는 시모어와 함께 정원에 남아 있었다. 그는 초록색 눈의 혼혈아로 보호자인 척하며 친절하게 굴었다. 마리는 그의 품에 안겨 될 대로 되라는 식으로, 그가 볼을 쓰다듬는 동안 반쯤 잠들어 있었다. 마리는 이런 건 오히려 낭만적이고 전혀 무섭지 않다고 생각했다.

상황이 나빠진 건 2003년 그해 여름이었다. 전쟁 이야기들이 나오고 있었지만 그건 멀리, 다른 곳에서 일어난 옛날 이야기였다. 반군은 북부에서 공격을 개시했고 서쪽에서는 국제연합군이 문제를 확실하게 해결하러 왔다. 우기라서 검은 하늘이 도시 위로 무겁게 드리웠고, 오후 네시부터 비가 억수같이 쏟아져 거리는 온통 물바다였으며, 어찌나 어두운지 불을 켜야만 했다. 여자애들은 더러운 수영장으로 빗방울이 떨어지는 것을 베란다에서 바라보고 있었다. 여자애들은 정치 상황에 대해 이야기했다. 에스메의 아버지에게서 전화가 왔는데 공항이 폐쇄되어 민간인들은 프랑스에서 발이 묶여 있다고 했다. 그는 더이상 외출하지 말라고 당부하면서 다다에게 여자애들을 보호해달라고 했지만, 에스메는 그 말을 곧이듣지 않았다.

"다다 좀 봐. 저렇게 친절하고 충성스러워 보이지만, 우리 목을 잘라야만 제 목숨을 구할 수 있다면 주저없이 그렇게 할걸."

반대로 에마 조는 널리 퍼진 불안에 동참하는 듯 보였다. 그녀는 한탄하면서 먹을 거라곤 흰쌀밥과 통조림만 내놓았다.

마리는 고향 소식을 듣지 못했다. 반군들이 벌써 그 땅의 주인이 되었는지도 모를 일이었다. 사람들 말로는 그들이 광신도 군대를 모집했는데 대다수가 아주 젊은, 거의 어린애들이고 화약가루에 섞은 코카인을 흡입하고 마주치는 사람들을 모조리 겁탈하거나 죽이고 싸울 수 없도록 팔을 잘라버린다고 했다.

그래도 도시에서는 이런 폭력이 전혀 목도되지 않았다. 기껏해야 가끔 경찰 사이렌이 울리거나 나무 위로 폭발음이 들려와 비둘기들을 날아오르게 했다. 그러나 그것도 폭죽이 일제히 터지는 것일 수도 있었다. 텔레비전 방송은 끊겼고 라디오에서는 상반되는 뉴스들이 흘러나오고 있었다. 정부군은 이렇고 반군은 저렇고, 앞뒤가 맞지 않는 주장들이었다. 여자애들은 더이상 라디오를 켜지도 않았다.

어느 날 아침 폭격이 시작되었다. 마리는 폭풍우인 줄 알았지만 하늘에는 구름 한 점 없었다. 곧 폭발이 지축을 흔들었고, 전기가 끊겼다. 다다가 도착해서 "빨리, 빨리, 학교로 가요, 어서!" 하는 손짓을 하며 집안으로 들어왔다. 그는 부들부들 떨며 횡설수설했다. 에스메가 그에게 말을 시켜보려고 했지만 그는 에스메의 팔을 잡아당기며 "학교로 가세요, 아가씨, 어서 가요!" 할 뿐이었다.

거리에서는 사람들이 사방으로 뛰어다녔다. 휘발유는 모두 군수물자로 징발당한 탓에 며칠 전부터는 승용차도 버스도 보이지 않았다. 하늘에서는 독수리들이 아주 높이 빙빙 돌고 있었다. 에스메는 할 수 있는 한 빨리 걸었지만 숨이 차서 쌕쌕거리다 곧 걸음을 멈추고 길바닥에 주저앉았다. 마리가 말을 걸었지만 소용이 없었고, 에스메는 허리를 굽히고 숨을 돌리려고 애썼다. 그러자 다다가 에스메를 마치 넝마 자루 다루듯 단번에 번쩍 들어올려 어깨에 걸쳐 멨다. 에스메는 비극적인 상황에도 불구하고 거인의 어깨 위에서 이리저리 흔들리자 웃음이 나왔다. "그만, 다다, 그만, 아프잖아!" 그러나 다다는 그애가 무슨 전리품이라도 되는 양 둘러메고 계속 달렸고, 마리는 그들을 따라 달려갔다.

파티마 성모학교는 아수라장이었다. 여학생들이 잔디밭에 모여들었지만 건물의 문은 굳게 닫혀 있었다. 사감 몇 명이 학생들을 하급반은 이쪽으로, 상급반은 저쪽으로 하면서 학년별로 나누어 질서를 잡으려고 했지만 소용이 없었다. 원장 수녀는 교장 선생님이 금방 오실 거라면서 기도법을 알려주었다. 그날은 여느 때와 같은 방학중 토요일이었고, 그 전날부터 비가 오지 않아 잔디밭의 풀들이 햇빛에 빛났다. 마리는 하늘에서 원을 그리고 있는 독수리들을 지켜보다보니, 에스메에게 이렇게 말하고 싶었다. "독수리들이 날고 있는 한 우리에겐 아무 일도 일어나지 않아." 에스메는 독수리들을 싫어했다. 그애가 전에 말해주기를 아버지를 따라 차를 타고 시골에 갔을 때 아버지가 가끔 차를 멈춰 세우고 독수리들을 향해 카빈총을 쏘았다고 했다. 마리는 "왜? 저들은 수호천사인데" 하고 대꾸했었다. "천사들이라고? 저것들은 추하게 생겼어. 회색 날개하며, 꼭 박쥐들 같잖아!" 마리는 독수리들이 너무 높이 날아서 스테판 씨가 단 한 마리도 죽이지 못했다는 걸 알고 기뻐했다.

폭격 소리는 더이상 들리지 않았다. 아마도 반군들이 격퇴당한 걸까? 아니면 폭풍 전야의 고요함인가? 파도가 치기 전에 뒤로 물러가는 바다처럼.

여학생들은 능소화 그늘 아래 풀밭에 앉았다. 아무도 먹고 마실 것을 챙겨오지 않았다는 점만 빼면 소풍을 나온 것 같기도 했다. 오후 세시경, 사륜구동 자동차가 멈추더니 사감 두 명이 체육 선생을 대동하고 나타나 두 사람당 하나씩 플라스틱 물병을 나눠주었다. 조금 있다가 유엔의 흰색 사륜구동 자동차가 왔고, 전투복을 입고 AK 자동소총으로 무장한 아프리카인들이 내렸다. 에스메는 그들의 악센트를 알아듣고 그들이 나이지리아인이라고 했다. 그들은 거의 고함치듯이 큰 소리로 말했고 사감들도 같은 식으로 대답했다. 에스메가 소식을 알아보러 갔다가 돌아오더니 그들이 서로 반대되는 소리를 한다고 했다. 병사들은 피란을 가려면 항구 가까이 해변으로 가야 한다고 하고 사감들은 위험하다며 반대한다는 것이었다. 마리가 말했다. "저택으로 돌아가야 하는 것 아닐까? 오늘은 더이상 아무 일도 없을 테고 여기서 밤을 보내긴 싫은데."

그들은 다다를 다시 찾아내 대사관 구역을 향해 함께 걸었다. 시내는 한나절 만에 많은 것이 변해버린 듯 낯설게 느껴졌다. 거리는 적막했고 버려진 집들의 타일은 깨지고 대문들은 자동차에 들이받혀 움푹 들어가 있었다. 소녀들은 미국 대사관 담장을 따라 걷다가 대사관 건물 유리창 대부분이 깨지고 정면이 불에 탄

흔적을 보고 겁에 질렸다. 그러나 정문은 자동소총을 옆구리에 찬 무장 군인들이 지키고 있었다. 그들은 에스메와 마리가 앞을 지나갈 때는 잠자코 있더니 다다에게는 크란족 언어로 무슨 소리를 질렀다. 다다가 화를 내고 그들이 낄낄거리는 모습을 보니 무슨 상스러운 말을 한 게 틀림없었다. 다다는 무슨 염소떼나 되는 듯 소녀들을 조금 거칠게 몰고 갔다. 그가 두려워하며 식은땀을 흘리는 것을 보고 마리는 자기들의 목숨이 위태로우며 다다가 자신들을 보호하는 데 그다지 쓸모가 없다는 것을 단번에 알아차렸다.

스테판 저택은 약탈당했다. 에마 조도 사라졌는데 필시 소녀들이 학교에 가려고 집을 떠나자마자 달아났을 것이다. 안뜰에는 옷가지며 부서진 가구며 빈 술병들이며 책들이 뒤죽박죽으로 나뒹굴고 있었다. 약탈자들은 대문을 부수고 들어와 벽장을 무너뜨리고 침대와 매트리스를 가져가버렸다. 냉장고를 뒤져 오트밀 상자, 기름, 개 비스킷 등 원치 않는 것들은 던져버렸다. 개집은 열려 있고 존 람보는 흔적도 없었다. 그것을 보고 그때까지 냉정을 유지하고 있던 에스메가 울음을 터뜨렸다. "내 개, 내 개를 어떻게 한 거지? 왜 데려갔을까?" 다다가 심드렁한 거친 목소리로 말했다. "개 말인가요, 먹기 좋죠, 아가씨!" 마리는 에스메를 달래려고 했다. "절대 아냐, 다다 말 듣지 마. 그들이 개를 잡아먹은 게 아냐! 아마 도망쳤을 거야. 그러니 나중에 돌아올 거라고." 하지만 에스메는 쉬이 안정을 찾지 못했다.

마리가 저택 안에 들어와보니 작업실의 사진들이 모조리 바닥에 널려 있었다. 약탈자들은 스테판 씨의 자료실도 뒤졌다. 돈이나 보석을 찾고 있었던 게 분명했다. 복도와 거실의 타일 위에는 가족사진, 초상 사진, 풍경 사진, 그리고 누드 사진 들이 뒹굴고 있었다. 그들은 네거티브필름도 짓밟고 지나갔고, 군데군데 진흙투성이의 군홧발 자국이 남아 있었다. 마리는 한쪽 구석에서 스테판 씨가 한 번도 보여주지 않은 비밀 사진들을 보았다. 그것은 팔이 잘리고 눈알이 뽑힌 어린이들, 배가 갈린 어머니들과 아직도 탯줄로 자궁에 연결되어 있는 아기들 같은 끔찍하고 괴기스러운 전쟁 사진이었다. 그는 왜 이 끔찍한 것들을 집에 두고 있었을까?

마리는 눈앞이 보이지 않아 손을 뻗은 채 집안으로 들어갔다. 너무나 길었던 그날 하루로 인해 의식을 잃어버린 듯 자신이 어디 있는지, 무슨 일이 일어났는지 갑자기 더이상 알 수가 없었다.

에스메는 입구 쪽의 깨진 커다란 금고 앞 잔해에 둘러싸인 채 주저앉아 있었다. 스테판 씨는 네덜란드 사람들과 이스라엘 사람들에게 넘겨줄 숲의 다이아몬드를 이 금고 안에 보관해두었다. 에스메는 아쉬워할 게 그것 말고는 없다는 듯 텅 빈 금고를 뚫어져라 바라보고 있었다. 마리는 화가, 심지어 분노가 치밀었다. 그녀는 전쟁을 찍은 네거티브필름을 한아름 가져다가 에스메 앞에 내동댕이쳤다. "봐! 이 사진들을 보라고! 네 아버지가 왜 이 살육 현장을 집에 보관했는지, 이……" 마리는 더이상 말이 나오지 않았다. 그것은 목을 가득 채우고 입속으로 흘러드는 눈물 때문임을 깨달았다. 에스메 역시 울고 있었지만 사진은 보려고도 하지 않았다.

그들은 서로 끌어안고 한참을 그렇게 땅바닥에 앉아 있었다. 마리는 이제 다다도 떠나버렸고 약탈당한 저택에 남은 건 둘뿐이라는 사실을 깨달았다. 그녀는 공포의 전율이 등줄기를 타고 흐르는 것을 느끼며 정신을 가다듬었다. "에스메, 당장 떠나야 해! 그들이 다시 오면 우릴 죽일 거야. 바닷가로 가야 해. 유엔 헬기가 우릴 데려가줄 거야. 자, 빨리 여기서 나가야 해, 위험하다고!" 에스메는 얼이 빠져서 마리를 쳐다보았다. "하지만 아버지가 나를 찾으러 오면……" 마리는 단호하게 대답했다. "네 아버지, 안 오실 거야. 공항이 폐쇄됐으니 올 수도 없어. 네 아버지한텐 이제 다이아몬드도 없잖아!"

그들은 텅 빈 골목길을 달려 도망쳤다. 때때로 총소리, 그리고 새해 첫날의 불꽃놀이 같은 메마른 폭격 소리가 제법 가까운 곳에서 들려왔다. 트럭 한 대가 길 저쪽 끝에서 전속력으로 지나가면 소녀들은 덤불 속에 몸을 숨겼다.

항구 근처의 해변에서는 프로펠러를 땅 위로 바짝 내린 거대한 헬기 세 대가 대기중이었다. 유엔군들이 한 줄로 늘어서 있다가 마리와 에스메가 나타나자 그중 병사 하나가 에스메에게 말했다. "너만, 쟤는 안 되고!" 그러고는 막대기로 마리가 지나가지 못하게 막았다. 에스메는 극도로 흥분해서 소리를 지르기 시작했다. "얘도 가야 해요, 내 자매니까 나랑 같이 가야 해요!" 그러나 병사들은 마리를 밀쳐냈고 마리는 모래사장에 쓰러졌다. 동시에 유엔군들은 백인, 황인, 그리고 밝은 갈색 피부의 사람들을 통과시켰다. 그들에게는 여권을 보여달라고도 하지 않았다. 어린애 둘을 데리고 있는 엄마조차 흑인이라서 거부당했다. 그녀가 자기는 아프리카인이 아니라 미국인이라고 외쳐도 소용없었다. 병사들은 긴 막대기로 그녀가 가지 못하게 막았다.

그뒤 헬기가 거대한 먼지구름을 일으키며 시동을 걸자 피란민들은 뒤로 돌아섰고 여자들은 숄로 몸을 가렸다. 모두가 해변 높은 곳의 모래언덕으로 다시 올라갔다. 마리와 에스메는 사람들 무리 속에서 다시 만났다. 사람들은 산발을 하고 먼지를 하얗게 뒤집어쓰고 있었다. 아이들은 울고 여자들은 소리를 지르고 늙은이들은 비틀거리며 우왕좌왕하고 있었다. 그들은 반군이 들이

닥치지 않을까 경계하며, 잠들지도 못하고 거기서 밤을 보냈다. 새벽에 도착한 것은 민간인 트럭들이었다. 그들은 달러를 받고 방수포를 씌운 무개트럭에 승객을 태웠다. 마리는 운전사와 협상하고는 에스메와 함께 무개트럭에 올라가 안쪽 깊숙이 방수포 아래 몸을 숨겼다. 에스메는 영문을 모르고 마리를 쳐다보았다. "우리집으로 가는 거야. 마노 강 근처의 칼랑고로. 여기 있으면 우린 죽게 될 거야, 특히 네가." 마리는 에스메의 창백한 얼굴, 붉은빛이 도는 금발, 그리고 초록색 눈을 보았다. "자, 이걸로 몸을 가려." 마리가 자기의 검은 머플러를 건네주자 에스메는 그걸로 몸을 감싸고 트럭 안쪽 바닥에 드러누웠다. 무개트럭에는 여자 승객 몇 명이 아이들을 데리고 있었는데 겁에 질린 듯 보였다. 그들은 보Bo 쪽 국경을 넘을 생각이었다. 트럭이 달리기 시작하자 마리는 신경질적인 웃음을 미친듯이 터뜨렸다. "비열한 유엔군 놈들, 신께서 그놈들 헬기에 사고를 내려주시기를."

국경, 그곳은 위험천만한 장소였다. 칼랑고에서 마리는 카마라라는 이름의 아버지 쪽 친척 아주머니 집을 찾아갔다. 그녀는 마을 입구에 있는 호사스러운 큰 집에서 혼자 살았다. 처음에 소녀들이 오는 것을 보고 그녀는 문부터 닫아걸었다. 이윽고 마리를 알아보고는 멤베족 말로 길게 독설을 늘어놓기 시작했다. "멀리서 너희를 보고는 병사들의 계집인가 했다, 창녀들 말이야. 그 여자들은 그놈들과 함께 다니니까. 그놈들은 마을에 오면 다른 병사들은 없는지, 길은 뚫려 있는지를 확인하려고 여자들을 먼저 보낸다니까. 그러고는 와서 모든 걸 빼앗아가고 저항하는 사람들은 다 죽이지. 나흘 전에도 그놈들이 여기 와서 모든 걸 다 가져갔어. 난 남았지, 늙었으니까. 난 지금이라도 내 때가 오면 신을 만나러 갈 수 있지만, 너희는 너무 젊으니 죽어서는 안 되지. 어서 오너라, 하지만 여기 머물러선 안 돼. 학살자 놈들이 마을 주변에 있으니까. 그놈들에게 잡히면 너흰 노예가 되는 거야. 잡히면 너희를 겁탈하고 시집도 못 가게 두 손을 잘라버릴 거다. 저주받은 놈들, 악마 같은 놈들, 그놈들은 너희가 개미굴에서 죽게 내버려둘 거야. 난 이제 죽을 일만 남았다. 가족들도 모두 국경을 넘어가버려 혼자라 외롭구나!" 이 모든 넋두리는 '아, 은야케, 아, 은얀제, 아, 아버지, 어머니!'와 요란한 오열로 중간중간 끊기곤 했다.

소녀들은 늙은 카마라 아주머니 집에서 밤을 보냈다. 큰방은 가구, 텔레비전, 소파, 그리고 양탄자 등이 사라지고 없어서 텅 비었고 바닥에는 약탈자들이 버려두고 간 잔해가 널려 있었다.

노파는 하나밖에 남지 않은 의자에 앉아 소녀들을 지켜보며 밤을 새웠다. 마을은 개 한 마리, 닭 한 마리 없이 괴괴했다.

꼭두새벽에 카마라 아주머니는 반군들의 눈을 피해 숨겨놓은 몇 가지 식료품, 카사바 가루로 만든 국수, 바나나, 말린 생선 몇 마리, 정어리 통조림 몇 통, 덜 익은 오렌지 같은 것들을 챙겨주었다. "뒤돌아보지 말고 걸어가라, 얘들아. 도로나 다리를 건너지 말고 가시덤불에 몸을 숨겨야 해. 신께서 너희와 함께하시길. 학살자 놈들, 살인마 놈들에게 저주가 있기를."

마리는 어릴 때부터 알고 있던 오솔길을 찾아냈다. 초원을 가로질러 흰개미집 무더기들 사이로 나 있는 길이다. 며칠 전부터 비는 더이상 오지 않고 구름 덩어리들이 언덕에 닿을 듯 흘러가고 있었다. 마리는 예전에 학교에서 돌아올 때처럼 옷가지와 먹을 것을 머리에 이고 앞장서서 걸었다. 마리는 이젠 자신이 강하다고 느꼈다. 우회로 하나하나와 땅이 어디가 높고 어디가 낮은지, 관목 숲이 어디 있는지를 속속들이 다 알고 있었기 때문이다. 에스메는 병든 아이처럼 쓰러질 듯 말 듯 종종걸음으로 따라왔다.

소녀들은 위험을 감지하기 위해 모든 감각을 긴장시킨 채 먹지도 마시지도 이야기하지도 않고 언제라도 덤불 속으로 몸을 던질 만반의 준비를 하고서 몇 날 며칠을 새벽부터 오후까지 쉬지 않고 걸었다. 주민들 눈에 띄어 반군들에게 고발당할까 무서워서 마을과 농가에는 접근하지 않고 지나갔다. 머리 위에서는 독수리들이 선회했고 밤이 되면 숲속을 배회하며 으르렁거리는 짐승들의 무시무시한 소리가 들려왔다. 소녀들은 원숭이 무리를 피하기 위해 빙 돌아가야만 했고 한번은 멧돼지떼의 습격을 받고 벌레 먹은 나무둥치로 기어올라가서야 겨우 목숨을 부지할 수 있었다. 멧돼지들은 저녁때까지 소녀들을 포위하고 으르렁거리며 나무껍질을 물어뜯다가 메뚜기들이 저녁 음악회를 시작하자 지쳐서 가버렸다.

밤에는 모기들이 극성이었다. 마리와 에스메는 머플러와 티셔츠에 머리를 파묻고 잠을 잤다. 고생에 단련이 안 된 에스메는 열이 나서 부들부들 떨기 시작했다.

마침내 소녀들은 목적지에 도달했다. 마리는 가시덤불로 덮여 있는 더 붉은 땅을 보고 알아차렸다. 어둠이 내리자 마리는 에스메를 숲속 빈터에 남겨두고 코나 아주머니의 마을과 강 사이에 있는 옐레 쪽 농가로 정찰을 나갔다. 가까이 다가가자 날염된 무명 스카프를 머리에 동여맨 남자들과 자동소총을 든 여자들의 수상한 실루엣이 보였다. 혁명군 병사들임을 알아보고는 심장이 더 빨리 뛰기 시작했다. 마리는 소리를 내지 않으려고 되도록 천천히 기어서 물러났다.

그날 밤 소녀들은 쉬지 못했다. 강을 향해 관목 숲을 헤치며 빠른 걸음으로 걸었다. 보름달이 하늘을 배경으로 갈고리 모양의 손가락이 달린 것 같은 마른 나무들의 윤곽을 부각시키며 풍경을 비추고 있었다. 무서움이 소녀들에게 날개를 달아주었다.

에스메는 낮은 소리로 불평을 하고 징징거렸다. "발이 아파, 더는 못 가겠어." 마리가 말했다. "이리 와, 우린 야마 할머니네 집에 가는 거야." 아마도 에스메는 자기들이 마리의 할머니 댁에, 안전하게 잠들 수 있을 집에 도착할 거라고 생각했으리라.

동틀 무렵 두 사람이 강 위쪽 곶처럼 생긴 장소에 당도하자 나무가 보였다.

나무는 아주 크고 품이 넉넉하다. 강인한 몸체는 그루터기에서 돋은 새싹과 기둥과 문설주와 밧줄과 다리 들로 나뉘어 있다. 그 뿌리는 땅속에서부터 온 세상으로 뻗어 있다.

마리가 먼저 좁은 문으로 들어간다. 옛날에 어렸을 때는 얼마나 쉬웠는지를 떠올린다. 지금은 엉덩이가 문을 통과하기 어렵고 머리는 문틀에 부딪히고 머리카락은 이끼와 가시에 걸린다. 하지만 금세 냄새와 그림자와 부드럽고 축축한 펠트천 같은 바닥을 알아보고 나무의 이름을 중얼거린다. 오, 야마. 마리는 벌어진 틈으로 미끄러져 들어가며 되뇐다. "오, 할머니, 저를 보호해주시고, 저를 당신 뱃속에 다시 품어주시고 젖도 주세요. 제 친구 에스메도 보호해주세요. 저애는 제 자매니까요. 저애도 당신 안에 받아들여주시고, 저희를 적으로부터 구해주세요."

이번에는 에스메가 들어온다. 에스메는 아프고 고열과 절망으로 떨고 있다. 마리는 에스메를 방 안쪽, 목수개미들이 남겨놓은 마른 양탄자에 눕힌다.

햇살이 굴뚝을 타고 내려와 잎사귀와 새들의 노래와 섞여 연한 초록색을 만들어낸다. 마리는 나무 안쪽 벽 껍질이 접힌 부분에 고인 맑고 신선한 빗물을 손바닥으로 퍼다가 에스메에게 먹인다. "꿀처럼 달아" 하고 말하면서 에스메는 허겁지겁 마신다. 어린애 같은 목소리를 듣고 마리는 미소 짓는다.

여행의 종착지는 바로 여기, 마리의 집이다. 마리는 여러 날 전부터 이곳을 꿈꿔왔다. 어쩌면 수녀들이 운영하는 고등학교에 도착해서부터였는지도 모른다. 이곳은 인간들의 광기는 들어올 수 없고, 권력을 향한 탐욕이나 피에 굶주린 갈증, 다이아몬드를 향한 욕망으로부터 멀리 떨어져 있다.

"나는 여기 이 나무 안에서 태어났어." 마리가 이야기를 들려준다. "내 어머니는 강가에서 나를 낳다가 돌아가셨대. 그때는 전쟁중이라 할머니가 나를 이리로 데려와 나무 속에 숨겨두셨어. 할머니는 당신 젖으로 나를 키우셨어. 내게 젖을 먹일 어머니가 없었으니까. 할머니는 신에게 기도했고, 신은 할머니의 젖이 다시 돌게 해주었어. 할머니는 늙어서 아이를 낳을 수 없었는데도 말이야. 할머니는 나에게 당신 젖을 먹이고 나무 수액을 마시라고 주셨지. 그리고 전쟁이 끝나자 나를 코나 아주머니한테로 데려가셨어. 그뒤 돌아가셔서 여기 강가, 당신 나무 가까이 묻히셨어. 할머니가 나를 먹이고 여기에 숨겨주셨건만 나는 할머니가 생각나질 않아."

에스메는 마리의 말에 귀기울이고, 마리가 뿌리 사이로 덩굴손을 뻗은 나팔꽃에 나무 잎사귀를 섞어 만든 쓰디쓴 탕약도 마셨다. 마리는 천식을 낫게 해주려고 재와 나뭇잎을 섞어 에스메의 가슴에 대고 문지른다.

마리는 도시에서의 습관을 잃어버렸다. 예전에 학교를 빼먹을 때처럼 옷과 신발을 벗어버리고, 스테판 저택에서의 생일 파티 때 시모어가 준 커다란 티셔츠를 입었다. 땅바닥에서 잠잘 때 입는 잠옷이었다. 황토색 티셔츠의 가슴에는 'Marvin Gaye' 또는 'LL Cool J' 같은 글자가 쓰여 있는데 여기서 그런 것은 더이상 중요하지 않다. 마리는 빨간 천으로 된 띠로 머리를 묶고 자기가 혁명연합전선의 일원이며 혁명의 딸이라고 장난삼아 말했다.

사실 마리는 혈혈단신으로 혁명을 하고 있다. 지금은 에스메를 데려와 둘이서 나머지 세상에 저항하고 있는 것이다.

밤이 되면 숲은 잠에서 깨어난다. 마리는 기억이 난다. 소리 하나하나, 외침 하나하나가 되돌아와 잊혔다가 다시 그애 안에서 길을 찾은 언어로 말을 건다. 긴 말, 짧은 말, 슈우 소리, 들숨, 나뭇가지 사이에 숨은 새들의 속삭임, 올빼미의 울음소리, 쏙독새의 휘파람. 그리고 연속되는 벌레들의 떨리는 소리.

에스메가 추워서 바들바들 떨어도 마리는 학살자, 살인자를 끌어들일까봐 불을 지피지 않는다. 야마는 불을 때지 않았다. 다만 새벽에 연기가 강에서 올라오는 수증기와 뒤섞일 때만 재 속에 돌을 파묻어 데우고 나팔꽃 뿌리를 굽기 위해 불을 피웠다. 야마는 마리가 숲에 대해 알고 있는 모든 것을 가르침이 아니라 젖을 통해 전해주었다. 마리는 낮은 목소리로 기도한다. "오 야마, 할머니, 제게 당신의 힘과 지혜를 주시고, 살인자들로부터 저희를 보호하시고 그들을 당신 집에서 멀어지게 해주세요!"

마리는 숲의 목소리에 귀기울인다. 자신과 에스메를 팔로 감싸안는 야마를 느끼고, 주변에 촘촘히 얽혀 있는 수만 가지의 작은 소리를 듣는다.

밤이면 강물 소리가 더 잘 들리는데, 그것은 강가의 돌멩이들을 스치는 웅장한 노래다. 붉은 모래가 강이 휘돌아가는 굽이 안쪽에서 무너져내려도 나무의 강인한 뿌리는 흙을 단단히 붙들고 있다.

가끔 자정 무렵에 비가 내린다. 빗물은 나무의 몸체 안쪽을 타고 쏟아져 내려와 나무껍질의 공동空洞을 가득 채운다. 비는 이쪽 가지에서 저쪽 가지로, 이 잎사귀에서 저 잎사귀로 튀고, 땅에서는 어린 시절과 이어지는 강하고도 감미로운 냄새가 올라온다. 마리는 잊어버렸다고 여겼던 냄새를 확인하면서 전율한다. 그리고 에스메에게 몸을 숙이고 속삭인다. "들이마셔, 나의 자매 에스메, 들이마셔, 야마 나무가 너를 낫게 해줄 테니 더이상 떨지 말고 아무것도 두려워하지 마, 야마가 우리를 보호해주셔."

에스메는 몇 주 만에 처음으로 잠이 들었다. 자기 집 수영장 물속으로 다이빙하려는 듯 방 안쪽에서 두 팔로 무릎을 감싸안고 몸을 웅크렸다. 에스메는 빗소리, 밤의 소리와 더불어 짧은 호흡으로 부드럽게 숨을 쉰다.

관목 숲 위로 달이 떠올라 나무 꼭대기를 비춘다. 창백한 달빛이 굴뚝을 통해 에스메가 잠들어 있는 잎사귀 양탄자까지 비쳐 들고, 마리는 여전히 추억에 잠겨 있다. 이건 마리가 태어나던 순간, 야마가 전쟁을 막기 위해 마리를 품에 꼭 끌어안았던 순간을 새롭게 다시 사는 것이다.

그리고 오래된 목소리가 그녀의 귓가에 루 루루루루루루 루, 루루루 루루루 루를 흥얼거린다. 왜 사람들은 한 줌의 다이아몬드 때문에 서로를 죽여야만 하는 걸까? 강물 속 진흙에서 채취한 깨진 다이아몬드로 지브릴 스테판과 밀매업자들의 금고를 채우기 위하여. 다이아몬드를 무기와 교환해 다른 사람들을 죽이는 일을 계속하기 위하여. 아니면 바다 반대편 저멀리로 달아나 거기에 전리품을 쌓아두기 위하여. 마치 세상에 그것만큼 가치 있는 것은 아무것도 없다는 듯 제 딸을 살인자들의 손아귀에 버려두다니. 저주스러운 마누와 보의 다이아몬드, 하고 마리는 생각한다. 그걸 파는 이들, 그걸 사는 이들에게 저주가 있으라. 마리의 입을 통해 말하고 있는 것은 야마의 목소리이고 분개하게 만드는 것도 야마의 분노다. 마리는 푸른 밤을 보기 위해 머리를 문 쪽으로 돌리고 에스메 옆, 잎사귀 양탄자에 눕는다.

어떤 소리, 나무 주위의 땅을 스치는 발소리다. 마리는 눈을 떴다. 심장이 두근거린다. 병사들, 아마도 혁명연합전선의 반군들 아니면 최악의 경우 수백만 달러건 한 줌의 다이아몬드건, 값을 치르는 사람에게 봉사하는 끔찍한 민병대일 수도 있다. 그들은 검은 복면을 쓰고 검댕을 칠하고 큰 칼과 자동소총으로 무장하고서 밤중에 돌아다니며 사람을 죽이고 여자들을 겁탈하고 약탈을 자행한다. 마리는 숨을 죽인다. 에스메가 행여 소리를 질러 주의를 끌지 않을까 두려워서 차마 그애를 깨우지도 못한다. 벌레들도 입을 다물고 개구리들조차 강기슭에 들러붙어 꼼짝 않고 있다.

문 앞으로 지나가는 그림자 하나가 보인다. 둔중해 보이는 갈색 실루엣이다. 짐승의 숨소리, 일종의 낮은 으르렁거림이 들려오다가 고요해진다. 부드러운 발걸음이 땅 위로, 뿌리 가까이 나아간다. 마리는 어렸을 때 한 번도 그와 비슷한 것을 보거나 들은 적이 없다. 그러나 그 짐승의 이름이 야마의 언어로 떠오른다. 술루워, 하이에나.

마리는 그 짐승을 알아본다. 넓적한 콧방울, 갈기, 구부정한 등, 작고 동그란 귀. 텔레비전이나 학교에서 본 영화에서 저 짐승을 보았던 기억이 난다. 스테판 씨 집에서였는지도 모르겠다. 그가 몹시 좋아하는 동물 기록영화였는데 소녀들은 하품을 하면서 곁눈으로 보았었다.

술루워는 나무 둘레를 잔걸음으로 걷는다. 코로 뿌리 사이를 헤집으며 으르렁거리고 가르랑거리더니 머리를 들어 공기를 마시고 소리를 포착하기 위해 귀를 쫑긋 세운다. 놈은 돌아서서 다시 제자리로 오더니 문 앞에 멈춰 선다. 소녀들의 존재를 감지한 것이다. 하지만 그렇다고 마리가 특히 불안해진 것은 아니다. 마리는 놈을 지켜본다. 겁에 질리는 대신 모든 감각이 경계 태세에 들어간다. 더이상 현실도 위험도 없는 것 같다. 오 야마, 저 짐승은 당신이 보낸 사자로군요, 술루워, 하이에나, 초원의 지배자,

강물의 여주인, 우리를 살인자들로부터 보호하라고 당신이 저 짐승을 우리에게로 인도했군요.

그러니 소년병들은 오지 않을 것이다. 그 아이들은 코카인에 섞은 화약 가루를 흡입하고 정신이 혼미한 상태에서 광기에 사로잡혀 제 부모를 죽이고 여동생들의 팔다리를 자른다. 하이에나의 발톱이 땅을 파헤쳐 우리가 남긴 흔적들을 지워버렸으니 그들은 이제 우리의 자취를 찾아낼 수 없을 것이다. 또 술루워가 나무 앞에 웅크리고 있고 땅바닥에 오줌을 갈겨놓았으니 그들은 이제 우리의 냄새도 맡을 수 없을 것이다! 그들은 하이에나의 냄새를 맡고 땅에 새겨진 하이에나의 발톱 자국을 보고 공포에 떨며 강 건너편 저희들 악마의 소굴로 돌아갈 것이다.

밤마다 갈색 하이에나는 야마 나무 근처로 돌아온다. 그 짐승은 흙을 맛보고 재를 들이마시고 제 냄새가 나무에 배도록 나무껍질에 갈기를 문지르고 사람의 발자국을 제 발로 지워버린다. 한 번, 단 한 번이었다. 살인마들이 나무 가까이 왔다. 밤이 되기 전이었다. 마리와 에스메는 숨을 참으며 동굴 안쪽에 몸을 웅크리고 숨었다. 병사들은 몸을 숙이고 하이에나가 땅 위에 찍어놓은 자국들을 알아보고 또 그것의 자극적인 지독한 냄새를 맡더니 야만스러운 소리를 지르며 마을로 돌아가버렸다. 마리는 생각한다. 곧 그들은 다리를 건너 몹쓸 바람처럼 사라질 것이고,

불타버린 이 대지에서, 폐허가 된 이 도시들에서 삶은 다시 시작될 수 있을 거라고.

야마가 보낸 사자는 매일 밤 같은 시각에 다시 왔다. 그 짐승이 나무 주위를 걸으며 춤을 추면 소녀들은 곰처럼 둔중하고 어둡고 강한 실루엣, 넓적한 얼굴과 작은 귀를 알아보고는 너그러우면서도 변덕스러운 조상 할머니에게 보호받고 있음을 느낀다. 마리는 매일 저녁 바나나나무 잎사귀에 바나나, 생강, 말린 생선 같은 먹을 것을 남겨놓는다. 물도 나무껍질로 만든 사발에 담아 준비해주는데 그 달콤한 빗물을 하이에나는 조금씩 할짝거리며 들이마신다. 짐승은 생강은 남겨두고 다른 것만 조금 먹은 뒤 고맙다고, 잘 먹었다고 말하는 듯 작은 소리로 으르렁거린다. 마리와 에스메는 밤마다 잠도 자지 않고 바닥에 누워 얼굴을 문 가까이 대고 그 짐승이 오기를 기다린다. 풀 속을 걷는 조용한 발소리가 들려오면 그들은 가까이 접근하는 짐승의 숨소리에 귀를 기울인다. 마리는 그 짐승이 겁먹지 않도록 낮은 목소리로 말을 건다. 마리는 야마 할머니 이야기, 할머니가 자신을 숨겨놓고 젖을 주고 살인자들과 학살자들로부터 보호해주던 시절, 예전에 나무 속에서 살았던 이야기를 들려준다. 하이에나는 귀를 기울인다. 마리에겐 그 짐승의 눈이 보이지 않지만, 짐승은 넓적한 얼굴을 나무 쪽으로 돌리고 이야기를 듣기 위해 귀를 쫑긋 세운다. 그러고는 작게 으르렁거림으로 대답하고 흙속으로 숨을 뿜고 땅 위를 구르고 몸을 흔들어 흙을 털어내면, 달빛 속에서 먼지의 후광에 에워싸인다. 그 짐승은 막강하다. 짐승은 큰 강 양쪽 기슭에 우거진 숲의 지배자이며, 삶의 신비를 아는 대지의 할머니로서 인간들의 의지와는 달리 이 땅을 지켜낼 것이다. 그 짐승은 고독하고 나이가 없으며, 강물이 시작되는 곳, 사막 가장자리를 따라 뻗어 있는 산맥, 모래와 바오밥나무의 고장 태생으로, 야마의 후예를 보호하고 시련을 겪는 아이들과 함께하려고 밤처럼 어두운 색깔에 과묵하고 경이로운 모습으로 삶의 저편에서 왔다. 그 짐승은 전쟁이 끝나고 아무도 저를 필요로 하지 않을 때가 되어야만 그 아이들을 떠나 북쪽에 있는 저희들의 안식처, 동족들이 살고 있는 그곳으로 돌아갈 것이다.

8월 중순, 찰스 테일러는 무기를 내려놓고 권좌를 포기했다. 마리와 에스메는 마을 사람들의 환희에 찬 아우성을 듣고 그 사실을 알게 되었다. 그래서 소녀들은 대낮에 나무에서 나와 칼랑고를 향해 길을 떠났다. 농가와 마을에 사는 사람들은 맨발에 넝마를 걸치고 진흙과 풀이 머리에 엉겨붙은 채 길을 따라 지나가는 두 인간의 형상을 보고 깜짝 놀랐다. 한 명은 몹시 창백한 피부에 맹인처럼 눈이 투명했고, 다른 한 명은 회색 반점이 얼룩진 흙빛 피부에 얼굴은 광기 어린 표정을 띠었다.

두 소녀가 침묵 속에 나아가자 모여 있던 아이들 무리가 그 앞에서 양쪽으로 갈라졌고, 늙은 여인들은 귀신이라도 본 줄 알고 손으로 얼굴을 가렸다. 민병대들이 겁탈한 후 긴 도살용 칼로 살육하여 숲 한가운데 빈터에 묻어버린 여인들의 귀신.

마노 강으로 가는 길에 서아프리카 평화유지군 트럭이 마리와 에스메를 태웠고 소녀들은 초토화된 시골을 지나 왔던 길을 거슬러 여행을 했다. 도로를 따라 여기저기 폐허가 된 집들, 불에 타 뼈대만 남은 트럭들, 때로는 갓길에서 독수리들의 먹이가 된 부어오른 시신들이 보였다. 마을 주민들은 밖으로 나와 공허한 시선으로 군용 트럭이 지나가는 광경을 지켜보며 서 있고 굶주린 아이들은 예전처럼 소리치지도 뛰어다니지도 않고 겁에 질린 채 가만히 있었다. 파리떼가 구름처럼 몰려다녔다.

대사관 구역에서는 삶이 벌써 다시 시작되었다. 고작 몇 번의 폭동과 한 번의 침수가 있었을 뿐, 아무 일도 일어나지 않았다. 스테판 저택에서는 다다가 집안 청소를 시작했다. 사실은 부서진 가구들과 잔해를 정원에 산더미처럼 쌓아놓고 불을 붙여 검은 연기를 뭉게뭉게 피우며 파란 하늘을 더럽혔다. 이것이 전쟁을 상기시키는 모든 것이었다.

그는 진심으로 소녀들을 맞아들였다. "아, 아가씨, 어서 오세요, 어서, 좋으신 주님 찬미받으소서!" 그는 에스메에게 프랑스 대사관에서 온 봉투 하나를 건네주었다. 베이루트행 비행기표 한 장과 파리 콩코르드 호텔 숙박권 한 장, 그리고 '지브릴 스테판 씨로부터'라고만 쓰인 명함이 동봉되어 있었다. 스테판 씨는 영원히 떠났고 절대로 아프리카로 돌아오지 않을 것이며 그의 금고는 텅 비었고 다이아몬드의 시대는 끝난 게 명백했다. 국제사회가 민중의 불행의 원인이 그 빛나는 작은 돌멩이들 때문이라는 듯 그 거래를 금지하는 데 찬성한 것이다. 탐욕스럽고 부패한 정치가들, 그리고 어린애들에게 마약을 먹여 칼과 자동소총으로 무장시켜 군사작전에 투입한 악마들, 학살자들, 살인자들로 이루어진 그들의 군대 때문이 아니라.

"나를 만나러 그리로 올 거지?" 에스메가 물었다.

"언젠가는 아마도." 마리가 대답했다. 하지만 마리는 폐허가 된 마을, 읽고 쓰는 법을 가르쳐야 할 아이들, 강가에서 기다리고 있을 야마 나무를 생각하고 있었다.

L. E. L.,
마지막
날들

나는 영원토록 바위를 향해 돌진해오는 모습이 좋다.
파도 하나가 밀려오고 또 하나가 밀려오고,
부딪혀 산산이 부서진다.
한껏 부풀어올랐다가 결국 절망하고 마는 인간의 희망처럼.

러티샤 엘리자베스 랜던

나는 파도 소리가 듣고 싶다. 요새 아래 검은 바위들에 규칙적으로 부딪혀 부서지는 파도 소리, 지치지도 않고 가슴을 후벼파는 잊을 수 없는 소리, 하나의 호흡, 그러나 그것은 몹시 느리고 둔중해서 케이프코스트*에 도착한 처음 며칠 동안 러티샤는 밤마다 그 리듬을 따라가려다 자기도 모르게 숨이 막혔다.

그녀가 원하고 바라던 침묵. 런던으로부터 멀리, 떠도는 풍문, 시끄러운 목소리, 중상모략과 비방이 난무하는 아수라장으로부터 멀리. 지금 그 모든 것은 아스라이 멀다. 그런 일이 정말 있기나 했던가? 그녀는 추억을 곱씹기 위해 아프리카에 온 것인가?

---

* 가나의 항구도시.

홧김에, 복수심 때문에, 검은 바위 위 난파선처럼 자리잡은 이 불타오르는 잔인한 백색 요새, 여기에 들어온 것인가?

파도 소리, 천천히 힘차게 하나가 밀려오고 또하나가 밀려오고, 파도는 저멀리 모래톱에서 부서지고, 유리 깨지는 소리, 쇠사슬 끌리는 소리를 내며 바위 곶까지 돌진해온다. 파도가 물보라 회오리를 높다란 요새 담벼락에 내던지면 금세 바람에 날려가 순찰로 위로 쏟아져내리면서 따갑고 찝찔한 물방울들로 얼굴을 때리고 유리창을 후려친다.

도착한 다음날부터 러티샤는 매일 아침 성벽 꼭대기로 올라갔다. 그녀는 일찌감치, 동이 트기도 전에 잠이 깼다. 조지와 떨어져 지낸 이후 이런 자유를 얻은 것이다. 그의 잠을 깨워 그가 탁한 목소리로 "어디 가요? 제발 좀, 왜 남들처럼 자지 않는 거요? 새벽 네시인데!" 하는 말을 듣지나 않을까 더이상 걱정하지 않아도 된다. 지금 그녀는 큰 숄로 몸을 감싸고 찬바람 속에 부들부들 떨며 맨발로 통로로 나갔다. 총독(얼마 전부터 그녀는 조지를 그렇게 불렀다)의 처소는 위층에 있었다. 개인 계단으로 통하는 문은 닫혀 있고 그 사람만 열쇠를 가지고 있었다. 포위 공격에도 견디도록 쇠로 경첩을 보강한 거대한 문. 조지 매클레인과 헤어질 생각을 하기 전부터도 이 문 때문에 숨이 막혔던 게 떠올랐다. 죄수가 된 기분이었다. 그녀는 일기에 이렇게 적었다. 「자우르」*풍으로 시작되는 시의 서두에.

…그리고 그녀를 보호하기 위해 지어진 바로 그 쉼터가
그녀의 비밀스러운 영혼을 가두는 지하 감옥이 되었다…

그녀는 기억이 떠올랐다. 요새에 상륙한 지 한 달도 안 되어 그녀는 벌써 이 감옥이 숨이 막혔고, 그에게 그 느낌을 이야기하자 그는 냉정하게 대답했었다. "우리가 이탈리아 호숫가에서 휴양이라도 하는 줄 아는 거요? 흑인들이 반란이라도 일으키면 저 문의 존재에 감사하게 될 거요."

얼마간의 자유를 되찾은 지금 그녀는 순찰로를 따라 서쪽 끝에 있는 곳까지 걸어갔다. 넓은 바다가 보고 싶었다.

그녀가 좋아하는 시간이었다. 아직 어두운 밤이었지만 육지 쪽 지평선 위로는 벌써 희미한 빛이 비추고 있었다. 창백한 반점 하나가 공중에서 스러지고 있었다. 서쪽에서는 바다 위로 수평선이 겨우 눈에 보이기 시작했다. 가장 아름답고 가장 빛나는 카

* 영국 낭만주의의 대표 시인인 바이런의 시.

노푸스 항성 둘레에서는 무수한 별들이 아주 낮게 반짝거렸다. 그 별이 비와 열병의 계절이 끝나고 건기가 돌아왔음을 알린다는 것을 (함께 배에 탔던 지리학자 스털링 덕분에) 알게 된 이후로는 행복한 마음으로 그 별을 바라보았다.

순찰로에서 그녀는 보초들이 웅크린 채 잠에 빠진 초소 앞을 지나갔다. 로널드, 아비, 와디, 에피파니 등 몇 사람의 이름은 알고 있었다. 그들은 여전히 갑갑한 제복을 입은 채였지만 잠을 자려고 신발은 벗어버렸고, 삼각 모자는 얼굴 위로 기울어져 있었다. 그녀는 그들이 코고는 소리를 듣는 게 재미있었다. 만일 아샨티족이나 프랑스 전함이 공격해오는 경우 이 사람들이 경보를 발할 거라고 총독이 믿고 있다면…… 그녀는 '총독'이라는 말을 생각한다. 자신도 모르게 이 단어를 말하거나 어떤 때는 심지어 그를 미스터 조지 매클레인이라고 부른다는 것을 문득 깨닫는다. 마치 자기는 이 성을 쓰지 않고, 시와 영광에 어울리고 울림이 썩 좋은 이름, 바로 러티샤 엘리자베스 랜던이라는 처녀 때 이름을 고스란히 간직하고 있다는 듯……

"왜 밤마다 나가는 거요?" 그들이 다투고 며칠 후 조지 매클레인은 그녀를 자기 집무실로 호출했다. 그는 그녀를 이방인 혹은 구걸하러 온 사람을 대하듯 했다. 비단 조끼, 칼라가 넓은 파란색 웃옷, 검은 반바지의 정장을 차려입고 흰 스타킹과 에나멜 구두에 가발을 쓰고 이마에는 분칠을 하고 손에는 은손잡이가 달린 단장短杖을 짚고 있었다. 하지만 러티샤는 그가 얼굴이 상기된 채 땀을 흘리고 있으며 입꼬리의 잔주름은 나이를 드러내고 있음을 놓치지 않았다.

그녀는 대답하지 않았다. 현장에서 발각되어, 윙윙거리는 바람 소리와 파도 소리로 에워싸인 성 꼭대기, 열대의 햇빛으로 가득한 큰 방에서 그 사람 앞에 서 있는 연약하고 수치스러운 소녀가 된 것만 같았다.

"아니라고는 못할 거요, 부인. 밤마다 나가잖소. 부하들이 말해주더군. 그게 총독 부인에게 어울리는 행동이라고 생각하는 거요?" 자신에 대한 신념이 매우 확고하고 몹시 권위적인 이 남자는 아내의 안전을 걱정하는 것이 아니라 평판이 중요한 것이다. 그녀는 뭐라고 대답해야 할지 알 수 없었다. 숨막힘, 외로움, 벽과 커튼의 무게, 부족한 공기, 그리고 무엇보다 바다의 부름, 그녀를 괴롭히며 곶의 검은 바위에 연거푸 부딪혀 부서지는 파도가 내는 목소리.

그뒤로 이어지는 몇 날 몇 주 동안 그녀는 작은 방에 갇힌 채 촛불 심지가 밀랍 속으로 다 타들어갈 때까지 소중한 시집들을 읽고 몽상을 하며 지냈다. 셰퍼드 의사가 처방한 아편정기가 매일 밤 그녀를 무無의 세계로 이끌었던 것이다.

그러나 그녀로서도 어쩔 수가 없었다. 다시 외출을 시작한 것이다. 그녀는 새벽이 오기 전 밤의 마지막 시간, 모두가 잠에 빠졌을 때를 기다렸다. 스파이들도 의욕을 상실한 걸까? 조지 매클레인도 이제는 더이상 그녀를 호출하지 않았다. 식사 시간에도 그에 대한 암시를 하지 않았다. 러티샤는 맨발로 순찰로를 걸어갔다. 곯아떨어진 보초들 앞을 그림자 하나가 지나가고 있었다. 길이 끝나는 곳은 뱃머리처럼 생긴 곳이다. 이 장소에서 갑자기 바람이 돌풍이 되어 젊은 여인의 얼굴과 가슴을 향해 쉬지 않고 휘몰아친다. 러티샤는 거칠지만 동시에 유쾌한 바람이라고 생각했다. 바람은 그녀의 입과 콧방울을 압박하고 머리카락을 흔들어 풀어헤치고 찝찔한 눈물로 눈앞을 가리고 긴 전율을 일으키며 옷 속 맨살로 파고들었다.

그녀는 신선한 공기를 한 모금 한 모금 욕심껏 들이마시고 바다 내음에 젖어들면서 거기 머물렀다. 그렇게 자신이 씻기고 새로운 힘을 얻는 것 같았다. 바다 저편에는 그녀가 몹시 아끼는 친구들, 인생, 딸, 그리고 이리로 오기 위해 떠나온 모든 사람들이 있었다. 그 모두가 바닷바람에 실려 그녀에게로 오고, 그들의 목소리, 웃음소리, 여름 정원에서 오케스트라가 연주하는 음악소리, 런던의 거리들, 피카딜리, 슬론 스퀘어, 브롬턴 로드 쪽의 소음이 들려오는 것 같았다. 로라의 노래하는 듯한 작은 목소리도.

요새 빠져나오기. 보이지 않는 수평선 위로 별 모양으로 팔 벌리고 바람 속에서 날기, 단 한 순간, 단 한 시간에 지나지 않을지라도 그곳으로 돌아가기.

그녀가 도착했을 때는 모든 것이 너무나 새로웠다. 인데버호를 타고 포츠머스를 떠난 이후로 육지라고는 보지 못하고, 장교선실에 머무는 남편과도 떨어진 채, 배 뒤편의 좁은 선실에서 이십팔 일 동안 끝없이 항해를 한 후였다. 항해 내내 아팠고, 초반에는 먹은 것도 없이 구토를 해 쓸개즙까지 토하고 실신하기까지 했다. 사흘 후 조지가 포도를 조금 가져왔을 때 신선한 과즙이 마른 입속으로 흘러들어가는 것을 느끼는 짧은 행복 덕분에 토한다는 사실도 잊고 그것을 먹자마자 담즙과 핏덩어리와 함께 모든 것을 게워냈다. "내가 곧 죽으려나봐요." 그녀는 남편에게 예고했었다. 하지만 그는 "바보 같은 소리 하지 마요. 당신은 그저 바다에 익숙해지는 중이니까." 그의 목소리에 빈정거리는 기색이 있었던가? 오히려 냉정함이었다. 왜 이 여행에 그를 따라왔던가? 그녀가 함께 가자고 요청했을 때—강력하게 요구했을 때—조지 매클레인은 화난 기색을 보였다. "매달 우편물이 언제 오나 지켜보며 눈물짓는 다른 여자들처럼 런던에 혼자 남아 있으려고 결혼한 게 아니에요!" 그는 그녀를 단념시키려고 했다. "기다려요, 당신이 올 때를 준비할 수 있도록 두세 달만 시간을 줘요……" "싫어요, 당신과 함께 떠나겠어요. 난 기다릴 수 없을 것 같아요. 어서 새로운 내 나라를 알고 싶으니까요. 당신이 없는 런던은 끔찍해요!" 그녀가 "난 죽을지도 몰라요!" 하고 말하지는 않았다. 하지만 조지는 마음이 움직였다. 그들은 아직 키스와 애무와 잠들지 않는 밤 같은 신혼부부의 행복에 젖어 있었던 것이다. 러티샤는 아주 오래전부터 이날을 기다려왔다. 그녀 자신을 바칠 누군가를, 그녀를 이 이기적이고 천박한 사회로부터, 이 험담과 배신의 아수라장으로부터, 이 가식의 세계로부터 데리고 나가줄 사람을.

배는 어둠이 내릴 무렵 케이프코스트의 먼바다에 닻을 내렸다. 러티샤는 상갑판 난간까지 간신히 기어나와 해안선, 새로운 나라, 부서지는 거품으로 띠를 두르고서 어렴풋이 떠오르는 어둑한 지대를 바라보았다. 그 한가운데서 그때껏 태양빛을 받고 있는 일종의 하얀색 피라미드 같은 것을 분간해냈다. 부선장 모르그가 그녀에게 망원경을 빌려주었다. "곧 영지에 도착합니다, 부인." 그녀는 '영지'라는 단어를 길게 끄는 그의 말투에서 조금 빈정거리는 기색을 감지했다. 배가 출렁거리고 있어서 초점이

맞지 않는 둥근 렌즈를 통해, 네모난 탑이 내려다보고 비밀 문이 난 성벽으로 둘러싸인 새하얀 건물, 야자수 한가운데 서 있는 생뚱맞은 중세풍의 성이 눈에 들어왔다. 그녀는 가벼운 전율을 느꼈다. 이유를 설명할 수는 없겠지만, 이 끔찍한 여행의 종착지에 도달했다는 행복감, 그녀를 기다리고 있는 삶에 대한 흥분 같은 것이었으리라. 아마 「자우르」나 메솔롱기온*을 생각했는지도 모른다. 그 성은 그녀가 꿈속에서 상상했던 거의 그대로였다. 세상 끝에 자리한 무시무시하고 신비로운 외딴곳, 과거의 실패는 잊고 글쓰기를 다시 시작하기 위한 곳. 그녀가 "세상에나, 정말 멋져요!" 하고 소녀처럼 새된 소리로 외치자 부선장은 깜짝 놀랐다. 밤이 되자 잠깐 사이에 하얀 성채는 육지의 어두운 능선과 뒤섞여 사라져버렸다.

그날 밤 바람이 일었다. 러티샤는 시끄러운 소리에 놀라 선실에서 나왔다. 전조등을 밝힌 카누 한 대가 막 배를 떠나는 참이었다. 그녀는 외투로 몸을 감싼 조지 매클레인의 실루엣을 알아보았다. 왜 한밤중에 뭍으로 가는 걸까요? 부선장은 얼버무리듯 대답했다. "총독님이 요새에서 급히 해결할 일이 있으셔서요." 한밤중에 해결해야 할 긴급한 일이 도대체 무엇일까? 구름 뒤로

* 그리스 서부 도시. 바이런이 열병에 걸려 사망한 곳이다.

흘러가는 희미한 달빛 아래서 러티샤는 해안을, 배 밑에서 철썩거리는 파도를 바라보고 배에서 쓰는 용구들 사이로 윙윙거리는 바람 소리를 들었다. 자신이 한껏 들떠서 안달이 났다고 느꼈다. 간이침대로 돌아갔다가 숄로 온몸을 감싸고 머리가 헝클어진 채 금방 다시 선교로 나온 게 수십 번이었다. 그러다 결국 소파에 앉아 두 팔에 얼굴을 묻고 잠이 들었다. 그다음날 정오가 되어서야 조지가 그녀를 데리러 왔는데 카누에서 내리지도 않았다. 그들은 모래 둑을 넘었고 러티샤는 해변으로 뛰어내릴 수 있었다. 바닷물은 따뜻했다. 맨발이 모래에 닿는 감촉이 너무 좋아서 현기증이 날 정도였다. 그러나 그녀는 조지에게 아무것도 묻지 않았다. 그의 시선에서 희미한 적대감 같은 것을 느꼈던 것 같다.

나 아두미사는 아자사의 딸이자 그리오*들의 노래 속에서 찬양받는 아두미사의 종손녀로서, 백성들이 노예로 팔려간 브라푸의 마지막 왕 아두의 혈통이다. 나 역시 가진 재산을 모두 빼앗기고 거지 신세로 전락했지만, 케이프코스트에 있는 쿠아쿠아 목사의 교회에서 로르라는 이름으로 세례를 받은 내 딸 아위아빌, 정오正午, 그애의 혈통과 운명에 대해 알 수 있도록 나의 지나간 과거를 증언하고자 입을 연다. 아킴, 아페투, 드와빈의 백성들인 우리는 오늘날 우리의 주인 노릇을 하며 우리에게 진정한 신의 복음을 전해준 자들보다 가치가 없는가? 우리의 수호신인 해,

* 신화와 역사, 민속 등을 구술 계승하는 아프리카의 현자.

달, 땅, 그리고 우리를 심부름꾼으로 부리는 뱀, 개미, 독수리 같은 동물들의 말을 통해 전해준 복음 말이다. 우리 조상들이 배반하여 멀리 내쳐졌다는 이유로 우리도 이 땅에서 사라져야 하는가? 나의 외종조모 아두미사는 내 안에, 나의 붉은 피부 속에, 신니 강 물속에 살고 있다. 내 어머니가 그 기슭에서 나를 낳고 그 물로 씻어준 강, 뱀의 형상이라고 해서 백인들이 앙코브라라고 이름 붙인 그 강 말이다. 당신 때문에 목숨을 버린 남자의 죄를 씻기 위해 스스로 죽음을 선택할 때 당신이 품었던 자존심과 용기가 내 안에서 느껴진다. 당신은 그에게 굴복하기를 거부했고 아버지를 존경했으며 당신 가슴에 총을 겨누어 죽었다. 우리는 거지와 다름없어졌지만 누구에게도 자비를 구하지 않는다. 누구에게도 초라한 음식을 신세지지 않으며, 누구에게도 나뭇잎으로 만든 오막살이나 누더기옷을 신세지지 않는다! 오늘 나는 수치와 고독을 겪었다. 내가 남편, 무쿤이라 부른 남자, 그의 피부색 때문에 베치, 즉 붉은색이라고 별명을 붙여준 이가 바다 저편에서 데려온 다른 여자로 인해 나를 떠났기 때문이다. 벌써 일 년도 더 된 일, 떠날 때 그는 해변에서 아위아빌을 품에 안고 우는 나에게 돌아오겠노라고, 절대로 우리를 버리지 않겠노라고 약속했고 나는 믿었다. 며칠이 가고 몇 달이 가고 비가 오고 바람이 불고 가뭄이 들고 큰불이 나면서 계절들이 지나갔다. 내가 매일같이 해변에 나가 수평선을 바라보자 요새의 해방 노예, 흑백 혼혈인 쿠조가 말했다. 기다리지 마, 내가 그 사람들을 아는데 그들은 약속은 하지만 지키지는 않아. 그가 이런 말을 하는 것은 내가 자기 아내가 되기를 바라서지만 아두미사가 한낱 노예의 아내가 될 수는 없는 일이다. 우리는 조상들의 배반으로 인해 저주받았고 재산도 가진 것도 집도 땅도 없이 떠돌아다니고 시장에서 음식을 구걸하며 살아가도록 벌을 받았다. 그러나 우리는 결코 노예가 되지는 않을 것이다. 그 백인 남자가 이 땅에 와서 여자를 필요로 했을 때 나는 그의 아내가 되기를 승낙한 것이지 그의 노예가 되기를 승낙한 것이 아니다. 나는 내 딸이 자유롭게 성장하기를 바라고 내 이름과 제 아버지의 이름을 지녀서 아두와 매클레인 혈통의 로르이고 아워아빌이기를 바란다. 우리를 성채에서 내쫓은 그 여인과 자식에게 저주가 있기를. 그녀가 매클레인과 함께 왔을 때는 밤중이었다. 나는 무쿤, 내 남편, 아워아빌의 아버지를 기다리고 있었는데 그는 옷이 비에 젖은 채 바다를 건너와선 우리를 내쫓았다. 그리고 그의 병사들이 우리 침실에 들어와 내 옷가지와 목걸이들을 그러모으더니 마치 우리가 도둑이나 살인자이기라도 하듯 밤중에 밖으로 내쫓았다. 나는 무쿤의 얼굴을 보았는데 그것은 더이상 그의 얼굴이 아니었다. 그녀는 그의 겉모습을 바꾸고, 그의 시선, 목소리, 머리카락, 의복도 바꿔버렸다.

우리는 약간의 카사바 뿌리와 야자 기름만을 가지고 몇 날 며칠을 걸었고 허기를 달래려고 길에서 나무뿌리, 풀, 심지어 흙까지 먹었다. 우리는 갈 데가 없었기에 아두쿠의 아들인 숙부의 집까지 걸어갔다. 숙모는 우리에게 함부로 말하고 거지 취급을 했다. 우리가 가진 것이 아무것도 없었기 때문이다. 하지만 나는 내 딸이 자신과 제 어미 아비의 명예로운 혈통을 깨닫기를 바란다. 또 우리가 이제는 의복도 음식도 없고, 조를 빻거나 숲에서 과일을 따느라 고생하고 있을지라도 우리의 명예와 이름을 잃어버리지는 않았음을 알기 바란다. 그리고 자신이 영원히 브라푸족 아두왕 혈통의 로르 아워아빌 매클레인이라는 이름으로 불릴 것이고 아두미사의 딸들의 피부를 붉게 만든 신니 강물에서 태어나자마자 목욕을 했다는 것도 알기를 바란다.

성(모두들 요새를 이렇게 불렀다)에서의 생활은 단조로웠다. 시간을 알리는 날카로운 종소리, 아침 점호의 호각 소리, 식사 시간과 야간 통행금지를 알리는 벨소리 등 매일 똑같은 일과가 되풀이되었다. 러티샤는 놀라운 일, 모험, 숲에서 오는 위험, 야수들의 울음소리, 마법 따위를 기대했었다. 세라 보디치*의 소설을 열정적으로 읽고는 반란을 일으킨 아샨티족과의 전투, 야만인들을 문명화하는 임무 같은 아프리카에서의 삶을 상상했던 것이다. 그녀는 조지 매클레인이야말로 바로 그런 일을 하는 일당

* 영국 자연사학자이자 작가(1791~1856). 1815년 케이프코스트를 여행하고 아프리카의 자연에 매료되어 서아프리카의 열대 식물, 동물, 어류에 관한 저작들을 남겼다.

백의 영웅으로서 사자처럼 강하면서도 천사처럼 상냥하다고 믿고 있었다. 그러나 하루하루가 지날수록 현실이 옥죄어왔다. 영웅적인 전투 대신 수비대의 훈련이 고작이어서 매일 아침 오십 명가량의 유색인종 남자들이 안뜰에 모여 이글거리는 태양 아래 스코틀랜드 출신 하사관의 지휘하에 훈련을 했다. 가장 환상을 깨는 것은 그들의 제복으로, 어떤 이들에게는 너무 크고 어떤 이들에게는 우스꽝스러우리만치 작았다. 또 어떤 이들은 회색 먼지투성이의 누더기를 걸쳤으며, 신으면 발이 너무 아픈 신발은 아예 신발끈으로 묶어 목에 걸고 있었다. 총독 자신까지도 러티샤의 비판적인 시선을 벗어나지 못했다. 높은 흰색 투구를 쓰고 붉은 제복을 입은 그는 땀을 비 오듯 흘렸다. 그는 한 사내아이에게 시중을 들게 했는데, 아이는 제 주인이 가는 곳이면 어디나 천막 천으로 만든 커다란 양산을 끌고 따라다녔다. 러티샤는 참견하지 않을 수 없었다. "조지, 당신은 꼭 파라솔과 방드르디*를 거느리고 다니는 로빈슨 크루소 같아요." 조지는 그런 농담을 귀담아듣지 않았다. 그들이 별거를 시작한 후 그는 러티샤에게 부당하게 굴었다. 사실 영국에선 그를 매혹했던 이 여인의 모든

* 대니얼 디포의 소설 『로빈슨 크루소』에 나오는 흑인 노예 프라이데이의 프랑스식 이름.

것, 생기발랄함, 재치 있는 응답, 환상적인 상상력 같은 것이 여기서는 참을 수 없을 만큼 쓸데없고 거만해 보였다. 엘미나의 네덜란드 총독과의 정찬이 예정된 어느 날 오후, 러티샤는 동양풍의 분홍색 모슬린 원피스에 검은 머리를 틀어올리고 협죽도 꽃을 꽂고 나타났는데, 이는 조금 뒤 신랄한 비난을 야기했다. "여보," 조지 매클레인이 싫은 소리를 했다. "여기가 브롬턴의 살롱도 아니고, 또 케이프코스트의 성은 가장무도회에는 어울리지 않는다는 걸 잊지 말았으면 해요." 네덜란드 총독이 가져온 발포성 포도주를 너무 많이 마신 걸까. 어쨌든 노예무역 재개와 관련한 대화가 폭발의 빌미가 된 건 사실이었다. 기억을 더듬어보면 총독이 이렇게 말했을 때였다. "전 세계가 부족한 노동력을 요구하고 있어요. 아샨티족 왕마저 노예제 폐지에 관한 법률을 이해하지 못하고 있어요." 러티샤는 흥분했다. "영국이 아프리카에 있는 게 한낱 야만인을 기쁘게 하기 위해서란 말인가요?" 이어지는 침묵이 많은 것을 말해주었다. 자신의 원피스만큼이나 얼굴이 붉어진 러티샤는 눈물을 감추기 위해 침실로 달아나야만 했다.

그녀가 '웬치'에 대한 이야기를 처음 들은 게 아마 이 무렵이었으리라. '매춘부', 아프리카 요새에서 근무하는 장교들과 살림을 차린 아프리카 여자들을 부르는 별명이다. 이 단어는 부대 장교들 혹은 순회 외과의사들 이야기가 나왔을 때 여러 번 등장했다. 조지 매클레인이 라고스 강에서 온 위더 총독과 저녁식사를 하다가 샐리 앱슨이라는 이름이 나오자, 러티샤는 위더 총독에게 샐리의 이야기를 들려달라고 부탁했다. 그것은 몹시 슬픈 이야기여서 그녀는 점점 고조되는 감정을 주체하지 못하고 눈물을 쏟기까지 했다. 샐리는 라이오넬 앱슨이라는 이름의 옛 위더 총독이 내연의 부부로 지낸 다호메이*의 어느 노예에게서 얻은 딸이었다. 그 아이는 숲속에서 길러졌는데 그애를 아는 사람들은 하나같이 어머니의 빛나는 검은 피부와 아버지의 균형 잡힌 이목구비를 물려받아 매우 아름다운 처녀가 되었다고 했다. 그녀는 얼굴을 환하게 보이게 하는 투명한 연초록색 눈을 가졌던 모양이다. 앱슨 총독은 그애를 몹시 사랑했고 최고의 교육을 받게 하고 싶어했다. 아버지 덕분에 음악과 노래 레슨을 받아 그녀는 스피넷** 연주 솜씨가 빼어났고, 요새의 교회에서 오르간을 연주했다. 또 독서를 많이 했는데 특히 시를 많이 읽었다. 러티샤가 눈물을 쏟은 것도 바로 그 대목이었으리라.

* 16세기 말 포르투갈인들이 노예를 확보하기 위해 들어간 서아프리카 베냉 남부의 왕국으로, 당시 '노예해안'으로 알려졌다.

** 17~18세기에 보급된 소형 피아노의 일종.

불행이 찾아와 라이오넬 앱슨은 열병에 걸려 별안간 죽어버렸고 샐리와 그애의 어머니는 돈도 없고 장래를 기약할 수 없는 어려운 처지에 놓이게 되었다. 앱슨의 친구인 해군 외과의사 매클라우드가 와서 샐리를 돕기로 결심하고 그애를 케이프코스트로 향하는 자신의 배에 태웠다. 그러나 포포에 기항했을 때, 샐리의 아름다움에 대한 이야기를 익히 들어 알고 있던 소국 다호메이의 왕이 수하들을 시켜 그애를 납치해 하렘에 가둬버렸다. 샐리를 자유의 몸이 되게 하려는 매클라우드의 온갖 노력도 수포로 돌아가고 그 가엾은 처녀는 독재자의 노예가 되고 말았다. 그리고 오래지 않아 쇠약해지기 시작하더니 끝내 어머니와 조국으로부터 멀리 떨어진 곳에서 슬픔에 겨워 죽고 말았다. 이 비극적인 이야기는 러티샤를 서글픔으로 가득 채웠고, 그녀는 이를 노예제도의 잔인함을 증명해줄 긴 소설로 만들기로 결심했다.

이 이야기를 들은 뒤부터 러티샤는 '웬치'에 관한 질문을 하기 시작했다. 그녀는 얼마 지나지 않아 샐리 앱슨의 사건이 예외적인 경우가 아니며, 부대의 모든 남자들이 계급이 무엇이든 간에 아프리카 여자와 살림을 차려 가족을 이루고, 그러고도 종종 영국에서 결혼해 정실 자식을 두는 일이 있다는 것을 알게 되었다. 이런 사실이 드러나자 러티샤는 진정 하늘이 무너지는 것 같았다. 갑자기 눈이 뜨여 진실을 보고 있는 것 같았다. 런던에서 겪은 남자들의 위선이 그 끔찍한 추악함을 밑바닥까지 드러내고 있었다. 그녀는 너무나 분개하여 남편에게 그 이야기를 하지 않고는 견딜 수가 없었다. "원주민들에게 진정한 믿음이 무엇인지 보여주고 모범이 되라고 영국이 파견한 점잖은 남자들이 폭군처럼 구는 것은 물론이고, 흑인 여자들과 불행한 처녀들을 유혹해서 살림을 차리거나 더 나쁘게는 노예로 만들고, 그녀들과 사생아를 낳아놓고는 정부가 본국으로 소환하면 비겁하게 버려두고 떠나버린다는 걸 알고 있나요?" 조지는 대꾸 없이 그녀를 바라보았다. 러티샤는 자신의 감정과 분노에 사로잡혔다. 그녀는 무엇을 원했던가? 남자들은 모두 공범이 아니던가? 어쩌면 바로 이 순간 그녀는 임신 후 남자에게 버림받고 출산을 위해 외국으로 몸을 숨겨야만 했던 치욕을 떠올리고 있었는지도 모른다. 치욕의 절정은 남자가 그 소문을 반박하기는커녕 그녀를 또다시 여론 재판에 내몰아 그녀가 파리에서 아이를 낳아 프랑스 시골에 있는 유모에게 맡겼다는 기사가 〈와스프〉지에 실리는 지경이 되었을 때였다. 또 자신을 정사를 일삼는 남자 사냥꾼으로 만든 앨러릭 와츠의 비열한 중상모략, 그리고 그녀가 유일한 친구로 여겼던 남자, 결혼하고 싶었던 남자 존 포스터와의 결별이 생각났을 수도 있다. 그는 이 비열한 책략에 몰두해서 마치 그녀가 범죄자요 타락한 여자라도 되는 양 그 문제에 대해 경찰 조사를 촉구했다. 지금 그녀를 사로잡은 것은 그 모욕적인 기억들, 자신도 모르게 조지 매클레인의 냉정한 시선에서 알아차린 치욕이었다. 그러자 그녀는 별안간 수치심에 사로잡혀 심장이 터질 듯이 뛰고 얼굴이 활활 달아올라 어린 소녀였던 오래전처럼 오열을 숨기기 위해 자기 방으로 달아났다. 그녀는 그가 오기를 기다리면서, 눈물 속에서도 계단을 올라오는 그의 발소리가 들리지 않는지 동정을 살폈다. 그가 와서 자신을 품에 안고 위로하고 안심시켜주기를 바랐던 것이다. 그러나 그는 도리어 자기 처소의 문을 꽤 거칠게 닫아버렸고 찰칵 하는 자물쇠의 빗장 소리가 똑똑히 들려왔다. 러티샤에게 끝 모를 외로움이 사무쳐왔다.

밤마다 저승으로부터 로라가 왔다. 저기, 바다 저 끝, 프랑스에 있는 그애의 자그마한 얼굴. 그 어느 때보다 더 뼈저리게 그애의 부재가, 비겁함과 나약함 때문에 빼앗긴 그녀 자신의 일부가 느껴진다. "로라…… 로라." 그애 이름의 음절 하나하나가 쿵쿵 울려온다. 그녀는 생각하고 또 원했었다. 어떤 논리나 이치에도 맞지 않지만. 로라가 유모를 대동하고 해안의 요새로 와서 자기와 함께 지내기를 상상했었다. 자기 방 옆에 그애의 방을 준비해주고 가정교사도 들였을 텐데. 이는 또한 들려오는 제 딸의 소문에조차 귀를 막고 자식을 저버리고 망각 속으로 내팽개친 로라의 아버지 윌리엄에 대한 멋진 복수가 될 수도 있었을 것이다. 여기서 그애는 진정한 가족을 갖게 되었을 테고 복도와 안뜰을 웃음으로 가득 채우면서 노래와 음악을 배우고 아프리카 꼬마들과 함께 요새에 있는 학교도 다녔을 것이다. 러티샤는 마치 소설 『폴과 비르지니』 또는 『우리카』의 결말을 새롭게 쓰기라도 하듯 이 모든 것을 상상했다. 새로운 시대의 개막을 알려줄 행복한 결말. 물론 그것은 몽상이었다. 로라는 이미 오래전에 죽었다. 두 살 때 폐렴으로 잃고 말았다. 러티샤는 옹플뢰르에 도착해 그애의 무덤에서 묵념을 했을 뿐, 그애를 다시 보지 못했다.

그날 밤 러티샤는 그녀가 좋아하는 장소, 파도가 바위에 부딪혀 부서지는 요새의 끝까지 갔다. 성벽 위에서 몸을 숙이고 앞에 펼쳐진, 바람과 바다의 움직임으로 가득한 허공을 바라보았다. 그리고 머리의 무게에 이끌리도록 두 팔을 몸에 붙인 채 뛰어내리는 순간을, 바위에 부딪혀 몸이 산산이 부서지고 바다에 삼켜져 저 깊은 곳으로 끌려들어가도록 추락하는 무한대의 순간을 상상했다.

보초들은 그녀가 성벽의 비밀 문을 지나 대포가 있는 망루 계단을 올라가는 것을 보았지만 꼼짝도 하지 않았다. 조지가 그녀가 지나가도록 내버려두라는 지시를 내렸기 때문일 수도 있다—아니면 병사들 자신이 더이상 아무 말도 하지 않기로 결심했거나, 밤이면 몽유병 환자처럼 바람과 물보라 속을 헤매고 다니는 이 여인을 배려하려는 마음이 동해서였을지도. 그녀를 제거하려는 음모가 아니라면. 광기 속에서 러티샤는 매클레인의 '웬치'에 대한 복수를 상상한다. 어느 날 저녁 러티샤가 혼자서 허공에 몸을 숙이고 바람을 마시고 있을 때 상냥한 목소리가 말을 걸었다. 어떤 여자가 그녀의 팔을 잡고 뒤로 잡아당겼다. "마님, 날씨가 추워요. 가시죠, 여기 계시면 안 됩니다……" 러티샤는 주방 보조 메리아마를 알아보았다. 그녀는 통통한 몸에 미소 짓는 얼굴이 예쁘장한 젊은 아프리카인이었다. 러티샤는 거처로 돌아가기 위해 그녀에게 몸을 기댔다. 텅 빈 부엌에서 메리아마는 수프로 몸을 녹이게 해주었다. 러티샤는 눈물이 그렁그렁한 채로 입천장을 데어가며 수프를 삼켰다. 요새에 살고 있는 모든 사람들, 조지, 셰퍼드 의사, 침모인 미스 타디 또는 토리조니언* 프리메이슨 본부를 방문하는 여행객들 중에서 그녀에게 마음을 표현하고 걱정해준 사람은 이 하녀뿐이었다. 그녀가 눈물이 핑 돈 것은 바로 그것 때문이고 마실 것에 데어서였다.

그날 밤부터 러티샤는 밤마다 부엌으로 가서 메리아마와 이야기를 나누곤 했다. 메리아마는 피진어와 판티어가 뒤섞인 영어를 사용했는데 그 때문에 그녀의 수다는 재미있고 순박했다. 그

---

* 1787년 케이프코스트에 조직된 교육 사업 단체.

녀는 자기의 인생 얘기를 했다. 어릴 적에 고향 마을에서 유괴되어 엘미나의 병사에게 팔려갔고, 이 병사가 죽자 그의 두 아이, 어린 아들 딸과 함께 요새에 남게 되었으며, 어부와 재혼을 했다고 했다. 러티샤는 그녀에게 샐리 앱슨의 얘기를 했지만 그녀는 샐리에 대해서는 아는 것이 전혀 없었다. 그러던 어느 날 러티샤는 입술이 바짝 타도록 궁금했던 질문을 던졌다. “내가 요새에 오기 전에 조지 나리에게 웬치가 있었지?” 메리아마는 두려워하면서 손으로 얼굴을 가렸다. 러티샤가 끈질기게 묻자 그녀는 손사래를 쳤다. “아, 마님, 얘기하면 안 돼요, 금지예요, 그건 금지예요!”

그게 러티샤에게는 강박이 되었다. 진실을 알려줄 만한 누군가가 생긴 지금 다른 건 더이상 생각할 수도 없었다. 한번은 조지에게 맞서기로 결심하고 제정신이 아닌 상태로 그의 집무실을 향해 걸어갔다. 하지만 문지방을 넘는 순간 다리가 후들거렸다. 그녀는 숨을 쉴 수가 없어 계단에 주저앉고 말았다. 조지의 요청에 따라 셰퍼드 의사는 저녁마다 먹도록 아편정기를 몇 방울 더 추가로 처방했다. 한두 주 동안은 그 약이 효력을 발휘해, 러티샤는 과하게 잠을 자서 오후가 한창일 때에야 무기력한 상태를 벗어났다. 그녀는 창백해졌고 머리카락은 헝클어져 윤기를 잃었다. 그녀는 전신 거울을 들여다보다가 늙어버린 얼굴, 고통이 남긴 입꼬리의 주름, 두 눈가의 다크서클을 발견했다. 심지어 검은 머리에 섞여 있는 흰머리 몇 오라기가 눈에 띄기도 했다.

조지 매클레인은 그녀를 영국으로 돌려보내려는 이야기를 꺼내기 시작했다. 스코틀랜드의 키스에 있는 그의 형제 집에 그녀를 위한 공간이 있으니 거기서 몸을 추스르고 건강을 회복할 수 있으리라는 것이었다. 그러나 러티샤는 귀국 얘기는 듣고 싶지 않았다. "난 아프지 않아요!" 그녀는 화가 나서 목이 멘 목소리로 덧붙였다. "당신이 걱정하는 건 내 건강이 아니라 당신의, 당신의 평안이겠죠!" 그녀는 말을 찾고 있었다. 이렇게 소리치고 싶었다. "당신의 웬치, 당신의 흑인 정부!" 하지만 이 저속하고 모욕적인 언사는 그녀의 목구멍에서 끝내 나오지 않았다.

이제 그녀는 확신했다. 끈질기게 조른 끝에 그녀는 메리아마로부터 진실을 알아냈다. 그녀가 오기 전에 어떤 여자가 요새에 살았다는, 어떤 웬치가 총독의 거처에서 살았다는 것이었다. 그녀는 러티샤가 도착하기 전날 떠났는데 정확히 조지 매클레인이 한밤중에 배를 타고 떠난 바로 그때였다. 아이들도 있었고? 메리아마는 그녀에게 딸이 하나 있다는 이야기를 들은 적이 있는데 멀리 스리포인츠 곶의 악심 쪽에 살고 있다고 했다. 애 이름이 뭐지? 메리아마는 그애는 총독이 요새에서 세례를 받게 해서 로르라는 이교도 이름으로 불렸다고 했다. 이 이름을 듣고 러티샤는 웃음을 터뜨렸다. 귀에 거슬리는 비웃음과 조롱의 웃음이었다. 운명은 남편의 혼혈 딸에게 그녀가 자기 딸에게 붙여준 것과 똑같은 이름*을 붙여주며 그녀를 가지고 놀았던 것이다!

* 로르는 로라의 프랑스식 이름이다.

러티샤는 긴 잠에서 깨어난 것 같았다. 이제 모든 것이 달라 보였다. 요새, 그녀는 알지도 못하면서 낭만적인 성으로 상상했었다. 온갖 전설과 숲의 소리에 에워싸여 대양 위에 서 있는 돌로 만든 움직이지 않는 배, 그 안에서는 고독하지만 강인한 옛 귀족 가문 사람들이 기독교적인 이상을 실현하기 위해 목숨을 버리는 것도 불사하는 모험의 열정 속에 살고 있다고. 이제 요새는 열병과 우울이 스며든 추악하고 어두운 감옥이 되었다. 거기에 살고 있는 탐욕스럽고 추잡한 괴물들은 권력을 이용해 흑인들을 굴복시켜 노예로 전락시키고 그들의 딸들을 능욕하고 그들의 금을 도둑질했다. 시시비비를 따지게 되자 주변에서 벌어지는 악행들이 그녀의 눈에 들어왔다. 아크라의 총독은 가짜 영수증을 만들거나 있지도 않은 군사작전과 아프리카 왕들에게 선물을 보내는 것처럼 날조해서 부대에서 보낸 돈 중에서 수백만을 횡령했다. 또 어떤 자는 하인이 말을 잘못했다거나 그릇을 깼다거나 창고에서 뭘 훔쳤다는 이유로 죽도록 매질하게 했다. 크리스티안보르, 엘미나, 샤마 등지에서도, 주인이 영국인이건 네덜란드인이건 덴마크인이건 다 마찬가지였다. 어느 날 그녀는 아름 광장 아래서 지하 감옥을 발견했다. 감방에 가보고 싶었던 그녀는 총독이 먼바다에 정박중인 상선을 방문하러 간 틈을 타서 병사들에게 거짓말을 했다. 좁은 통로를 따라 내려가자 녹슨 쇠창살문이 나왔고 그 반대편에는 두 개의 환기구로 빛이 들어오는 아치형의 커다란 방이 있었다. 그 구멍을 통해 두 개의 기둥처럼 쏟아지는 빛줄기가 마치 슬픔 가득한 두 눈의 시선처럼 보였다.

지하에 있는 큰 방들 중 단 하나에만 아직 죄수들이 갇혀 있었다. 아샨티족 반역자들, 만취 상태로 잡혀온 병사 몇, 좀도둑 몇, 그리고 살인자 하나였다. 벽에 고정된 무거운 쇠사슬에 묶인 살인자를 제외하고는 다른 죄수들은 다져진 흙바닥에, 십 년 전 아메리카로 떠나는 노예들이 머물렀던 바로 그 흙바닥에 앉아 있었다. 노래라기보다는 신음 같은 앓는 소리를 줄기차게 내고 있는 한 늙은이를 제외하면, 그들은 열병과 흐릿한 어둠 때문에 쓰러진 것인지 말을 하지 않았다. 그러나 무엇보다 러티샤를 기겁하게 한 것은 감방에서 나는 지독한 냄새였다. 심지어 비어 있는 방에서까지 바닥과 벽에서 냄새가 풍겼다. 러티샤는 쇠창살에 매달려 이 죽음의 냄새를 막기 위해 숄 자락으로 얼굴을 가렸다. 눈이 어둠에 익숙해지면서 죄수들의 얼굴을 분간할 수 있게 되자 어떤 이들에게서는 야만적이고 사나운 표정을, 다른 이들에게서는 가엾은 표정을 읽을 수 있었다. "이들은 얼마나 여기 있을 건가요?" 간수는 대답할 말을 찾았다. "오래요, 마님, 아주 오래요. 저자와 저자는 사람들을 죽였으니 오래 있어야죠, 마님. 이 년, 삼 년……" 러티샤는 벽에 기대어 웅크리고 있는 늙은이를 가리켰다. "저 사람은 얼마나요?" 간수는 경멸의 웃음을 살짝 지었다. "저자는 노예가 된 뒤부터 있었죠, 마님. 십 년인데, 이제 지옥으로 갈 겁니다." 러티샤는 지하 회랑 탐험을 계속하고 싶었다. "그럼 여자들은, 여자들은 어디 있었죠?" 간수는 요새의 성벽에 맞대어 지은, 멀리 떨어진 감방으로 그녀를 안내했다. 감방들이 둘러선 중앙에는 막사 아래 포석 깔린 안뜰이 있었다. "여기에 여자들이 아주 많이 있었죠." 그 병사는 생생히 기억하는 것 같았다. 여기서도 냄새가 지독했다. 사람의 냄새라고는 할 수 없을 만큼 더 시큼한 냄새여서 러티샤는 바닥에 스며든 생리혈의 냄새라고 생각했다. 동물적인 냄새. 돌을 할퀸 손톱 자국이 아직도 보이는 몇 군데를 제외하고는 벽은 온통 검은 이끼로 뒤

덮여 있었다. 러티샤는 혐오감에 소름이 끼쳤지만 감방에서 시선을 뗄 수 없었다. 그녀는 안으로 들어가 벽에 손을 대고 거기에 수감되었던 여자들의 고통을 느껴보려고 했다. 안뜰 한가운데는 돌로 만든 수조에 썩은 물이 고여 있었다. 병사는 수조 위로 몸을 숙이고 씻는 시늉을 하더니 안뜰 위쪽에 있는 막사의 창문들을 가리켰다. "저 위에서 남자들이 예쁜 여자들을 지켜보죠, 오세요, 즐기러 오세요." 러티샤는 혐오감에 소리를 질렀다. "즐기다니, 여자들이 저 위에 있는 남자들과 즐겼단 말이에요?" 간수는 고개를 끄덕거렸다. "즐겨요, 밤이면 여자들이 남자들하고, 여자들을 데려가기 위한 계단도 있어요." 러티샤는 총독 얘기는 차마 꺼내지 못했다. 그 역시 발코니로 와서 여자를, 수조에서 씻고 있는 처녀를 고르면, 이리에게 끌려가는 암사슴처럼 겁에 질린 눈을 하고 부들부들 떠는 여자를 병사들이 그에게로 데려갔을까?

지하 감옥에 다녀온 후 러티샤는 안뜰 지하 감옥에 갇혀 있다가 작은 거룻배에 몰아넣어져 노예무역선으로 실려간 죄수들 생각을 떨칠 수 없었다. 외출할 때면 안뜰 모서리마다 설치된, 밑바닥 없는 수직 갱도와 비슷한 통풍구를 몸서리치며 바라보았다. 낮에는 웅성거리는 일상의 소음이 모든 것을 덮어버리지만 밤이 되면 침실 구석에 틀어박힌 러티샤에게 감방에 있는 미친 노인의 신음 소리가 들려오는 것 같았다. 그녀는 귀를 틀어막았지만 그 소리는 파도 소리, 바람 소리와 함께 들려왔다. 그녀는 다른 죄수들의 목소리, 교수형을 기다리는 살인자의 분노에 찬 고함소리, 그리고 노예들, 특히 여자들의 목소리, 분노와 공포로 절규하며 손톱으로 벽을 긁어대는 소리가 들려오는 것 같았다. 때로 한밤중에 잠이 깨면 그녀를 부르는 로라의 목소리가 분명하게 들려와 가슴이 두근거리고 목이 메었다. "아가, 거기 있구나, 네가 왔구나!" 그래서 침대에서 몸을 일으키면 관자놀이에서 피가 뛰고 등은 땀으로 흠뻑 젖은 채 고독이 얼음처럼 차가운 베일로 그녀를 휘감았다. "오, 주여! 내가 무슨 짓을 한 거지? 내 인생이 어떻게 된 거지?" 그녀는 허공을 향해 눈을 부릅뜨고 자기도 모르게 뒷걸음쳤다.

러티샤가 계속 램프를 켜두자 메리아마가 와서 방문을 두드렸다. "메리아마예요, 마님, 부엌의 메리아마예요." 그녀는 뜨거운 수프를 가져왔다. 러티샤가 사발을 후후 불고 있는 동안 그녀는 침대 옆 바닥에 앉아 있었다. 메리아마의 노래하는 듯한 목소리와 아이 같은 표현과 마치 중요한 것은 아무것도 없다는 듯 모든 것을 웃어넘기는 태도 덕분에 맛보는 달콤한 순간이었다. "얘기해봐, 메리아마, 네 아이들 얘길 해줘, 이름이 뭐야? 지금 어디 있지?" 메리아마는 이야기를 시작했다. 마을에서의 생활을 들려주었다. 남편은 어부이고 아이들은 총독 덕분에 내년에 요새에 있는 학교에 갈 것이다. 그가 하인들의 아이들을 위해 학교를 열어주었기 때문에 모두가 매클레인 나리를 몹시 좋아한다. 그는 공정하고 선량하며 아노마부, 엘미나의 다른 총독들과 달리 절대로 하인들을 매질하지 못하게 한다는 것이었다. 러티샤는 그녀의 수다를 듣다가 잠들었다. 때로는 메리아마의 손을 잡기도 했는데 남자 손처럼 넓적하고 거칠었지만 그 손이 러티샤의 마음을 편안하게 해주었다. 그녀와 함께 있으면 아무것도 진정으로 비극적이지 않았다. 그녀는 요새에 왔을 때 총독이 파견한 술 취한 병사가 자기를 강간했다는 끔찍한 이야기도 웃으면서 했다. 이 말을 하면서 그녀는 자기 엉덩이를 가리켰다. "이게 불행이에요, 마님. 예쁜 엉덩이를 가진 게 불행이랍니다." 그녀는 말을 어물거리는 법이 없었다.

러티샤는 메리아마의 이야기를 들으면서 여행 생각이 들었다. 저쪽 악심까지 갈 것이었다. 그녀는 감옥 같은 요새에서 나가 메리아마의 아이들을 만나고 어쩌면 그 여자와 마주칠 수도 있고 조지 매클레인의 혼혈 딸 로르를 볼 수도 있을 것이었다. 그건 좀 정신 나간 생각이었지만 그녀는 남편의 허락을 얻기 위해 뭐든 다 했다. 그에게 세라 보디치의 이야기를 하면서 그녀처럼 탐험을 떠나 토리조니언 사람들을 위해 모험 이야기를 써서 런던의 '리터러리 가제트'에서 출판할 거라고 했다. 그러면 영국에서 모두들 그녀가 아직 건재하고 여전히 소설가, 분명 아프리카 소설가이고, 젊었을 때만큼 인기가 있다는 것을 알게 될 것이며, 또다시 그녀를 숭배하고 이 새로운 세계에서의 그녀의 삶을 이해하게 될 것이라고! 그녀는 몹시 흥분한 나머지 아침이 되자마자 즉시 조지에게 이야기해야만 했다. 그는 아직 셔츠 차림으로 이발사를 기다리고 있었다. 그는 잠자코 그녀의 말에 귀를 기울였다.

"두고 봐요." 러티샤가 장담했다. "아프리카 소설, 아니 어쩌면 긴 시일 수도 있는데 아무도 쓴 적이 없는 그런 게 될 테니까요."

조지는 깜짝 놀랐다. 그는 자기가 사랑에 빠졌던 여인을 다시 발견했다. 아샨티 해안으로 그를 따라가기 위해 주저없이 인데버호에 올라 모험에 뛰어들었던 그녀를. 러티샤의 반짝이는 검은 눈, 생기발랄한 몸짓, 나지막이 울리는 열정적인 목소리, 아주 젊고 정열적인 태도, 어딘가 동양적인 면모. 그녀가 자신이 바라는 바를 더 잘 전하기 위해 어린애들이 하듯 팔로 그의 다리를 감으며 발밑에 주저앉았을 때 그는 "그건 좀 두고 봅시다" 하고 말하고 싶었지만 러티샤는 그럴 틈을 주지 않고 소리를 질렀다. "오, 조지, 그러라고 해줘요, 제발!" 그는 이렇게 대답할 수밖에 없었다. "언제 떠나고 싶은 거요?" 그녀는 짐꾼과 식료품을 모을 시간만 있으면 당장이라도, 그 자리에서 그날 아침이라도 떠날 태세였다. 조지가 그녀를 진정시켰다. "안 돼요, 안 돼요. 만반의 준비를 해야 해요. 엘미나, 악심의 총독 딕스코브에게 기별을 해야지. 셰퍼드 의사와 십여 명의 병사가 당신을 따라갈 거요. 난 당신이 아주 조금이라도 위험에 빠지는 걸 원치 않으니까." 출발은 다음주 초로 확정되었다.

그 주는 러티샤의 평생을 통틀어 가장 긴 주였다. 매일 아침 동이 트자마자 그녀는 이제 전망대에 올라가 바다를 보는 것이 아니라, 동쪽 곶으로 가서 육지 위로 떠올라 어부들의 집 지붕을 비추고 나뭇잎들 사이에서 빛나고 숲의 능선에서 반짝이는 태양을 바라보았다.

마침내 여행이 시작되었다. 러티샤는 네 사람이 운반하는 해먹에 자리를 잡았다. 그녀는 짐꾼들이 숲을 통과해 걷는 며칠 내내 아침부터 저녁까지 좌우로 흔들려야 했다. 짐꾼들이 휴식을 취하는 동안 잠깐씩 멈추면 그녀는 그제야 저린 다리를 풀 수 있었다. 밤에 그들은 나뭇잎으로 지붕을 덮은 오두막에서 잤다. 바람이 불어도 꺼지지 않는 램프(놋쇠로 만든 초롱에 운모 유리로 창을 달고 그 속에 양초를 집어넣은) 불빛 아래서 러티샤는 연필로 축축한 종잇장에 토막토막 여행기를 썼다. 잠들기 전에는 셸리, 바이런, 키츠의 시편들을 읽었다. 그녀는 수첩에 펠리시아

도로시아 히맨스*의 「숲의 신전」 시구를 필사해놓았다. 요새로 돌아가면 그런 시를 쓸 것이었다. 그 시에서 도망친 남자 노예와 해안의 자유민 여인의 사랑을 들려줄 것이었다…… 그러고는 목화솜 매트리스 위에 모기장 역할을 하는 망사로 몸을 감싸고 누웠다. 밤은 그녀가 상상했던 그대로 벌레 우는 소리와 이상한 외침 소리와 불안한 바스락거림으로 소란했다. 그녀는 이른 아침 이슬이 지붕 위에서 흘러내릴 때가 되어서야 잠이 들었다. 무섭지 않은 게 놀라웠다. 그녀는 회오리바람에 실려왔다고 느꼈으며, 이제 현실과 꿈 사이의 경계는 사라졌다.

일행은 엘미나와 야고를 지나, 해안 전체를 통틀어 최고라고들 하는 물맛을 보려고 샤마에 있는 산세바스티안 요새에서 멈추었다. 거기서 주둔군 중 단 한 명뿐인 영국 군인이 며칠 동안 그들이 머물 수 있도록 쉼터를 제공했다. 하지만 여정을 계속하고 싶어 안달이 난 러티샤는 그다음날 바로 동이 트기도 전에 출발 신호를 보냈다. 세공디, 오랑주 요새를 지나자 길은 울창한 숲을 뚫고 내륙으로 나 있었다. 짐꾼들이 이리저리 흔들어대는 데 지친 러티샤는 좁은 길로 걸어갔다. 반장화를 더 견고하게 만들기 위해 천막 천으로 다리가 다 덮이도록 각반을 댔다. 옷은

* 영국의 후기 낭만주의 시인.

가볍게 입었다. 넓은 소매가 달린 긴 면 원피스를 입고 가운데를 꿰매어 동양 여인들이 입는 반바지처럼 만들었다. 여자 선교사들에게서 특별히 구입한 밀짚모자를 써서 목을 햇볕으로부터 보호했다. 그럼에도 불구하고 그녀는 땀으로 흠뻑 젖었고 곱슬거리는 머리카락은 이마와 어깨에 달라붙었다. 그녀는 야생동물들, 원숭이들, 그리고 온갖 색깔의 새들을 보리라 생각했다. 그녀가 마주친 것이라고는 저녁이 되자 일행에게 달려든 모기떼와 그녀가 잎사귀를 살짝 건드리자 쏟아져내린 검은 진드기들뿐이었다. 그러나 식물들은 황홀했다. 가지와 뿌리가 사방으로 뻗어나간 거목들, 야자수들, 나무들의 몸체를 칭칭 감은 붉은 칡넝쿨, 공중에서 피어난 연한색의 꽃들, 이처럼 움직이지 않으면서도 강력한 자연이 그녀의 심장을 뛰게 만들었다.

그들은 둘째 주 중반에 악심에 도착했다. 러티샤는 석조 건물의 상점들과 성벽과 항구로 이루어진 도시를 발견하게 될 줄 알았다. 그러나 사실은 밀짚 오두막들로 이루어진 부락에 지나지 않았고, 네덜란드인들의 요새는 상태가 엉망이어서 벽들이 바다의 습기에 초록색으로 변해 있었다. 악심의 총독은 영어를 할 줄 모르는 척하면서 그들을 냉담하게 맞아들였다. 그는 여행자들에게 야자수로 만든, 바람에 노출된 임시 거처만 제공했는데 그것도 요새의 성벽 밖에 있었다. 시커먼 암초가 여기저기 널린 해변 위쪽으로 솟아 있는 회색 곶에는 무언가 적대적인 기운이 감돌았다.

소식을 알아보라고 보낸 짐꾼들은 빈손으로 돌아왔다. 로르 혹은 로라라는 이름의 혼혈아를 데리고 있을지도 모르는 여인을 아는 사람은 아무도 없었다. 러티샤는 주체할 수 없는 강박에 사로잡혔다. 그녀는 이 사람 저 사람에게 똑같은 질문을 하고 다녔다. 그애가 사별한 친딸이라도 되는 듯했다. 셰퍼드 의사는 내키지 않았지만 판티어 통역들과 함께 그녀를 따라가야 했다. 그 마을은 가축들과 아이들로 혼잡하고 나무와 흙으로 지은 전통 가옥들이 죽 늘어선, 붉은 흙으로 된 긴 거리일 뿐이었다. 러티샤는 밝은색 원피스를 입고 양산을 쓴 채 앞장서서 걷고 있었는데, 이번에는 그녀가 자기 섬의 로빈슨을 빼닮았다는 걸 인정해야만 했다! 흑인들은 속마음을 알 수 없는 수수께끼 같은 얼굴을 하고서 살을 베어 종족 표시를 한 야만적인 모습으로 저만치 물러나 있었다. 셰퍼드는 불안했다. "우리는 여기에 하루라도 더 머물러서는 안 됩니다." 그가 러티샤에게 말했다. "이자들이 우리 목을 딴다 해도 저 네덜란드인은 손가락 하나 까딱 안 할 겁니다." 은사만코 전투*가 벌어진 지 십 년 가까운 세월이 흘렀지만 아샨티

* 찰스 매카시가 지휘하는 영국-판티족 연합군과 아샨티족 사이에 벌어진 전투. 1824년부터 1901년까지 총 5차에 걸친 전쟁의 시작이었다.

족에게 살해된 매카시 총독의 운명과 오세이 봉수 왕의 포도주 잔으로 변한 매카시의 두개골이 그의 뇌리에 다시 떠올랐던 것이다. 그 말에 러티샤는 어깨를 으쓱했다. "전쟁은 끝났으니 안심하세요! 우린 친구 나라에 와 있는걸요."

어느 순간 한 여자가 러티샤에게 마음이 끌려 무리로부터 빠져나왔다. 여자는 러티샤의 옷이며 머리카락 등을 만지기 시작했다. 키가 아주 크고 조각처럼 아름다운 여자였는데 라피아 섬유로 만든 파뉴*를 제외하고는 발가벗다시피 했다. 러티샤는 여자의 피부, 명성이 자자한 앙코브라족 여인들의 빛나는 검은 피부에 감탄했다. 여자가 입을 맞추려는 듯 러티샤의 두 손을 잡자 러티샤는 뒷걸음쳤다. 무서워서라기보다는 이러한 복종의 몸짓에 놀라서였다. 그 앙코브라족 여자는 러티샤에게 영어 단어가 섞인 제 나라 언어로 말했는데 적어도 러티샤는 그런 인상을 받았다. 여자는 계속 그녀의 손을 잡고 있었다. 러티샤는 통역을 불렀다. "뭐래요?" 통역은 여자에게 귀를 기울이더니 말했다. "판티어를 쓰지는 않습니다만, 아이들이 있는지, 남편이 있는지 묻는데요." 그건 질문이 아니라 그냥 해보는 소리지, 하고 러티샤는 생각했다. 동시에 여자가 러티샤의 원피스와 머리카락을 손으로 쓰다듬

* 허리에 둘러 입는 서아프리카 지역 의복.

고 팔에 난 짧고 검은 털을 잡아당기고 보석, 팔찌와 금으로 만든 결혼반지를 만졌기 때문이다. 그 광경을 보고 대담해진 다른 여자들도 다가오는 바람에, 순식간에 러티샤는 짐꾼들과 셰퍼드 의사로부터 고립되어 여자들과 아이들에게 완전히 에워싸였다. 너도나도 러티샤에게 닿으려고 떠들어대고 소리를 지르면서 서로 밀치고, 그녀를 만지기 위해 손을 내밀었으며, 원피스가 찢어져 조각이 날 때까지 잡아당기고 양산과 모자를 잡아챘다. 처음에 러티샤는 그들에게 금방이라도 몽둥이찜질을 안기려는 짐꾼들을 물리치면서 그들이 하는 대로 내버려두었지만, 금방 습격당하는 처지가 되자 숨이 막혀 비틀거리다가 목이 졸리는 것 같은 목소리로 비명을 지르기 시작했다. 그녀는 허우적댔다. 짐꾼들이 와서 질서를 외치면서 여자들을 몽둥이로 때렸지만 아이들은 울부짖으면서도 러티샤의 다리에 여전히 달라붙어 있었다. 셰퍼드가 그녀를 다시 붙들어서 멀리 데려가지 않았다면 그녀는 흙바닥에 고꾸라졌을 것이다.

"당신은 경솔한 짓을 저질렀어요." 그는 엄하게 말했다. 러티샤는 흐느껴 울면서 호흡을 가다듬으려고 했다. "몰랐어요, 미안해요……" 그녀의 원피스 어깨 부위가 찢어졌고 짓밟힌 모자는 쓰레기에 지나지 않았으며 양산은 온데간데없었다. "사나운 늑대들을 믿을 수 없는 것처럼 그들을 믿어선 안 돼요." 셰퍼드 의사가 거드름을 피우며 또 말했다. 그는 요새 가까이 있는 임시 거처에 당도할 때까지 내내 입을 다물었다.

그렇다, 그녀에게 저주가 있기를, 내가 베치, 붉은색이라고 부르는 내 남편, 무쿤, 조지 매클레인, 아두와 아두쿠의 후예인 아위아빌 로르 매클레인의 아버지를 빼앗으러 온 그 이방인 여자와 그 족속들에게 저주가 있기를! 그녀가 감히 여기 악심 마을까지 왔다. 내가 쫓겨나는 수모를 겪고 다시 구걸하는 신세가 된 이후 숨어 지내고 있는 곳, 아버지의 명예를 구하기 위해 당신 가슴에 탄환을 박아넣은 아두미사의 후예인 나를 노예 취급하는 곳에 말이다.

그녀는 가장 예쁜 원피스를 입고 공주 모자를 쓰고 창백한 피부를 지키기 위해 양산을 쓰고 거만하게 왔건만, 나는 보석도 장식용 빗도 하나도 보호해줄 이도 없이 발가벗은 채였다.

그녀는 병사들과 하인들에게 에워싸여 왔고 내가 다가가려 하자 그들은 몽둥이로 나를 때렸다. 만일 내가 아위아빌을 팔로 안아 보호하지 않았다면 그들은 제 주인의 딸 아위아빌도 때렸을 것이다. 내가 다가가려고 하자 그 이방인 여자는 나를 바라보았다. 그때 나는 그 시선에서 우리 종족과 백성에 대한 증오를 느꼈다. 마녀의 눈빛을 가진 그 백인 여자, 그녀에게 저주가 있기를. 신니 강이 그녀를 소용돌이 속으로 휩쓸어가 물에 빠져 죽게 하고 우리를 보호하는 독수리들이 그녀에게 악착같이 달려들어 눈알을 삼켜버리기를. 나는 그녀에게 다가가 피부와 옷과 머리카락을 만졌고, 무쿤, 내 남편의 잠자리로 기어들어가 정액을 받은 그녀의 몸뚱이, 그리고 무쿤, 내 남편 조지 매클레인, 이 고장의 총독이요 우리 주인의 영혼을 삼켜버린 그녀의 영혼을 저주했다. 그 이방인 여자에게 다가갈 때 나는 다리가 떨리고 목구멍으로는 공기를 마실 수 없고 눈은 흐려져 죽을 지경이었다. 아위아빌이 내 뒤에 있었는데 마을 여자들이 와서 우리를 갈라놓았다. 그러고 나서 그 이방인 여자가 하인들을 시켜 밀가루와 설탕으로 만든 과자를 나눠주었지만 나는 아위아빌에게 먹지 못하게 했다. 거기에는 독이 섞여 있고 그 여자의 저주와 거짓된 마음, 아말랄루가 들어 있었기 때문이다. 그녀는 무쿤, 내 남편에게도 그런 음식을 먹이고 그런 식으로 나에게서 멀어지게 했다. 그러고 나서 이방인 여자는 요새로 돌아갔는데 나는 나무 뒤에 숨어가며 멀리까지 그녀를 따라가 이윽고 어둠이 내리고도 요새 옆에 머물면서 그녀를 지켜보았다. 나는 그녀가 내 시선을 느끼고 그녀와 그녀의 자식들을 향한 나의 저주를 받을 수 있도록 그녀를 뚫어져라 바라보았다. 그다음날 나는 아위아빌을 수정 구슬이 있는 곳으로 데려가 내가 미워하는 여자, 내 남편을 훔쳐간 이방인 여자의 피부와 머리카락 냄새를 그애가 알아차릴 수 있도록 내 두 손을 수정 구슬에 올려놓았다. 나는 야자술을 수정 구슬 위에 부었고, 구슬 안에 똬리를 틀고 있는 파란 뱀이 강한 빛을 발하는 것을 보았다. 그때 나는 그 이방인 여자가 곧 죽게 되리라고 생각했다.

뼛속 골수까지, 신경 끝까지 온몸 구석구석 통증을 퍼뜨리는 열병을 앓는 듯한 러티샤에게 요새로 돌아가는 길은 길고도 고통스러웠다. 그녀는 의사의 왕진 가방에서 키니네액, 아편정기 같은 약을 찾아내려고 했다. 하지만 셰퍼드 의사가 식료품들 사이에서 득실거리는 쥐를 잡기 위해 사용하는 푸르스름한 액체가 든 작은 병 하나를 찾아냈을 뿐이다. 그녀는 의사에게는 아무 말도 하지 않고 거의 기계적으로 그 병을 자기 가방에 챙겨넣었다.

딕스코브에서 그녀가 심하게 앓자 그 지역의 총독은 돛배 하나를 빌려 셰퍼드와 세 명의 병사를 딸려보내 그녀를 바닷길로 데려가기로 결정했다. 나머지 일행은 계속 걸어서 숲을 통과할 것이었다. 러티샤는 햇볕을 가려주는 돛 아래 배 바닥에 누워서 소금기 있는 물을 조금 마셨다가 곧 토해버리고는 아무것도 먹지 못한 채 이틀을 보냈다. 저녁이 되자 그들은 바람을 피해 해변에서 야영을 했다. 돛 아래 누워 있는 그녀를 들여다본 뱃사람 하나가 "아씨 죽어요"라고 말하는 소리가 똑똑히 들려올 정도로 제정신이 아니었다. 이미 정신이 육체에서 분리된 듯 그녀는 이상하게도 아무렇지도 않게 느껴졌고 이 광경을 조롱하듯 바라보고 있었다. 셋째 날, 나룻배는 모래 둑을 넘어 케이프코스트 해변에 닻을 내리고 러티샤를 들것에 실어 요새에 있는 침실까지 옮겼다.

그다음날 러티샤는 조지가 없다는 것을 알아차렸다. 그는 어디 있지? 그녀는 메리아마를 불렀고, 그 젊은 여자가 떠났다는 것, 너무 많은 이야기를 했다는 이유로 쫓겨났다는 사실을 알았다. 정신착란 속에서도 러티샤는 조지가 그녀가 집에 없는 틈을 타 다른 여자, 그의 아프리카인 아내와 혼혈 딸을 만나러 갔다고 확신했다. 그러나 아무도 그녀의 질문에 대답하지 않았다. 셰퍼드는 진정하라고 엄명하고 그녀에게 사혈을 했다. 몹시 허약해진 그녀는 이제 침대를 떠날 수 없게 되었다.

러티샤는 그녀가 이 세상 그 누구보다 사랑했던 메솔롱기온의 남자, 그리스의 자유를 위해 목숨을 바친 그 사람을 생각했다. 폴리도리 의사가 그의 정맥을 끊어 단칼에 저승으로 보냈을 때 그의 나이는 정확히 그녀의 지금 나이인 서른여섯 살이었다. 그날 밤 침대에 누운 러티샤는 죽음에 관한 생각이 엄습해오는 것을 느꼈다. 인생의 매 순간이 되살아났다. 첼시에서의 빛나는 몇 년 이후, 런던의 문학계 전체가 브롬턴 로드의 살롱들로 그녀를 초빙하던 시절, 큰 소리로 자작시를 낭송하고, 젊은이들이 더 귀 기울여 듣기 위해 그녀의 발치에 다가앉던 시절이. 윌리엄이 그녀 옆에 있었다. 그녀는 '리터러리 가제트'의 사무실에 등장하던 때의 그, 키가 크고 짙은 갈색 머리에 목사님처럼 검은 옷을 입은 그가 "그대는 우리의 여류 시인, 우리의 로르 드 노브*입니다"라고 말할 때의 낮고 감미로운 목소리가 떠오른다. 그는 그녀가 겨우 열여섯 살이었을 때 오른손에는 여자애들의 훌라후프를 들고 왼손에는 바이런의 시집을 펼쳐 들고 옥스퍼드 스트리트에서 산책하는 모습을 보고 사랑에 빠졌다! 그녀는 그가 기혼자라는 것을 알면서도 정열이 이끄는 대로 끌려갔다. 그녀는 시 덕분에 자신은 자유롭다고 느꼈다. 거만하고 자유로운 그녀는 자신이 실수를 하거나 속임을 당하는 일은 있을 수 없다고 여겼던 것이다. 그녀는 자기 운명보다 강하고 여성해방을 누리며 아프리카

* 로르 드 사드(1310~1348). 시인. 서정시인 페트라르카에게 수많은 영감을 주었다.

의 노예해방을 위해 싸울 것이었다. 감옥처럼 좁은 방에 갇힌 그녀 앞으로 지나가버린 영광스러운 영상들이 펼쳐지고 있었는데 그것은 오히려 무無로 돌아가는 환영들의 모습이었다.

수정 구슬은 승리의 순간이 임박했으며 나는 무쿤, 내 남편을 되찾을 거라고 말해주었다. 그 이방인 여인이 우리 도시 악심에 온 그날부터 매일 나는 수정 구슬을 살피러 갔다. 나는 야자술, 과일, 푸푸*, 신니 강에서 잡아 말린 생선 같은 제물을 가져갔다. 어두워져 풀숲을 스치는 하이에나의 발소리가 들릴 때까지 거기 머물렀다. 나는 어떤 동물도 두렵지 않다. 뱀들도 내 보호자다. 가끔 아위아빌이 조금 울기도 하지만 나는 그애가 울음을 그치게 한다. 넌 울어서는 안 된다. 아버지의 명예를 지키기 위해 자기 가슴에 총을 겨눈 여인의 혈통, 아두미사의 딸이 아니더냐. 너는

* 얌, 카사바, 코코넛, 플랜틴바나나 전분으로 만든 중서아프리카 지역의 음식.

신니 강물에 잠겨 코브라처럼 붉은 피부가 되었지. 파란 수정 구슬은 빗줄기 속에서도 빛을 발하며 내 불행과 고독을 씻어주는 부드럽고 싱그러운 빛을 던지고 있었다. 매일 저녁 나는 맹수들이 사냥을 나서는 시각이 될 때까지 수정 구슬의 정령에게, 숲의 정령에게 이야기를 했다. 내 가족의 역사, 내 아버지와 삼촌들이 겪은 불명예와 축출을 이야기했고 어떻게 내가 조지 매클레인과 결혼했는지, 그의 딸을 낳을 때까지 어떻게 아이를 품고 있었는지, 그리고 수년 동안 어떻게 케이프코스트의 총독 부인 노릇을 했는지, 그가 나에게 어떻게 노란색 비단옷을 입히고 하녀들을 주었는지, 그가 어떻게 쿰바 아위아빌을 쿠아쿠아 교회의 물에 세례를 시키고 예수 왕의 종교 안에서 그애의 이름, 로르 아위아빌이라는 이름을 붙였는지를 말했다.

마침내 11월 마지막 날, 만카심의 우리 마을에서 참마 축제가 있던 날, 나는 아위아빌과 함께 장로들이 살고 있는 깊은 골짜기까지 갔다. 나는 그 이방인 여자에게 마법이 잘 걸리도록 쿠조의 아들에게 금가루 10온스를 빌려 노인들에게 주었다. 노인들은 폭풍우를 부르기 위해 자기네 말로 우프라마, 우소라바 하면서 노래했고 나는 내가 알고 있는 유일한 노래, 아위아빌이 아기일 때 불러주었던 아샨티족의 자장가, 옛 고아 이야기 노래를 불렀다. 고아 아강카야, 너는 밤중에 소리를 지르지, 고아야, 너는 밤중에 소리를 지르지, 그건 슬프구나, 슬프구나, 용서해다오, 그건 슬프구나, 용서해다오, 그건 슬프구나…… 노인들이 노래를 부르는 동안 하늘이 짙은 구름으로 덮이더니 막힌 계곡 쪽으로 바람이 불기 시작했다. 소리도 나지 않고 비도 내리지 않았지만, 차가운 바람은 흙먼지를 일으키고 나뭇잎들을 쥐어뜯고 번개는 구름 사이로 뱀들의 형상을 그렸다. 그뒤 요새에서 듣던 것과 같은 바닷소리가 들려오자 아위아빌은 겁을 먹고 내 치맛자락 허리춤에 얼굴을 감췄다. 노인들은 이제 아무도 쓰지 않는 자기네들 말로 노래를 하고 나는 고아 아강카의 노래를 예전에 아위아빌을 재울 때처럼 아샨티 말로, 그리고 적들의 말로 되풀이해서 불렀다. 계곡에 밤이 찾아올 때까지 오래오래 바람이 불었고 노인들은 잠을 자기 위해 자리에 누웠다. 그중 한 사람이 자기가 매고 있던 끈을 나에게 주며 허리에 묶으라고 했다. 밤이 되자 모든 것이 잠잠해지고 구름이 흩어지면서 그사이로 예전에 내가 요새에서 보았던 것과 같은 달과 별들이 보이고 바닷소리도 한결 부드러워졌다. 아위아빌은 내 품안에서 잠이 들었다. 이윽고 우리는 요새를 향해 길을 떠나, 적으로부터 몸을 숨겨가며 하이에나를 피해 우묵한 나무 그루터기에서 잠을 자면서 며칠 동안 숲속을 걸었다. 우리는 먹지도 못하고 늪에 고인 물만 마시면서 몇 날 며칠을 걸었기 때문에 나는 아위아빌이 몹시 쇠약해져 곧 죽을 것만 같았다.

그래서 청혼하는 남자를 피해 숲을 뚫고 나아갔던 아두미사의 이야기, 그리고 그녀가 어떻게 동물들로부터 자신을 방어했는지를 그애에게 들려주었다. 그 남자가 자살하자 그녀가 어떻게 마을로 돌아왔는지, 또 아버지가 앙갚음당하지 않도록 그 총을 빼앗아 자기 심장에 겨누었다는 이야기도. 숲속에서 몇 날 몇 밤을 보낸 뒤 우리는 아나마부의 르 니에 도착했다. 판티족 사람들이 노예로 잡혀 있다가 바다 저편 외국으로 팔려나가는 곳이었다. 내가 민나라고 부르는 악심족의 나이든 여인이 우리를 맞아들여 먹을 것을 주고 아위아빌에게는 열병이 낫도록 쓴 물약을 주었다. 매일 나는 바다 앞에 있는 검은 바위로 가서 해가 지는 쪽에서 무쿤, 내 남편이 이방인 여자와 함께 살고 있는 요새의 커다란 하얀색 탑을 바라보고, 그녀가 다시는 돌아오지 못하도록 제 나라로 실어갈 배가 보이기를 기다렸다. 그리고 밤마다 악심에서 본 것과 같이 밝은색 원피스를 입고 공주 모자를 쓰고 양산을 들고 있는 그녀의 꿈을 꾸었다. 어두운 눈, 새하얀 얼굴, 두 팔의 피부, 잡초 같은 긴 머리카락의 색깔 등이 꿈에 보였다. 그녀의 얼굴은 퀭하고 입가에는 커다란 검은 반점 하나가 번졌다. 나는 그녀의 입과 코에서 발산되는 죽음의 숨결, 싸늘한 냄새를 맡고, 피부가 생기를 잃고 육체가 스러져가는 것을 보았다. 그녀는 귀신이 되어버렸다. 그러자 공포가 엄습해와서 나는 아위아빌이 아프다고 소리를 지를 때까지 꽉 끌어안았다. 그애는 내 꿈을 이해하지 못하고 이렇게 말했다. 악심에 있는 집으로 돌아가요, 더이상 여기 있고 싶지 않아요, 앞으로 무슨 일이 일어날지 무서워요. 하지만 나는 끈의 매듭 하나하나가 다 풀릴 때까지, 모든 것이 우리가 조지 매클레인, 베치, 무쿤, 요새의 총독과 함께이던 예전처럼 될 때까지 여기 머물러야 했다. 나는 아위아빌에게 시작한 일은 후회 없이 끝을 맺어야 하는 법이라고 대답했다. 어느 날 아침 내가 아나마부의 검은 바위에 있을 때 케이프코스트의 요새 쪽에서 대포 소리가 들려왔다. 하늘로 올라가는 가늘고 흰 연기가 먼저 보이더니 이어서 대포를 쏘는 소리가 들려왔다. 나를 해방시키는 바람 한줄기가 가슴속을 스치는 것을 느끼며 모든 것이 끝났음을 알았다. 나는 부들부들 떨며 우느라 걸을 수조차 없었지만 아위아빌이 나를 부둥켜안았고 우리는 늙은 민나의 집까지 길을 걸었다. 도착하여 파뉴를 벗었을 때 노인들이 준 끈은 아무런 매듭도 없이 매끈했다. 몇 날 몇 밤을 뜬눈으로 지새운 터라 몹시 피곤하여 민나의 집 앞 땅바닥에 드러누워 잠이 들었다.

그날 밤 검은 바위 위로 폭풍우가 몰아쳤다. 부서지는 파도 소리는 귀가 먹먹할 정도였고 바람이 덧창에 부딪혀 휙휙 소리를 내면서 유리창을 흔들었다. 요새에 도착한 처음 며칠 밤에 그랬듯이 러티샤는 바람 속에서 아름 광장 지하 감옥에 갇힌 죄수들의 신음 소리를 들었다. 때로는 낮고 때로는 날카로운, 단조로운 목소리가 기도를 웅얼거렸다. 뭐라는 거지? 그 목소리는 앓는 소리를 내고 있었다. 때로는 감옥 벽에 기대어 웅크린 미친 노인의 목소리이고 때로는 러티샤 바로 가까이 방안에서 울리는 소녀의 목소리이기도 했는데, 그 때문에 그녀의 등줄기에 긴 공포의 전율이 일었다. "엄마! 엄마!" 프랑스 옹플뢰르의 초록색 바닷가에 있는 집에 갇힌 로라였다. 그애의 외침을 실어온 것은 바로 그 파도였는데, 병든 아이가 죽어가면서 어미를 부르는 게 분명했다. 윌리엄은 강제로 러티샤를 그들의 아이와 떼어놓았다. 위협하지 않고 부드럽게 설득력 있는 목소리로, 이런 경우 어떻게 해야 할지를 너무 잘 알기에 이렇게 말했다. "당신은 시인이요, 러티샤, 그게 당신의 운명이지, 인생이 당신에게서 그걸 빼앗아가게 내버려두어선 안 돼요……" 그는 덧붙였다. "애가 태어나면 내가 모든 것을 책임지겠소. 좋은 집도 찾아놓았고, 그애는 부족한 게 없을 거요……" 그는 결코 아이의 이름을 입에 올리지 않고 단지 "그애" 혹은 "아이"라고만 했다. 마치 그애가 남이라는 듯이.

파도가 러티샤를 부르고, 무겁고 어두운 음악 속에서 죽음이 유혹하는 소리가 들려왔다. 그녀는 자기가 좋아하는 그곳, 요새의 곶까지 가야겠다고 생각했다. 그러나 바람은 그녀가 나가지 못하도록 강력한 손으로 덧문을 누르고 있었다. 이 손이 그녀를 감옥에 가둔 것이다. 누구도 절대 그녀를 해방시킬 수 없으리라. "친구들, 오 친구들이여, 어디 있나요?" 러티샤의 탄식은 그녀가 인데버호에서 내릴 때 썼던 서간시에서 메아리치고 있다. "내가 그대들을 생각하듯 그대들도 나를 생각하는지, 오 친구들이여?" 그녀는 기도문을 암송하듯 그들의 이름을 불러보려고 했지만 공포에 질린 그녀에게 어떤 이름도 떠오르지 않았다. 단지 로라라는 이름만이 떠오르고, 죽음이 그애를 노르망디의 차가운 겨울로 데려가기 전의 연약하고 빛나는 아이 모습 그대로가 아직도 눈에 선했다. 탁자 위에서는 기름 등잔이 떨고 있고, 빗방울이 덧문들을 두드리며 휘몰아치고, 공중에 날린 모래가 사각거리는 소리가 들려왔다. 러티샤는 글을 써보려고 했지만 두서없는 편린들만 펜 끝에서 흘러나와 보이지 않는 잉크로 쓰였다. 그녀는 필기대 위로 몸을 숙이고서 악심 여행에서 도로 가져온 불투명한 작은 병에 마지막으로 거위 깃 펜을 담갔다. 감미로운 아몬드 냄새가 방안 가득 퍼졌다. 무서우면서도 어린 시절의 과자처럼 달큰한 냄새였다. 그러고는 떨거나 주저하지 않고 펜 끝을 입술로 가져갔다.

아침에 하녀가(아직 어린애인 신참으로 러티샤는 그애 이름이 뭔지 물어볼 시간조차 없었다) 덧문들을 열고 방안으로 들어와서는 어둠 속에서 눈을 크게 뜨고 커튼을 문 양쪽으로 열어젖히다 말고 큰 소리로 비명을 질렀다. 여주인의 시신이 바닥의 붉은 타일 위에 널브러진 채 반쯤 의자 위에 걸쳐 있고 탁자 모서리에 밀려난 팔을 허공에 내뻗고서 하늘에 있는 무엇인가를 가리키는 듯했다!

사망을 확인한 것은 셰퍼드였다. 탁자 위에서 즉각 자기의 청산 약병을 알아본 그는 한순간 그걸 아편정기 병으로 잽싸게 바꿔치기할까 하는 생각을 했다. 하지만 하녀에게 들킬까봐 겁나서 생각을 바꾸기로 했다. 병사 한 명을 보내 매클레인 총독에게 기별을 하자 정오가 되기 조금 전에 그가 도착했다. 셰퍼드가 의료기록부에 벌써 작성해놓은 검시서에는 이런 소견이 담겨 있었다. "희생자가 청산을 요새의 의사가 신경 발작 치료를 위해 처방한 아편정기로 오인해 흡입하여 사망."

장례는 당일 오후 앞뜰에서, 최근에 영국으로 돌아간 사제를 대신해 총독의 주재로 집행되었다. 독이 벌써 살과 입가와 입안을 파먹기 시작해서 냄새가 견딜 수 없을 정도였다. 조지 매클레인은 이상하게도 가식적으로 보였다. 셰퍼드 의사는 그런 생각을 하면서도 그 문제에 관해 어떤 언급도 삼갔다. 총독은 성경 「욥기」의 한 구절을 읽었다. "당신께서는 손수 저를 빚어 만드시고는 이제 생각을 바꾸시어 저를 파멸시키려 하십니다. 당신께서 저를 진흙처럼 빚어 만드셨음을 기억하십시오. 그런데 이제 저를 먼지로 되돌리려 하십니까?" 이윽고 납으로 봉인된 관이 밧줄에 매달려 성벽 안에 깊게 파놓은 무덤 속으로 내려갔다. 밤마다 러티샤가 바닷바람을 쐬러 갈 때 지나던 계단에서 멀지 않은 공터 끝자락이었다. 무덤의 평석은 석회를 칠한 시멘트로 만든 단순한 직사각형이었다. 조지 매클레인은 러티샤가 자신의 첫 시 작품들에 서명을 했던 방식을 기념하여, 그 위에 L.E.L.이라는 머리글자와 생몰년 '1801~1837'을 새기게 했다.

바로 그날 저녁, 폭풍우가 다시 시작되려 하는데도 조지 매클레인은 풍랑이 거친 바다에서 난파당할 위험을 무릅쓰고 병사 몇 명과 함께 아노마부로 가기 위해 배에 올랐다. 그의 가슴은 죽음이 남겨놓은 빈자리를 어서 채우고 싶은 욕망에서 오는 달콤한 흥분으로 벅차올랐다. 저기서 그를 기다리고 있는 아두미사의 품안에서, 어린 로르의 입맞춤과 재잘거림 속에서, 왜 그토록 오래 집을 비웠느냐며 뾰로통하게 제 아비를 질책하고야 말 딸아이 곁에서 떠오를 태양처럼.

나는 친형제들의 손에 이방인들에게 노예로 팔려간 브라푸족 멘카심의 아두 왕 혈통인 아자사의 딸 아두미사다. 우리가 적들보다 열등한가, 주인이 바뀌어 백정의 칼 앞에 끌려온 짐승들과 우리가 매일반인가? 비밀스러운 계곡의 장로들은 난관의 매듭들로 점철된 내 인생의 끈을 내 생의 첫날에 그랬던 것처럼 매끈하고 순결하게 돌려놓았다. 그리하여 나는 오늘 그 끈을 조지 매클레인의 딸 로르 아위아빌에게 준다. 그애가 태어나던 날 신니 강물에 그애를 목욕시킬 때처럼 자유롭고 순결하게 남아 있게 하기 위함이다. 이방인 여자는 독약에 중독되어 얼굴이 상하고 몸은 검게 변해 떠났다. 나는 밤마다 아위아빌을 꼭 끌어안고 민나 노파의 집 앞 모랫바닥에 누워 그녀의 꿈을 꾸었다. 그 이방인 여자가 멀리 북쪽으로 달아나는 꿈, 그녀의 영혼이 바다 위에서 제 조상들의 땅에 다다를 때까지 떠도는 꿈을 꾸었다. 병사들이 나와 아위아빌을 총독이 기다리고 있는 요새로 데려가려고 왔을 때, 나는 그들에게 욕을 퍼부었다. 너희들은 누구냐, 나에게서 원하는 게 무어냐? 나는 버렸다가 다시 불러들여도 좋은, 주인 명령에 복종하는 짐승이란 말이냐? 예전에 외종조모 아두미사가 애인의 총을 당신 가슴에 겨누어 명예를 구했듯이 나는 차라리 죽는 게 낫다. 병사들은 민나 노파의 집 앞 땅바닥에 앉아서 그녀가 준 푸푸를 먹고 코코넛 즙을 마셨다. 병사들은 바로 저희들 땅에서 이방인이었다. 그들은 하나의 무리지만 같은 언어를 쓰지 않는다. 그들은 붉은 옷을 입고 검은 가죽 신발을 신고 모자를 썼다. 그들은 총과 칼을 지니고서 그걸로 우리 종족을 죽였다. 그들은 제 조상을 배반하고 이 땅에서 이방인, 고아가 되었다. 그들은 저희의 형제자매를 바다 저편에서 온 배에 팔아넘겨 지옥으로 끌려가게 만들었다. 그들은 세례를 받은 적이 없고 기독교인들의 책도 읽을 줄 모르며 예수 왕도 알지 못한다. 아위아빌은 나의 파뉴 자락에 매달려 내 뒤에, 내 그림자 안에 머물러 있다. 저녁에 병사들은 케이프코스트의 요새로 되돌아갔고 나는 그들이 숲을 지나 멀어지는 모습을 지켜보았다. 나는 길이 끝나는 곳에 남았고 아위아빌은 나무 밑동을 휘감은 칡넝쿨처럼 나를 끌어안고 있었다. 누구도 그애를 나에게서 떼어내지 못하리라. 누구도 그애를 잡아다가 노예로 만들지 못하리라. 끈은 아무 매듭 없이 매끈하다. 장로들이 나를 자유롭게 만든 것이다. 이방인 여자는 제 조상들의 나라로 되돌아갔지만 나는 결코 조지 매클레인, 베치, 붉은색, 바다 위 자기 요새에 있는 총독을 다시 만나지 않을 것이다. 그도 곧 자기 나라로, 예전에 나에게 얘기해준 추위와 안개의 고장, 태양이 뜨지 않는 고장으로 되돌아갈 것이다. 나는 표범과 하이에나도 두려워하지 않고 숲속의 길을 걸어 내 외종조모 아두미사가 살았던 곳으로 돌아가련다. 그리오들이 노래한 대로 그분이 내 꿈속에 나타났다. 노란 비단 파뉴를 입고 손목에는 황금 팔찌를 끼고, 매끄럽고 윤기 나는 붉은 피부, 먹으로 그린 긴 눈을 하고서. 나는 아위아빌을 데리고 그분에게로 간다. 그분에게 자유로운 여인들의 삶을 배울 수 있도록.

우리
거미들의
삶

지표면 가까이, 바람이 작은 먼지구름을 일으키며 지나가는 곳. 우리가 아무런 소리도 내지 않고 거의 움직이지도 않고 하는 일도 거의 없이 살아가는 곳. 저 높이, 땅 위쪽, 큰 나무들 위 구름 한 점 없는 하늘과 산 정상에는 너무도 많은 낮과 밤이 존재한다.

우리는 강에서 멀지 않은 계곡에 살고 있는데, 강물 소리는 항상 들려오지만 결코 보이지는 않는다. 소리들이 엄청나다. 물소리, 마른 가지들 사이로 지나가는 바람 소리, 높은 낭떠러지에서 흘러내리는 흙 소리. 여기서는 아무 일도 일어나지 않기에 우리에겐 딱히 얘깃거리가 없다. 우리는 텅 빈 기다란 방 안쪽, 두껍고 투명한 벽 뒤에 있다. 날마다 높다란 나무들 위로 하얀 하늘이 펼쳐지고, 밤이면 늘 같은 자리를 지키는 황소자리의 별들이 보인다. 아마 그 별들이 우리 눈이리라. 아마 그 눈들은 가지들이 이어지는 부분에, 돌 속에, 이끼에, 꽃부리 속 꽃대 위쪽 할 것 없이 어디에나 있으리라. 헤아릴 수 없을 공간 전체를 일컫는 단어는 없다. 여기와 저기, 하얀 낮과 검은 밤에 동시에 존재할 방법은 없으며, 우리가 존재하기도 전에 시작된 꿈, 우리가 꾸어버리면 끝나게 되어 있는 그 꿈을 이어서 꾸고 있는지도 우리는 결코 알 수가 없다.

오늘은 오늘인 것이다. 이따금 눈을 뜬 채로 잠이 드는데 그러면 계곡의 공간이 들어와 우리는 거대해진다. 바람과 빛이 우리의 배를 부풀려서 우리는 부르르 떨고 이리저리 흔들린다. 해야 할 일은 쉬지 않고 먹는 것이다. 공중에 사는 것을 삼키고 우리 발아래 사는 것을 먹어치워서 생이 우리를 거쳐 지나가는 동안 강물을 거슬러 놓인 어항처럼 되는 것이다.

소리, 우리는 그 역시 잡아먹어버리고 싶다. 소리는 도처에서 온다. 폭발하는 엄청난 소리, 나선형으로 빙글빙글 나아가는 소리, 그리고 둘둘 말린 색종이 테이프처럼 감긴 몸속에서 어서! 어서! 하는 소리들이 우리의 배에 있는 가장 예민한 부위를 향하고 있다. 하늘과 땅, 심지어 바다와 별들의 중심이 바로 거기다. 우리는 이 세상에 별처럼 총총히 박힌 짐승들이기 때문이다. 그것은 설명하기 좀 어려운데다 설명될 것도 없다. 간단히, 결정적으로 말하건대, 하늘에 황소자리, 큰곰자리, 쌍둥이자리가 있다면 땅에는 우리가 있다. 태양, 그건 우리에게 보이지 않는다. 우리는 모두 태양을 몹시 좋아한다. 어쩌면 오직 태양만 좋아하는지도 모른다. 하지만 우리는 결코 태양을 보지 않는다. 아니면 태양이 우리의 눈 위쪽을 덮은 불타는 눈꺼풀 같은 것이어서 태양을 향해 시선을 돌리면 불에 덴 듯 뜨겁고 아프기 때문이다. 이것이 우리가 태양을 바라보지 않는 이유다. 그러나 우리는 모두 태양이 키 큰 검은 나무들 가지 위, 텅 빈 하늘 꼭대기에 있을 때를 몹시 좋아한다. 대략 오 분마다 태양을 생각한다. 태양이 내는 소리를 듣는 게 좋다. 태양은 삐거덕거리고 구겨지고, 야릇한 벌레들 소리, 벌레들의 등껍질 긁는 소리, 아니면 유리창에 금가는 소리를 낸다는 걸 그대들은 아는지. 이런 소리가 들려올 때면 우리는 좀더 납작해져서 살짝 스치는 소리, 조금 삐걱거리는 소리에도 주의를 기울인다. 이럴 때 우리는 작은 균열들의 망 한가운데 자리잡고, 어쩌면 우리 또한 수풀 사이에 숨어 있는 작은 태양들이 된다고 할 수 있다. 숨겨져 있지만 뜨겁게 탁탁 튀는 작은 불티들, 작은 불덩이들. 여기 수풀과 돌멩이들 사이의 움푹한 곳에서 우리는 하늘에서 일어나는 모든 일을 그려내고, 춤추고, 되풀이한다. 우리는 절대 혼자 있지 않고 언제나 서로에게서 멀지 않은 곳에 함께 있다. 물론 서로를 볼 수는 없지만 우리 친구들, 우리 적들, 다른 이들이 그리 멀지 않은 곳에, 수풀과 돌멩이들 사이의 움푹 팬 곳에 숨어 있다는 걸 우리는 알고 있다.

움푹 팬 곳마다 하나씩 있다. 바람과 빛을 피해 나무 열매 아래 파묻힌, 말라 오그라진 작은 것. 우리는 그토록 다정하고 여리다. 저 위쪽, 변함없이 텅 빈 높디높은 하늘에서는 소리 없는 커다란 새들이 땅 위로 그림자를 드리우며 날고 있다. 그들이 원을 그리며 돌고 있어도 우리는 두렵지 않다. 우리는 가시덤불 틈의 은신처, 둥지, 우리만이 아는 갈라진 틈바구니에 웅크리고 있다. 주변이 온통 벽이어서 바람을 막아주고 공간을 차단한다.

우리는 꼼짝도 하지 않는다. 시간이 우리 위로 지나가고 하늘에서 시간과 먼지가 떨어진다. 털로 덮인 우리의 등 위로 세월이 흔적도 남기지 않고 조용히 흘러간다. 아침마다 우리는 하얀 벽면에 매달린 수천 개의 이슬방울을 마신다. 강물이 우레와 같은 소리를 내며 땅을 침식하고 떨고 진동하지만 우리는 절대 그쪽으로는 가지 않는다. 이윽고 태양이 물방울들을 불태운다. 하얀 휘장, 회색 휘장이 바람에 나부낀다. 우리는 땅에서 가장 민감한 장소 어디에나 존재하는 까닭에, 바위와 나무와 수풀을 지나가는 파동이란 파동은 모조리 우리 발에 포착되어 우리 몸속으로 들어온다. 이렇게 해서 우리가 세상의 소리를 듣는 것이다.

이것은 복잡한 이야기가 아니며 별 의미도 없다. 이것은 파도가 오고 또 오듯 이어지고, 길에 뿌려지는 꽃잎처럼 쌓이는 전설이다. 우리 여정은 구불구불하지 않고, 돌무더기에서 나뭇가지로, 그리고 다른 가지로, 그리고 풀로, 그리고 뾰족한 돌멩이로, 그리고 나무뿌리로, 그러고는 다시 돌무더기로 직진해 돌아온다. 우리는 땅 가까이에서 일어나는 모든 일을 알고 있다. 각다귀떼의 비상, 메뚜기의 점프, 개미 무리, 풍뎅이와 딱정벌레의 기어오르기, 나방들의 갉아먹는 소리, 진딧물들의 축축한 서식지, 노란 나비들과 푸른 잠자리들의 춤. 우리는 다른 이야기들, 접히는 꽃잎, 미모사의 두려움, 쐐기풀의 독 묻은 수염 같은 이상하고 비밀스러운 이야기도 많이 알고 있다. 나무딸기의 가시, 용설란의 바늘처럼 움직이지 않는 뾰족한 것들도 지천에 널렸다. 멀리에도 아주 많은 것들이 있다. 나무 위쪽에 매달려 바람이 불면 소리를 내는 잎사귀들, 여물어가는 과일들, 오래오래 썩어가는 사체들, 꿀 냄새, 지린내, 향냄새. 세상 도처에 어찌나 많은 것들이 있는지, 비밀 아지트, 나무둥치, 은신처에 처박혀 있을 때 우리는 움직일 수도 말할 수도 생각할 수도 없어서 그저 귀기울이고 숨쉬고 부르르 떨 뿐이다.

그렇다, 많은 일이 벌어진다. 그걸 다 말할 수는 없다. 게다가 우리는 오히려 침묵의 족속이어서 혀 없이 입이 다리와 둥근 등에 박혀 있어 이것저것 설명하기를 좋아하지 않는다. 어떻게든 그 이야기를 한다면 누구에게 할 수 있을까? 움직이고 춤추고 날고 제자리에 머무르지 않는 모든 사람들은 물론 돌이나 나뭇가지처럼 움직이지 않는 것들조차 아무도 우리의 언어를 쓰지 않는데 말이다. 우리는 보이지 않아도 귀기울이고 느끼기를 좋아한다는 얘기다. 우리는 온갖 비밀을 다 알아냈다. 수풀과 돌멩이들 사이의 빈 공간, 우리 거처에서 그것을 들었다. 소리는 무른 땅 위를 달려 단단한 돌에 부딪히고 우리가 만든 솜털이 보송보송한 작은 구멍으로 떨어진다. 비밀들, 비밀들은 먼지 속에도 있다. 떨어지고 매달렸다가 회색이 되는 것들도 있다. 그런 것들은 연기로 변해서 사라진다. 우리는 벽과 가벼운 휘장을 엮어서 그것들을 붙잡는다.

우리는 밤에 무슨 일이 일어나는지도 잘 알고 있다. 햇빛이 가만히, 시나브로 기울어갈 때. 모든 것이 가볍고 투명해지고 회색 연기로 가득찰 때, 소리들이 속도를 늦추고 잠든 사람의 맥박처럼 약하게 박동하고, 더이상 아무것도, 거의 아무것도 없을 때, 추위가 그림자와 함께 구멍을 통해 서서히, 서서히 틈새로 미끄러져 들어오면 세상은 공처럼 둥글게, 작게 몸을 말고 더듬이와 다리를 접어넣고 잠을 잔다. 하지만 나머지 우리, 우리는 경계심을 늦추지 않고 깨어 있다. 잠을 자지 않는다. 아니, 아니, 우리는 무슨 일이 벌어지는지 더 집중해서 듣고 속속들이 느낀다. 처음에는 대단치 않다. 황혼은 그저 대지와 하늘을 취하게 하고 잠재우는 음료 같은 것이고, 마침내 태양이 지평선 저 너머로, 바다와 산들 뒤로 넘어가는 순간 어떤 외침, 혹은 전속력으로 나아가는 일종의 하얀 침묵의 파동이 들려온다. 그 외침이 지나갈 때 우리 다리는 부들부들 떨리고, 그 파동이 지나갈 때 우리는 전율하며 구멍 속에서 몸을 옹송그린다. 태양이 사라지고 밤이 대지 위로 성큼 다가올 때면 언제나 조금 무섭다는 것을 그대들은 아는지.

그러면 작은 동물들은 하나같이 움직임을 멈추고 몸을 숨긴 채 돌멩이가, 아주 매끈하게 딱 달라붙은 차디찬 덩어리가 된다. 박쥐들을 제외하고는 하늘에도 땅에도 이젠 아무도 없는 것 같다. 하늘은 회색인데, 마치 우리가 만든 벽들을, 이 바위에서 저 바위로 나부끼는 가벼운 조각들을 펼쳐놓은 것 같다. 거기에는 침묵이 있다. 우리의 계곡에는 침묵과 추위가 있다. 침묵은 서쪽에서 오고 추위는 동쪽에서 와서 우리의 계곡 위에서 서로 합류한다. 그러고는 모든 것이 정지한다.

우리는 숨을 참은 채 꼼짝도 않는다. 그것이야말로 빛이 사라질 때 해야 할, 세상에서 가장 중요한 일이기 때문이다. 그건 마치 공기의 무게를 덜어내고, 갑자기 하늘의 빈 곳, 황소자리의 별들이 빛나는 하늘 안쪽의 얼음장 같은 빈 곳이 가까워지는 것과 같다.

두려워서는 아니지만 우리는 더이상 움직이지도 숨쉬지도 생각하지도 않는다. 약하고 작은 동물들은 눈과 귀를 닫고 낙엽 속에서 몸을 공처럼 동그랗게 말고 있다. 폐쇄된 곳에서 나는 냄새, 잠의 냄새가 틀림없는 조금 시큼하고 희미한 냄새가 우리 은신처에서 올라온다. 하지만 그건 상상의 냄새다. 우리는 잠을 자지 않기 때문이다. 절대로 자지 않기 때문이다. 푹신한 은신처에 납작 엎드려 발을 벌린 채 밤새 동정을 살피고 있다.

우리 계곡의 모든 것이 캄캄할 때, 칠흑같이 캄캄할 때도 우리는 은밀하게 빛나고 깜빡거리는 작은 빛을 분간해낸다. 오고 있다, 밤의 곤충들이, 밤의 새들이, 밤의 포식자들이. 우리는 그들이 지나가는 소리, 날개를 구기는 소리, 어두운 공기를 때리는 날갯짓 소리, 날개가 일으키는 바람 소리, 그리고 때로는 키 큰 수풀 속을 지나거나 낮은 가지들 사이로 스며드는 가벼운 발소리, 떨림, 이 밤의 사냥꾼들의 가쁜 숨소리에 귀를 기울인다.

땅 위의 보금자리에서는 겁먹은 어린 동물들이 깊은 잠에 빠진 채 떨고 있다. 그들이 깨어나서는 안 된다. 눈을 떴다가는 끔찍한 것을 보고 즉시 죽고 말 테니 말이다.

우리는 잠의 수호자이며 그것이 바로 지상에서의 우리 역할이다. 보이지 않는 거미줄에서, 그리고 우리의 배에서까지 공기가 진동을 일으키고, 우리는 지금 전개되는 이야기를 알고 있다.

그림자가 우리의 계곡 도처에 내려앉으면 공기는 마치 극세섬유들, 먼지 빛깔의 씨실과 날실로 엮은 교직물로 가득찬 것 같다. 이들은 나뭇가지들과 돌들 사이에서, 언덕들 사이에서 살랑살랑 나부끼면서 세상 끝까지 다리를 놓는다. 이렇듯 우리는 시간의 주인이다. 공기는 우리 것이고 우리는 그걸 입으로 잡아다가 다리 사이에 붙들어둔다. 우리는 기다리고 기다린다. 연약하고 작은 짐승들은 우리가 만든 고치의 보호 아래 잠들고, 밤은 시시각각 우리가 내놓는 실로 고치를 짜고 있다. 우리는 쉬지 않고 거미줄을 친다. 밤에도 거미줄을 친다. 하늘은 우리가 엮은 그물로 덮여 있다. 그것은 숲을 이루고, 한 오라기의 흐릿한 거미줄이 생명을 빨아들인다. 우리는 침묵을 짠다. 그러면 저마다 땅굴 구멍 속에 잡혀 있는 작은 동물들은 머리가 꼬리에 닿도록 동그랗게 몸을 말고 저희들의 시큼한 숨결에 싸여 잠을 잔다. 그들은 밤에 기껏해야 무슨 떨림, 무슨 빛 같은 꿈이나 꿀 뿐이다. 그들은 다리를 바동거리고 수염을 바르르 떨며 감긴 눈꺼풀 아래서 눈알을 굴리고 있다. 우리는 보호자인 까닭에 불침번을 선다. 우리는 낮이고 밤이고 움직이지 않지만 모든 회색 거미줄은 땅과 이어져 바람에 나부낀다. 우리는 기다린다. 시간은 흘러가면서 파리 몇 마리와 길 잃은 나비 몇 마리를 우리에게 흔쾌히 넘겨준다. 그러나 우리가 여기 있는 것은 비단 그것 때문만은 아니다. 연약하고 발가벗은 작은 동물들이 저희들의 구멍에서 평화롭게 잠든 것은 다 우리 덕분이다. 우리는 밤이 그리 무섭지 않다. 밤은 더이상 비어 있지 않다. 밤은 이제 그리 춥지도 멀지도 않다. 수풀 사이에, 가지들이 갈라지는 자리에, 황소자리가 있는 창공에 이르기까지 지켜보는 이 모든 눈들이 있는 것이다. 곧 날이 밝고, 태양이 물에서 나와 계곡 주위를 도는 운행을 다시 시작한다. 우리는 세상이 끝날 때까지 여기 있을 것이다.

비밀스러운
사랑

사로지니를 위하여

햇볕에 달아오른 양철 지붕 아래 숨막히는 열기로 가득한 방 안에서 앙드레아는 회상에 잠긴다. 그녀는 허리가 아픈 게 좀 나아질까 싶어 쿠션으로 등을 곧게 받치고 의자에 앉아 있다. 어둠이 내릴 즈음이어서 모기들이 극성스럽게 날뛰기 시작했다. 수도원을 에워싼 대나무 울타리 너머에서는 오후 끝 무렵의 교통체증이 최고조에 달했다. 앙드레아는 이것들을 볼 필요가 없다. 생폴 로路를 따라 바코아스 로의 네거리에 이르려고 하거나 아니면 바다 쪽으로, 플리캉플라크 쪽으로 내려가려는 자동차들의 끝없는 행렬, 트럭들, 차도 왼쪽 절반을 차지한 만원 버스들. 그녀는 모터 소리, 경적음, 가끔 들리는 감탄사, 화난 운전사들의 고함소리에 귀기울인다. 홍방울새가 창문을 두드리러 올 시간이다. 새 이야기를 할 때 앙드레아는 "그녀"라고 칭한다. 눈가에 가는 아이라인이 있고, 황혼녘의 빛이 반사되어 유리창을 거울로 만들어놓으면 거기에 와서 제 모습을 비춰보기 때문이다. 홍방울새 아가씨는 창유리를 부리로 톡톡 쪼고, 앙드레아는 티타임에 챙겨둔 과자 부스러기를 창가에 뿌려두었다. 앙드레아는 매일 저녁 그 새를 기다린다. 새에게 '파얄'*이라는 이름까지 붙여주었다. 구리 발찌를 딸랑거리며 안뜰에서 저희들끼리 춤을 추는 수도원의 여자 기숙생들을 닮았기 때문이다. 다른 아이들, 교도소의 여자애들의 경우는 탈선한 새들이라고 할 수 있을 것이다. 건방진 찌르레기들, 직박구리들, 설탕을 훔쳐먹는 검은머리방울새들. 앙드레아는 누구보다 그 새들이 그립고, 여자 교도소의 비행 소녀들을 위해 이야기를 쓰려고 한다.

이것은 실화이며, 세상 갈피갈피에 보이지 않게 숨겨진 것들, 울고 웃는 모든 이들을 그 공동空洞 속에 쓸어 담고 흘러가는 이 세상의 이야기다. 흘러가버린 날들과 잃어버린 시간을 슬퍼하는 인도 노파 마야의 이야기다. 고아인 그녀는 어두운 하늘밖에 알지 못했다. 숲속에 사는 그녀는 일밖에 몰랐다. 아직 아이일 때

* 힌디어로 발찌를 뜻하는 말.

결혼한 마야는 자기 자식들과 함께 성장했고 그들과 노는 것이 좋았을 나이에 일을 했다. 그녀는 동이 트기도 전에 사탕수수밭에 곡괭이로 김을 매러 나가곤 했다. 허리에는 마포 자루를 차고 비가 오는 날에는 머리에도 마포 자루를 쓰고 남자 몫의 일을 해냈다. 아이들의 아비는 다른 여자가 생겨서 마야를 버렸다. 그래서 그녀는 하늘을 올려다볼 틈도 없이 허리를 굽혀 김을 매고 곡괭이질을 하고 일을 했다. 이따금 밤이 휴식의 그림자로 대지를 내리덮으면 마야는 밀렵꾼들을 만나러 갔다. 그들이 사슴 고기 한 조각을 주면 마야는 그걸 머리에 이고 왔다—그녀는 그 대가로 얼마를 치렀을까? 그녀는 고기를 빼앗으려 들지도 모르는 밀렵감시인의 머리를 향해 사리* 속에 지닌 모래나 자갈을 던질 수 있도록 두 손에 아무것도 들지 않았다. 어깨에 피가 줄줄 흐르는 채로 집에 돌아온 마야는 저녁도 못 먹고 잠든 아이들을 깨워 장작불에 고기를 구웠고, 모두가 식사를 끝낸 뒤에는 하나뿐인 침대에서 서로 부둥켜안고 잠이 들었다. 아이들은 학교에 다니지 않았다. 아이들은 새끼 염소 몇 마리를 돌보며 자랐고 마야는 저녁이 되어서야 오두막에서 자식들을 다시 만났다. 보통은 잔가지로 지핀 불에 익힌 쌀밥 조금을 저녁으로 먹고 헌옷가지 더미 위

* 인도 여성들의 민속 의상.

에 몸을 눕히고서 그다음날도 똑같은 삶을 되풀이하기 위해 잠들었다……

여섯시경이면 학교의 반半기숙생들이 수도원으로 돌아왔다. 앙드레아가 초조하게 기다리는 바로 그 순간이다. 꼭 파얄이 돌아올 때와 같지만 좀더 시끄럽고 활기가 넘쳤다. 소녀들이 안뜰을 점령하면 그들의 새된 아우성이 방안까지 울려왔다. 이윽고 앙드레아는 곱슬곱슬하고 풍성한 머리카락에 미소가 환한 열네살의 예쁜 마리즈가 오는 것을 보았다. 항상 명랑하고 웃는 얼굴인 그애가 노크도 없이 방으로 들어와 앙드레아를 끌어안고 성가시게 굴면서 엄청난 수다와 쑥덕공론을 퍼부으면, 앙드레아는 짐짓 매정한 대답뿐인 척했다. 그건 둘 사이의 암묵적인 약속이었다. 마리즈는 돌아오는 길에 슬쩍한 벌레 먹은 망고, 타마린드 열매, 석류 따위의 과일을 가져왔다. 앙드레아는 대신 연금에서 절약한 몇 루피를 주었다. 그녀는 어리숙하지 않다. 그런 식으로 그 소녀의 생기 넘치는 목소리를 듣고 하얀 치아를 보는 즐거움을 누리고, 목을 쓰다듬으며 땀에 젖은 찰진 살결을 느낄 권리를 얻었다. 마리즈가 가버리고 나면 다시 침묵, 단조롭고 칙칙한 저녁이었다. 그러면 앙드레아는 '아틀라스'라고 쓰인 파란색 초등학생용 공책을 펼치고 t자를 확실하고 굵은 선으로 그으면서 철자 부호는 잊은 채 규칙적이고 힘찬 필체가 달려가도록 두었다.

또다른 삶이 존재하고 하늘에는 반짝거리는 별들이 있음을 마야가 믿게 만들 수 있는 것은 아무것도 없었다. 밤마다 별들은 빛을 내며 불쌍한 사람들이 잠들 때 지상을 내려다본다. 하지만 그녀에게 별들에 대해 이야기해준 사람은 아무도 없었다. 부자가 현세와 돈을 위해 산다면 빈자는 배를 채우기 위해 산다 — 가는 사람들, 오는 사람들, 당신에게 보이지 않는 모든 사람들을 생각해보라. 그들을 찾아내 하늘에는 별들이 있다고 이야기하라.

밤이면 앙드레아는 바코아스 주변을 휘감는 무에진*의 목소리에 귀를 기울인다. 지금은 족히 십 년은 되었고, 그녀가 본테르 수도원에 정착했을 때 사촌 한 명이 바로 이맘때 그녀를 찾아왔다. 넌 하루에 다섯 번씩이나 저 소리를 어찌 견뎌? 앙드레아는 이렇게 대답했다. "하루에 다섯 번 신의 이야기를 듣는 게 지나치단 말이야?" 그녀의 빈정거림과 비꼬는 태도 때문에 가족들 대부분이 그녀에게 등을 돌렸다. 응석받이들, 못된 계집애들. 이제 그녀의 가족은 학교의 소녀들, 보바생 교도소의 비행 소녀들,

* 회교성원에서 기도 시간을 알리는 사람.

탈선한 소녀들이다. 앙드레아는 그애들의 웃음, 거친 말, 폭발하는 분노, 괴로움을 사랑한다. 그애들 덕분에 앙드레아는 이야기를 바꾸었고, 자신이 쓰고 싶은 콩트 속으로 빠져들었다. 그것이 진정 콩트일까? 소녀들은 눈을 반짝이며 귀기울이고, 재기 발랄한 반응이나 세부 사항에 대해 제안하려고 이야기를 끊기도 하고 저희들의 경험을 덧붙이거나 아는 사람들의 이름을 넣어달라고 하기도 한다. 그애들은 글을 읽을 줄 모르거나 간신히 읽을 뿐이다. 하지만 들을 줄은 안다.

시간이 흘러 아이들은 남자가 되고 여자가 되었다. 어미는 자기가 결혼했듯 그들을 결혼시켰고 어느 날 다시 혼자가 되었다. 그녀는 애티를 벗기도 전에 늙어버렸다. 주변을 둘러보았다. 여전히 빈곤이 널려 있고, 얼굴과 손은 들판의 햇빛에 까맣게 탔지만 그녀는 자신이 가난에 대항하는 성벽을 쌓은 것 같다. 집을 가졌고 태풍도 견뎌냈다. 바로 옆, 문 구실을 하는 마포 자루 뒤, 지푸라기로 만든 헛간에는 암소 한 마리가 파리들을 피해 그늘에 들어가 있다. 아침마다 어느 행상이 그 젖을 사러 온다. 외양간에서 나오는 물거름이 문 앞을 흐르고, 암탉 몇 마리가 모이를 쪼고, 굶주린 개가 그늘에서 자고 있다. 마야의 집은 편의 시설은커녕 구식 변소도 없다. 아카시아나무 아래 구멍난 비닐봉지를 펼쳐놓고 받은 대변을 닭들이나 개가 먹어치우지 않으면 마야가 길가에 던질 것이었다. 하늘에서도 멀리, 바다에서도 멀리, 대지는 온갖 끔찍함을 드러내고 있었다. 그저 작은 시멘트 덩어리가 제단이 되고 그 위에 놓인 토기 사발 하나가 정령을 맞아들일 수 있었다—왜 이 제단을? 노파는 그에 대해 아무것도 알지 못했다. 그녀가 아주 어렸을 때 늘 돗자리에 웅크리고 앉아 빈랑 담배를 씹던 할아버지가 그렇게 해야 한다고 말했었다. 그녀는 기도하지 않았고 그럴 틈도 전혀 없었지만 가끔씩 향을 조금 태우면서 제단은 지켜왔다. 그녀는 뭔가가, 뭐라고 이름 붙여야 할지 알 수 없는 모호한 어떤 것이 자신과 자신의 집을 지켜주고 있음을 마음속 깊이 느꼈다.

소녀들은 바다 쪽으로 내려가는 길의 야생 정원으로 둘러싸인 커다란 하얀색 건물, 여자 교도소에 수감되어 있다. 도둑질, 거짓말, 방탕한 생활, 최악의 경우는 항간의 소문이 전하는 그 일을 저지른 것이다. 아이들은 법원의 결정에 따라 혹은 가족들의 요구로 수감되었다. 형기가 끝나면 수도원에서 그 아이들을 받아들여 교육을 한다. 아이들 대부분은 신도 악마도 믿지 않았지만 앙드레아는 전혀 개의치 않았다. 전에 그녀가 관절이 아프지 않았을 때는 일주일에 두 번 교도소에 갔다. 아이들에게 읽기와

쓰기를 가르치게 되어 있었지만 그녀는 그 대신 이야기를 들려주었다. 테시아, 사미아, 아네트, 시빌, 마리미셸, 마야. 그녀는 등장인물들 각각에게 이름을 붙여주었다. 오후에 그녀가 교실에 들어가면 소녀들은 소리쳤다. "마리 얘기, 푸자 얘기 해줘요, 마담!" 아이들 모두가 동시에 떠들어댔지만 앙드레아는 그런 청중은 결코 바라지 않았을 것이다. 난리법석이 조금씩 가라앉으면 그녀는 항상 같은 말로 이야기를 시작했다. "세상 갈피갈피에 보이지 않게 숨겨진 것들, 울고 웃는 모든 이들을 그 공동 속에 쓸어 담고 흘러가는 이 세상의 이야기……" 소녀들은 귀를 기울였다. 앙드레아는 아이들이 이해하는지 확신할 수 없지만 어쨌든 아이들이 입을 다물고 있으니 마법이 작용하는 분위기인 것이다. 이야기가 시작되었다. 앙드레아가 오늘 파얄이나 마리즈, 아니면 누구든지 오기를 기다리며 유리창을 통해 들어오는 저무는 태양빛 아래서 아틀라스 공책에 적은 이야기다.

존재하지만 보이지 않는 어떤 것, 행복하게 해주는 어떤 것. 늙은 마야가 제단에 걸쳐놓은 대나무 장대 끝에서 빨간 넝마쪽이 펄럭이고 있었다. 그녀는 바람에 흔들리는 이 깃발을 보면 안심이 되었다. 그렇지만 지옥이 그녀를 기다리고 있었다. 그녀 곁에서 작은 남자아이 하나가 놀고 있었다. 자기 아들의 아이였다. 마야의 가족들은 모두 피부가 불에 구운 흙색이었는데 유독 손자 아이만 달도 없는 밤처럼 까만 피부였다. 이런 차이 때문이었을까, 아니면 그애가 제 어미의 행실에 대한 불편한 증거이기 때문이었을까? 아무도 이 아이를 받아들이지 않았다. 마야가 아이를 거두어 발라라는 이름을 붙이고 제 자식들을 키웠던 것처럼 길렀다. 그애도 암소에게 줄 꼴을 베러 가는 노파와 함께 새벽에 사탕수수밭으로 달려가곤 했다. 그리고 진정한 즐거움은 없지만 발라와 함께하는 행복 속에서 삶은 계속되었다. 어느 날, 불길하고 고된 어느 날, 아이의 아버지가 돌아와서는 문턱에서 비틀거리더니 오두막 안으로 푹 쓰러졌다.

앙드레아는 소녀들이 이 장면을 직접 겪었거나 지켜보기라도 한 듯 오싹해했다고 생각했다. 여기 여자 교도소에서는 저마다 앙드레아가 쓰고 있는 이야기와 비슷한 나름의 사연을 가지고 있었다. 블루베이*에서 온 크레올 혼혈 소녀 마리에트는 의붓아비와 의붓아비의 큰아들에게 강간당하고, 고소하지 못하도록 갇혀 지냈다. 리사, 루이자, 아다라, 라니, 알리아 등은 열네 살에 마약, 매춘, 절도 등의 혐의로 그랑베**의 댄스홀 출구에서 경찰

* 모리셔스 남동쪽의 해안 마을.

에게 잡혀왔는데, 가족들도 그애들을 포기했다. 구제불능이라고들 하는 못된 아이들도 있었다. 아이들은 칼부림을 하고 가족들에게 돈을 뜯어냈다. 이들은 여러 번 구제되었지만 번번이 다시 잡혀왔다. 남자처럼 힘센 크리스탈 드 방부가 감방을 지배했다. 신참은 그애의 졸개가 되도록 강요당했고 모두가 그애를 증오했다. 앙드레아가 이야기를 쓰는 것은 그애를 위해서이기도 하다. 어느 날 앙드레아는 크리스탈에게 말했다. "난 아이가 없으니 네가 내 아들이다." 크리스탈은 웃지도 않고 그걸 인정하지도 않았다. 하지만 차츰차츰 그녀가 하는 대로 내버려두었다. 다른 소녀들은 출소했지만 크리스탈은 남아 있었고, 앙드레아에게 그애의 소식을 전해준 것은 마리즈였다.

그는 술을 마셨다. 습관이었다. 아내는 그를 내쫓았고 그에게서 확실히 벗어나기 위해 다른 남자를 구했다. 늙은 마야는 그 주정뱅이를 보고 이렇게 말했다. 내가 저애를 배고 젖을 먹여 키웠으니 내쫓을 순 없지. 그래서 그는 머무르게 되었다. 그는 못된 인간이었는데 특히 술에 취해 있을 때는 더했다. 그가 아이에게 발길질을 하며 때리면 마야는 울었다. 아이는 달아나서 나무 위로 기

** 모리셔스 북부의 해안 마을.

어올라가 이 가지에서 저 가지로 옮겨다니며 숨었다가 밤이 되어서야 돌아왔다. 썩은 나무 대문의 걸쇠를 밀고 들어와 오막살이의 유일한 가구인 침대 밑에 숨었다. 거기가 그애가 잠자는 곳이었다. 그리된 일이었다—달도 없는 밤에 별들이 빛나고 있었지만 누가 별들을 보았을까?

소녀들은 우리 속의 맹수들처럼 감옥에 갇혀 있다. 아이들은 머리를 숙이고 시멘트 바닥에 시선을 고정한 채 똑같은 동작으로 둥글게 맴돈다. 감방의 조명이라고는 창문 쇠창살에 걸려 얼비치는 마지막 태양광뿐인데, 그마저도 창문에 먼지가 잔뜩 끼어 빛이 창유리를 통과하지 못할 지경이다. 밖에서는 하루가 끝나가고 있어서 버스가 도로를 가득 메우고 과열된 모터의 요란한 소음이 감옥을 가득 채운다. 경적 소리에, 욕설에, 때로는 라비! 라비! 하고 무턱대고 어떤 이름을 부르는 젊은 목소리가 들려오지만 소녀들은 고개조차 들지 않는다. 잠시 후면 간수가 식사를, 그러니까 질척한 쌀밥, 달*, 파라타**를 가져올 테고 소녀들은 말 한마디 없이 음식에 달려들 것이다. 이렇게 매일, 하루에

---

* 인도의 콩 수프.
** 반죽에 버터나 식용유를 넣고 구운 인도의 얇고 넓적한 빵.

세 번씩 있는 일이다. 마지막 소동 후 남는 것은 분홍색 플라스틱 숟가락뿐이다. 바퀴 달린 수레가 감방 안으로 들어오지 않고 입구에 멈추면 로자가 한 접시에 한 국자씩 음식을 나눠준다. 로자 옆에는 간수들이 곤봉을 쥐고 서 있다. 소녀들은 접시를 내밀고 말도 없이 제자리로 되돌아가 등을 벽에 기대고 무릎을 꿇고 앉아 먹는다. 간수들은 곤봉 손잡이에 손을 올려둔 채 크리스탈에게서 눈을 떼지 않는다. 크리스탈 드 방부는 열여섯 살 때 주머니를 털기 위해 두 남자를 죽였다. 소녀들이 감방 안을 맴돌게 하는 것은 그애다. 등을 주먹으로 치면서 강요한다. "걸어! 걸어!" 소녀들은 복종한다. 꽤 빠르게 돌지 않으면 크리스탈이 뒤통수를 때리면서 머리를 밀치고, 소녀들은 칠면조처럼 재게 움직인다.

어느 날 딸도 제가 낳은 아이를 데리고 돌아왔다—딸의 남편은 한 여자를 또 얻어놓고는 셋이서 같이 살자고 했다. 마야의 딸은 거부하고 제 어머니 집으로 도망쳐온 것이다. 온 식구가 오막살이에 가득차서 하나밖에 없는 침대를 나눠 쓰게 되자 노파는 구석으로 밀려나 벽에 기댄 채 겨우 웅크릴 지경이 되었다. 그래도 남자는 술을 마시고 여자들은 일을 하고 암소는 외양간 말뚝에 매인 채 울고, 삶은 그렇게 계속되었다. 어디나 더러웠고 달

없는 밤처럼 까만 피부의 꼬마는 남편 없는 여자의 아이를 돌보았다. 별들이 빛나고 있었지만, 누가 별들을 보았을까? 별이 있다고 누가 말했을까? 가는 사람들, 오는 사람들, 하늘에 별들이 있다는 것을 알지 못하는 모든 이들을 생각하라.

오늘은 수도원과 교도소 위로 폭풍우 소리가 요란하다. 하늘이 잉크색이다. 어떤 예감에 앙드레아는 안절부절못한다. 정원으로 나가자 숨이 막힌다. 글이 써지지 않는다. 큰 방안에서 침묵과 폭력에 갇힌 소녀들을 생각한다. 해고 통지를 받은 지 여러 달이다. 원장인 산바르 부인은 독서 수업에 종지부를 찍었다. "시간 낭비야, 어디다 쓰려고?" 그러고는 덧붙였다. "솔직히 당신 나이에는……" 앙드레아는 반박하려고 했다. "하지만 아이들이 외출도 전혀 안 하잖아요! 그애들에게 기분 전환이 되죠, 다른 걸 생각하니까! 애들에게 물어보세요. 그게 아무짝에도 쓸모가 없는지!" 하지만 위에서 명령이 내려온다. 산바르 부인은 거기에 대해 아무 권한이 없고, 높은 사람들은 소녀들을 벌주고 등골을 빼놓고 싶어한다. 그래서 앙드레아는 글을 쓰기로 결심했다. 그녀는 중국 상점에 가서 아틀라스 상표의 74쪽짜리 초등학생용 공책을 샀다. 표지에는 그녀가 어렸을 때 꿈꾸었을 법한 그림, 비행기 한 대와 배 한 척이 교차하는 그림 뒤로 세계지도

가 펼쳐져 있다. 그녀는 볼펜으로 또박또박 이야기를 써내려가기 시작했다. 저기 있는 소녀들, 마리즈, 크리스탈을 위한 '야베' '테시아 또는 다른 사람들의 인생', 그리고 이제 늙은 마야와 그녀의 암소와 밤처럼 까만 아이의 이야기 '별 없는 사람들'. 그 이야기를 다 쓰면 공책들을 몰래 교도소로 보내서 그녀가 여죄수들을 잊지 않고 있다는 것을 알릴 것이다.

싸움이 잦아졌다. 딸은 상스럽고 추잡한 주정뱅이를 집에 들였다고 제 어미를 비난했다. 어느 날 그가 돌아왔는데 그 어느 때보다 더 악독했다. 밤처럼 까만 아이가 미친듯이 짖어대는 이웃집 개에게 돌멩이를 던졌다. 그러자 주정뱅이는 농촌 아낙들이 아궁이에 숯불을 피울 때 바람을 불어넣는 쇠파이프 푸크니를 집어들고 아이를 위협하며 다가왔다. 마야가 아이를 보호하려고 달려와 화롯불을 잡아채다가 아들 위로 들어올렸다. 노파의 분노에 놀란 그가 비틀거리며 뒷걸음쳤다. 그러더니 그가 손에 들고 있던 쇠파이프가 거의 기계적인 움직임으로 마야의 머리 위로 육중하게 떨어졌다. 마야는 죽도록 얻어맞고 꼬꾸라졌다. 암소를 돌보고 있던 딸이 욕을 퍼부으며 달려왔다. 아이는 공포에 질려 비명을 질렀고 개는 여전히 짖어댔으며, 주정뱅이는 짐승처럼 포효하더니 오막살이 안으로 들어가 침대에 쓰러져 곯아떨어졌다. 이웃 사람들이 왔다. 마야를 집 앞 땅에 눕히고 머리에 물을 붓고 입에 숨을 불어넣었다. 그러나 그녀는 깨어나지 않았다. 어둠이 내리고 별 하나가 하늘에 나타났다.

그러나 오늘 모든 것이 급박해진다. 오후 끝 무렵의 숨이 탁탁 막히는 열기 속에서 도시 위로 휘몰아치고 있는 폭풍우 탓이다. 마리즈가 몹시 숨을 헐떡거리며 수도원으로 달려왔다. 노크도 하지 않고 곧장 앙드레아에게로 갔다. "가봐야 해요, 부인, 가봐야 해요. 그들이 그애를 죽일 거예요." 그애는 크레올어로 "쥑인다"라고 말하지만 얼굴 표정은 웃을 일이 아니었다. 앙드레아는 신발만 겨우 신고 관절이 아픈데도 불구하고 마리즈와 함께 도로로 달려나간다. 마리즈는 두서없이 이야기를 되풀이했는데, 크리스탈이 감방 안으로 석유통을 가지고 들어가 감옥에 불을 지르겠다고 위협하고 있으며, 경찰이 와서는 총을 가지고 모두의 출입을 막고 있다는 것이다. 다른 때 같으면 당연히 택시를 탔겠지만, 저녁이면 도로가 혼잡하기 때문에 오늘은 걸어가는 게 더 빠를 거라고 앙드레아는 생각했다. 정문에 도착하자 그녀는 땀범벅이 된 얼굴을 닦고 마음을 가라앉히기 위해 잠깐 멈췄다. 공포심에 지지 말고 침착해 보여야만 한다. 하지만 그녀가 정원에 들어서자 심장이 격하게 고동쳤다. 앙드레아는 감옥 문 앞에 진을 치고 있는 사람들 틈에서 산바르 부인의 작달막한 실루엣을 알아본다. 앙드레아는 곧장 그녀에게로 간다. "들어가게 해줘요, 내가 크리스탈과 이야기할게요." 더할 나위 없이 자신 있는 어조에 산바르 부인도 그녀를 막지 못한다. 앙드레아는 무릎이 아픈데도 불구하고 되도록 꼿꼿하게 걷는다. 경관들이 감방 앞에 모여 있지만 앙드레아가 도착하자 양쪽으로 비켜서 길을 터준다. 키가 크고 마른 몸에 회색 정장을 입고 검은 가죽 구두를 신은 앙드레아가 교도소장이거나 정부에서 파견한 관리라고 믿는 모양이다. 마리즈는 뒤로 물러난 채 따라올 엄두를 내지 못했다. 앙드레아는 텅 비어 있는 큰 방으로 들어간다. 어두워서 실눈을 뜬다. 회색의 희미한 빛이 안개 속의 모든 것을 뒤덮고 있다. 그녀는 마치 어떤 움직임을 기다리고 있다는 듯, 길을 건너기 전의 맹인처럼 두 팔을 몸에서 약간 떨어뜨리고 방 한가운데서 움직이지 않는다. 이윽고 뭔가가 분간된다. 창가 안쪽 벽에 기대어 웅크린 형체, 팔로 무릎을 감싸고 머리는 푹 수그린 동그란 형체. 너무나 작고 축 처져 있어서, 앙드레아는 그게 크리스탈이라는 것이 믿어지지 않는다. 아주 부드럽게, 거의 낮은 목소리로 아이의 이름을 부른다. "크리스탈…… 크리스탈?" 소녀는 배에 석유통을 안고 있다가 그게 무슨 애인이라도 되는 양 제 쪽으로 더 바싹 당겨 안는다. 그애는 아무 말 없이 앙드레아를 바라보고, 앙드레아는 그애의 눈에서 분노와 두려움을 읽으며 자기 콩트 속의 인물들, 마야, 달 없는 밤처럼 까만 아이, 어린 시절을 빼앗기고 매 맞고 강간당한 모든 이들을 떠올린다. 그녀는 조심스럽게 크리스탈에게 다가간다. 어찌된 영문인지는 모르지만 젊은 시절의 유연함을 되찾은 듯 등을 벽에 대고 소녀 곁에 앉는다. 그녀는 아이의 목에 팔을 두르고 상냥한 말을 중얼거린다. 그애한테서 냄새가 난다. 어른의 냄새가 아니라 아이의 냄새, 부드럽고 조금 달짝지근한 냄새다. 그녀는 말한다. "내 아들을 이렇게 혼자 내버려둘 수야 없지." 크리스탈은 그 말이 우스운지 그애만의 웃는 방식, 목구멍 깊은 곳에서 나오는 빈정대는 듯 작게 으르렁거리는 소리로 웃는다. 앙드레아는 오직 그애만을 위해 천천히 이야기의 결말을 읽어준다.

어둠이 내리자 별 하나가 하늘에 나타났다. 마야는 짧은 순간 눈을 뜨고 그 별을 보았다. 그녀의 입은 차마 미소를 짓지는 못했지만 안간힘을 다해 그 별을 향해 손을 내밀었다. 그리고 모국어인 보즈푸리어 몇 마디가 입술에서 새어나온다. **'이스트 아스파라 코타 사리, 토레 라스타 타카트 랄리'**, 바로 내가 기다렸던 것이다. 그리고 그녀의 영혼은 그 누구도 결코 이야기해준 적 없는 저 무한을 향하여 조용히 날아올랐다.

사람들이 가고, 사람들이 온다. 바다로 내려가는 도로에는 죽 늘어선 자동차들과 버스들이 승객들을 집에 가서 가족과 함께 저녁식사를 하도록, 밤잠을 자도록 실어나른다. 네거리에서는 차들이 교통 체증을 일으키며 경적을 울리고, 뿜어져나온 매연은 대기를 가득 채우고 도시 위에 드리운 노란 구름에 무게를 더해서 석양의 빛깔이라고 여겨질 정도다. 지붕들 위로는 무에진의 목소리가 길게 이어지다가 멀어졌다가 되돌아온다. 앙드레아는 자기 방에서 그 소리를 듣고 기도를 암송한다.

마리즈가 가져온 최근 소식에 따르면 소녀들의 감옥은 모든 것이 정상으로 돌아갔다. 경찰들은 되돌아갔고 크리스탈은 삼일간 독방 감금 처벌을 받았다. 산바르 부인은 다른 아이들을 달래기 위해, 정원 외출과 꽃 심기, 화단에 물주기를 처음으로 허용했다. 울타리의 쇠창살을 통해 아이들은 자동차의 매연, 란타나 꽃의 후추 향 같은 삶의 냄새를 들이마셨다. 어쩌면 사내아이들이 애인처럼 울타리 너머로 밤색 구아바를 던졌는지도 모를 일이다.

마리즈는 제 언니를 만나러 규칙적으로 교도소에 가고 앙드레아는 '별 없는 사람들' 이야기가 담긴 그 멋진 공책을 그애에게 주었다. 앙드레아는 마리즈가 그것을 다른 아이들에게 읽어줄지, 간직할지조차 확신할 수 없다. 모든 덧없는 것들이 그렇듯이 결국은 그것도 비에 젖고 음식물로 얼룩지고 나방에게 먹혀버리고 말리라. 앙드레아는 그건 그리 중요하지 않다고 생각한다. 작가는 사람들이 자기 책을 간직하라고 글을 쓰는 게 아니다. 단 몇 글자, 문장 한 줄, 이름 하나만 남는다 해도, '이스트 아스파라코타 사리, 토레 라스타 타카트 랄리', 마야가 죽기 전에 중얼거린 이 보즈푸리어 몇 마디만 남는다 해도 희망은 있는 것이다. 수도원 정원에서는 매일 저녁 그렇듯이 찌르레기들이 재잘거리기 시작했다. 앙드레아는 파얄이 오기를, 부리로 유리창 쪼는 소리를, 검은 아이라인의 눈을 기다린다. 그녀는 여전히 회색 옷을 입고 의자 위에 꼿꼿이 앉아 두 손을 앞자락에 둔 채 기다린다. 단 하나 다른 점이 있다면, 결코 모를 일이지만 만반의 준비를 해두고 싶어서 검은 신발을 신고 있다는 것이다. 모기들이 노란 하늘에서 춤을 추고 있다. 앙드레아는 세계는 하나다, 라고 생각하며, 마치 조금 건방진 이런 뻔한 이치가 진정 대단한 것을 의미하기라도 한다는 듯 자신도 모르게 미소 짓고 있음을 문득 깨닫는다.

행복

어린이는 역사의 먼지로 어두워지는 일 없이,
나이를 모르는 시간의 신비 속에서 영원히 살아간다.

라빈드라나트 타고르, 「반딧불이」

바다에서 멀지 않은 우중충한 회색 도시. 도시를 남북으로 절반씩 가르는 큰 강. 다리들, 부식 방지 페인트가 칠해진 옛날 철제 다리며, 강철 케이블로 가림판을 매달아놓은 거대한 아치 모양의 현대적인 시멘트 다리. 도시 위를 나는 새들의 외침, 바닷새, 맹금, 구슬픈 외침, 녹슨 경첩이 삐걱대는 소리. 다리 위, 강둑 위를 달리는 자동차들의 단조로운 소음, 가끔 들려오는 짐승 소리 같은 외침, 키잡이를 부르는 배, 정차하지 않고 역을 통과해 북쪽으로 달리는 고속 열차……

그것은 얼마 뒤, 우리가 알고 있던 것 중에서 남은 것이라고는 거의 없을 때, 시간의 굴곡 속에서 일어날 일이다. 이윽고 전쟁은 세상의 껍데기를 바꿔놓고 도시들은 깨진 거울이 되어 있을 것이다.

그사이 행복이라는 단어는 사라졌다. 설령 세상 어디엔가 아직 존재한다 해도 그건 금지된 말이고, 이젠 아무도 사용하지 않는다. 그것은 달아나는 삶처럼 의미가 빠져나갔다. 아마도 그 말은 모든 사람들, 부동산업자, 보험설계사, 자동차 판매원 그리고 정치인들이 써버린 나머지 모두 닳아 없어졌는지도 모른다.

내가 사는 도시에서도 뭔가가 바뀌었다. 똑같은 창문들이 달린 시멘트 벽, 네잎클로버 모양의 고속도로 인터체인지, 다리, 광장, 땅을 뚫고 들어간 철도 등 도시가 이토록 텅 비고 이토록 우중충한 적이 없었다. 예전에 화려했던 이 도시도 이제는 해변의 황량함을 피할 수 없다. 바다는 더이상 모험이 아니다. 광막한 무지갯빛 수면이 하구에서 표류하고, 바람은 시멘트 구름을 싣고 온다. 남쪽을 향해본들 더이상 자유는 없다. 포용할 수도 억누를 수도 없는 고뇌가 파란 하늘에서 용솟음친다. 태양, 아름다운 야자수, 황혼녘의 감미로운 산호초도 찌르는 듯한 고통을 담고 있다.

우리는 불완전한 자들이다. 사람들은 우리를 '데님'이라고 부른다. 평상시에 입고 다니는 파란 천으로 된 옷과 하얀 운동화,

그리고 눈을 가려주는 챙 모자 때문이다. 예전에 성직자들은 하느님이 어떻게 우리의 눈 속을 들여다볼 수 있으리오? 하면서 이 모자를 쓰지 못하게 금지했다. 하지만 오늘날 우리는 이런 미신으로부터 자유롭다.

멀리서 봐서는 구별할 수 없을 만큼 남녀노소 모두가 그냥 다 비슷하다. 하지만 여자들은 굽이 뾰족한 하이힐을 신어서 키가 더 큰데다 전속력으로 지하를 달릴 때 내는 또각 또각 또각 소리 때문에 구별이 가능하다.

그리고 옛 시절의 노인들, 동족상잔의 전쟁, 숙청, 문화혁명과 세뇌, 화형과 자아비판에서 살아남은 노인들이 있다. 그들은 밝은 날의 햇빛, 밀밭에서 이삭 줍던 시절, 볏단을 길가에 널어 말리던 시절을 기억하고 있다. 하지만 그 얘기는 거의 하지 않는다. 사라지고 잊힌 시절에 대해 누구에게 길게 헛소리를 늘어놓을 수 있단 말인가? 당연히 그들 시대에는 격리된 자들, 매장된 자들이 없었다. 하지만 그런 자들이 없어야만 불완전한 자들이 더 완전해지고 그들의 잘못과 범죄가 지워질 수 있는 게 아닐까?

노인들은 복도에 웅크리고 있다. 재산이 있는 사람들, 과거의 특권 중 몇 가지를 유지하고 있는 사람들은 작은 나무 궤짝으로 된 의자를 가지고 있다. 마치 대홍수 이전의 사람들이 못도 접착

제도 없이 그냥 장붓구멍과 열장장부로만 끼워 맞춰 만든 것 같다. 다른 이들은 맨바닥에 있다. 무릎을 꿇고 쭈그린 채. 어떤 이들은 지나가는 사람들의 발에 닿을 정도로 이마를 바닥에 대고 꿇어 엎드려 있다. 그들은 목숨을 부지하기 위해 뭔가를, 동전 한 닢, 과자 하나, 음료수 한 캔을, 그게 뭐가 됐든 기다린다.

불완전한 자들. 우리는 모든 것을 망각했기에 그렇게 불린다. 우리는 태어나 살다가 죽는다. 우리는 어떤 흔적도 남기지 않는다고들 한다. 우리는 위대하고 오래되고 웅장한 이 모든 기념물들, 교회 탑, 열주가 서 있는 사원, 공중 정원, 제국 도서관, 대리석 깔린 홀, 회랑, 고대 극장, 로마 전차 경기장, 원형경기장, 수도원 등등을 차지하고 있다. 그러나 이런 장소의 역사를 모르고, 이름도 혈통도 조상도 없다. 우리는 아무도 우리에게 관심을 두지 않는 가운데 살다가 사라진다. 이렇게들 말한다. 아무개 말이야, 소날랄인가 치트라쿠트인가, 안 보인 지가 좀 됐는데. 손라지하고 민타도 말이야. 아, 그런가요? 맞아요, 그러고 보니 한참 됐네요. 그뿐이다.

하지만 아이들. 그건 얘기가 다르다. 아이들이 사라지기 시작하자 처음에는(이건 내가 태어나기도 전, 아주 먼 옛날에 완전히 끝난 얘기다) 통행이 많은 장소, 우체국, 직업소개소, 비디오방 같은 곳에 아이들의 사진이 나붙었다. 그러다가 사라지는 아이들이 점점 많아지자 사진을 핀으로 꽂거나 다른 사진들 위에 스카치테이프로 덧붙이는 지경이 되었다. 보셨나요?…… 그리고 인명부만큼이나 지겨운 이름, 주소, 전화번호 목록이 이어진다. 사디, 말라르드, 세난, 고르비오, 히데오, 마난트, 벨라르드, 아발론, 피나, 파데, 지나, 안토닌, 장에티엔, 로데스, 야쿱, 릴리아나, 아바다, 젤룰, 루트, 진나, 조에. 그리고 그들의 얼굴. 전속력으로 벽을 훑어보다가 큰 입, 작은 입, 튀어나온 눈, 몰린 눈, 퀭한 눈에 흥분하거나 소스라쳐 놀라곤 한다. 그리고 이목구비들이 구별할 수 없게 되어 이미 사라진 단 하나의 희미해진 회색 얼굴만 남았다. 내가 말하는 불완전한 얼굴 말이다.

그러다 달이 가고 해가 가는 동안 조금씩 조금씩 사진들은 통로를 지나는 바람에 찢기고 잊히고 해지며, 스며드는 빗물과 독한 공기와 가혹한 시간에 뜯어먹혔다. 이제는 아무도 이름을 읽고 얼굴을 찾기 위해 발걸음을 멈추지 않았다.

이제는 소문이 들려온다. 소문은 점점 더 끈질겨지고 귀를 먹먹하게 하고 이해할 수 없는 것이 되었다. 우리 도시 외곽 지역에서 이상한 동물, 포식자가 밤마다 굴에서 나와 사냥에 나선다고들 한다. 이름도 형체도 없다. 아무도 그것을 본 적이 없다. 그것을 본 사람은 누구나 즉시 사라져버리니 당연한 일이다. 아이들뿐만이 아니다. 이제는 노인들 그리고 어른들까지도 납치당했다고 알려져 있다. 어느 날, 어느 아침, 기차역 대합실이나 지하에서 무리 지어 자는 사람들은 불러도 대답이 없는 노인 한 명을 확인한다. 그의 종이 상자와 헌옷가지들은 그대로 있는데 이 빠진 자리처럼 줄에는 빈자리가 보인다. 그리고 벌써 다른 사람들은 그 사람의 이름도, 그인지 그녀인지가 뭘 닮았는지도 기억하지 못한다. 그란딘 영감, 셰일라 할멈 또는 술 마시길 좋아하는 '붉은코', 또는 이가 득실거리는 더벅머리 필로셀 또는 고약한 냄새를 풍기는 카날. 그뒤에는 가까운 자리의 사람들끼리 그의 옷가지와 담요와 담배꽁초 봉지를 나눠 가진다.

샤방트에 관한 소문. 그들은 왜 그렇게 불리는가? 남미나 인디언 부족들과는 아무런 관계가 없었다. 그건 분명 어느 신문기자의 작품이다. 말도 안 되는 조합과 줄임말을 만들어내는 자들 말이다. 그런 것이 대중의 상상력을 자극해 신문이 팔리게 만들기 때문이다. 신문기자와 신문이 있던 시절의 얘기다. 가장 최근의 신문이라면, 거리를 굴러다니다가 바람에 날려 공원 철책에 비닐봉지들과 함께 붙어 있는 걸 보았던 희미한 기억이 난다. 신문들은 아카시아 가시에 걸려 있었다.

신문은 사라져도 신문기자들이 쓰는 말들은 남아 있다. 어떤 이름들 말이다. 자살 테러의 주인공들을 가미카제라고 부른다(그러나 그들 중 일본인은 거의 없다), 사회운동가, 임파워먼트, 공공 구제, 명성, 객관성, 여가 사회, 주권, 삶의 선택, 다문화주의, 복지국가, 지능지수, 인적자원이란 말들을 한다. 그러나 행복이라는 단어는 더이상 존재하지 않는다. 색인에는 들어 있으나 사전에선 지워지고 비워지고 폐지된 것이다. 그것이 이 모든 아이들의 실종 때문일까? 샤방트들은 이 단어를 말하거나 글로 쓰거나 생각하는 것조차 금지했다. 누구든 이 단어에 대해 입이라도 뻥끗하거나 귓속말로 속삭이기만 해도 죽음으로 단죄한다. 그들에게는 방법이 있다. 목을 치는 것이다!

그들은 절대 보이지 않는다. 똑같은 세계에 살지만 더 높은 차원에 있다. 그들은 지하나 터널을 이용하지 않고 수천 개의 똑같은 창문이 있는 건물에 살지도 않으며 인간 군상들이 다닥다닥 붙어 있는 지하철이나 버스는 절대로 타지 않고 밤거리를 걸어 다니는 법도 없고 적색지대에서도 절대 보이지 않는다. 그들은 몸도 얼굴도 없는 정체불명의 존재다. 소문, 똑같은 소문이 아이들과 노인들의 실종을 놓고 그들을 비난한다. 그들은 직접 움직이지 않는다. 그들에게는 보통 사람들과 유사한 남녀들로 구성

된 민병대가 있는데 시민들을 체포해 자기들의 호송차, 리무진으로 끌고 가서 재갈을 물리고 약을 먹여 없애버릴 권한이 있다고 한다. 그것은 우리 도시의 거리와 대로, 텅 빈 광장을 휩쓰는 성난 바람으로, 우리는 그 진원지도 발생 원인도 알지 못한 채 단지 그것이 지나간 뒤에 죽은 자들과 실종된 자들을 헤아릴 뿐이다.

나는 또 신비하고 위험한 동물을 알고 있는데 밤마다 나와서 음침한 구석에 몸을 숨기고 희생자를 찾고 있다. 그것은 일종의 늑대인간으로, 어린아이들을 겁주려고 이야기를 들려주던 시절의 들개나 하이에나 같은 것이다. 아무도 그걸 본 적이 없으니 그게 뭔지 말할 수가 없다. 그 짐승은 조용히 배회하는데 가난한 동네를 좋아한다. 사람들이 창문도 없는 오두막집에서 살고 소녀들이 몰래 집을 빠져나와 실컷 취하는 그런 동네 말이다. 그 짐승은 귀신들이 다니는 보이지 않는 길로 다닌다. 그 짐승에겐 이름이 없지만 하나같이 말이 안 되는 어떤 별명은 들은 적이 있다. 그것은 저주, 공포, 그리고 보통은 '그림자' '눈 없는 시선'이라고 불린다. 옛날에 할머니들이 가끔, 아가, 자거라, 자거라, 안 그러면 오늘밤 악마가 너를 잡아먹으러 올 테니, 하고 말했던 것처럼, 이것도 사실은 할머니가 지어낸 이야기라고? 그렇다면 해질 무렵 먹을 것을 찾아 혹은 강에 수영하러 나갔다가 영영 돌아오지 않는 소년 소녀는 어떻게 설명할 것인가? 위험에 맞서는 젊은이들이(젊음은 위험에 끌리는 법이므로) 맥주를 마시면서 음악이나 하려고 강둑에 모였다가 별안간 그들 중 하나둘 혹은 셋이 사라졌음을 깨닫게 되는 것은 어떻게 설명할 것인가? 누가 이들을 소리 한 번 못 내고 고함 한 번 못 지르게 하고 소리 없이 잡아갔단 말인가? 분명 '그림자'다. 젊은이들은 집으로 돌아와 제 나름대로 그 이야기를 한다. 거기서 뭔가를 보고 들었다고 주장한다. 그것은 물에서 나온, 반은 물고기이고 반은 새 같은 비현실적인 형체로, 그들 위로 덮쳐오는 모습이 어찌나 빠르고 이상하던지 꿈을 꾸는 줄 알았다고 말한다. 키마이라 같은 것. '눈 없는 시선'.

나는 '하얀 집'에 대해서도 이야기하련다. 모든 사람들이 그 집을 알고 있으며 바다에서 멀지 않은 언덕 위에 지어진 터라 도시 어디에서나 볼 수 있다. 오히려 회색으로 칠해졌다는 게 맞겠는데 똑같은 쇠창살로 엄폐된 일정한 크기의 창문들이 있고 지붕에는 기계로 찍어낸 기와를 올린 장식 없는 웅장한 석조 건물이다. 정원에 있는 나무들도 위압적인 것들로 사이프러스, 주목, 측백나무, 그리고 인도산 마로니에 몇 그루 등이다. 하얗다고 하는 것은 회색 언덕 위에서 나무들의 어두운 초록색을 배경으로 태양빛을 받아 눈부신 광채로 빛나기 때문이다. 그 집은 무섭고 범접할 수 없다.

그 집은 늘 존재해왔다. 땅 밑 회랑에서 작은 의자에 앉아 하루하루를 보내는 기억을 잃어버린 최고령의 노인들조차 어렸을 적부터 그 '하얀 집'에 대해 알고 있었다. 그때도 벌써 사람들을 가둬두는 곳이었다. 그들이 부모 말을 거역하면 부모는 이렇게 말하곤 했다. 저 봐라, 소형 트럭이 찢어질 듯 사이렌(또는 종일 수도 있는데 그게 무엇이었는지 부모는 이젠 자신할 수 없었다)을 울리며 거리를 지나가는구나. 또 부모에게 반항하고 제멋대로 구는 아이들에게는 이렇게 말했다. 언젠가는 '하얀 집'으로 끌려갈 줄 알아라. 아무도 돌아온 적이 없는 장소. 감옥도 아니고 소년원이나 예비 사관학교도 아닌 곳. 들어갔다 하면 이름을 잃고 자기 자신도 잊게 되는 곳. 유령이 되는 곳.

비람.

어떻게 해서 그가 우리 도시에 왔을까? 결코 있을 수 없는 일인데……

비람, 다른 곳, 세상 저 끝에서 온 소년치고는 이상한 이름이라고 나는 생각했다. 나이를 가늠하기 어려웠다. 그때 비람을 본 사람들은 그에게서 본 놀라운 것, 걷는 자세, 미간이 좁고 찢어진 작은 눈, 볼록한 이마, 눈에서 나오는 파란 섬광 따위에 대해 이야기했다. 또는 손톱을 네모지게 깎은 길고 섬세한 손. 무엇보다 그의 머리카락. 누구는 흰색이라 하고 또 누구는 청회색이라 하고 또다른 누구는 금발에서 가끔 보이는 초록색 반사광이라 이야기했다.

분명한 것은 그는 두려워하지 않는다는 것이었다. 그는 우리 도시의 거리와 지하를 마치 전쟁이 전혀 일어나지 않았다는 듯, 파괴된 것은 아무것도 없다는 듯 걸어다니기 시작했다.

나는 그의 존재를 안 바로 그 순간부터 그를 사랑했다. 나머지 우리, 불완전한 자들, 우리는 그를 사랑했다. 통로에 소문이 돌더니, 공동 숙소와 역 대합실로 퍼져나갔다. "그를 보셨나요?" "그를 만났어요? 얘기도 해봤어요?" "어디 출신일까요? 그런 사람 얘긴 들어본 적도 없는데?" "그가 진짜 존재하긴 해요? 독트, 샤방트들이 또 지어낸 건 아닐까요? 그 불한당들, 패거리들 말이에요." "만일 우리에게 해코지하려고 위에서 보낸 스파이라면?" 전혀 말도 안 되고 절대 믿을 수 없는 소문들. 이런 사람들, 초인들, 팔뚝 뼈에 칼을 지니고 다니는 그들의 사병들, 조케레들이 있다고들 했다.

하지만 그 사람, 비람은 그것을 믿지 않았다. 어떤 것의 존재를 믿지 않으면 그것은 존재하지 않는가? 예컨대 우리, 불완전한 자들, 데님들, 우리가 행복이라는 단어의 존재를 더이상 믿지 않았더니 그것이 사라져버렸다. 그 사람 비람, 그는 행복의 존재를 믿었다. 그가 말했고 사람들, 그에게 가까이 갔던 자들이 들었다고 여기는 게 바로 그것이다. 그것은 소문인데, 소문은 마치 내가 이 모든 것의 증인인 양 내게로 들어왔다. 조케레에게 맞서서, 아마존과 샤방트, 그리고 도시의 거리에 떠도는 그 모든 이름들, 실체 없는 그 이름들과 이름 없는 그 실체들에 맞서서, 광장에서 춤추는 공허의 작은 회오리, 늙은이들의 등을 휘게 하고 이마를 땅에 대고 꿇어 엎드리게 만드는 무한한 기다림의 시간에 맞서서, 지독한 두려움에 맞서서, 비웃고 있는 무지에 맞서서…… 바로 이 순간, 하얀 머리카락의 그 소년은 미래에서 온 사자이며 우리를 변화시키고 모든 것을 변화시키러 왔다고 믿고 상상할 수 있기 때문이다. 바로 지금이 그의 존재를 믿어야 할 바로 그때이기 때문이다. 전쟁 풍경, 전후 풍경, 폐허가 된 들판, 철조망으로 둘러친 땅, 강바닥과 해변에 설치된 장애물, 그리고 고속도로의 낮은 쪽에 있는 가시덤불과 쐐기풀에 점령당한 교각들 사이의 황폐한 땅, 비무장지대, 노 맨스 랜드, 테라 눌리우스, 우리의 유일한 자유 공간 말고는 더이상 아무것도 없는 때, 우리를 갈라놓기 위해 예전에는 공유했던 땅을 분할하고, 다른 쪽을 보거나 건너가거나 다른 어떤 이가 되지 못하게 하려고 벽이 세워진 때 말이다.

그 누구의 것도 아닌 땅, 침묵의 땅. 이것이 바로 내가 바람에 관한 소문을 사랑한 이유다. 수년, 수세기의 기다림 끝에 그가 우리 도시에 왔다는, 도착했다는 그 소문은 내 몸속으로 퍼졌고 도화선에 불을 붙였다. 아무도 내 말을 믿지 않을지라도. 심지어

내가 사랑하는 안니조차 나를 믿으려 들지 않고 근심 어린 눈길로 나를 바라볼지라도. 아무도 본 적도 들은 적도 만나본 적도 없는 어떤 사람이라니, 하고 그녀는 말했다. 비람, 우리는 그와 같은 누군가를 본 적도 들은 적도 없기 때문에 꿈에서조차 그를 상상할 수 없다고 나는 그녀에게 말했다.

그는 왜 왔는가?

무엇이 그를 자기 고향에서 몰아냈는가? 그보다 먼저, 비람에겐 고향이 있기나 한 걸까? 예전에, 전쟁이 일어나기 훨씬 전에는 남자들이나 여자들이나 자유롭게 원하는 곳에 갈 수 있었다. 그들은 길을 떠나 모험의 길을 따라갔다. 그들은 숲속 빈터에서 멈추어 아름다운 별 아래 누웠다. 여자들은 노래를 불렀다. 내가 어렸을 적에 할머니가 해주신 이야기다. 전쟁 전에는 어디서나 사람들이 길거리에서 노래를 부르고 휘파람을 불었으며, 거리에서는 방울 소리, 심벌즈 소리 같은 여러 가지 소리가 들려왔다. 강변은 낚시꾼과 하역 인부와 짐꾼과 행상의 인파로 가득했다. 야자수 잎으로 지붕을 엮어 만든, 영원한 여행자들을 태운 커다란 뗏목들과 장대로 조종하는 긴 나룻배들이 어스름 속에 천천히 흐르는 강물을 타고 내려왔다.

비람은 그 시절로부터 온 것이다. 하지만 그가 아이, 살아남은 유일한 아이, 아니면 아이와 비슷하게 남아 있는 유일한 성인이라는 것은 기적이다. 그는 미소를 짓는다고 누군가가 나에게 말해주었고 나는 그것을 확신한다. 오늘날 어디서나 볼 수 있는 얍삽한, 기분 나쁜 그런 미소가 아니라, 부드럽고 신뢰가 가는 진정한 미소, 천사의 미소를 짓는 것이다(우리는 이 초상, 오래된 사원 벽에 새겨진 얼굴, 박물관 먼지 속에 묻혀버린 이 아스라한 이미지들을 아직 알고 있기에). 그는 'ABITBOL' 또는 'ABITIBI'라고 쓰인 티셔츠와 우리 것과 똑같은 탈색된 청바지를 입고, 뒤꿈치가 닳은 운동화를 신고, 있는 대로 헝클어진 길디긴 머리를 하고, 두 손을 주머니에 찔러넣은 채 지하철 전동차 안에 서서 아무도 보지 않으면서도 모두를 지켜본다. 내가 상상하는 그는 이와 같다. 그는 아무도 행복의 존재를 더이상 믿지 않을 때 행복을 찾고자 우리 도시에 왔다. 내가 안니에게 그 얘기를 하자 그녀는 미소를 지으며 나를 안아주었고 잠깐이나마 우리 사이에는 더이상 거리가 존재하지 않았다.

무엇이 바뀌었는가?

나머지 우리, 불완전한 자들은 훌륭한 조상들에게서 물려받은 우리의 궁전, 대성당, 대학 들에 더이상 머무르지 않게 되었다. 우리는 이 도시의 소라게다. 한줄기 바람이 지나갔다. 불타는 듯 뜨거운 동시에 얼음장처럼 차갑고 건조하고 매서운 바람, 허공의 바람, 공허의 바람이다. 모든 것이 제자리에 그대로 있지만 영혼은 더이상 존재하지 않는다. 젊은이들이 운동장에서 공놀이를 하고 있지만 유리창 하나가 깨져도 이제는 눈길조차 주지 않는다. 아이들은 주차장 동산 사이를 뛰어다니다 빈 엘리베이터 케이지에 몸을 숨긴다. 아무것도 진행되지 않고 그 무엇에도 의미가 없어진 지 아주 오래다. 그런데 오늘, 아주 작은 희망, 희미한 박동, 미약한 깜박임이 나의 정신과 목구멍에서 태동한다. 비람이 여기 우리 도시에 우리와 함께 있기 때문이다.

이것이 우리가 말하는 것, 우리가 생각하는 것이다. 단어들, 문장의 파편들이 중얼거림과 소문을 타고 우리 사이에 떠돌고 있다. 그가 온다, 그가 도착한다, 그가 우리의 거리를 우리 한가운데서 걷고 있다, 그는 아무것도 두려워하지 않는다. 그는 북쪽, 구름이 잔뜩 낀 언덕 쪽에 있는데 집집마다 문을 두드리지만 아무것도 요구하지 않는다.

그는 운동장의 펌프로 가서 한쪽 손바닥을 오목하게 오므려 물을 받아 마셨는데 물이 그토록 깨끗한 적이 한 번도 없었다. 한 소녀가 그에게 갖가지 과일들과 꿀처럼 달콤한 수박 한 쪽을 주었다.

강 저편, 남쪽에서 그는 줄타기 곡예사처럼 케이블 위를 걸어서 철교를 건넜다.

그는 어린아이의 감미로운 목소리를 가졌으며, 밤을 무서워하는 한 아기를 위해 자장가를 불러주었다. 그의 노래는 과일처럼 나뭇가지에 매달려 있다가 태어날 준비가 되면 바람에 떨어지는 아기들 얘기를 하고 있다. 우리 가운데 아무리 냉혹한 사람이라도 그것을 듣기 위해 걸음을 멈춘다.

그는 아비티비어, 밍건어, 리가어, 온달스네스어, 코트디부아

르의 산페드로어 등 여러 가지 외국어를 하고 이보어와 이비비오어도 알고 있으며 여러 세기 전에 이미 사라진 언어도 말한다. 마치 천사가 그에 입술에 손가락을 대어 기적을 행한 듯이.

그의 눈 색깔은 검푸른색, 보라색이다.

진흙에 남겨진 그의 발자국은 환상 산호초의 황금 모래만큼이나 아름답다. 낙엽 양탄자에 남겨진 그의 발자국.

그의 말과 그의 침묵은 같은 것이다.

그가 이야기를 하면 뭔가가 감겨들며 당신의 머리카락을 잡아당긴다. 하지만 그건 덫이 아니라 오히려 애무, 한숨 같은 것이다.

우리에게 무슨 일이 일어났는가?

소문에 대항하는 소문. 우리는 풍문과 강박관념이 자라나 어디에나 있으며 억누를 수 없음을 매일같이 절감한다. 죄인이 하나 있어야 했다. 그 아이들은 사라졌고, 벽과 교각 기둥에서 나부끼던 너덜너덜해진 벽보들이 바람에 날려가 무심한 행인들의 발아래 짓밟히듯, 그들의 이미지마저도 지워졌다.

샤방트들은 우리 아이들을 잡아다가 어떻게 한 것일까? 그들은 성불구이고 그들의 아내들은 불임이라서 우리가 가진 가장 소중한 것, 우리 육신의 살, 우리의 희망, 우리의 미래를 도둑질한 것이다. 이름 없는 그림자, 눈 없는 시선, 특징 없는 얼굴이 먹잇감을 찾아 거리와 회랑을 어슬렁거리면 우리는 공포에 질린 나머지 움직이지도 싸우지도 못하고 이런 범죄들이 저질러지도록 방관한다.

때로는 불그레한 분노의 불이 점화되기도 한다. 지하에 있는 방, 공원의 외딴 구석, 강가의 비탈진 늪지대, 윙윙거리는 모기떼 소리와 고속도로의 약해진 소음뿐인 이곳에서 은밀한 만남이 이루어진다. 소식이 오고 사람들 사이에 전해진다.

"마티아스의 딸 애비게일이 상류층 사람들 사이에서 목격되었는데, 이루 표현할 수 없는 옷을 입고 머리에는 새 신부처럼 재스민 관을 쓰고 보디가드를 거느리고 거들먹거리더래요……"

"너무 어린데! 제물로 끌려가기에는……"

"……아니면 다 그렇지, 뭐. 병사들의 노리개나 창녀 같은 거지."

"어제까지만 해도 제 남동생하고 인형 놀이를 하던데요. 인동덩굴 즙으로 동생에게 요리를 해주면서."

"걔 엄마는 뭐래요?"

"샤방트들은 돈으로 침묵을 살 줄 알아요. 그 아버지에게는 메달 하나하고 국고채권을 주고 어머니에게는 그림 하나를 주었는데 그들은 그걸 베스타 여신을 섬기는 처녀라고 부른대요."
"우리는 절망적인 범죄 왕국에 살고 있어요."
"우리는 사라지고 말 거예요."
"모든 것이 사라지고 말겠죠."
하지만 부질없는 말뿐인 소문은 현실에서 아무것도 바꾸지 못한다. 이런 해악의 전염성은 매우 분명하고 불가피해서 증상을 알아차리기도 전에 자신이 감염되었다고 여긴다. 광범위하고 긴 회색 얼룩이 울퉁불퉁한 곳으로 스며들고 도랑을 따라 퍼져서 우리의 삶과 도시 속으로 스며든다. 그러면 우리는 우리의 동굴, 작은 방, 이제는 사람이 살지 않는 이 낡은 궁전의 벌집 같은 방 안에서 덜덜 떨며 몸을 웅크린다.
그리하여 비람이 나타난 것이다, 그가, 그게 중요하다.

나는 초겨울에 그를 보았다.
남과 북을 이으며 철교 위에서 두 차례 강을 가로지르는 순환선에서 있었던 일이다(불완전한 자들이 이 도시, 이 도시의 어마어마한 현대 건축을 볼 기회는 드물다. 도로와 철도가 나선형으로 에워싼 백 층이나 되는 고층건물들이 높이 솟아 있는 도시 말이다). 전동차에는 보통 서로 이질적인 인파, 속이 뒤집히게 하면서도 동시에 기쁨(문득 고통을 즐기는 자신을 알아차릴 때처럼 경멸에 가까운 일종의 의심스러운 쾌락)을 주는 냄새나는 불안정한 인간들이 빽빽이 들어차 있다. 내가 출근중이었는지 퇴근중이었는지 이제는 모르겠다. 처음에 음악이 들려왔지만 주의를 기울이지는 않았다. 이 노선에서는 반신불수이거나 완전히 실명한 노인들과 자주 마주치는데 그들은 바퀴가 셋 달린 수레를 밀며 전동차에 오른다는 것, 그리고 수레에 실린 레코드플레이어에서는 끔찍한 음악이 무차별적으로 울려나온다는 것을 말해야겠다. 그런데 인파가 이동하자 음악이 한층 더 명료하게 들려왔다. 옛 시절의 왈츠곡 같은 것으로 질질 끄는 이상한 음악이었는데 전동차 바닥에 울리는 신발 굽 소리가 박자를 맞추고 있었다. 나는 그 음악이 어디서 나오는지 알아보려고 했다. 먼저 아코디언 연주자가 눈에 들어왔다. 쉰 살가량의 꽤 키가 크고 건장한 남자로 회색빛이 도는 머리카락에 제대로 면도도 안 하고 검은 인조가죽 윗도리를 입고 있었다. 그는 좌우를 살피며 연주를 하고 있었는데 잘 보이려고 애쓰는 사람들이 짓는 만족스럽고 자신감 있는 표정이었다. 그는 연주를 하고 발로 리듬을 맞추면서 먹고사는 것이다. 나는 승객들을 좀 밀치면서 전동차에 올랐다가 비람을 보았다. 첫눈에 그라는 것을 확신했다. 그는 청소년으로, 키로 보아 열두 살 정도가 아닐까 생각했지만 곧 나이가 더 들었을 수도 있고 아마 스무 살 가까이 되었으리라는 것을 깨달았다. 작지만 날씬하고 균형 잡힌 몸, 동그란 어깨, 목이 너무 길지도 않고, 가슴은 좁지만 팔다리는 소년 견습 선원처럼 단단해 보였다(우리가 바닷가 도시에 살고 있는 것도 아니고 강물에 떠다니는 배라고는 유람선들과 하구를 순찰하는 하천 경비정뿐인데도 왜 소년 견습 선원이 떠올랐는지 모르겠다). 그는 연주를 하고 있는 노인의 맞은편에 서 있었는데 두 손을 주머니에 넣거나 버릇없는 태도가 아니라, 우아함과 동시에 만족감이 섞인 난처한 표정으로 발끝으로 박자를 맞추고 있었다. 나는 그의 얼굴 표정을 보자마자 그가 바로 비람이라는 것을 알아차렸다. 지하세계의 사람들이 얘기하던 그, 우리의 삶을 바꾸고, 덮개를 걷어버리고, 행복이라고 쓰인 작은 종이 두루마리를 감춘 딱딱한 껍데기를 깨뜨리러 온 그 말이다.

그와 나의 시선이 마주쳤다.

다른 사람들의 어깨와 얼굴 위로, 전동차 이 끝에서 저 끝으로. 약간 콧소리 같은 노인의 음악이 실내를 가득 채우면서 전향차가 내는 요란한 소리, 차축의 삐걱거림, 그리고 정류장을 알리는 녹음된 목소리까지 덮어버렸다. 안내 방송에 앞서 도시 운송회사의 로고인 우스꽝스러운 새 지저귀는 소리가 먼저 흘러나오는데 우리를 짜증나게 하면서도 멀리 있을 때는 그립기도 하다…… 피유피유, 피유피유, 캔도스 역, 내리실 문은 왼쪽입니다, 발밑을 조심하세요…… 나는 아코디언 연주에 귀기울이며 비람을 바라보다가 내릴 정류장을 놓쳤다. 조금 뒤 아이가 동냥 그릇을 손에 들고 전동차에 올랐다. 주머니를 뒤져보니 껌도 살 수 없는 잔돈푼 몇 닢만이 손에 잡혀 사과하려고 하는데, 비람이 부드러운 미소를 띠고 지나갔다. 그는 나를 스쳐 아무 말 없이 가던 길을 계속 갔다. 그가 지나가는 순간, 나를 스쳐가는 순간, 나는 뜨거운 파동을 느꼈다. 하지만 사실은 다른 것이었다. 전동차 안이 몹시 더웠으니, 그건 파동이라기보다는 어떤 숨결, 평화를 주는 어떤 것, 녹슨 철사처럼 엉킨 신경을 풀어주는 어떤 것이었으리라.

그가 지나갔다가 악사에게로 다시 왔다. 전동차 문이 열리자 비람은 내려서 어둠 속으로 사라졌다. 나도 승강장에 내려서 그를 찾아보려고 애썼지만 인파 속에서 그를 잃어버렸다. 순환선은 그 도시에서 가장 붐비는 노선이어서 나는 그를 다시 만날 행운을 얻지 못했다. 그렇지만 그날 그리고 이어지는 며칠 동안 나는 비람과 아코디언 연주자를 다시 만날까 하는 희망에서 같은 노선을 타고 돌고 돌았다. 수십 번 강을 건너고 또 건넜지만 소용이 없었다. 마침내 나는 경비들에게 포착되었다. 그들이 나를 지하에서 생을 보내는 사람들, 소매치기, 이상성욕자, 자살 충동을 앓는 우울증 환자로 오인했다는 것을 알고 나는 순환선을 포기했다.

그날부터 모든 것이 명확하고 분명해졌다. 사물들의 숨겨진 얼굴이 모습을 드러냈다. 나 혼자만 그를 보았을까? 나는 이유도 설명하지 않고 더이상 직장에 나가지 않았다. 애인인 안니와의 관계는 급속도로 악화되었다. 그녀와의 사랑이 불가능해진 것이다. 어느 날 오후 그녀의 집에서 있었던 일이 기억난다(그녀는 거리의 소음이 울리는 도심의 작은 원룸아파트에 살고 있다). 겨울 추위에도 불구하고 우리는 흐트러진 시트 위에 땀범벅이 되어 있었다. 시큼한 냄새, 전차의 소음이 방안을 채웠고, 지나가는 차들, 이쪽 끝에서 저쪽 끝으로 흘러가는 빨갛고 파란 얼룩들, 때로는 작은 벌레 비슷한 행인들의 거꾸로 된 영상이 덧창 틈 사이로 비쳐들어 천장에 투사되고 있었다.

나는 안니에게 비람과의 만남을 넌지시 이야기했다. 이미 그녀를 더이상 믿지 않았기 때문이다—그녀 역시 샤방트의 은밀한 권력에 조종당하고 있을지도 모를 일이고 불완전한 자들의 삶을 좌지우지할 수 있는 권력 다툼에서 아마존들과 접촉했을 수도 있지 않은가?—안니는 나를 비웃었다. 안니는 천성적으로 비꼬기를 좋아하는 여자다. 그녀는 사 남매의 막내로, 빈정거리기와 어깃장 놓기로 자신을 방어하는 법을 배웠다.

“자기가 이야기해주는 장면은 이상하게도 꼭 번개가 치는 것 같아!” 그녀는 말했다.

나는 뭐라고 대답해야 할지 알 수가 없었다. 그녀는 내 실망감을 지우려고 나를 팔로 끌어안았는데, 짧은 순간 그녀의 체취와 머리카락 냄새가 내 강박을 떨쳐버렸다. 그러나 번개라는 말이 내 머릿속에서 계속 울렸다. 그 말엔 진실이 담겨 있었다. 갑작스럽고 저항할 수 없는 어떤 것, 한줄기 빛, 자유와 사랑의 눈부신 기호가 논리적인 근거도 없이 우리 삶의 혼돈 속에서 나타난 것이다. 바로 그날부터 안니와 나는 소원해졌고, 예전의 내 삶은 또다른 지평을 열기 위해 나에게서 멀어졌다.

이처럼 불안한 상태에서 겨울이 지나갔다. 저축한 돈으로 간신히 살아남았지만 집세도 청구서도 해결하지 못해 모든 것을 잃고 거리로 곧 내쫓길 판이었다. 여름을 향해 가는 지금, 사태는 더 급박해지고 있다. 그건 아마도 도시 위의 하늘을 점령해버린 번개를 동반한 폭풍우 때문인지도 모르겠다—나는 특히 '하얀 집' 위쪽에서 뇌우를 보았다. 구름 사이에서 조용히 마른번개가 번쩍하며 흩어지고, 불이 붙어 하늘까지 타오르는 나무가 건물 꼭대기를 후려치는가 하면 강물 위에 정박한 거룻배의 크레인과 돛대를 뽑아버린다.

모든 것이 결말을 연출하기 위해 서두르는 것처럼 보인다—하지만 어떤 결말을?

안니는 나를 만나기를 거부한다. 우리는 밖으로 나와 도시 남쪽이 내려다보이는 테라스에서 폭풍우를 바라보고 있었다. 어쩌다가 비람이 문제가 되었는지 모르겠다. 사실 나는 수일 전부터 그녀와 이 모든 이야기를 하는 것을 거부하고 있다. 오고야 말 그 사람의 이름을 더이상 입 밖에 내지 않는 것이다. 정신을 차릴 수 없어서인지 몰라도 생각하는 것조차 삼가고 있다. 안니는 빈정댔다. "자기가 지하철에서 만난 그 소년 말이야, 기억이나나? 전동차의 악사하고 말이야. 음, 그는 아코디언 연주자에게 고용된 게 분명해." 나는 이해하지 못하고 소리를 지를 뻔했다. "고용되었다고? 무슨 뜻이야, 고용되었다니?" 안니는 아무렇지도 않게 담배를 피우고 있었다. "잘 알면서, 그의 가족이 고용했다고, 얼간이들의 동정심을 자극해서 구걸하도록 말이야."

묘하게도 단번에 내 분노가 수그러들었다. 엄청난 슬픔을 느꼈다, 엄청난 피로감이 몰려들었다는 말이다. 다른 곳에서는 살아본 적이 없기에 모든 우회로와 거리 모퉁이와 돔 지붕까지 속속들이 알고 있는 이 도시를 바라보았다. 그러자 동시에 이 도시의 현실이 나를 벗어나는 것 같았다. 이 거리, 지하 세계 어디선가 흰 머리의 아이가 우리 가운데 살면서 좀 빈정거리는 듯한 미소와 맑은 눈으로 찾아와 우리를 보지만 우리는 그를 보지 못하는 것이었다.

나는 안니에게 이렇게 말할 생각이었다. 모든 걸 잊자. 자, 우리 함께 세상 저편을 향해 떠나자. 서로의 손을 잡고 떠나는 거야!

안니, 내가 이 세상 누구보다 사랑했던 여인과의 마지막 순간이 기억난다. 그녀는 이미 내게서 멀어졌고, 벌써 나를 떠나버렸다. 그녀는 나를 수상쩍게 바라보았다. 그녀는 아무렇지도 않게 말했지만 목소리는 억누르고 있는 감정 때문에 잘 울리지 않았다. "난 말이야, 자기가 의사에게 가봐야 한다고 생각해." 안니는 병원 인턴이어서 매사를 의학적인 관점에서 보는 모양이다. 나는 거칠게 대답했다. "내가 뭘 해야 할지는 내가 알아." 이것이 우리 관계의 끝이었다.

나에게 기대하는 게 이것이었나? 내가 미치도록, 죽도록, 갈 데까지 간 일개 불완전한 자가 되는 것? 우리를 위해서는 아무것도 기록되지도 규정되지도 않았다. 우리는 태어나고 살다가 죽지만 흔적을 남기지 않는다. 살아 있는 자의 피부에 흉터조차 남기지 않는다. 비겁하게도 머리를 숙이고 있으니 우리에게 일어나는 일을 마땅히 감당해야 하는지도 모른다. 하지만 그는? 비람은 그렇지 않다. 그는 먼 곳에서 왔고 가족과 자신의 세계를 떠나왔다. 우리를 두려움에서 해방시키고 우리를 굴종으로부터 치유하고 자신의 지식과 자유를 우리와 나누기 위해 과감하게 길을 나선 것이다. 그는 이런 모습, 나이를 알 수 없는 어린아이의 모습을 하고 우리 데님족 스타일의 옷과 운동화와 Abitibi인지 Abitbol인지 이젠 더는 알 수 없는 이상한 이름, 마법의 이름이 쓰인 티셔츠를 어깨가 드러날 정도로 헐렁하게 입고, 트로트와 마주르카를 반복하는 아코디언 연주자를 따라다니며, 동전 몇 닢을 얻기 위해 잠수부 모자 같은 괴상한 모자를 손에 들고 말없이 그저 미소 지으며 전동차 중앙 통로를 지나간다. 그의 이마와 입술에서는 그가 오기 전에는 우리가 한 번도 느껴본 적도, 얘기를 들은 적도 없는 기쁨의 파동이 뿜어져나온다.

누가 누구인가? 예전에는 자유로웠던 이 도시는 우리가 머리를 조아리고 땅바닥에 납작 엎드리게 하는 폭력의 거처가 되었다. 이제는 아무도 그들에게 저항하지 않기 때문이다. 어디서나 모든 것이 음모다. 바쁜 척하면서 왔다갔다하는 행동대원들부터가 그렇다. 그들은 동굴 입구의 그늘과 비슷한 식당의 어두컴컴한 소굴 앞에서 맡은 역할을 연기하는 인물들일 뿐이다. 내가 안니에게 이 얘길 했지만 그녀는 더이상 내 말을 귀담아들으려 하지 않았다. 안니는 왜 굴복했을까? 왜 그들과 한패가 되어 나를 배반했을까? 이제 나에게 남은 일이라고는 모르는 사람들에게 말을 거는 것뿐이다. 지난번, 보도 가장자리의 폐쇄된 버스 정류장에서였다. "저기요." 나는 말했다. 이미 부랑자가 되어버린 할 일 없어 보이는 오십대 남자였다. 아마도 주정뱅이일 것이다. "저 사람들 좀 봐요, 매우 바빠 보이죠. 잘 보세요, 저들은 가짜예요. 저기 있으면서 달리고 서두르지만 아무데도 가지 않아요. 그저 우리가 죄책감을 느끼도록 우리 앞을 지나가는 거죠." 그 남자는 알아들었다는 듯 히죽히죽 웃었다. 그는 나에게 자기 인생에 대해, 그리고 운명을 바꾸기 위해 쓰려고 결심한 소설에 대해 이야기했다. 사실 그 역시 거짓말에 빠져 있었다. 그는 벤치나 카페테라스에 앉아 지나가는 사람들을 보며 자기 인생을 허비하고 있다. 내 환심을 사려고 그가 덧붙인다. "그래, 그래요, 게다가 항상 똑같지. 파란 옷을 입은 은행원을 봐요. 세번째로 지나가네. 배낭을 멘 저 여자는 여행이라도 떠나는 것 같군!" 사실 그는 내가 모퉁이에 있는 카페로 한잔하러 가자고 초대해주었으면 하는 것이다. 딱한 일이다. 하지만 나는 너무 외로워서 잠깐 얘기할 수 있도록 그러기로 한다.

"아마존 얘기 들었나?" 그의 질문은 나를 안심시키기는커녕 심장을 조여온다. 아마 그 역시 겉으로는 대수롭지 않은 척하지만 나와 같을 것이다.

그가 기회를 잡았다. 이야기를 멋대로 꾸며내는 것보다 그가 더 좋아하는 것은 없다. 그가 목소리를 낮춘다. "그래, 자네는 아마존들의 움직임을 아는군." 그는 성급하고 두서없이 장황한 묘사에 돌입한다. 그 여인들이 권력을 탈취하기로 결정했는데 아이들이 없으니 다른 사람들의 아이들을 납치해서 군대를 조직해 불완전한 자들을 지배하기로 했다는 것이다. 깜짝 놀랄 일이다. 진실과 거짓, 비꼬기와 진정성이 뒤섞인 잡탕, 이 도시가 사라져감에 따라 우리 삶의 단계가 어떻게 달라지는지를 보여주는 엄청난 허풍. 분명 내가 안니에게 해준 얘기들의 편린임이 확실해서 나는 갑자기 뒤로 물러선다. 마치 이 낯선 이가 나에게 덫을 놓아 이름과 사실과 날짜를 토설하게 하려고 거기 배치된 것 같다.

이미 너무 늦었는지도 모른다. 내 잘못으로 안니가 광기에 사로잡혀 쓸모없는 약한 고리가 된 것이다. 이 남자는 자기도 모르게 그녀의 메신저인 것이고. 카페와 식당, 회의실과 영화관을 전전하며 목숨을 이어가는 이 낙오자는 그 계획에 따라 식어버린 담배꽁초 냄새가 밴 회색 줄무늬 스웨터를 줄곧 입고 있는 창백한 피부의 부랑자가 된 것이다. 연금 수령자로서의 철학을 실천

하고 있는 이 허풍선이는 우리 무력함의 거울이다. 그래서 내가 도망을 치는데 그가 내 등에 대고 외치는 날카로운 소리가 들려온다. "징조를 조심하쇼! 징조를 조심해!"

저마다 등받이 없는 작은 나무의자에 앉아 있는 지하 회랑의 노인들에게까지. 예전에 나는 이들에게 연민을 느꼈다. 걸음을 멈추고 동전 한 푼을 주거나 몇 마디 말을 나누곤 했다. 이제는 그들이 우연히 거기 있는 게 아니라 총체적인 계획의 일부로서 당신들을 그들의 불안 속으로 끌어넣고 있는 것처럼, 즉 그들이 가짜인 것처럼 보인다. 넝마와 종이 상자가 들어차 있는 유모차를 밀고 있는 자들, 하늘에서 성스러운 만나가 쏟아져내릴 듯이 하늘을 향해 손바닥을 펼치고 이마를 땅에 대고 꿇어 엎드려 있는 자들! 그리고 휠체어가 아니라 바퀴 달린 안락의자, 팔처럼 생긴 넓은 팔걸이와 반짝이는 받침대가 달린 검은 인조가죽으로 된 진짜 사무용 안락의자에 매달려 앞으로 간다기보다는 승강장을 따라 기어가는, 등이 직각으로 굽은 노파. 이 노파는 행인들과 반대 방향으로 허우적거리면서, 제멋대로 굴러가는데다 생쥐처럼 찍찍거리는 소리를 내는 바퀴 때문에 게걸음으로 나아간다. 어떻게 여전히 동정심을 느낀단 말인가? 그러자 즉시 비람에 대한 안니의 해석, 그가 떠돌이 악사 가족이 순환선에서 구걸하기 위해 고용한 소년이라는 말이 떠오른다. 모든 것이 이중적이고 두 번씩 울리기 때문에 나는 똑같은 현기증과 구토증을 느낀다. 그것은 건물의 단면을 한 번은 표면에서, 또 한번은 내면에서, 그것도 아주 깊은 심층에서 두드리는 두 배로 현실적인 타격이다.

그리고 도심 한복판에 있는 그 노파. 사실 그 노파는 잊혔다. 예전에는 사람들이 그녀를 알고 그 집에 식사를 하러 가곤 했다. 그녀의 저속한 식당은 고위층, 회장님, 결정권자 들이 사는 현대식 대형 건물들이 즐비한 고급 구역에 있다. '완전한 자들' 말이다. 이들은 샤방트가 아니다. 상부의 명령을 받기 때문이다. 이들은 아무것도 지어내지 않았다. 이들 역시 제 나름대로는 희생자다. 사람들은 그 노파의 집에 발걸음을 끊었다. 필시 그녀를 의심하고 그녀의 과거와 못된 행실에 대한 소문을 퍼뜨렸을 것이다. 예전에는 그녀가 이 근사한 구역의 창녀였기 때문이다. 아들조차 제 어미를 창피하게 여겨서 이제는 찾아오지도 않는다. 그가 변호사, 의사, 엔지니어 같은 주요 인사가 될 수 있도록 모든 학비를 대주었는데도 말이다.

그곳은 버려진 옛 주유소다. 급유 펌프는 사라졌고, 정비소는 벽으로 막아놓았다. 지하실에 노파가 부엌을 들였다. 상호도 없이 '할머니집'이라고 불린다. 어떤 이들은 조롱조로, 아니면 정말 그녀를 좋아해서 버릇 삼아 '엄마'라고 불렀다.

문 위쪽의 작은 여닫이창으로 채광이 되는 넓은 공간 안쪽을 차지한 부탄가스 조리대에서 노파는 리소토와 국수, 피망을 넣은 수프를 만든다. 그 식당의 가구라고는 세 개의 긴 탁자와 긴 의자들과 등받이 없는 작은 의자들뿐이다. 노파는 꽤나 억센 여자로 아주 크지는 않은 키에 그리 길지 않은 목, 나이를 알 수 없게 매끈한 얼굴과 윤이 나는 검은 피부를 지녔고 붉은색에 가까운 형언할 수 없는 색깔의 뽀글뽀글한 머리를 하고 있다. 일주일에 한 번 파마를 하고 석회수로 머리를 탈색하는데 그것이 그녀가 살던 섬의 풍속인 모양이다.

나머지 우리의 신분은 불완전한 자들이며, 우리 사회에서는 뉴스가 삽시간에 퍼진다. 뉴스는 통제도 검열도 없이 구불구불한 비밀 통로를 따라 입에서 귀로 전달된다. 그래서 소문이나 공포와 관련된 것일 때는 좀 곤란한 경우가 생길 수 있다. 사라진 아이들 얘기나 팔뚝을 칼로 무장하고 희생자를 찾아 거리를 어슬렁거리는 조케레들 얘기 같은 경우다. 하지만 비람이 노파의 집을 피신처로 삼았다는 것을 알았을 때 우리는 기뻤고 희망을 느꼈다. 요컨대 그는 보호받고, 먹을 것이 있고, 시도 때도 없이 이방인 사냥에 나서는 민병대들이 찾아낼 수 없는 안전한 숙소가 생긴 것이다. 그는 지하 깊숙한 곳에서 자신의 빛과 명랑함을 계속해서 우리에게 제공할 수 있었다. 어떤 날에는 '엄마'의 손님들을 즐겁게 해주려고 노래를 부르기까지 한 모양이다. 또는 엄마를 도와 설거지를 하거나 가재도구를 정리하거나 강아지를 산책시키기도 했다. 그리고 저녁이 되어 일을 끝내면 엄마는 이제 대화할 사람이 있었다. 그녀는 쿠션으로 등을 받치고 잠을 청하려고 담배를 한 대 피우며 술잔을 홀짝거렸다. 그녀는 지나간 시절과 바다 저편의 고향과 파도와 바람이 연주하는 음악을 꿈꿀 수 있었고, 그녀 곁의 비람은 항상 조용했으며, 식당 구석에 놓인 낡은 텔레비전에서는 음소거 상태로 멜로드라마가 깜박거렸다.

비람이 우리에게 돌려준 모든 멋진 것들과 그가 완수하러 온 모든 임무를 상상해야 한다. 우리는 진정 그것을 망각했는가, 아니면 이러한 것들, 이런 생각, 이런 동화가 포로인 우리 자신의 깊은 곳에 유폐된 채로, 자신을 해방해줄 한 아이의 시선을 기다리고 있었는가? 그리하여 이제 엘리트들과 그들 민병대의 패권 아래 죽어 있던 이 냉혹한 회색 도시가 갑자기 다시 심장을 갖게 된 것이다. 이 심장은 아무도 상상조차 할 수 없었던 장소, 폐허가 된 주유소의 어두컴컴한 지하, 하루 일과가 끝난 저녁이면 이제는 아무도 찾아오지 않는 식당에서 침대로 쓰는 소파에 주저앉아 술을 퍼마시고 담배를 피우는 육중한 몸집의 흑백 혼혈 노파의 부엌에 자리하고 있는 것이다. 그리고 바로 여기서, 이 부엌에서부터 새로운 언어, 새벽빛, 저주받은 우리 인종의 재기가 시작될 것이고, 바로 여기서 새로운 자유가 잉태되어 우리 주인들의 동상을 쓰러뜨리고 하수인들 무리, 첩자들, 아마존 도당, 샤방트들의 비밀 군대, 그리고 그들의 소위 위협적인 그림자들, 눈 없는 시선, 시계처럼 정확한 밤의 사냥꾼들을 타도할 혁명이 싹틀 것이다!

그리하여 나는 커다란 회색 강이 갈라놓는 우리 도시의 양쪽 지대가 보이는 언덕으로 되돌아갔다. 그곳은 모든 것이 광기에 빠져들기 전 안니와 만났던 곳이다. 이런 자유를 누리지 못한 게 몇 년이나 된 것 같다. 감히 자유를 누려볼 생각을 하거나 원하지 못했다.

날은 몹시 덥고 언덕에서는 베짱이들이 귀가 먹먹할 정도로

울어대고 있다. 때때로 산책하는 사람들이 길 옆에 조성된 반달 모양의 공터에 멈춰 안개 속에 두드러진 장소들을 분간해보려고 한다. 거울탑, 옥玉탑, 칼링코 빌딩, 말링케. 그들은 교회의 첨탑이 몇 개나 되는지 세어보고, 통신 안테나를 손가락으로 가리키고, 폐허가 된 성벽들처럼 들쭉날쭉해서 분간이 안 되는 랜드마크 건물들을 알아보려고 애쓴다. 더 멀리서는 소각 공장과 비누 제조 공장의 굴뚝에서 나는 산패한 기름 냄새가 도시 전체를 뒤덮고 있다. 이따금 연인 한 쌍이 올리브나무 그늘 아래 자리를 잡고서 여자가 말을 타듯 남자에게 걸터앉아 작은 신음 소리와 웃음소리를 내며 사랑의 행위를 흉내내고 있다. 나도 저렇게 해본 적이 있었던가? 저들은 주변에서 일어나는 일에 어쩌면 저토록 무심할 수 있을까?

나는 그리 오래지 않아 경계심을 품게 될 것이었다. 음모를 알아낼 궁리를 하고 내가 가는 길에 심긴 첩자를 색출하려고 애쓸 것이었다. 그러나 나는 비람 덕분에 두려움에서 해방되었다. 징조, 그 잘난 징조. 이중적인 소문, 손날로 목을 치는 시늉, 집시 음악, "보셨나요?"라는 벽보, 머리에 총알을 박아넣겠다고 위협하는 듯한 '관통' '관통하다' 따위의 단어로 된 컴퓨터 화면의 암호화한 메시지, 신문과 광고판의 광고, 모든 안내문, 전화건 텔레비전이건 어디에나 있는 비밀 코드, 그리고 도처에, 보도에,

심지어 아이들이 담벼락에 급히 갈겨쓴 분필 낙서에도 숨겨진 기호들—그들은 멈추지 않았고, 항상 그곳에, 내 주위에 있지만 이제 나는 더이상 그들이 두렵지 않다. 이제는 나를 저희 멋대로 좌지우지하게 하는 호의를 베풀지 않으련다.

하늘에서는 성들을 덮어버린 분홍색 안개와 간선도로의 고랑 바닥까지 낮게 드리운 짙은 구름 속에, 엄청난 피로가 도시를 짓누르고 있다. 그리고 푹신푹신하고 넓은 회색빛 양탄자가 큰 강을 따라 스멀스멀 펼쳐지고 있다.

너무 많은 것을 알고 너무 많은 것을 깨닫게 되어 생긴 피로. 서로를 바라보고 서로의 눈빛을 읽고 사소한 일을 서로 이야기하는 데 몰두하느라 주변에서 일어나는 일에는 무심한 그 연인들을 닮고 싶었는지도 모르겠다. 나는 안니가 나에게로 와줄 수 있는지 알고 싶어서 전화를 걸었다. 그녀가 겁먹지 않도록 나는 잘 지내고 있으며 약도 먹었다고 말해두었다. 우리가 몇 달 동안 만나지 않았기 때문에 나는 그녀의 눈에서, 내 외모에서 바뀐 모든 것을 알 수 있었다. 수척함, 창백함, 불면이 가져다준 다크서클, 주름, 어쩌면 흰머리까지도. 내가 패배자가 아니라는 것을 그녀에게 어떻게 말할 것인가? 도리어 비람이 나를 확신으로 가득 채웠다고. 안니는 벤치의 내 옆에 앉았다. 그녀의 새까만 두 눈이 관자놀이 쪽으로 길게 누운 두 장의 흑요석 꽃잎처럼 빛나고 있다. 그녀는 항상 놀란 토끼 눈을 하고 있다. 그녀는 병원에 대해, 그리고 여름이 끝날 무렵에 치를 얼마 남지 않은 시험에 대해 이야기한다. 아주 멀리 아프리카 콩고로 탈장 수술 팀을 따라 떠날 거라고 한다. 그녀는 몇 가지를 물어본다. 내가 다른 일을 구했는지, 항구의 노동조합과 항만 노동자들 그리고 그들의 문제에 관한 탐사 보도 계획은 어찌되었는지? 태양이 안개 속으로 사라져가면서 모든 것이 황금빛 햇살에 잠겨 있다. 이것이 바로 나의 징조, 내가 따라가야 할 신호다. 갑자기 나는 안니의 손을 잡고 꽉 쥐며 말한다.

"가자, 달아나야 해!"

안니와 함께 처음 외출했을 때, 우리는 골목길을 달려 계단 난간을 타고 내려가 고속도로 교각 밑을 지나 강까지 갔었다. 우리는 아이들이었다. 그건 음모 이전의 일, 이 도시가 어두운 그림자에 점령당하기 전의 일이다. 아이들과 노인들이 사라지기 전, 범죄와 약탈이 있기 전.

안니가 내 손에서 제 손을 뺀다.

"더이상은 안 되겠어, 우리 이제 그만 만나."

나는 이 이별의 고통을 뼈저리게 느낀다. 이건 상상이 아니라 피가 줄줄 흐르는 상처다. 배반을 당해도 이만큼 괴로울지 난 알지 못했다.

안니는 뒤도 돌아보지 않고 재빨리 멀어져간다. 그녀가 성큼 성큼 걷는 소리와 보도를 때리는 굽 소리가 들려온다. 하나둘. 나는 이제 벤치에서 꼼짝도 할 수가 없다. 나는 지하실에서 땅바닥에 이마를 대고 손바닥은 하늘을 향해 벌린 채 시멘트 조각에 못박혀 있는 노인들과 비슷하다.

노파는 나를 기다렸던 모양이다. 노파의 집에서 비람을 발견할 거라고 내가 생각했던가? 다만 나는 완전히 탈진해서 약간의 위로가 필요할 뿐이다. 때는 하루가 끝날 무렵이어서 바깥은 열기와 습기가 절정에 달해 있다. 그 은신처로 통하는 때가 낀 계단을 내려가면서 나는 지하 생활이 주는 기분좋은 상쾌함을 느낀다. 노파는 방 안쪽의 하나뿐인 네온 형광등을 켰다. 이곳에는 처음 왔지만 친숙하게 느껴진다. 마치 어린 시절의 장소, 땀내와 톱밥 냄새, 익은 채소 냄새, 농익은 과일 냄새가 뒤섞인 감미로움과 신비로 가득찬 장소에 다시 온 것처럼. 포도주 냄새 같은 것.

여긴 뭐하러 온 거지? 노파가 내게 이런 말을 했던가? 아니면 내가 꿈을 꾼 것인가?

어쩌면 이렇게 말했는지도 모르겠다. 뭐 먹을래?

내가 왜 '엄마' 집에 갔는지는 모르겠다. 이제는 만날 사람도 없고, 따라서 갈 데도 없어서. 비람이 자신을 체포하여 추방하려는 졸개들을 피해 온 곳이 여기라서. 친구들이, 사랑이 더는 아무것도 아닌 것이 되면, 당신은 말을 빼앗긴 사람들에게 말을 돌려주고 삶을 바꾸기 위해 이야기 속에서 나온 한 어린이를, 공상을 뒤쫓게 된다.

나는 노파와 이야기한다. 나는 먹으러 온 게 아니며 더구나 며칠 전부터 입에서 피맛이 난다고 한다. 그래도 노파는 소의 골과 굵은 국수가 든 뜨겁고 걸쭉한 그 유명한 흰 수프를 내오고 나는 그걸 후루룩 소리를 내며 게걸스럽게 삼킨다. 노파는 담배를 피우며 내가 먹는 것을 지켜본다. 그녀의 눈은 두 개의 작은 틈새처럼 주름져 있고 빨갛게 칠한 입술은 퍼져나가는 담배연기로 원을 만들기 위해 동그랗게 오므라들고 붉은색 머리카락은 새까만 얼굴 위쪽에서 후광처럼 비치는 네온 형광등 불빛을 받아 반짝거린다. 그녀는 혐오스러울 정도로 추하지만 친절하다. 그녀, 마지막 미국 전쟁 때 어느 병사의 딸로 태어난 그녀는 술집을 전전하며 자랐고, 한창 나이에 그녀와 마찬가지로 아비를 모르는 자식을 하나 얻었다. 나는 그녀가 나의 유일한 친척이요 친구인 것 같다. 그녀는 내 어머니이고, 마침내 나는 어머니를 알아본다.

분명 반쯤 취한 것 같다. 그녀는 마녀의 수프처럼 입안이 얼얼해지고 목구멍과 위장이 델 것 같은 수프로 나의 슬픔을 치유해준다. 그녀는 나에게 미카엘이라는 이름의 하나뿐인 아들 얘기를 꺼낸다. 그녀는 그를 소공자처럼 키웠고, 그는 상류사회의 완벽한 아가씨, 장미꽃 같은 공주와 약혼을 했는데 자기 어머니는 오래전에 돌아가셨다고 말한다는 것이다. 미카엘은 노파를 찾아오는 법이 없으며 시내에 있는 집의 방세와 학비를 내도록 그녀가 매달 보내는 수표 때문에 전화하는 게 전부라고 했다. 악마에게나 떨어져라, 그 녀석과 그의 완벽한 공주는!

노파는 마치 예수가 몸소 그 싸구려 식당으로 자기를 찾아오기라도 했다는 듯 조심스럽게 비람 얘기를 한다. 그가 들어와서 지금 내가 있는 자리에 앉아 흰 수프를 먹고 소다수를 마시고 떠나갔다는 것이다. 그녀는 조용조용 그 이야기를 하고 히죽거린다. 그는 무슨 생각을 하는가? 그는 혹시 내가 살아온 인생의 가치를 평가하고 나의 임박한 죽음을 알리러 온 하늘의 사자인가? 그녀는 그의 이름조차 모른다. 내가 그걸 말해주자 그녀는 담배를 입에 물고 쿠션 위에서 조금 몸을 흔들더니 얼빠진 목소리로 되뇐다. "비람…… 비람."

잠시 후 그녀가 가방 속에서 액자에 끼워진 작은 컬러사진 하나를 꺼낸다. 사진은 매끈한 검은 머리에 아몬드 모양의 초췌한 눈을 하고 겉멋이 잔뜩 든 잘생긴 젊은이를 보여준다. 얘다, 나의 미카엘, 키도 훤칠한 게 2미터나 돼, 잘생겼지? 내 우상이 아니냐고?

저마다 자신의 우리에 갇혀 있고 자기 자신의 포로다.

나는 늘 이 도시를 걸어다니면서 다른 인간들과 마주치는 비람을 상상한다. 비 젖은 8월의 거리를 걷고 황혼 속을 거닐며 이 모든 창문 앞을 지나가고 그의 그림자가 개천 위로 미끄러져가고 있는 것이다. 나는 그가 잠자리에 드는 장소들도 상상한다. 건물 현관 아래 종이 상자 위에서, 또는 터널의 구멍 속, 지린내와 죽음의 냄새가 나는 입구. 내게는 그를 찾아다니는 민병대와 흰옷을 입은 수색대가 보인다. 살인자들, 아동 강간범들, 노예상인들, 순진한 사람들을 홀리기 위해 작은 아코디언과 함께 불쌍한 사람들을 빌려주는 자들이 그려진다.

나는 노파에게 말한다. 오늘밤 어떤 범죄가 저질러질 테니 막아야 한다고. 그녀는 알아듣지 못한 채 나를 바라본다. 나는 거의 고약하다 싶게 되풀이한다. 피가 흐를 겁니다. 끔찍하게 유혈이 낭자할 거라고요. 그러자 그녀는 전화기로 어떤 번호를 돌린다. 그들이 도우러 올 테니 두려워 마. 몇 분 후면 여기 도착할 거야. 그녀는 미카엘의 사진을 간수하고는 소파에 한쪽 다리를 깔고 앉았다. 담배 한 대에 불을 붙이고 연기 때문에 눈을 찡그린다. 항상 그래왔듯이 진정 창녀의 모습이다. 나는 지금 떠날 수도 있다. 걸음아 날 살려라 하고 도망쳐 이 무한한 도시의 거리로 사라져버릴 수도 있을 것이다. 이 도시는 너무나 커서 나를 결코 다시 찾아낼 수 없을 것이다. 그러나 나는 꼼짝도 않고 기다린다. 이 이야기의 결말을 알기 위하여, 끝까지, '하얀 집'에 이를 때까지 비람의 발자국을 따라가기 위하여.

여기에는 일종의 평화가 군림하고 있다.

이곳은 강에서 그리 멀지 않은 언덕 위쪽에 자리잡은 세상 밖의 장소다. 어쩌면 바다일 수도 있고, 어찌됐든 저녁이면 넓은 수면이 쇠창살 사이로 빛난다. 널따란 정원이 건물을 에워싸고 묘지처럼 직선으로 자갈 깔린 오솔길들이 나 있는 공원, 아담한 테라스들, 그리고 나무들, 주목과 사이프러스 종의 아주 크고 곧게 자란 나무들이 있다.

여기에는 '불완전한 자'도, '완전한 자'도, '데님'도, 샤방트도, 아마존도 더이상 없다. 징조들이 사라져버려서가 아니라 오히려 그 반대다. 통로에서는 이중의 소음이 울리고 문들은 퉁탕퉁탕 튕겼다가 되돌아오고, 간호사들의 구둣굽 소리, 삐걱거리는 카트 바퀴 소리, 바퀴 달린 들것 소리, 쉭쉭 톱 돌아가는 소리, 윙윙 거리는 전기 소리, 불이 켜지지도 않는 네온 형광등에서 나는 지지직 소리, 이른 아침부터 모르는 언어로 명령을 내리는 스피커의 잡음이 들려온다. 이 모든 것. 그리고 무엇보다도 인간의 목소리, 외침도 있다. 하지만 그것은 동물들의 날카롭고 고통스럽고 위협적인 외침일 수도 있다. 그러고는 다시금 침묵, 거대한 공허, 바람과 파도 소리, 해변을 따라 난 고속도로를 달리는 타이어 소음만이 들리는 엄청난 평화의 해변.

그가 여기 있다. 비람. 회색 머리카락을 가진 아이. 어느 날 그는 살인자처럼 두 손이 묶인 채로 두 명의 보초 사이에 끼어 이곳으로 끌려왔다. 그는 맞서 저항하지도 않았다. 심지어 그 미소와 아무에게도 두려움을 주지 않는 그 빛나는 시선을 간직하고 있었는지도 모른다. 그는 공동 침실 끝 창가 침대를 차지하고 있다. 그의 시선은 쇠창살에 조각난 파란빛 혹은 회색빛 직사각형 하늘을 늘 향하고 있다. 오후 세시경, 한줄기 햇빛이 그를 비추면 그는 눈을 감는다.

그는 아무에게도 말을 하지 않는다. 게다가 알려진 언어는 그 어떤 것도 쓰지 않는다. 어떤 이는 그가 잠을 자거나 백일몽을 꿀 때 때때로 몇 마디 말을 한다고 했다. 어떤 이는 그게 코르시

카 사투리라고 한다. 또는 쿠르드어이거나 세상 저편 끝에 있는 어느 나라의 언어일 수도 있다고 한다. 하지만 그는 특별히 누구에게도 말을 거는 일이 없다. 어떤 언어가 온 세상과, 삶의 소음과, 아침에 새가 지저귀는 노랫소리와, 고래의 노래와, 풍뎅이가 앞날개 비비는 소리와, 식물들이 덩굴손을 펼치는 소리와, 여름 오후에 꽃들이 시나브로 벙그러지는 소리와 뒤섞일 때, 그것이 바로 그의 언어다.

이것이 바로 비람이 '하얀 집'에 갇힌 이유다. 그가 공표하는 것은 보통 사람들의 세상에서는 감당할 수가 없다. 권력의 주체이자 객체이며 독재자의 하수인이고, 권력자들의 명령을 받고 소유당하는 대상인 우리 인간들 말이다. 비람은 가죽끈으로 철제 침대에 결박되어 있을 때조차 자유롭다. 그는 아무것도 누구도 두려워하지 않으며, 그것이 바로 형리들이 그를 두려워하는 이유다.

바깥세상, 아래쪽 시내에서는 모든 것이 지나치리만큼 정상으로 돌아갔다. 고개를 쳐들었던 사람들, 지하 회랑의 노인들은 다시 이마를 돌바닥에 조아리고 적선을 받기 위해 손바닥을 벌렸다. 검은 정장을 입은 남자들, 회색 투피스를 입고 하이힐을 신은 여자들이 가던 길을 잠깐 멈추었다가 통행로의 바닥을 울리며 다시 성큼성큼 제 갈 길을 갔다. 예전처럼 밤마다 공포가 음침한 구석으로 스며들고 대로로 올라와 축축한 그림자로 온갖 곳을 점령한다. 잠시 중단되었던 소문이 다시 파괴 공작을 개시한다. 사라지는 사람들. 유괴된 어린이들은 아마존들에게 팔려가 그들의 유산된 아들들, 몸을 팔거나 타락한 딸들을 대신한다. 사내아이들은 하인으로 둔갑시키거나, 집단농장에서 과일을 수확하고 새 피라미드 건설 현장에서 돌을 운반하도록 새벽에 트럭에 싣고 간다. 또다시 보이지 않는 그림자, 눈 없는 시선, 팔뚝에 칼을 숨긴 악마의 민병대, 머리를 베는 조케레, 입을 열게 만드는 자들, 행복이라는 생각만 해도 먹은 것을 깡그리 토해내는 권력자들에 대해서들 얘기한다.

그들은 그의 손목을 침대 밑판 양쪽에 가죽 수갑으로 비끄러맸다. 그들 말로는 그가 자살을 시도했기 때문이라고 한다. 그가 해변에서 병을 깨뜨려 정맥을 그어 그의 피가 바다에 거대한 얼룩을 만들었던 모양이다. 그들은 경찰이 오자 그가 발버둥치며 자신의 언어로, 아무도 통역할 수 없는 언어로 그들에게 욕을 했다고 한다. 누구는 그가 인도어, 라자스탄어에 가까운 언어를 하는 거라고 주장했는데, 사기꾼들이 하는 식으로 단어들을 거꾸로 뒤집어 입속에서 우물거린다는 거였다.

흰옷 입은 남자들이 그를 이리로 데려왔고, 작은 방에서 한 여자가 그에게 정맥을 화끈거리게 하는 액체를 주사해 옴짝달싹 못하게 만든 후 잠재웠다. 그다음날 아침, 그는 이제 신생아처럼 걸을 수 없었기 때문에 흰옷 입은 남자들이 그를 들것에 실어 데려갔다. 이건 의사가 해준 말이다. 전지가 있는 상당히 넓은 방까지. 사람들은 그걸 전지라고 부르지만 사실은 몸에 전류를 흘려 세뇌를 시키는 가변 축전기였다. 거기서 그들은 비람을 완전히 발가벗겨 탁자 위에 눕히고 가죽으로 손목과 발목을 결박한 뒤, 앞서 말한 여자가 그의 피부와 젖꼭지와 발과 손 그리고 머리 양쪽의 관자놀이에 전극을 연결했다. 그녀는 먼저 피부에 기름인지 바셀린인지 하는 것을 발랐다. 동시에 그녀는 말을 건다. 의사 놀이를 하는 여자아이의 쾌활한 투로 이러저러한 이야기를 한다.

"조금 간지러울 거야, 무섭지 않아, 그렇지?"

"자, 둘이서 놀아보자고."

"너무 뜨겁거나 아프면 손을 들어. 물론 농담이야, 넌 그럴 수 없으니까. 하지만 그만이라고 말해, 그러면 돼."

비람은 눈가에 어두운 후광이 어린 부드러운 눈길로 그녀를 바라본다. 아마 벌써 그의 눈썹에는 눈물이 맺혀 있으리라. 그는 그녀를 바라보고 그녀는 두려움을 읽는다. 하지만 그가 느끼는 것은 두려움이 아니라 엄청난 고독이다.

"자, 갑시다."

우선 기분좋은 윙윙 소리, 여름날 히스 밭에서 파닥거리는 벌 떼가 몸을 간질인다. 시선이 조금 동요하지만 아이는 목구멍과 두개골에서 심장이 점점 더 강하게, 점점 더 빨리 뛰는 것을 느낀다. 그에게 일어나는 일이 나에게도 일어난다. 이 순간 나는 비람이고 침대에 결박된 채 고문을 앞두고 있다. 그녀는 여운이 남는 미소를 짓는다. 그녀의 손이 손잡이를 누르자 나의 온 근육이 긴장하고 고통의 끈이 되어 나는 비명을 지른다. 비람, 그도 역시 비명을 지를까? 그는 자신을 갈가리 찢어놓고 굴복시키려는 힘에 저항할 줄 알까? 나는 내 안의 또다른 누군가가 내 목구멍을 통해 빠져나오기라도 하는 듯 살기 위해, 세상의 빛 속으로 돌아가기 위해 찢어질 듯 비명을 지른다.

그녀의 손이 손잡이를 또 누르자 내 몸이 다시 떨어진다, 절벽 위에서 다시 떨어진다, 등을 대고 널브러진다, 나의 흉곽과 척추에서 조용히 우두둑 울리는 소리가 들리고 다리와 팔은 개미가 기어가는 듯 저려온다. 그녀는 커서를 관자놀이와 연결된 전극으로 옮긴다. "알고 싶지? 응, 그러고 싶지?" 단번에 그 윙윙 소리가 폭발해 신경을 긁는 사이렌 소리로 바뀌고, 빛 역시 폭발해서 소용돌이치는 불덩어리로 바뀐다. 뇌를 후벼파고 눈을 눈구멍 속에 쑤셔넣고 바닥에서, 땅에서 옴짝달싹 못하게 만들고 심장 깊숙이 말뚝을 박아넣는 이 빛의 공동 말고는 이제 아무것도 없다. 그러고는 어둠이다. 나는 정신을 잃었다.

심문이 시작되었다.

의사, 사회학자, 형이상학자. 호기심이 동한 사람들까지, 소송과 공권력 집행에는 항상 이런 사람들도 있는 법이다. 그들은 메모를 하고 사진을 찍고 노트북에 저장한다.

당신 이름은. 분명하게 말하세요.

비람. 어떻게 쓰죠? 어떤 이름이죠? 본명인가요, 아니면 가명인가요? 왜 여기 있는지 알아요?

아마존, 샤방트. 이런 이름들이 무슨 뜻인지 알아요? 당신이 지어낸 거죠?

왜 당신은 자신이 '불완전한 자'라고 말하는 거죠?

당신이 어떤 노파 이야기를 하던데, '엄마'라고 부르더군요. 누가 당신 어머니인지 알아요? 아직 살아 계시나요?

오늘이 며칠인지 알아요? 몇 년도죠? 대통령은 누구인가요?

지금 당신이 어디 있는지 알아요?

비람은 떠났다. 공동 침실 저 끝에 있는 그의 침대는 비어 있다. 쇠창살이 끼워진 창문이 시체를 덮듯 흰 천으로 덮인 침대 밑판에 사각형을 그리고 있다. 그러나 비람은 죽지 않았다. 나는 확신한다.

얼마 전 누가 그를 찾아왔다. 검은 옷을 입은 외국인들과 시골 여자들처럼 검은 머릿수건을 쓴 나이든 여인인데 아마 그의 어머니인 듯했다. 햇볕에 그을린 피부의 투박해 보이는 남자들은 어두운색 정장 차림이었다. 몇 사람은 모자를 쓰고 있었다. 아이들도 있었는데, 복도에 남아서 상상의 줄로 제자리에서 줄넘기를 하던 여자아이가 생각난다. 그들은 말을 많이 하지 않았다. 그들은 이상하고 미끄러지는 듯한 언어로 단어들을 말했는데 그것도 거꾸로 발음했다. 몇 번이나 나는 들어보려고 했다. 그 단어들이 몹시 중요한 것 같아서 공책에 적으려고 했다. 그러나 그 단어들을 포착할 수 없었다. 내 생각엔 실재하지 않는 언어인 것 같다.

비람은 더이상 결박되어 있지 않았다. 여전히 손목에 거즈 붕대를 감고 있긴 했다. 상처에서 피가 계속 배어나와 날카로운 유리에 다친 정맥 부위에 두 개의 갈색 얼룩이 졌다. 그는 쇠창살 창문을 더이상 바라보지 않았다. 그는 바뀌었다. 그는 나를 알아보지 못하는 것처럼 나를 바라보았다.

우리는 모두 약물에 사로잡혔다. 보이지 않는 포승줄이 걸리버의 로프처럼 우리의 사지와 몸과 머리카락마저 결박하고 있는 것이다. 우리는 이제 걸을 줄도 모른다. 복도 끝에 있는 화장실에 가려면 벽을 잡고 비틀거린다. 어떤 이들은 의자를 가져오라고 남자 간호사를 부른다. 다른 이들은 넘어져서 바닥을 긴다.

비람은 아무것도 요구하지 않았다. 내 생각에는 처음 왔을 때 그에게 소변기를 대주었거나 아니면 노인들처럼 기저귀를 채운 게 아닐까 싶다. 의사는 일주일에 세 번, 월요일과 수요일과 금요일에 일군의 여대생들을 거느리고 와서 거드름을 피우며 말했다. "당신은 다시 태어나는 법을 배우기 위해 죽어야만 해요!" 나는 치가 떨리게 그를 증오했다. 그 냉혹한 개자식은 회색 머리카락의 어린아이처럼 죽으려고 했던 사람들에게 이야기를 했다. 나는 남자친구가 떠났다고 십여 알의 파란 알약을 삼킨 장밋빛 동글동글한 인형 같은 금발의 젊은 여인을 몹시 좋아했다. 나는 그녀에게 말하곤 했다. "그 약 먹지 마요. 그들이 당신을 중독시키려는 거니까." 나는 그녀가 침대 사이에 그걸 감추는 것을 도와주었다. 그녀가 내 손을 꼭 잡았다. "당신은 친절하군요. 당신 덕분에 내가 나을 거예요, 안 그래요?"

어느 날 저녁 짐승 같은 한 건장한 사내가 침대를 빠져나왔다. 그는 남자 간호사의 가운에서 훔쳐낸 헝겊 허리띠를 손에 쥐고 있었다. 그는 침대들 사이를 천천히 걸어나오더니 척추가 끊어지는 소리를 내며 갑자기 허리띠를 당겼다. 그가 비람에게 다가갈 때 나는 그가 비람의 목을 조르려는 줄 알고 소리를 질렀다. "꺼져! 그를 내버려두라고!" 그는 멈추었다. 창문으로 비쳐드는 빛에 보니 사내는 곰만큼이나 육중해 보였다. 흰옷을 입은 남자들이 와서 그를 데려갔다. 나는 그들이 고무호스로 그의 다리를 때렸다고 생각한다. '하얀 집'에선 그런 일이 일어나곤 한다. 범죄가 횡행하므로 살기 위해서는 자신을 방어해야 했다.

그가 없는 지금, 우리와 이 도시에는 무슨 일이 일어날까? 그가 찾던 이 단어, 모두에게 해당하면서도 아무에게도 딱 들어맞지는 않는 글귀를 읽기 위해 깨뜨리는 포천 쿠키처럼, 그가 조개껍데기처럼 열어놓은 이 단어, 행복이라는 이 말은 영원히 절멸하고, 어두운 그림자가 거리로 되돌아와 채광 환기창을 점령하고 마음 깊은 곳까지 들어올 것인가? 그렇게 되면 또다시 무관심한 사람들, 불완전한 사람들, 끝없는 바다, 쓸모없는 소문의 시대가 될 것이다.

"그는 어디 있어요? 그가 어디로 갔는지 알아요?"

내 앞에서 사람들은 침묵한다. 어깨를 으쓱한다. 그들은 내가 치유 불능으로 미쳤다고 생각한다. 관리인 하나(회색 셔츠를 입은 자들 중 한 명으로 내 생각엔 죗값을 치르게 하려고 다른 쪽으로 보낸 예전 수감자)가 부엌 창문—쇠창살이 떨어져나가 여기에서 담배를 피울 수 있는 유일한 장소—으로 몸을 숙이고 담배에 불을 붙이더니 입꼬리로 비밀리에 말한다. "패거리가 모두 함께 떠났어요. 애가 낫지 않았는데도 그 사람들과 함께 가도록 내버려두데요. 아마 여기서는 해줄 게 더이상 없었나봐요. 그들이 그를 알아서 하겠죠, 저 위에서, 그들의 빌어먹을 산속에서 말이에요." 나는 그를 알아서 한다는 그 말에 몸서리쳤다. 아마도 그 도형수가 손날로 그 손짓을 했던 것 같다. 나는 보지 않으려고, 이해하지 않으려고 다른 곳을 바라보았다. 모든 것이 위험하다. 이해한다는 것은 여기 머무른다는 것이고, 그것은 죽는 것이다.

심문이 하루하루, 한 주 한 주 계속된다. 여름은 가을에 자리를 내주었고, 아름다운 가을이 나무들을 불타오르게 한다. 벌써 살을 에는 듯한 찬바람이 도시에 시멘트 먼지를 날리고 있고, 멀리서는 강이 반짝거리는 안개 속으로 사라지고, 고속도로는 굳은 납빛을 띠고 있다.

안니가 왔다. 그녀는 내게 이야기를 했고 나는 꼼짝도 않고 그녀를 바라보았다. 나는 행복에 대해, 그리고 그걸 찾아내어 나눠주고자 했던 비람에 대해 이야기했다. 안니는 나에게 볼펜 한 자루와 중국 식당과 여행사를 광고하는 전단 한 장을 내밀었다. 구멍을 통해 들여다보니 어떤 이야기가 읽혔다. 안니가 그걸 설명해준다. "고양이 한 마리가 의자에 앉아 있는데 토끼 아저씨가 그 자리를 차지하고 싶어서 고양이를 떨어뜨리려고 해. 토끼 아저씨가 의자를 밀어보지만 고양이는 단단히 매달려 있어. 그들 뒤로 원숭이 한 마리가 자전거를 타고 지나가다가 그 장면을 본 거야. 원숭이는 이 장면이 몹시 재미있어. 원숭이의 자전거가 삐걱거리는 게 꼭 비웃는 고약한 소리야."

나는 그 장면을 곁눈질하지만 이해하지 못한다. 안니가 말한다. "이런 게 바로 행복이야. 다른 사람들의 자리를 차지할 만큼 상당히 교활해지는 것. 완벽한 사람은 필요 없어, 그건 너무 지겨워."

그녀가 온 지는 조금 됐는데 내가 날마다 하는 공원 오솔길 산책을 하는 동안 수풀 뒤에 숨어 있었다고 한다. 내가 몸을 앞으로 숙이고 종종걸음으로 걸은 모양이다. 나는 의자에서 떨어지지 않으려는 고양이와 비슷하다.

안니는 책임자들과, 의사들과 이야기한다. 그녀는 디아제팜 주사를 캡슐 약으로 대체하는 데 성공했다. 그녀는 내가 혹시 그 약을 먹지 않고 침대 방수포 밑에 감춰두었다가 화장실에 버리지 않을까 몹시 의심했다. 내가 몇몇 환자에게 약을 더이상 먹지 말라고 설득한 적이 있다고 하자 그녀는 미소 짓는다. 내가 걷고 말할 수 있는 것은 그녀 덕분이다.

나는 이제 조사실에서 모든 것을 부인한다. 아마존도 샤방트도. 손날로 시늉을 곁들여 "빵빵" "끽!"에 대해 이야기하며 여대생들을 웃기기까지 한다. 뭐라고요? 최후의 거세를 명령하는 말이 뭐라고요? 딸깍딸깍? 아니요, 아니요, 빵빵, 문을 꽝 하고 닫고 자물쇠 빗장이 자물쇠판 속에서 튀어나올 때죠, 심장이 뛰는 소리이기도 하고요.

그러나 나는 고양이와 토끼와 자전거 탄 원숭이 얘기는 하고 싶지 않다. 내가 얘기를 너무 많이 하거나 세부 사항을 너무 잘 지어내면 저들이 절대로 나를 놓아주지 않을 것이다. 나는 그들의 학위 논문과 연구집과 승진 보고서 작성을 위한 영원한 모르모트, 평생 정보원이 될 것이다. 어느 날 나는 인터뷰를 종료한다. 내가 그들에게 말한다. 신사 숙녀 여러분, 더이상 아무것도 말할 게 없어요. 당신들은 모든 것을 알고 있어요.

안니가 원장실에서 나를 기다린다. 내가 여기 이 집에 들어온 지 몇 년이나 된 것 같다. 예전에도 나는 언덕 위쪽에 안니와 함께 있었고 바람에 대해 이야기했으며 나와 함께 이 도시에서 멀리 도망치자고, 사라지자고 제안했었다. 나는 아무것도 잊어버리지 않았다.

짧게 자른 컬이 진 머리에 초등학교 여학생용의 허접한 코트를 입은 비쩍 마른 안니는 청소년으로 보일 정도로 앳되어 보인다. "이젠 안경도 써?" 그녀는 살짝 미소 짓는다. 검은 플라스틱테의 좁은 안경은 그녀가 직장을 얻기 위해 면접을 할 때 더 진지해 보이려는 아이디어다.

이번만은 원장도 거들먹거리며 말하지 않는다. 그는 지루하다. 그에겐 청중이 필요하다. 나는 이제 그의 관심 밖이다. 그는 들여다보지도 않고 서류에 대충 서명을 하고 도장을 찍는다. 그가 도장 찍고 서명하는 것은 바로 나의 자유에 관한 것이다. 나는 그를 향한 엄청난 증오에 몸서리를 친다. 모든 것이 완벽한 이 설계 사무실에서 한바탕 화를 쏟아내고 싶다. 그 인간에게 나의 모든 "빵빵"과 "철컹철컹"과 "끽!"을 날리고, '얼굴 없는 그림자' '눈 없는 시선'이라고 소리지르고, 회색 머리카락을 가진 아이의 이름을 외치고 싶다. 그 아이는 행복을 발견했고 그는 절대로 그 아이를 잡을 수 없을 것이다. 그 아이는 그를, 그와 그의 여대생들을, 그리고 아마존과 주인들의 졸개들을 겁쟁이처럼 불태울 눈부신 빛을 탄생시키리라!

그는 나를 바라보지 않는다. 그는 서명을 하는데, 그것이 그가 할 줄 아는 전부다.

그는 안니와 이야기를 하고, 짐짓 격식을 차리는 체하면서 쓸데없는 질문을 한다—정말 그게 알고 싶어요, 아니면 습관적으로 묻는 건가요?

나는 눈을 내리깐다. 그건 소심함이나 겸손으로 여겨질 수 있다. 나는 개의치 않는다. 문은 복도 저 끝에 있다. 나는 작은 자갈이 깔린 오솔길을 걷는다. 정문이 열린다. 안니가 내 손을 붙잡고 세게 그러쥔다.

우리는 바깥세상에 있다. 우리는 자유롭다.

요

내 이름은 요다. 열다섯 살이다. 그렇다고 들었다. 사람들이 식당에 오면 나에게 묻는다. "요, 몇 살이지?" 나는 손가락을 꼽아본다. 하나 둘 셋, 열, 열다섯. 그걸 보고 그들이 웃는다. 하지만 난 개의치 않는다. 왜냐하면 그러고 나면 그들이 나에게 동전 한 닢을 주기 때문이다. 나에게 고르게 하면 나는 항상 노란 동전을 집는다. 그게 더 예쁘니까. 그리고 나는 잘 안다. 내가 지폐를 집으면 다시는 내게 고르라고 하지 않으리라는 것을. 나는 길가에 있는 컨테이너에서 살고 있다. 내가 잠자는 곳이 바로 거기다. 엄마는 식당에 딸린 집에서 내가 좋아하지 않는 그 남자와 함께 산다. 그 남자 이야기를 할 때 나는 절대로 이름을 말하지 않고 항상 '그 인간' 또는 '하숙생'이라고 한다. 내가 엄마에게 말한다. "왜 그 인간하고 같이 자?" 엄마는 대답하지 않고 어깨를 으쓱하면서 내가 농담을 한다는 듯 대꾸한다. "쯧쯧." 그게 내 입을 다물게 하는 엄마의 방식이다. 어느 날 나는 엄마를 때렸다. 그리고 말했다. "왜 그 인간을 엄마 침대에서 재우느냐고?" 엄마가 "쯧쯧" 하기에 주먹으로 치고 발길질을 했더니 엄마가 넘어지면서 장롱에 부딪혀 피가 났다. 그 인간이 달려와서 말했다. "무슨 일이야?" 나는 땅바닥에 꿇어 엎드렸는데 화가 나서 숨을 쉴 수가 없었다. 엄마가 피를 흘리니 무서웠기 때문이다. 그 인간이 나에게 소리를 질렀다. "엄마에게 이런 짓을 한 게 너야?" 그가 나를 때리려고 몽둥이를 집어들자 엄마가 그의 이름을 부르며 말렸다. "패디, 그만둬!" 그러자 그 인간은 내가 다른 곳에서 지내야 한다며, 짭짤한 비스킷, 토마토 통조림 등등 우리 식당에서 쓰는 물품을 간수해두는, 길가의 컨테이너로 내 매트리스를 옮겨버렸다. 그래서 내가 컨테이너에 들어가 살게 된 것이다. 겨울에는 몹시 춥고, 쥐들이 들끓고 바퀴벌레가 출몰한다. 그런데 내가 고양이를 잡아왔다. 그건 내 고양이다. 아주 어린 녀석을 길가에서 주워다가 우유에 적신 빵을 먹여 키운 게 나니까. 그 녀석이 나와 함께 컨테이너 안에 있을 때는 쥐들이 없다. 고양이가 쥐들을 사냥해서가 아니라 단지 쥐들이 고양이를 무서워하기 때문이다. 나는 그 인간이 미운 것이지 무섭진 않다. 나는 힘이 세니까. 나는 고속도로 공사장에서 일했는데 거기서 일꾼들에게 맥주를 얻어 마시곤 바윗돌을 끌어안았다가 깨뜨린 적이 있다. 또는 그들이 내 가슴을 허리띠로 둘러 묶으면 나는 근육을 부풀려서 허리띠를 끊을 수 있다. 여름에 나는 공사장에서 일한다. 포크레인이 덤프트럭에 돌을 쏟으면 나는 덤프트럭이 뒤집히지 않도록 돌을 잘 정리한다. 하지만 나의 진짜 직업은 안마사다. 아무도 나에게 마사지를 어떻게 하는지 보여준 적은 없다. 아주 어렸을 때부터 엄마와 이모들을 상대로 연습했다. 그 무렵 엄마는 시내에서 일했다. 술집에서 바닥에 앉아 설거지를 했는데 집에 오면 항상 우는소리를 했다. "아이고, 온 삭신이 다 아프구나, 이 빌어먹을 생활을 계속하다가는 병이 들고 말 거야." 그래서 나는 엄마의 등과 팔과 다리를 살살 주무르며 말했다. "엄마, 아프지 마!" 나는 엄마가 잠들 때까지 아주 열심히 마사지를 했다. 하지만 지금은 하숙생, 그 인간 때문에 엄마에게 마사지를 해줄 수가 없다. 그는 저녁에 엄마가 자러 갈 때 내가 식당에 오지 못하게 한다. 식당에 가면 나는 한쪽 구석에 도사리고 앉아 그를 지켜본다. 처음에 그는 나의 그런 행동에 화를 내며 엄마에게 말했다. "당신 아들 말이야, 개 같아." 맞다, 나는 그를 뚫어져라 쳐다본다. 그의 눈에서 증오가 보인다. 그것이 냉혹하고 날카로워서 내 심장이 더 빨리 뛰고 땀이 등줄기를 타고 바지 속까지 흐르는 게 느껴진다. 내가 어렸을 때 그 인간처럼 못된 자가 있었던 게 생각난다. 그자가 나를 때리려고 했을 때 나는 너무 무서워서 바지에 오줌을 쌌다. 그자는 떠났다. 엄마가 집에서 쫓아냈다. 정말이지 엄마가 새 남자도 쫓아냈으면 좋겠다. 하지만 이제는 무섭지 않다. 나는 힘이 세니까. 그가 나에게 몽둥이찜질을 하려고 한 뒤 내가 그의 방으로 가서 몽둥이를 빼앗아 세 토막으로 부러뜨렸더니, 그가 다시는 몽둥이를 들지 않았다. 지금은 엄마가 식당을 갖고 있어서 이제 더는 바닥에 앉아 설거지를 하지 않는다. 그 일을 하러 아침마다 오는 사람이 따로 있는데 그게 엘리 부인이고 딸 엘렌을 데리고 온다. 지금 엄마는 식당에서 일하는데 양파와 감자튀김을 곁들인 닭고기 요리를 만든다. 닭을 잡는 것은 내 몫이다. 내가 닭을 잡는 방법은 이렇다. 진공청소기가 하나 있는데 전원을 켜고 닭의 주둥이를 흡입관에 댄다. 그러면 청소기가 닭의 몸속 공기를 다 빨아들이고 속까지 비워낸다. 닭은 발버둥칠 틈도 없이 소리도 못 지르고 축 늘어진다. 그러면 나는 목을 잘라 피를 전부 빼고 배를 갈라 내장과 허파를 제거한 다음 그 허드레 부산물을 고양이와 엄마의 강아지에게 준다. 그건 좋은 일거리다. 고속도로 공사장에서 일하는 것보다 낫다. 엄마는 나를 자랑스러워하며 손님들한테 이렇게 소개한다. "얘가 요예요, 제 아들이죠. 얘가 닭을 잡는답니다." 사람들은 말한다. "아, 착하기도 하지. 엄마 아빠를 도와드리는구나." 그러면 나는 이렇게 말한다. "아, 저 인간요, 우리 아빠 아닌데요. 여기서 일하는 사람이에요." 사람들은 웃으며 나에게 팁을 후하게 준다. 나는 동전들을 집어 바닥에 튕겨서 빙글빙글 춤추다가 굴러가는 모습을 바라본다. 사람들은 항상 커다란 노란 동전을 한 닢 주며 말한다. "자, 요, 땅바닥에서 춤추게 해봐!" 나는 제자리에서 도는 동전을 바라보고 모두가, 심지어 그 패디라는 자까지 재미있어한다. 그런데 내 생각에는 사람들이 나를 좋아하기 때문에 그가 질투하는 것 같다. 모든 사람이 듣고 싶어하고, 얘기할 때마다 그들도 웃고 나도 웃는 이야기가 있다. 어느 날, 내가 보기엔 일부러 그런 것 같은데, 그 인간이 나에게 소리를 질렀다. "네 엄마가 살찐 닭 한 마리가 필요하니 가서 살찐 닭을 잡아라!" 그래서 내가 가서 가장 통통한 놈을 잡아다가 주둥이를 진공청소기에 넣고 속을 비운 다음 말끔히 준비해서 부엌으로 가져갔더니 엄마가 말했다. "닭은 왜 잡았니? 식당에 손님이 하나도 없는데!" 그러자 그 인간이 나에게 말했다. "저런, 뭘 기다려? 저리로 가져가서 다시 살려내!" 그래서 나는 닭을 들고 달려가 주둥이에 숨을 불어넣어 되살려보려고 했지만 닭은 축 늘어진 채 그대로였다. 나는 다시 부엌으로 가서 엄마에게 말했다. "못 살려내겠어, 이젠 숨을 쉬려고 들지 않아." 그러자 그 인간이 박장대소하기 시작했고 엄마까지 웃기 시작해서 나도 웃었다. 하지만 동시에 나는 슬펐다. 그 닭이 내 손에서 축 늘어진 채 차디차게 식어 더이상 숨을 쉬려고 하지 않았기 때문이다. 그 인간은 사람들을 웃기려고 이 이야기를 자주 했다. 사람들은 내게 묻는다. “네가 닭을 살릴 수 있다는 게 사실이니?” 그들이 내 말을 믿지 않기 때문에 나는 웃는 척하지만, 내가 원하기만 하면 닭들을 되살릴 수 있다는 것, 진공청소기가 빼앗아간 숨결을 돌려줄 수 있다는 것을 나는 알고 있다. 나는 또 그림자도 볼 줄 안다. 아주 어렸을 때부터 그림자를 볼 수 있었다. 항상 그림자가 보이는 건 아니고 때때로 그럴 뿐인데, 누가 이야기를 하느라 거기 있을 때, 식당에 서 있을 때, 가려고 외투를 입으면서 엄마나 심부름하는 여자와 이야기를 하거나 담뱃불을 붙일 때, 그 사람 뒤로 그림자가 보인다. 그를 잡으려고 팔을 뻗치고 있는, 그보다 더 커다란 그림자다. 나는 그런 그림자가 싫고 무섭고 아프고 등에 소름이 끼쳐서 부들부들 떨리기 시작하고 소리를 지르고 싶다. 그러나 그래서는 안 된다. 그렇게 하는 날에는 손님들은 내가 미쳤다고 여기고 다시 오지 않을 테니까. 나는 고함치고 싶고 간혹 나도 모르게 비명이 튀어나와서 이렇게 소리지르기도 한다. “조심해요, 그림자가 저기 있어요, 조심해요.” 하지만 내가 소리를 지르면 사람들이 다시는 식당에 오지 않을 거다. 엄마는 말했다. "그 얘긴 하지 마, 요, 하지 말라고. 그림자 얘긴 하지 마. 그냥 눈을 감고 열까지 세기만 하면 그림자가 가버릴 거야." 하지만 내가 그렇게 해보면 종종 사람들이 그림자와 함께 가버리는데 그들이 그림자 때문에 곧 죽으리라는 것을 나는 알고 있다. 그림자는 그들을 잡아먹고 심장을 먹는다. 하지만 나는 절대로 그 얘기를 해서는 안 된다. 하지만 내 사촌누이와 함께라면 경우가 다르다. 내 사촌누이는 가끔 도시에서 여기 식당으로 우리를 찾아온다. 그녀는 도시에서, 기업체에서 일한다. 내가 보기에 그녀는 아주 부자이고 똑똑하다. 교육도 받았고 변호사 사무실에서 일한다. 언제나 예쁘고 옷도 잘 입고 향수 냄새가 난다. 그래서 내가 "향기"라고 부르는데 그녀에게 내 사촌 "향기"라고 말하면 그녀는 웃는다. 그녀는 목덜미의 향수 냄새를 맡게 해주었다. 그녀의 머리는 길고 윤기가 흐르며 거기서도 좋은 냄새가 난다. 가끔 사촌누이가 우리를 찾아왔다가 가려고 문가에 서 있으면 그녀 옆에 그림자가 보인다. 나는 그녀에게 달려가 그림자를 쫓아버리려고 주먹질을 해댄다. 사촌의 등을 세게 때리고 소리를 지를 때까지 팔을 꼭 잡는다. "그만, 요, 아파!" 하지만 그 순간 그림자가 가버렸다. 내 주먹질이 무서워 사라져버린 것이다. 그제야 나는 내 사촌 향기를 순순히 보내주고 그녀는 도시로 돌아가기 위해 시외버스 정류장까지 걸어간다. 나는 사촌이 좋다. 본인에게 대놓고 말하지는 않았지만 이 세상 다른 모든 것보다, 심지어 엄마보다 더 좋다. 그녀가 내 인생에서 유일하게 아름다운 것이며, 그녀 말고는 모두가 여기서 자는 저놈, 내가 미워하는 저 인간처럼 생겼고, 모두가 다 추하고 고약하기 때문이다. 나는 이런 얘기를 아무에게도 하지 않고, 사촌이 찾아오기를 기다린다. 또 내가 향기에게 전화를 걸 수 있을 땐 휴대전화 번호를 눌러 이렇게 말한다. "잘 지내? 언제 날 보러 올 거야?" 그러면 그녀가 말한다. "아, 모르겠는데, 두 주 후쯤, 시간 있을 때." 나는 말한다. "누가 같이 있는 소리가 들려, 웬 놈이랑 같이 있구나!" 그녀는 아니라고, 혼자 있다고 하지만 나는 그녀가 애인과 함께 있다고 확신한다. 나는 말한다. "약속했다, 잊지 마." 그녀가 말한다. "내가 무슨 약속을 했는데?" 내가 말한다. "나한테 담배 가져다준다고." 그녀는 전화기에 대고 웃으며 약속한다. "좋아, 요, 담배 사갈게. 하지만 맥주는 마시면 안 돼, 잊어버리지 않았지?" 나는 이젠 술을 마시지 않겠다고 약속한다. 그다음에는 종업원 딸인 엘렌을 만난다. 그애는 매주 두 번, 토요일과 목요일 방과 후에 제 엄마를 따라 식당에 온다. 그애는 아직 너무 어린 게 열한 살쯤 된 것 같다. 언젠가 물어보니 그애가 손가락을 꼽아 보이며 대답했다. "난 열한 살이야." 처음에 그애는 내가 무서워서 제 엄마 뒤로 가서 숨곤 했지만, 내가 친절하게 굴고 사탕이나 컨테이너에서 가져온 비스킷, 마시멜로와 초콜릿이 든 '아무르'라는 비스킷을 주었더니, 그게 맛이 끝내준다, 이제는 나를 보러 온다. 나는 그애에게 비스킷 상자 뒤에 숨어 있는 새끼 고양이를 보여준다. 그애가 오면 새끼 고양이는 무서워하지 않고 나와서 그애 다리에 제 몸을 비빈다. 엘렌이 말한다. "네 고양이 귀엽다, 이름이 뭐야?" 고양이에게 이름이 없어서 나는 이렇게 말한다. "응, '무명이'야." 그래서 이제 그게 녀석의 이름이다. 나는 그애가 교복을 입고 오는 게 정말 좋다. 짧은 초록색 체크무늬 치마에 하얀 블라우스를 입으면 어찌나 깨끗하고 예쁜지 꼭 인형 같다. 그애는 매트리스에 앉아 새끼 고양이를 쓰다듬고, 나는 그 옆에 앉아 그애를 바라본다. 어느 날 그애가 말했다. "왜 나를 그렇게 쳐다보는 건데?" 나는 대답했다. "네가 예뻐서 쳐다보는 거야." 그애는 말했다. "남자애가 여자애들을 그렇게 쳐다보면 안 돼, 그건 좋지 않아." 나는 무슨 말을 해야 할지 몰라서 이렇게 말했다. "네가 아니라 네 치마를 보는 거야. 네 치마 참 예쁘다." 나는 그애의 치마 밑단을 만지고 그애 다리의 피부도 만졌다. 정말 보드라웠다. 내 심장이 더 빨리 뛰는 게 느껴졌는데 창녀촌 여자들과 같이 있을 때처럼이 아니라 예쁜 사촌누이의 머리카락에서 나는 향기를 맡았을 때처럼 심장이 뛰었다. 엘렌은 무릎 위의 고양이를 계속 쓰다듬고 있었고, 나는 감히 더이상 움직이지 못하고 그애의 맨다리만 바라보고 있었다. 그애의 치맛단이 올라갔고, 나는 내 심장 뛰는 소리에 귀기울였다. 그러자 그애가 자리에서 일어나 고양이를 바닥에 내동댕이치고 치마의 주름을 쓸어내리며 가려고 했다. 그애는 화가 나 있었다. 내가 말했다. "말 안 할 거지? 안 그러면 난 다시는 너를 볼 수 없을 거야." 그애가 나를 바라보는데 새까만 눈이 아주 커다랬다. 그애는 화가 난 기색이었지만 이렇게 말했다. "아니, 아무에게도 말 안 할 거야." 내가 그애의 치마를 만졌는데도 어쨌든 그애는 나를 매우 좋아한다고 여겨져서 기뻤다. 그 인간은 내가 숫총각이고 여자를 모른다며 나를 놀리지만 그건 사실이 아니다. 나는 여자들 경험이 있다. 내가 고속도로 공사장에서 일할 때 어느 날 인부들이 말했다. "자, 가자, 인생을 가르쳐줄게!" 나는 그 말이 무슨 뜻인지도 모르면서 그들과 함께 온갖 술집과 노래방이 있는 시내로 갔다. 그곳은 수많은 조명과 음악이 있는 아름다운 장소였다. 나는 노래 부르는 것을 아주 좋아하고 목청도 좋고 춤도 잘 출 줄 안다. 인부들은 나를 에워싸고 박수를 치며 말했다. "해봐, 요! 춤춰, 춤춰!" 그래서 내가 계속 춤을 추는데 한 여자가 다가와 나에게 찰싹 달라붙었다. 그녀는 몸에 딱 붙는 예쁜 검은색 원피스를 입고 있었지만 내 사촌누이 향기만큼 아름답지는 않았다. 그녀가 소리를 지르며 목이 터져라 노래를 부르기에 나도 맥주와 화주를 엄청 마신 터라 그녀보다 더 크게 고래고래 소리를 지르며 내가 좋아하는 노래를 불렀다. 나는 특히 이런 가사의 후렴이 좋다. "아베 마리아, 아베 마리아!" 내가 부른 건 바로 이 노래였다. 그러자 인부들이 그녀에게 말했다. "자, 저애를 데려가, 네 서방이니까!" 나는 그녀에게 말했다. "그렇지 않아, 난 네 서방이 아냐!" 그런데도 그녀는 노래방이 있는 층의 어떤 방으로 나를 데려갔다. 그 방에는 바닥에 빨간 쿠션들이 널려 있었고, 그녀는 내 바지를 벗기기 시작하더니 저도 옷을 벗었다. 하지만 스타킹만은 남겨놓았다. 그녀는 나에게 달라붙었고, 그렇게 해서 그녀와 그걸 했다. 처음이었지만 나는 이미 그게 어떻게 돌아가는 건지 알고 있었다. 식당 텔레비전에서 포르노 영화를 몇 편 봤다. 남자가 여자와 자는 것을 벌써 보았고, 한번은 여러 남자가 여러 여자와 자는 것도 본 적이 있었다. 일이 끝난 뒤 나는 바지를 다시 입고 말했다. "감사합니다, 부인." 그런데 그녀가 성에 차지 않는지 울기 시작했다. "뭐라고? '감사합니다, 부인'이 다야?" 그러더니 나에게 욕을 하기 시작했다. 나는 소리지르고 화내고 그녀를 때릴 것만 같은 느낌이 들었다. 그런데 인부들이 와서 그녀에게 돈을, 지폐를 주었다. 하지만 얼마를 주었는지는 모르겠다. 세어보지 않았으니까. 그러고는 그들과 함께 그곳을 떠났다. 그날 밤 나는 돌아가기에는 너무 취했기 때문에 공사장 막사에서 잤다. 엄마는 내가 인부들과 함께 술 마시러 가는 걸 좋아하지 않는다. 여기 이 골짜기에 왔을 때처럼 내가 싸움을 해서 경찰서에 끌려가지나 않을까 두려운 것이다. 그후로도 나는 여러 차례 창녀촌으로 여자들을 만나러 갔다. 처음 만났던 그녀, 제니와는 여러 번 잤다. 그곳에는 미라, 아바 같은 다른 여자들, 그리고 좀더 젊은 루이자라는 아가씨도 있는데 키가 크고 아주 예쁜 아프리카인으로, 내 생각에는 창녀가 아니라 그냥 노래방에서 춤을 추려고, 남자들과 춤추고 술 마시려고 거기 있는 여자다. 나는 그녀에게 여러 번 말을 걸고 담배를 권하고 옆에 앉기도 했는데 그녀는 나를 밀쳐내기는커녕 상냥하게 이야기를 했다. 그녀가 외국어로 말하는데다 내가 그녀의 눈과 입술과 몸, 그리고 쭉 뻗은 긴 다리를 쳐다보느라 정신이 없어서 무슨 말을 하는지는 잘 알아듣지 못했다. 그녀는 노래방 옆에 사는데 그곳 주인과 함께 지낸다. 아내인 것 같지만 내 생각에 아내는 아니다. 그녀가 내게 무슨 일을 하느냐고 묻기에 나는 웃음거리가 될까봐 식당이나 닭 얘기는 하지 않고 안마사라고 대답했다. 그게 마음에 드는 모양인지 그녀가 말했다. "돈 낼 테니까 언제 한번 마사지 좀 잘 해줘봐요." 나는 엄마와 이모들한테도 돈을 받지 않고 마사지를 해주고 있으니 그녀만 좋다면 그렇게 해줄 거고 돈은 내지 않아도 된다고 대답했다. 그것도 마음에 드는지 그녀가 내게 미소를 지어 보였다. 여름에는 식당에 일이 많아서 자주 외출할 수 없지만 겨울이 되면 노래방으로 돌아가서 루이자를 만나 약속했던 마사지를 해줄 것이다. 하지만 이제는 창녀들을 너무 자주 만나고 싶지는 않다. 그들을 만나면 틀림없이 술을 엄청나게 마실 테고, 그러면 내가 화를 주체 못하다가 감옥에 처넣어질까 무섭기 때문이다. 감옥에서는 사람들을 때리는데 매일 경찰들이 감방으로 와서 아무나 한 명을 골라 주먹으로 치고 발길질을 하고 몽둥이찜질을 안긴다고 엄마가 말했다. 여름이 온 지금 나는 틈이 나면 엘렌을 강으로 데려간다. 우리는 헤엄치는 물고기들을 보려고 신발을 벗고 조약돌을 밟으며 걷는다. 가끔 뒤에서 물고기들이 다가와 발을 물면 엘렌은 웃음을 터뜨리며 말한다. "간지러워!" 내 생각에 엘렌은 간지럼 태워주는 걸 좋아하는 것 같다. 그래서 인적이 없는 강 모퉁이 모래사장에 함께 앉아, 그애가 웃는 소리를 들으려고 간지럼을 태운다. 그애는 반바지에 티셔츠 차림인데 내가 목이며 겨드랑이며 발바닥이며 온몸을 간질이자 웃으며 말한다. "그만, 요! 그만해!" 하지만 나는 그애가 딸꾹질을 할 때까지 계속한다. 엘렌, 그애는 내 친구다. 나는 그애를 간지럼 태우는 게 무척 좋다. 그애의 부드러운 살결이며 팔, 목을 만지고 또 티셔츠가 벌어지면 다른 여자들과 달리 조막만하고 보드라운 그애의 가슴이 보이기 때문이다. 그애가 말한다. "나 좀 그만 쳐다봐, 넌 그럴 권리가 없어, 다 이른다!" 그러면 나는 간지럼 태우는 걸 그만두고 미안하다며 말한다. "엄마한테 이르지 마, 엘리 부인한테도." 만일 이 얘기가 그들 귀에 들어가면, 나는 다시는 엘렌하고 산책을 나가지 못할 것이다. 엘렌은 말하지 않겠다고 약속하며 말한다. "엘리 부인이라고 하지 마, 우리 엄마니까." 그뒤 나는 엘렌의 손을 잡고 차가운 강물 속을 다시 걸어 식당으로 돌아온다. 그애가 떠날 시간이 되어 엘리 부인과 함께 가버리면 나는 무명이를 데리고 컨테이너로 들어간다. 나는 여름이 정말 좋다. 날은 덥고 언제나 푸른 하늘에서는 하얀 새털구름이 계곡 위로 흘러간다. 식당에는 일이 많다. 내가 닭 잡는 일을 마치면 엘리 부인이 엘렌과 함께 온다. 나는 더이상 할 일이 없어서 엘렌과 함께 강으로 간다. 도로에서 너무 멀어 사람이 하나도 없는 곳까지 아주 멀리. 우리는 숲을 지나가기도 하는데 나무 밑이 어두워 엘렌이 조금 무서워하면서 내 손을 꼭 잡는다. 그애가 말한다. "들짐승이 있을까?" 내가 말한다. "뱀 말이야?" 그애가 말한다. "응, 뱀. 아니면 스라소니. 아니면 여우." 나는 말한다. "있기야 하겠지만 나랑 있으면 안 무섭잖아." 그애가 말한다. "나를 잘 지켜줄 거지?" 내가 말한다. "난 네 오빠나 마찬가지야." 그애가 말한다. "우리 아빠나 마찬가지지." 그애는 또 말한다. "난 아빠가 없어, 떠나버렸거든. 그래서 우리 엄마는 일을 해야 해." 내가 말한다. "나도 아빠가 없어. 엄마랑 함께 있는 그 인간은 그냥 거기 사는 인간일 뿐이야." 숲속 바위에 앉는다. 더는 아무 말도 하지 않는다. 숲속은 너무 조용하고 아름답기 때문에 말을 너무 많이 해서는 안 된다. 가끔 그애는 휴식을 취한다. 땅바닥에 누워 내 무릎을 베고 잠들기도 한다. 그러면 나는 그애의 머리카락을 쓰다듬는다. 그애의 결 고운 머리카락은 붉은 기가 도는 예쁜 갈색이다. 나는 그애의 눈에서도 불꽃 색깔을 본다. 하지만 내가 만지는 걸 그애가 좋아하지 않는다는 걸 알기에 깨지 않도록 손가락 끝으로 머리카락을 만진다. 그애가 자는 동안 그애의 냄새를 맡는다. 잎사귀와 꽃 향기인데 얼마나 감미로운지 내 몸이 떨려온다. 그애의 목에 코를 가져가 그애가 깨지 않도록 조심스레 숨을 들이마신다. 여름이다. 이번 여름만큼 행복했던 여름은 한 번도 없었던 것 같다. 숲속에서 나는 모든 것을 잊는다. 엄마의 그 인간, 그의 고약한 시선도 잊고 공사장 인부들의 고함소리, 창녀촌의 창녀들, 화가 나서 부들부들 떨며 누군가를 때리고 싶게 만드는 술도 잊고, 식당에서 남자들과 여자들이 식사를 끝냈을 때 그뒤에서 일어서는 그림자까지도 잊는다. 내가 식당 맞은편 아래쪽 강 앞에 있고 엘렌이 먼저 길을 뛰어 건너가면 나는 공사장의 트럭이 그애를 치지나 않을까 걱정된다. 여름이 끝나지 않았으면 좋겠다. 매일 오후 엘렌과 함께 강을 따라 바위 틈 사이로 가재를 찾으러 다니거나, 너무 멀어서 아무것도, 도로에서 나는 소리도, 자갈을 만드는 분쇄기의 모터 소리도, 자동차 경적 소리도 들리지 않는 큰 숲과 산속을 쏘다녔으면 좋겠다. 어느 날 새벽, 나는 이른 아침 잠에서 깼다. 내 심장은 몹시 빨리 뛰었고, 나는 컨테이너에서 나와 엄마에게 소리쳤다. "강이 넘쳐! 강이 넘쳐!" 그 인간이 집에서 나와 쳐다보더니 말했다. "당신 아들이 미쳤군! 강이 넘친다고 하네!" 나는 계속 소리치며 대지 끝으로 갔다. 도로의 다른 편에서 강을 볼 수 있는 곳이다. 나는 계속 소리쳤다. "강이 넘친다!" 엄마가 와서 나를 팔로 끌어안고 말했다. "진정해, 요, 아무 일도 아냐, 강물은 강바닥에 있다고." 아무도 내 말을 믿지 않는 걸 보고 나는 창피해서 울었다. 또 꿈속에서 내가 본 대로 물이 땅 위로 넘쳐 나올 것을 알고 있었기에 물이 도로를 삼키면 엘렌이 빠져 죽을까봐 무서워서 울었다. 그 인간이 나를 비웃고 조롱했다. "당신 아들은 아무 말이나 하는군!" 하지만 그건 사실이 아니다. 밤중에 내가 본 일이니까. 그런데 오후 세시경 강물이 강바닥을 벗어나 공사장을 침수시키고 집기들과 서류들을 삼켜버린 모양이다. 강이 도로를 끊어버려 여종업원은 그날 올 수 없었고 엘렌도 물론 오지 않았다. 넘친 물이 이틀 동안이나 고여 있었기 때문에 물길을 건너 시내까지

가려면 맨발로 걸어야만 했다. 엄마는 사람들이 그 얘기를 하는 걸 원치 않았지만 그 인간이 시내에 가서 떠벌린 탓에 나중에는 사람들이 엄마에게 물어보러 왔다. "댁의 아들이 꿈속에서 강물을 보고 나서 강이 범람한 게 사실인가요?" 엄마는 그냥 꿈이라고 말했지만 사람들은 내가 미래를 볼 수 있다고 생각했다. 그 일이 있은 후, 사람들이 식당에 와서 내게 여러 가지 질문을 했지만 나는 그들 위쪽의 그림자를 보았을 때조차 대답할 수가 없었다. 엄마가 그런 것을 좋아하지 않았기 때문인데, 악마가 내게 그 꿈을 보냈다고 사람들이 생각할 거라는 것이었다. 하지만 엘렌에게는 모든 것을 말했는데 그애는 내 말을 끊지 않고 귀기울여 들었다. 나를 믿었기 때문이다. 그애는 이런 말까지 했다. "넌 어른들보다 아는 게 더 많구나." 그건 내가 그애와 같으며, 사실 내가 다 자란 게 아니라는 소리다. 나는 그게 기뻤다. 내가 진정 그애의 친구이며 오빠였기 때문이다. 아침에는 일을 하고 오후에는 엘렌과 함께 강에 놀러 가고 하는 사이 여름이 쏜살같이 지나갔다. 나는 그게 영원히 끝나지 않았으면 했다. 개학이 얼마 남지 않은 어느 날 엘렌이 내게 말했다. "이제 난 열두 살이야." 나는 말했다. "음, 그럼 나는 열다섯 살이네." 엘렌이 낄낄거리더니 말했다. "넌 네 나이도 모르는구나. 넌 열다섯 살이 아냐. 늙었어, 적어도 서른 살이라고." 나는 말했다. "아냐, 아냐, 열다섯 살이야, 맹세해." 나는 그애가 선물을 원한다고 생각했다. 그런데 줄 것이 없어서 이렇게 말했다. "음, 그럼 무명이를 가져도 좋아. 내가 주는 생일 선물이야." 그애가 내게 입을 맞추었다. 처음이었다. 나는 내 뺨에 아주 부드럽게 스치는 그애의 입술을 느꼈다. 그러자 마치 내가 쓰러질 것 같은 이상한 효과가 났다. 그애가 말했다. "아냐, 네 고양이는 됐어. 그건 네 거니까. 그리고 걔는 쥐를 잡잖아, 안 그래?" 그애는 내 손을 잡고 눈을 들여다보며 말했다. "난 전처럼 자주 못 와. 그래도 넌 내 생각을 해야 돼, 응?" 그뒤 사촌 '향기'가 찾아왔다. 사촌누이는 여전히 정말 예뻤다. 멋진 하얀 원피스에 단정하게 빗은 검은 머리카락이며 예쁜 다리, 내가 팔로 끌어안자 사촌이 말했다. "네가 엘렌을 귀찮게 하지 않았으면 좋겠다." 나는 말했다. "그렇지 않아, 난 엘렌을 괴롭히지 않아." 그녀는 웃는 기색도 없이 또 말했다. "난 그러지 않았으면 해, 알아듣겠어? 이젠 괴롭히지 마, 갠 어리니까, 알겠지?" 나는 엘렌을 데려와서 아니라고, 내가 그애를 괴롭힌 게 아니라고, 그냥 서로 간지럼을 태운 것뿐이라고 말하게 하고 싶었다. 그러나 그애는 오려고 하지 않고 엄마와 엘리 부인에게 붙어 있었다. 하루 일과가 끝나 그애가 집에 갈 때 나는 그애 위쪽에 있는 그림자를 보았다. 처음이었다. 몸이 떨리고 겁이 났다. 그림자는 그애보다 키가 훨씬 크고 검은 건장한 사람이었는데 그애에게 몸을 숙이고 있었다. 나는 소리를 지르며 그애에게로 달려갔다. 엘렌의 엄마가 거기 있다가 그애를 꼭 붙들었다. 내가 그림자에 주먹질하기 위해 다가가려고 하자 그애 엄마가 나에게 손을 치켜들며 외쳤다. "다가오지 마, 이젠 절대로 내 딸 가까이 오지 마. 네 집으로 꺼져, 덜떨어진 미치광이, 바보 천치 주제에, 절대로 얘 근처엔 얼씬도 말라고, 알겠어?" 나는 길가에 꼼짝도 못하고 서서 엘렌이 제 엄마, 그리고 자기 위에 있는 검은 그림자와 가버리는 모습을 바라보았다. 나는 소리를 지르며 강가로 갔다. 아무도 내 말을 듣지 않더라도 소리치기 위해서였다. 식당에 오는 사람들이 나를 미치광이 바보 천치라고 여기는 걸 원치 않아서였다. 그다음 며칠 동안 나는 혼자서 강과 산, 그리고 엘렌과 내가 둘이서 갔던 은신처에 가서 그애가 앉았던 풀밭을 바라보고 바위와 숲과 모든 것을 바라보았다. 허전함이 느껴져서 소리를 지르고 산속에서 들려오는 메아리에 귀기울였다가 또다시 소리를 질렀다. 얼마 후 엘렌은 이따금 찾아오기도 했지만 무척 달라진 모습이었다. 한번은 제 아버지가 차에 태우고 와서 식당 앞에 내려주었는데, 허리띠가 달린 진짜 원피스를 입고 굽 달린 구두를 신고 루주까지 발라서 다 큰 여자처럼 보였다. 그애가 내게 안녕 하고 인사를 해서 내가 껴안으려고 하자 조금 뒷걸음치는 게 예전 같지 않았다. 가슴까지 봉긋해져서 이젠 정말로 내 사촌누이 향기처럼 여자인 것 같았다. 그만큼 예쁘지는 않았지만. 이제는 감히 강가에 같이 가자고 해볼 수도 없었다. 이젠 그런 것엔 관심도 없을 거라는 생각이 들었다. 그애는 향기와 함께 식당 쿠션에 앉아 텔레비전을 보고 있었다. 그때 나는 그애하고는 끝났다는 걸 깨달았다. 그애는 변했다. 하지만 내가 진정 슬픈 건 그 때문이 아니었다. 내가 그들에게 이야기하려고 하자 둘이 서로 바짝 달라붙더니 향기가 말했다. "요, 이건 여자들끼리 얘기야. 왜 거기서 그러고 있는 거니?" 내가 그들을 때리려는 척해보았지만 무서워하기는커녕 내게 신발을 던지거나 소리를 질렀다. "꺼져!" 마치 내가 엄마의 강아지이기라도 한 양. 그 무렵 식당에는 일이 그리 많지 않았다. 진공청소기가 있는 데로 끌고 갈 닭도 이젠 없을 뿐만 아니라 어쨌거나 그 일도 그 인간이 맡았다. 그래서 나는 돈을 벌어서 담배와 맥주도 사고 창녀촌에도 가기 위해 고속도로 공사장으로 돌아갔다. 나는 오후 내내 일을 하고 가끔은 남아서 숙소에서 자기도 한다. 식당에 가봐야 할 일도 없는데다 거기서 죽치고 있는 그 인간이 싫기 때문이다. 잠자는 곳은 합석으로 지은 널찍한 가건물로 침대들이 포개져 있는데 나는 위쪽 침대를 차지할 수 있다. 영화에 나오는 것처럼 배를 탄 기분이라 그 자리가 좋다. 토요일 저녁이면 인부들과 함께 시내로 가서 노래방에서 술을 마시고 노래를 부르고 여자들과 춤을 출 수 있다. 내가 루이자를 만나러 가면 다른 사람들이 놀리며 소리친다. "루이자를 만나러 가, 네 마누라잖아!" 그들은 웃으며 상스러운 농담을 한다. 나는 루이자가 정말 좋다. 그녀는 나에게 친절하게 굴며 머리카락을 쓰다듬어준다. 나는 그녀와 함께 맥주를 마신다. 이따금 그녀는 내가 목이며 어깨를 살살 주무르게 내버려둔다. 나는 그녀의 피부와 근육을 느끼는 게 너무 좋고, 그녀도 "음-음!" 하면서 내가 하는 대로 내버려둔다. 그녀는 외국어인 자기 나라 말로 이상하게 말하는데 튀니스에서 온 아프리카인이라서 그렇다고 그녀가 내게 말해주었다. 그녀는 파란 하늘에 바닷가에는 야자수들이 즐비한 자기네 고장이 어떤지 이야기해주었다. 나는 그녀와 함께 위층의 붉은 쿠션들이 있는 방, 이미 제니, 다른 창녀들과 함께 갔었던 그 방으로 가지만 바지와 옷을 홀랑 벗기 위해서가 아니라, 그냥 담배를 피우고 맥주를 마시며 얘기나 하기 위해서다. 나는 토요일마다, 그리고 일요일에도 노래방에 간다. 엄마는 혹시 술을 마시는 건 아니냐고 묻지만 나는 아니라고, 그냥 음악을 들으며 커피를 마시는 거라고 거짓말을 한다. 겨울이 시작되어 날씨가 춥고 산 위에는 벌써 눈이 쌓여 있다. 내가 공사장에서 일을 열심히 하니 사장이 흡족해하며 남쪽 공사장에서도 나를 써주겠다고 했다. 나는 남쪽으로 가는 게 좋다. 날씨도 온화하고 루이자의 나라에서처럼 바닷가에서 야자수를 볼 수 있을 것 같다. 내 생각에 내가 돈을 좀 벌면 엘렌에게 예쁜 목걸이를 사줄 수 있을 테고 그러면 그애가 나를 다시 좋아할 거다. 그러던 어느 날 바로 그 일이 일어났다. 토요일 저녁, 나는 노래방에 가서 맥주와 화주를 잔뜩 마시고 인부들과 다투었다. 그들이 루이자가 여자가 아니라고 했기 때문이다. 그들은 루이자가 남자라면서 박장대소를 했다. 루이자가 그들에게 욕을 하면서 위층으로 올라가기에 나도 진실을 알고 싶어 그녀를 쫓아가려 했다. 내가 그녀의 다리를 붙잡자 그녀가 계단에서 뒤로 넘어졌고 그만 죽어버렸다. 나는 그녀를 살려내려고 그녀의 입에 대고 숨을 불어넣었지만 목이 부러져 머리는 다시 떨어지고 더는 숨을 쉬려고 들지 않았다. 인부들은 고함을 지르며 자기들이 모든 걸 다 봤는데 루이자가 넘어져 목이 부러질 때까지 내가 때렸다고 했다. 하지만 그건 사실이 아니다. 그건 사고였고 나는 그녀가 죽기를 바라기는커녕 그녀를 몹시 좋아했다. 그때 경찰들이 와서 나를 뒤에서 잡아끌었다. 내가 루이자 위에 엎어져 있었기 때문이다. 그중 한 명이 나를 몽둥이로 때렸다. 나는 감옥으로 갔다. 거울 앞을 지나가는데 내 위쪽에 그림자 하나가 보였다. 나는 이미 너무 늦었다는 걸 깨달았다. 그림자가 나로 하여금 루이자를 죽이게 만들고 나를 감옥으로 보낸 것이다. 그들은 내 옷을 벗겨 노란 옷을 입히고 머리를 짧게 깎았다. 나는 부탁했다. "제발 때리지 마세요!" 하지만 경찰들은 들은 척도 않고 나를 비웃었다. 내가 덜떨어진 미치광이 바보 천치라고 생각했던 것이다. 내가 그런 건, 감옥에서는 매일 사람들을 때리는데 아무나 한 명을 잡아다가 주먹으로 치고 발길질을 한다고 엄마한테 들었기 때문이다. 하지만 그들은 나에게 아무 짓도 하지 않았다. 여러 날 후 엄마가 나를 보러 와서 면회실에서 기다리고 있었다. 내가 면회실에 가자 그들이 수갑을 풀어주었다. 나는 엄마 앞에서 바닥에 엎드려 용서를 빌었다. 사촌누이 향기도 같이 왔는데 회색 사무복을 입은 그녀는 정말 예뻤다. 사촌누이는 아주 부자이고 변호사 사무실에서 일한다. 나는 사촌의 목에서 나는 향기를 맡아보고 싶었지만 그녀는 내가 만지는 걸 원하지 않았다. 출소할 때면 나는 늙었을 것이다. 루이자의 일은 유감이다. 여자였는지 남자였는지는 알 수 없지만 나에게는 친절했다. 이 모든 일이 벌어진 것은 바로 내 위에 있는 그 검은 그림자 때문이다. 무명이의 소식을 물어보았더니 컨테이너 말고 다른 곳에서는 지내려 들지 않아서 엄마가 매일 내장 요리와 우유를 조금 가져다준다고 한다. 그 녀석은 우유를 몹시 좋아하니까. 좋은 소식은 그 인간이 떠났다는 것이다. 그는 이제 엄마와 자지 않는 것이다. 그자가 엄마의 돈을 훔쳤기 때문에 엄마가 그자에게 떠나라고 했다는 것이다. 그래서 이제 닭을 잡고 요리하는 모든 일을 엄마가 엘리 부인과 함께 하고 있다. 엘렌의 소식은 차마 물을 수 없다. 지금쯤 그애는 아가씨가 되었을 테고 내가 출소할 때면 그애를 알아보지 못할 거라는 생각이 든다. 아마 그애는 남자친구가 있고 이젠 내 생각을 할 틈도 없을 것이다. 나는 여기서 읽고 쓰는 법을 배울 테니 그애에게 편지를 한 통 쓸 수 있을 것이다. 이게 내가 해야 했던 이야기의 전부이며, 지금으로서는 달리 할말이 없다.

아무도
아닌

루트비히
비트겐슈타인의
사상에 관하여

사막을 가로지르는 도로 하나가 사람들이 떠나가는 곳과 모여드는 곳을 이어주고 있다. 더위에도 불구하고 창문을 꼭꼭 닫은 검은 자동차 안에서 그녀는 지시받은 대로 왼쪽도 오른쪽도 쳐다보지 않고 앞만 똑바로 보며 너무 빠르지도 너무 느리지도 않게 운전을 하고 있다. 내게 그녀의 두근거리는 심장 소리가 들리고, 터질 듯한 폐, 답답한 목구멍, 손바닥에 흥건한 땀이 느껴지는 것 같다. 그 두려움을 짐작할 것도 같지만 어쩌면 모든 것이 속히 끝나버릴 수도 있다. 모든 것이 그녀가 십 년 전에 작정한 종말, 궁극에 이르기를. 그녀의 의지가 그녀의 몸 한가운데서 불굴의 무기가 될 것이다. 그녀는 망설일 수도 없고 뒤로 돌아갈 수도 없다. 병사들이 너를 멈춰 세우려 들 거야. 하지만 그들을 바라보아서도, 그들의 말에 귀기울여서도 안 돼. 그것이 정지 명령이라고 해도. 네가 문까지 곧장 가면 천국의 문이 열리듯 너를 위해 그 문이 열릴 거야. 어제 처음으로 그녀는 자기를 좋아하는 사내에게 몸을 허락했다. 그들은 하룻밤 하룻낮을, 화장실에 가거나 미지근한 물로 샤워하는 일 말고는 커튼을 걷지도 밖으로 나오지도 않고 호텔방에 머물렀다. 숙박부에 그녀는 이런 이름을 적었다. 알리야. 그건 그녀의 이름이 아니라 자매의 이름이다. 하지만 사내는 아무 말도 하지 않았다. 그들은 시간이 몇시인지 다음날엔 어떻게 될지 따위는 생각하지 않고 거의 쉬지 않고 사랑을 나누었다. 그녀가 쾌감을 느낄 때마다 내 생의 별은 빛을 더했고 나는 내 거처를 더욱 공고히 만들었다. 이제 남은 일은 무엇인가? 나는 어디에 와 있는가? 무슨 일이 일어날지 뻔히 알면서도 그 자동차는 왜 문을 향해 질주했는가?

분명 하늘에서 왔다. 나머지 우리, 살아 있는 자들인 우리에게 보이는 하늘이 아니라 때로 최고천最高天이라고 불리는 또다른 공간에서 왔다. 무한하고 불확정적이고, 성별이 없지는 않지만 형성중이어서 모든 것이 이중적이고 또 모든 것이 가능할 수도 있는 곳.

언어 이전의 곳. 하지만 모든 것이 그 무엇도 아닌 것 속에 있고 한 인간이 아무도 아닌 것 속에 있는 까닭에 언어가 선재先在할 수도 있는 곳.

나에게는 태어나고, 나를 형성하고, 나를 마감하고자 하는 욕망이 있다. 수피교도들(위대한 시인들)이 신에 관해 말하기를 신은 알려질 필요가 있어 세상을 창조했다고 했다. 하지만 지금 오는 것은 이름도 근원도 없고 또 욕망도 훨씬 작아서 부름이나 공허의 움직임 같은 것으로만 존재한다. 그것은 하나의 꿈일 수도 있다. 한 여인의 꿈, 이미 더는 존재하지 않는 여인에게서 발산되는 꿈 말이다. 그것은 하나의 투사投射, 미래인 것이다. 꿈에서 태어나는 것은 추억 그 이상도 그 이하도 아닌 것으로 존재한다.

내가 어깨 위로 탐스러운 머리타래가 굽이쳐 흘러내리고 커다란 검은 눈에 미소가 눈부신 어떤 여인, 밴드 '비지스'의 음악이나 라이 음악*을 좋아하는 생생하게 살아 있는 젊은 여인의 꿈을 꿀지라도, 내가 그녀에 대해 가진 것이라고는 "우리의 자매 알리야가 점령군 병사들에게 살해되었다는 비통한 소식을 알려드려야만 하겠습니다"라고 건조하고 냉정하게 말하는 항공 봉함엽서에 쓰인 문장뿐이다. 그게 아무것도 아니고 아무도 아니란 말인가?

---

* 알제리에서 시작된 현대 대중음악의 일종.

나는 아직 존재 없이 대기하고 있는 것도 이미 존재함을 알고 있다. 하늘의 최고천. 나는 더 많이 알지 못하면서도 이 명사를 말했다. 하늘 제국Cielo empireo이라고나 할까. 하늘, 다른 이들의 말대로 신. 우즈베키스탄에서는 '탄그리 알라' '하늘-신' 또는 '하늘의 신'이라고 한다. 아메리칸인디언들에게 아타파스칸, 모호크, 이누, 즉 하늘은 가장 높고, 동식물계와 인간들은 그들의 아버지와 이어져 있듯(대지가 그들의 어머니일 텐데 분명 둘이 함께 탄생의 근원이다) 하늘과 이어져 있다. 그러므로 도래할 생이란 잉태되어 있는 것이 아니라 이 생에 대한 생각이며, 이 생이 꿈꾸는 것이나 욕망하는 것은 아직도 하늘의 습곡 속에 묻혀 있다. 하늘에 습곡이 있다고? 그것은 심장, 기관, 비밀을 말하기 위한 것이리라. 부유하는 한 존재, 나는 부유하고 떠돌고 꿈을 꾸는 존재다—꿈에 대한 꿈이 왜 존재할 수 없으리오?

존재하려는 욕망. 내가 바로 그것이다. 피조물은 아직 보이지 않는 채로 부유한다. 피조물은 가능성들을 두루 거친다. 여기 또는 저기. 장소가 아니라 순간을 말한다. 시간이나 해年가 아니라 형식을 말한다.

복부. 트리폴리에서. 8월의 어느 오후, 도시를 관통해 올라가는 오래된 도로에서. 내 생각엔 분명 1992년이다. 몇 년인지는 중요하지 않다. 비가 내리고 하늘은 어둡지만 상점들은 열려 있다. 초록색 외투로 몸을 감싼 젊은 여인이 자기 남자 뒤에서 걷고 있다. 그들은 우산이 없다. 빗물이 얼굴로 줄줄 흐른다. 둘 다 젊다. 기껏해야 스무 살이나 되었을까. 여자는 첫아이를 임신중이다. 아직 몇 달 안 되었지만 배가 볼록하다. 그녀의 둥근 배와 날씬한 몸매가 대조를 이룬다. 그녀의 갸름한 얼굴은 반듯하고 침착하며 애써 찌푸리고 있지만 눈썹은 완벽한 모양을 그리고 있고 코는 섬세하고 튀어나온 광대뼈는 붉고 피부색은 햇볕에 그을려 빨갛게 달아올라 있다. 헤나 염색기가 남아 있는 검은 머리는 이마에서 갈라져 있고, 급히 틀어올린 듯한 머리에서 머리카락 몇 가닥이 비어져나와 빗방울이 맺힌 채로 목에 달라붙어 있다. 맨발에 샌들을 신고 있다. 비가 올 때 신발을 신는 가장 좋은 방법.

젊은 남자는 아내보다 더 어려 보이기까지 하는데, 그의 아내의 잔뜩 긴장한 듯한 심각한 표정과 눈가의 다크서클이 선명한 얼굴 때문인 것 같다. 남자는 여자의 왼쪽 조금 앞에서 걷는데 여자보다 앞서 걷는 게 아니라 비탈길에서 여자가 그를 앞으로 밀어내는 것 같다. 도시의 더운 대기에 내리는 차갑고 묵직한 비, 흙냄새와 숲 냄새를 실어오는 비다. 움푹움푹 팬 도로 위에서 트럭과 버스가 헐떡이는 거친 소리를 내며 행인들에게 물을 튀기며 지나갈 때 남자는 옆으로 비켜나지만 젊은 여인은 주의하지 않아 원피스 아랫자락이 강물에서 나온 것처럼 젖어 있다. 물이 그녀의 맨발과 페디큐어를 한 발가락에서 번질거린다. 트럭의 배기가스가 만들어낸 한줄기 파란 연기가 도로 한가운데로 퍼져가면서 빗줄기에 잘리고 있다. 기침이 나게 하는 그 연기 때문에 젊은 여인은 스카프 한 자락을 끌어다가 입을 막는다. 산 위에 걸린 먹구름이 연기를 마시는 것처럼 보인다. 생은 폭풍우로부터 태어나지만 여기서는 생이 오히려 죽음의 위협처럼 보인다. 배가 부푼 젊은 여인은 강인하다. 그녀 앞의 행인들이 비켜서서 길을 터주자 남편은 미안한 기색으로 반쯤 뒤돌아본다. 그가 잠깐 멈칫하자 여자는 그를 건드리지 않고도 그저 검은 아이라인을 그린 시선만으로 그를 앞으로 밀어낸다. 그녀의 외투에 싸인 보퉁이가 옆구리 쪽으로 조금 밀리자 그녀는 초조한 몸짓으로 뒤로 밀어놓는다. 남자는 보따리 없이 그냥 과일 몇 개와 빵이 조금 담긴 검은 비닐봉지만 들고 있다.

날갯짓 소리. 흔들림. 스침. 땅은 눈 없이도 보고 바다는 고통 없이 흐른다. 부드러우면서도 강력한 시계추의 움직임 바로 그것이다. 포옹, 고통에 가까운 거대한 감미로움. 아마도 하나의 목소리. 나의 온 존재로부터 그것이 들려온다. 단어도 문장도 소리도 아니다. 하나의 목소리. 즉각적인 노래, 목구멍을 지나 성대, 융모를 진동시키고 공기주머니와 두개골과 비강에서 울리고 뱃속에서 반향하는 공기. 목소리가 생에 속하는 것인가, 아니면 생이 목소리를 만들어내는가? 나는 침묵 속에 존재하는 것인가?

가벼운 날개로 날기, 거의 투명한 앞날개, 공기층 어루만지기. 이미 어떤 이름의 음절들, 아마도 운명으로 들어가는 입구. 발라, 알리야, 엘리야, 엘리. 글자 'l(엘)'은 호흡에서 가장 그윽하고, 축축한 습음이며, 삼켜지고 늘어진 글자다. 소리 'a(아)'는 오래가고 자리를 잡고 인정받는 이기적이고 존재가 뚜렷한 소리로, 검은 하늘에 뚫린 구멍이다. 반짝이는 별이다. 스텔라 마리스. 네이마. 아스터. 또는 소리 'ô(오)', 피욜, 필론, 폴리스. 밤중에 친근한 별빛 아래서. 나는 밤중에 태어나고 싶다. 존재는 밤의 샘물을 마신다. 그림자의 감미로움, 별들의 유액을 마시는 것이다. 그리하여 이 날갯짓 소리, 구겨지는 소리, 이것은 불나방들이 내는 소리, 미친듯이 긁어대는 소리, 등불 주위를 맴도는 만질 수 없는 소용돌이, 벌레들이 화염을 향해 돌진할 때의 죽음의 회오리바람인 것이다. 누가 나에게 내 이름을 돌려줄 것인가? 아주 오래전부터, 내가 살지 않은 여러 해 전부터. 내 두개골과 육신을 점령하고 내 두뇌를 파괴하는 끔찍한 화염 속에서 나의 짧은 생이 스러졌을 때 잃어버린 그 해年들. “우리의 알리야가 점령군 병사들에게 살해되었다는 비통한 소식을 알려드려야만 하겠습니다.” 충분히 살지 못한 사람은 인생 전체에 대한 권리가 없다. 그는 생에서 잘려나가 공허 속에 던져져 볼 수도 들을 수도 느낄 수도 없게 된 채 다시 별도 없는 어두운 밤을 유랑하는 신세가 되어버렸다. 아주 작고 연약하고 손도 없고 눈도 없이 가까스로 알을 벗어난 겨우 새우만한 태아가 낙태 시술자의 죽음의 집게가 다가오면 뒤로 물러나듯 말이다. 내가 내 이야기를 하고 있는가? 하늘은 이 떠돌이 영들과 어미 없는 아이들로 가득하다.

나는 몇몇 커플에 대해 이야기하고 싶다. 그게 세상의 유일한 주제요 단 하나의 근심거리다. 생이 그들을 선택하지만 그들은 그것에 대해 아직 까맣게 모르고 있다. 그들은 아이들이라 성인의 삶을 산 적이 없거나 거의 살지 못했다. 그들은 외부를 향해 눈을 뜨지 못했다. 그들은 자제력이 없다.

오늘날의 대도시에서는 모든 것이 폭력이다. 길, 고속도로, 광장, 모호한 지대, 비탈길과 다리, 철도와 플랫폼, 터널, 건물, 신호기, 깜빡거리는 신호등, 경기장, 교회, 학교. 녹슨 담장 뒤의 오래된 묘지까지도. 부드러움은 어디에 있는가? 이 아스팔트 껍데기 아래, 이 먼지 속에, 사원 지붕에 박힌 쇠침 속에, 담배꽁초가 심긴 화분의 나무에, 하수구에, 병들고 사지가 잘려나가고 피부병에 걸린 새떼 속에?

한 커플이 있다. 청춘의 우아함이 동물들과 흡사하다. 침울해 보이는 청년은 거렁뱅이처럼 옷을 입었다. 색 바랜 청바지에 후드 달린 군청색 점퍼를 입고 진흙투성이 운동화를 신었다. 여자도 분명 그 또래인데 더 성숙해 보인다. 여자는 좀 느리게 걷는데 뚱뚱하다기보다는 통통한 편이고 모자는 쓰지 않았고 시선에 자신감이 있다. 그들이 국제공항에서 멀지 않은 대로를 대각선으로 횡단하기 시작할 때도 여자는 뒤돌아보지 않았다. 승용차와 트럭과 버스 들이 지나간다. 그날은 8월 21일인가 22일로 몹시 덥다. 사막 귀퉁이의 이 도시에서도 가장 더운 날이다. 태양이 사방에 불을 지른다. 그 커플은 무단 횡단을 하여 어디로 가는가? 조금 기분 나쁘게 텅 비어 있는 큰길 건너편에는 커다란 빨간색 글씨로 이름인지 번호인지가 적힌 사각형의 조립식 대형 건물이 있다. 문이 하나 있는데 돌로 만든 웅장한 정문이 아니라 쇠막대기 몇 개를 가시 철선으로 지그재그로 엮어놓은 것이 그냥 울타리 같다…… 날개를 파닥거리는 시심詩心에 어울리는 것은 아무것도 없다. 꽃들 사이로 부는 산들바람도, 밀려갔다 밀려오는 바다의 파도도 없다. 육체의 한가운데서, 그들의 이중의 육체 한가운데서 옴*을 탄생시키는 목소리도 없다. 그들은 서로 손을 잡고 (바로 이 순간) 세상에서 가장 살인적이고 가장 비인간적이고 가장 무심한 도로 하나를 오발탄이나 클랙슨 소리나 짐승막이를 장착한 범퍼나 분쇄 바퀴를 염려하지 않고 횡단한다. 그들은 길을 건너가버린다. 그들은 아직 살아 있다.

다른 커플. 쿱 슈퍼마켓, 화장품 매장이다. 남자, 불량스러운 모습, 하얀 피부에 푸른빛이 도는 문신, 목덜미의 짧게 깎은 붉은색 머리, 영화에 나오는 해적 졸개처럼 잔인해 보이는 얼굴. 여자, 호리호리하고 짙은 갈색 머리의 호박색 피부, 눈부신 치열, 승마용 모자 모양으로 자른 검은 머리카락, 그러나 그녀는 벌써 남자를 안다. 성인 여자를 닮은 아기 인형처럼, 자기와 닮은 세 살배기 여자애가 앉아 있는 카트를 밀고 있다. 남자, 자기가 안내를 하듯 허세를 부리며 조금 앞서 걷지만 그가 저 샴푸며 크림이며 인조 속눈썹이며 클렌징 로션에 대해 아는 게 무엇이겠는가? 그는 앳된 아내의 미모에 푹 빠져서 사랑 때문에 괴로워하고 화를 내고 싸움질을 한다. 그가 말했다. "나를 떠났다가는

* 힌두교, 불교, 자이나교, 시크교 등에서 명상이나 기도를 할 때 내는 소리.

나한테 죽는 거야?" 여자는 고개를 숙인다. 여자는 순종적이다. 하지만 눈은 정반대의 것을 말하고 있다. 그것은 남편의 군림하려는 의지를 다 합친 것보다 더 강경하다. 함께, 둘이 있으면, 그 여자와 남자는 약하고도 강하다. 그들에게 쉬운 것은 아무것도 없다. 그들은 돈도 없고 직업도 없어서 가끔 어린 딸을 데리고 대형 슈퍼마켓 주차장에서 구걸을 한다. 그러다 돈 몇 푼이 생기면 그녀는 자신이 아니라 아이를 위해, 머리끈이나 사탕, 팔찌 따위를 아이에게 사주느라 써버린다. 확신은 아이에게서 비롯된 것이다. 자신을 닮은 딸아이가 미래의 몫을 산 거라고 단순하게 생각하는 것이다. 그녀는 남편이 머지않아 세상 저편으로 떠나 병사가 되어서 아이들을 죽이고 여자들을 죽이고 미치광이가 되리라는 것을 벌써 알고 있는 것인가? 그녀는 딸과 함께 그를 기다릴 것이고, 돌아왔을 때 그는 더이상 아무도 아닐 것이다.

인생 역정, 오랜 흔들림. 명명되지 않은 것은 존재하기와 존재하지 않기 사이에서 망설이고 있다. 그런데 내가 하나의 이름을 얻었다면 그것을 잃어버린 사람은 누구인가? 개연성이 아니라 가능성이 있는 것이다. 증명되지 않은 것이 아니라 가설이다. 다시 도래한 부정否定은 미완성인 것을 잊게 만들고야 말 것인가? 미래에 대해서들 이야기한다(슈퍼마켓 카트에 말 타는 자세로 앉아 아무것도 아닌 것에 웃는 여자아이는 말도 기억도 없지만 이미 매우 강하고, 독립성이 없어도 제 아비와 어미보다 우세하다). 나는 이해할 수가 없다. 아무것도 경험하지 못했으니. 존재의 부유 상태, 창세기의 존재를 믿을 수가 없다. 오히려 내가 원하는 것은 빛, 공허에 자리를 내주지 않고 그림자에 중요성을 내주지 않는, 현실을 비추는 적나라하고 눈부신 긴장의 빛이다. 이 도시, 도로, 해변, 호수, 강, 신령한 산, 현재의 유혹은 거대하고 현기증을 일으킨다. 어떤 기억도 어떤 후회도 없다. 모든 것이 시간의 공간, 경이로운 공간 속에서 열린다. 나는 거기서 살고 싶다.

단연코 야릇한 또하나의 커플. 언뜻 보니 여자가 (슈퍼마켓의 줄에서, 실은 그 옆에서, 마치 자기는 줄서기와는 상관없다는 듯) 몸을 좌우로 흔들다가 세상의 모든 여자아이들이 그러듯 한 발로만 폴짝 뛴다. 열두세 살쯤 되어 보인다. 그러고는 뒤로 돌아 엄청나게 부풀어오르고 뾰족해서 젖가슴이 얹힐 정도로 거대하고 둥근 배를 내보인다. 소녀는 정말 작다. 겨우 사춘기나 되었을까. 창백한 피부의 어린애 얼굴, 피곤한 눈꺼풀, 눈밑의 붉은 다크서클, 엉망으로 틀어올린 더러운 머리카락, 가냘픈 팔다리, 가늘디가는 목, 그리고 무엇보다 서투르고 상스러운 몰골.

마치 제 언니나 다른 누구의 배를 빌려온 듯 소녀는 자신의 배를 어쩔 줄 몰라하면서 또 아무 일도 없었다는 듯 유치한 짓을 계속한다. 소녀로부터 멀지 않은 줄에 특별한 데라곤 없이, 여느 남자들과 다를 것 없는 남자가 있는데 침착하고 무심해 보인다. 오토바이를 좋아하고 여승무원을 유혹해보려 하고 기계를 연구하고 군대나 소방대원에 지원하고 일요일 운동을 하는 등 정상적인 삶을 영위할 것 같은 서른 살 정도의 꽤 훤칠하고 잘생긴 청년이라는 게 맞겠다. 그런데 임신한 소녀가 그에게 와서 말을 걸었다—사실은 전화를 걸거나 여자친구들이나 바로 제 언니에게 문자를 보내려는 것이 아니라 젊은 애들이 그러듯이 그저 게임이나 하려고 휴대전화를 달라는 것이었다. 불빛에 보니 진지한 인상을 주는 살짝 금빛이 도는 염소수염을 하고 있는데도 남자의 얼굴은 더 어려 보였다. 그는 뭔가 자신이 없는, 일종의 권태 같은 것을 내비쳤다. 아마 그는 소심할 것이며, 그래서 그의 여자친구가(그 나이에 그의 아내일 거라고 어떻게 상상이나 하겠는가?) 처한 저 흥미로운 상황 때문에 그를 빤히 바라보는 사람들의 시선에 곤란해하고 있는 것이다. 남자는 쇼핑한 물건들, 청소년들이 흔히 살 만한 물건들, 음료수 병, 초콜릿 비스킷 상자, 화장지, 필시 임신부의 튼살에 바르는 크림 등등이 담긴 플라스틱 바구니를 계속해서 밀어놓았다. 그는 다른 곳으로 눈길을 돌려 계산원을 바라보았다. 임신한 소녀보다 두 살 정도 많을까 싶은 아가씨지만 그 소녀와는 전혀 다르다. 화장으로 그린 발랄한 얼굴, 인조 속눈썹, 살짝 벌어진 섹시한 셔츠, 손목에 주렁주렁 달린 팔찌, 링 귀걸이. 그녀는 재빨리 커플 쪽으로 시선을 던지더니 임신한 소녀를 향해 속엣말을 한다. 널 봤지, 젠장, 배가 남산만하잖아! 젊은 남자가 주머니에서 구겨진 지폐를 꺼내 물건값 계산을 마치자, 이제 그들은 슈퍼마켓의 넓고 외로운 매장에서 자신들의 운명을 향해 떠나갔다.

그들은 자동차를 타고 담장을 따라 황량한 도로를 달린다. 차도는 마치 지진이라도 난 듯 갈라지고 폭탄 구멍으로 움푹움푹 패어 있다. 그곳, 문 앞에서 그들은 검문을 위해 차에서 내렸다. 병사들이 그들을 따로 떼어 남자는 이리로, 여자는 저리로 데려가 여군이 몸수색을 한다. 테러가 이만저만이 아니라서요, 이해하죠? 여군이 소녀의 티셔츠를 들어올리고 천구처럼 부푼 새하얀 배를 쳐다본다. 아무 말도 없다.

광장에서 소녀는 남자보다 앞서 지나갔다. 이상한 소리가 주의를 끌 때, 전속력으로 뛰어든 자동차, 끼익 하는 바퀴 소리, 따닥따닥 소리, 소녀는 폭죽을, 아니 그보다는 새해 첫날에 청년들이 벽에 대고 던지는 작은 공 모양 폭약을 생각했다. 날카로운 외침, 분노의 외침, 뒤이은 폭발, 폭연의 바람이 소녀를 쓰러뜨린다. 소녀는 본능적으로 두 팔을 엇갈려 배를 감싸고 먼지 구덩이에 주저앉아 있다. 고막이 터져서 아무것도 들리지 않는 와중에.

무슨 일인가가 일어났다. 중단된 꿈, 결핍. 여기에도 저기에도 존재하지 않는 일이 어떻게 가능한가? 바깥도 아니고 안도 아닌 이 긴 복도에서. 예전에는 빛이 있었던 게 기억난다. 열기, 감미로운 흔들림, 대양의 파도 소리. 'l(엘)' 'ch(슈)' 'oum(움)' 'lim(림)', 화살, 활, 동그라미 같은 것들로 이루어진 밝고 계속 이어지는 가사의 옛 자장가를 불러주던 목소리. 그것은 빼앗긴 하늘에 새겨졌다. 바짝 다가와 에워싸고 안심시키는 분홍빛 하늘 말이다. 그것은 어디로 가버렸는가? 어째서 나를 버렸는가?

균열, 골절, 생의 모든 실체가 무한의 냉기만 남겨놓고 송두리째 허공으로 달아나버렸다.

정신이 대기를 떠돈다, 미친 나방, 빛에 취한 나방이 날듯 이쪽저쪽을 오간다. 여기저기. 샘과 연못과 매달릴 벽과 마실 이슬과 막아야 할 피의 실개천을 찾아서. 내가 세상에 대해 아는 게 무엇인가? 세상은 밤을 빛나게 하는 이 붉은빛, 반딧불이처럼 미약하고 불붙은 담배꽁초처럼 흔들리는 잉걸불을 때때로 가질

뿐, 듣지도 보지도 못한다. 두터운 침묵은 부르는 소리에 군데군데 구멍이 뚫린다. 무성의 느린 진동이 아니라 날카로운 진동, 오, 어찌나 날카로운지 심장까지 아프게 한다(하나의 표현 방식), 그것은 위이이이이이가 아니라 취이이이이이 하는 소리다. 나머지 모든 것은 멀리, 느리고도 멀리 있고 중요하지 않다. 이미지들, 그저 약간의 광채, 현실을 믿게 하려는 인조 보석, 동맥의 가벼운 박동.

존재는 조용조용하다기보다는 예쁘게 배회한다. 팔꿈치와 허리 아래쪽에 보조개처럼 팬 자국이 있고 작은 손과 작은 발, 그리고 마음을 훈훈하게 하는 미소를 지닌 평온하고 볼이 통통한 천사 같다고나 할까. 아니다, 존재는 폭력적이다. 지성적이고 명확하며 환상을 품지 않고 관용을 베풀지도 않는다. 매달릴 주름, 배, 그리고 그의 눈, 그의 출발점이 될 배꼽을 찾아라. 언어를 알지 못한다, 존재는. 단어들은 존재에게 약점이 될 것이다. 단어들은 하나의 노래, 자장가일 수도 있다. 존재의 비상을 느리게 만들고 진보를 방해하며 존재와 세계 사이에 개입할 것이다.

나 역시 알려지고 싶은 욕망을 강하게 느낀다. 왜 아니겠는가? 나라고 왜 아니겠는가? 외과의사의 수술 도구는 왜 나를 제거하려고 하는가? 마치 내가 사마귀, 악성종양, 상한 치아, 독가시,

산 자들의 살 속에 들어 있는 이물질이라도 되는 것처럼. 왜? 하지만 존재는 질문하지 않는다. 질문하는 것은 고백하는 것이고 뒤돌아보는 것이며 과거를 바라보는 것이리라. 오로지 현재, 오로지 미래. 다른 어떤 것도 아닌 이 시간. 이 슈퍼마켓에서, 이 도로에서, 경사로에 억수같이 쏟아지는 빗속에서, 차창이 선팅된 검은 자동차 속에서, 낮인지 밤인지 분간할 수 없게 커튼을 드리운 호텔방에서, 어디건 상관없다. 하지만 여기는 아니다. 지금 당장도 아니다.

나는 어디에 있는가? 이 사람들은 누구인가? 이 추한 시골에서, 아스팔트에서 올라오는 열기 속에서, 금세 사라지는 비구름 속에서, 고속도로에서 털털거리는 자동차들의 모터 소리 속에서, 난민들에게 점령당한 버려진 주차장에서, 나무들이 오래전에 죽어버린 뒤라 여행자들은 자동차 그늘로 몸을 피한다. 이름들, 제닌, 알칸타라, 알헤시라스, 칸다하르, 카르타제나. 왜 나는 이름이 없는가? 왜 나는 그들에게 보이지 않는가? 어떤 이름, 나를 사로잡고, 나에게 안식처를 제공하고, 가족의 품을 열어주기 위한, 살아 있는 내 누이들과 형제들을 위한 단 하나의 이름 말이다! 놀렌, 알란, 리암, 랄리아, 라일라, 라마. 연속해서 울리는 어떤 이름, 잃어버렸다가 되찾은 사랑받는 아이를 위한, 사산아를 위한 이름.

나는 기억한다. 어디였던가? 빛, 사막에 내리쬐는 눈부신 햇빛, 도로가 기억난다. 언제였던가? '언제'는 우리가 존재하지 않는 때의 뭔가를 의미하는 것인가? 시간은 살아 있는 자들의 문제다. 시간은 생과 함께 시작된다. 그대가 태어나면 시간은 거꾸로 셈해진다. 시간은 종말로 인도한다. 하지만 살아보지 않은 나로서는. 끝이 없는 길, 끝이 없는 사막, 눈꺼풀도 없는 눈을 압박하는 끔찍한 햇빛인 것이다. 내 기억에는…… 아무것도 없다. 목소리도 얼굴도. 이름도, 이름은 절대 생각나지 않는다. "우리의 알리야가 점령군 병사들에게 살해되었다는 비통한 소식을 알려드려야만 하겠습니다. 1992년 8월." 내가 아니다, 그건 내 이름이 아니다, 그건 종이가 바래도록 세월이 녹슬게 한 잉크 펜으로 쓴 노랗게 변한 종잇조각에 남아 있는 한 문장일 뿐이다. 나는 이 도로, 이 불타는 사막, 이 눈부신 태양, 가시철사로 둘러친 이 문 이외에는 아무것도 알지 못한다. 나를 배고 있는 여인, 좌우 앞뒤로 천천히 육중하게 흔들리는 여인. 얼굴 없는 이 여인. 죽었지만 동시에 살아 있는 이 여인. 그녀는 이름이 없다. 그녀는 하늘 중에서도 가장 비밀스럽고 가장 높고 한껏 숨겨진 최고천 하늘이다. 면 보자기가 대지와 바다 위로 하염없이 펼쳐진다. 내 어머니가 내 안에서 숨쉬고 있기에, 내 안에서 어머니의 심장이 뛰고 내 안에서 어머니의 감미로운 체액이 일렁이며 내 안에서 자장가를 부르고 내 안에서 길고 따뜻한 손으로 배의 피부를 쓰다듬는다. 어머니 목소리의 선율이 어머니 몸의 힘줄을 타고 내 안으로 들어오고, 파도의 리듬, 내 주위를 감도는 말의 즐거움, 어머니의 꿈들까지도 내 안에서 똬리를 튼다. 어머니의 성이 누린 쾌락이 내 생에 광채를 더해주고 나를 영원히 빛나는 별로 만들 것이다.

그것이 중단되지 않고 영원히 계속되며 떠나가 다시는 돌아오지 않는 일이 없기를 내가 바라기 때문이다. 하지만 그럴 수는 없는 일. 그것은 중단되었고, 나는 왜냐고 묻고 이유를 알기 위해 침묵 속에서 소리친다. 나는 존재의 표피 가까이 있어 다른 쪽에 무엇이 있는지 알아맞힐 수 있지만 경계를 넘지는 못한다. 그것은 금단의 문이라 열리지 않을 것이며 이젠 영원토록 절대로 열리지 않을 것이다. 나를 에워싸고 있는 것은 이름이 없으며, 현존의 그림자이고 비존재의 웅성거림이다. 이제 더는 날개의 스침이나 파닥임이 아니라, 떨림, 공포, 혐오, 그리고 태양과 불타오르는 사막이 있음에도 불구하고 스며드는 냉기가 나를 에워싼다. 별들과 충만하고 포근하고 불그레한 이 복부들이 빛을 발하는 감미로운 밤도 아니다. 이 별들 중 하나가 아치형의 하늘

천장에서 이탈하여 기억에 길이 남을 빛나는 궤적을 그리며 땅 위로 떨어져내릴 때의 아름다운 광채도 아니다.

불타버린 척박한 대지가 내 눈앞에 있다. 땅 위에는 한 여인이 얼굴을 모래에 묻고 누워 있다. 그녀는 허리부터 발가락 끝까지 벌거숭이이고 예전에는 호박색이었을 피부에는 죽음이 남겨놓은 어두운 자국들, 마치 문신을 한 듯 푸릇푸릇한 반점들이 있어서 해변의 익사체와 비슷하다. 그녀의 외음부에서 똥파리들이 윙윙거린다. 여인으로부터 멀지 않은 곳에 병사들의 장화가 빈 땅에 발자국을 남겨놓았다. 강간범들의 군대, 살인자들이다. 그들의 발소리, 아마 무기 같은 것이 덜거덕거리는 소리, 건조한 폭발음, 비명소리, 터져나오는 웃음소리가 들리는 것 같다. 멀지 않은 곳에서 들려오는 당나귀 울음소리.

내가 태어난 곳이 바로 여기인가? 멕시코인들이 사산된 아이에 대해 말하듯, 세상에 온 것이 아니라 하늘에서 태어난 것이다.

태어나면서 내 어머니를 죽이지 않고는 태어날 수조차 없었던 나는 하늘에서 뿌리 뽑혀 무無에, 지상에, 구덩이에 던져졌다. 내 이름이 아무도 아닌 곳, 면 보자기로 덮인 듯한 하늘에서 시간으로부터 영원히 잘려나간 것이다.

치유되지 않는 분노가 함께인 대상 없는 복수, 시작도 끝도 없는 해결. 범죄가 있었고, 나는 그것을 알고 있다. 살인자들은 자유를 구가하고 있다. 그들은 한 여인을 죽여 땅바닥에 방치해놓고 가버렸다. 정신은 제 육신을 발견하지 못했고 영혼을 선택하지도 못했다. 정신은 세상에서 멀어져 스러졌다. 빛은 반짝거리기도 전에 꺼져버렸고 하늘 천장에서 떨어져나와 빛나는 궤적을 그리는 별도 없었다. 아무것도 없다. 최고천은 천사들과 공기의 정령들, 영웅들과 천상의 미녀들, 순교자들이 영광 속에 머무르는 곳이 아니다. 그것은 결핍, 채워지지 않은 욕망, 슬픔의 장소다. 그것은 공허의 바람이 휩쓰는 무겁게 드리운 하늘이다. 어디로 몸을 피할까? 말할 수 없이 평온한 그 어디서, 어느 뱃속에서 몸을 사릴 수 있을까? 어느 은신처에서?

그리하여 나는 증오를 느낀다. 내 어머니를 죽인 낯선 자들과 싸우고 싶다. 긴 칼, 창으로 어림하여 엄청난 타격을 가하는 것이다. 적들은 후미진 곳, 동굴이나 지붕 꼭대기에 숨어 있다. 그들에게는 내가 보이지 않고 내 소리도 들리지 않는다. 하지만 내가 거기 있다는 것은 알고 있다. 그들의 목덜미에 차가운 숨결 한 방이면 된다. 그들은 멈춰 뒤돌아보고 눈으로 두리번거리지만…… 아무도 없다.

나는 기억한다. 거대한 분열. 섬광, 대혼란, 찰나의 순간, 광대한 우주의 관점에서 보면 그건 아무것도 아니었다. 하지만 사막을 가로지르는 직선도로 위에는 사람들이 떠나가는 곳과 모여드는 곳을 이어주는 흐르지 않는 긴 강이 생겼고, 시간은 이날 이 시각 이 순간에서 멈추었다. 2002년 8월 22일 13시 12분 59초. 시간은 용설란 군락에서, 도마뱀 굴에서, 모래에 묻혀 녹슨 오래된 통조림 깡통에서, 태양의 오른쪽을 날고 있는 맹금에게서 멈추었다.

나는 마치 내게 어떤 생이 있었던 것처럼 기억한다. 하늘을 향한 분출, 바람 속으로 한낱 종잇장처럼 날아간 구겨진 양철판들, 산산이 부서져 다이아몬드처럼 아스팔트에 박힌 유릿조각, 경사면을 가득 채우고 불타오르는 무지갯빛 기름층, 찢어지는 소리, 둘로 쪼개진 하늘, 그리고 피, 목을 적시고 땅으로 흐른 그 모든 피, 금속 조각 위에, 인조가죽 시트 위에, 계기판 위에, 운전대에 엉겨붙은 피. 그 여인의 부서진 몸을 광택 나는 모포 같은 것으로 정성스레 덮은 다음, 들것에 눕혀 앰뷸런스로 실어간다. 땅 위에서 시신들을 그러모았다. 어제 도착한 병사와 늙은 특파원, 이름 없는 커플, 미혼모. 그뒤 모든 것이 사라지고, 하늘에서는 공허의 바람이 잦아들지 않는다.

존재는 천천히 지워지는가, 어떤 것도 형체 없이는 존재하지 않는가, 실체가 없으면 나는 미래도 없고 희망도 없이 버려지는 것인가? 다른 질문—그것도 분명 마찬가지겠지만—각각의 새로운 세대는 앞선 세대의 행위들을 지우지 못하는 것인가? 흉터, 흔적, 오래된 벽에 남겨진 자국, 유탄이 폭발한 그곳, 차도에 난 상처. 오래된 용설란 잎사귀에 칼로 그어놓은 머리글자. 바람과 비가 가루로 만들어버리는 비석에 새긴 기호들, 먼지로 변해버리는 서류들, 꺼져버린 전기, 남아 있는 약간의 열기, 그리고 구름을 밀어내는 바람.

쉼터 안뜰에서 발가벗은 아기 하나가 맨바닥에서 햇볕을 쬐고 있다. 아이는 겨우 앉을 수 있는 정도여서 머리가 가느다란 목 위에서 흔들거린다. 성가신 파리 한 마리가 날아와 아이의 손에 잠깐 앉았다가 날아간다. 아이는 조금 찌푸리더니 웃기 시작한다. 얼굴과 눈이 환해지는 묘한 속웃음이다. 날고 있는 정신은 아직 멀리 있지 않으며 정신의 긴 여행의 끝은 질료와 관념의 회오리처럼, 추억의 회오리처럼 아직도 소리를 울린다. 옆에서는 열린 문의 그늘에서 한 젊은 여인이 아기를 바라본다. 여전히 똑같은 올림머리, 똑같은 얼굴, 똑같이 가느다란 다리지만 아이 같은 태도는 더이상 없다. 여인의 애인을 죽게 만든 폭발은 그녀의 한쪽 귀를 멀게 만들었고, 의사들은 나중엔 나머지 한쪽 귀도 그렇게 될지 모른다고 했다. 누가 알겠는가? 그녀는 쉼터 안뜰 한 가운데서 홀로 아이를 바라본다. 그녀에게는 아기의 몸과 육중한 무게의 커다란 머리만 보이는데 땅바닥에 그림자가 진다. 바로 이 순간이다. 이름도 전설도 필요 없다. 알리야, 엘리, 엘리야, 리즈베트, 존재는 새처럼 자유롭고 존재가 머무는 그곳이 그의 거처다. 존재는 항상 똑같고 절대로 어떤 것과도 비슷하지 않고 항상 새로운 단 하나의 역사만을 가지고 있다. 그리고 세상은 일어나는 일 바로 그것이다.

조금은
교훈적인
이야기

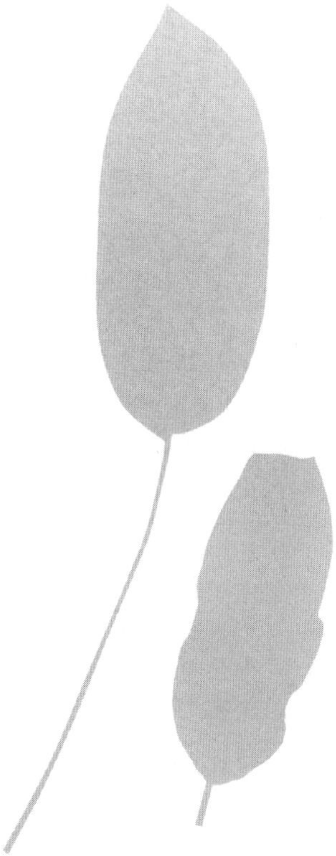

글쓰기는 지하철과 같다. 당신은 어디로 가는지 알고 있지만 목적지를 무한정 고를 수는 없고 지켜야 할 운행 시간표가 있고 어두컴컴한 구역이 있으며, 게다가 항상 유쾌하지도 않다. 하지만 당신이 예상할 수 없는 모든 것이 있어, 당신을 이동시키고 (말장난이 아니라), 당신을 노출시키고, 순간적으로건 지속적으로건 당신에게 영향을 미친다. 흔들림, 리듬, 우연한 만남 같은 것을 말하는 것이다. 단단히 유리가 끼워진 방패 같은 차창을 스쳐가면서 어쩌다 주고받는 시선, 엿듣게 된 단어들, 문장의 말미, 대화, 독백, 엉뚱한 장면, 분열된 모음, 부서진 음절, 석벽에 박혀 있는 돌멩이들처럼 온갖 언어에 들어가 박힌 말의 파편과 잔해들. 멈춰진 동작, 문맥에서 떨어져나온 표현, 얼굴과 따로 노는 미소, 흐느적거리는 관절, 감기는 눈꺼풀, 안경알의 반사광, 한숨, 풀어진 긴장, 알아들을 수 없는 소리 같은 것을 꿰맞춰 의미를 구축하는 것이다. 그리고 목덜미, 아, 목덜미. 목덜미에 대해서는 아무리 말해도 모자랄 것이다. 숙인, 단두대에 맡겨진, 또는 잉여의, 근육질의, 두꺼운 주름으로 나뉜, 두 개의 강력한 힘줄이 소뇌를 오목하게 만들면서 어깨의 승모근에 붙어 있는 목덜미는 아직도 어린 시절에 가깝다. 손보다는 목덜미가 그러한데 손은 자신을 감추고 조심하며 얼굴처럼 거짓말하는 법을 배웠기 때문이다. 그리고 무엇보다도 발. 어리석지도 않고, 아름답지도 않고, 버클이나 끈으로 장식된 부드러운 가죽구두나 스웨이드 구두를 신었을지라도 영광스럽지 않다. 나막신을 신었거나 샌들을 신었거나 감싸는 것 없이 추위와 비에 노출되었거나, 발은 그저 바닥을 딛는다. 베이든파월*에 관해 떠도는 조악한 전설풍의 이야기, 이 잡다하고 조금은 창피한 스카우트단 아이들에게 주입된 옛 전설은 이렇게 전하고 있다. 보어전쟁 종전 얼마 후 런던에 온 이 지도자는 열차 객실에서 한 여인을 지켜보게 되었다. 잘 차려입은 그 여인은 우아했고 자신이 속한 상류사회의 면모를 아낌없이 보여주었지만, 양쪽 구두는 구멍난 밑창을 드

* 국제 청소년 사회 교육 단체인 '스카우트'의 창설자.

러내고 있었다. 그것은 그 여인이 몹시 불안한 상황에 처해 있음을 알려주는 표시였다. 그는 여인에게 다가가 이루 말할 수 없이 공손한 태도로 직접 돈을 희사할 테니 받아달라고 청하며 명함을 남겼다. 그녀가 처한 어려움을 일시적으로나마 덜어주려는 생각이었다. 그다음에 어떻게 되었는지, 로맨스가 있었는지 사심 없는 도움이었는지 뒷이야기는 전해지지 않았다—그의 입장을 고려하면 나는 전자의 가설로 기울 것 같다. 이 이야기의 결론은 인간관계에서 발이 중요하다는 것이다.

쇼펜하우어는 활력 넘치는 에세이 『문학의 역경』에서 세 종류의 작가가 존재한다고 주장했다. 그는 말하고자 하는 바가 없는 첫번째 저자들 부류는 무시했다. 나머지 두 부류는 어떤 것을 주장해야만 하는 동기를 부여받은 사람들이라고 했다. 그들의 전적인 차이는, 하나의 경우엔 저자가 경험이 없는 사냥꾼처럼 빈손으로 돌아올 위험을 무릅쓰고 모험에 뛰어든다는 사실에서 비롯된다. 또다른 부류의 경우에는 작가가 몰이꾼 덕분에 사냥한 고기를 그러모으는 사냥꾼처럼 자신이 말해야 할 것을 깊이 생각하고 계산을 마친 뒤에야 작품에 착수한다. 나는 철학자와는 반대로 모험적인 사냥꾼에게 공감이 간다. 자신이 찾고 있는 것이 무엇인지 정확히 알지 못하면서 우연에 떠밀려 엄청나게 놀라운 것을 발견하는 일이 일어나는 것이다. 나는 사냥꾼도 아니고 육식을 그다지 좋아하지도 않지만 예전에 파나마의 숲으로 사냥꾼을 따라갔던 일이 기억난다. 인디언들은 먹기 위해서만 동물을 죽인다. 그들은 몰이꾼도 없고 개량된 무기도 없다. 하지만 그들의 민첩함이 그러한 것들을 대신하고 본능이 그들을 인도한다. 그들의 감각은 기회를 노려 사슴이나 멧돼지의 냄새를 포착한다. 그들은 순간적으로 반응하는 놀라운 능력을 보여주며 사냥을 세속적이고 권태로운 오락거리가 아니라 인간에게서 동물적인 면을 복원하는 즐겁고도 필요한 유희로 만든다. 그것이 내가 글 읽기와 글쓰기에서 발견했으면 하는 것이다. 모험 말이다.

그래서 지하철을 타고 지하를 여행한다. 그리하여 나는 제한된 공간 속으로, 일직선상의 두 지점을 분리하는 빈 공간 속으로 발사된 우주선 내부와 같은 곳에 들어가 있다. 나를 현실로부터 분리해 무중력—비현실의 상태에 있게 하는 터널 속에서의 통찰. 정지 상태 사이, 접속 상태와 차단 상태 사이, 다시 말해 각성과 수면 사이에서의 육체적 정신적 흔들림이 우리를 현재로부터 끌어내 불확실한 미래를 향해 멀리 내던지고, 우리는 우리에게 일어나는 모든 변화를 감지한다. 어떤 이들은 입을 벌리고 혹은 각진 턱을 코트 칼라에 묻고 잠을 자고, 또 어떤 이들은 여자가 핸드백에서 꺼낸 책의 페이지를 그녀와 함께 읽는다. 낡은 표지로 보아 탐정소설이 분명한데 그 책을 정말 읽는 것 같지는 않다. 여자의 시선은 고정되어 있고 그 페이지의 귀를 접은 손가락이 페이지를 넘길 것 같지 않기 때문이다. 또다른 이들은 바라보고 있다. 지하철은 닫힌 공간이고 객차 전체는 일종의 캡슐과 같아서 그 누구도 거기서 빠져나갈 수 없을 뿐만 아니라 빠져나갈 생각도 하지 않는다. 그들이 바란 것은 바로 이런 것이다. 네모난 종이(승차권)나 마그네틱 카드를 지하철역 입구의 접속 단자에 접촉하는 것은 하나의 계약이며 일단 들어오면 아무도 그 계약을 포기할 수 없다. 그것은 누구에게나 정체성, 자유, 정치 참여, 사랑의 맹세, 약혼, 선거 벽보 또는 보호시설 요구 같은 것에 대한 토론과 맞먹는다.

지하철 안에서는 몸들이 서로 닿는다. 드물지만 서로를 찾기도 한다(그러려고 지하철을 타는 몇몇 변태들은 제외하더라도, 몸들은 금세 어찌할 바를 모르게 된다). 빈자리가 나도 서로 피할 것이다. 절대로 마주칠 일이 없었던 사람들이 얼굴을 맞대고 있다. 수레를 끄는 늙은 인부와 사춘기도 안 된 소년, 기품 있는 중년 부인과 기둥서방, 멋쟁이 비행사와 창백한 창녀, 이발사 보조와 대사(이들이 서로 닮아 보일 때도 있다), 교사와 학생, 미친 사람과 예언자, 눈이 어두운 늙은이와 이해한다는 듯 미소를 짓고 있는 삼십대, 판사와 죄수, 여형사와 소매치기, 보통 이 모든 사람들은 비슷하고 구별되지 않아서, 하나같이 우중충하고 익명이며 서로 바꾸어도 될 듯하면서도 유일하다.

이 여행은 얼마나 지속되는가? 사오 분, 때로는 그 이상. 하지만 사건과 감각에서 그 시간은 아주 길고 풍부하며, 상념과 파닥이는 단어들과 이미지들과 생명으로 충만한다. 우리는 어디까지 갈 것인가? 언제까지 살아 있을까? 우리는 우리의 이야기에 어떤 이유를 부여할 것인가? 언젠가는 이유를 찾아내고 이유를 대야만 할 것이기에, 우리의 결백을 믿게 만들 수 없을 것이다. 우리가 어디에 있든, 최종 목적지가 어디든(그런 선택이 가능하다면) 우리는 설명하고 따져봐야 할 것이다.

나는 존재했고, 행했으며, 소유했다. 그리고 언젠가 나는 더이상 아무것도 아닌 것이 될 것이다. 두 세계 사이, 두 상태 사이에서 상상할 수도 없고 헤아릴 수도 없는, 아마도 절대에 가까운 속력으로 발진한 이 지하철과 비슷한 것이다. 우리 중 누구도 자신의 상태로, 즉 과거로, 그 혹은 그녀가 사랑했던 대로 되돌아가는 것은 결코 있을 수 없는 일이다. 이런 이유로 얼굴들은 경직되어 움직이지 않으며 때로는 흙빛이다. 검은 눈동자에 매달린 생명의 별과 같은 시선이 움직일 수 있도록 두 개의 금을 낸, 질긴 종이나 낡은 가죽으로 만든 가면이라고나 할까.

바퀴가 갑자기 심한 요철 부위를 지나거나, 불꽃을 내면서 선로 변경 장치를 통과할 때, 아니면 선로의 긴 커브를 따라 코스를 바꾸느라 원심력에 저항하면서 급격한 움직임이 연속되면 레일들의 원호는 수백 수천 개의 면으로 분해되고, 각 면은 흔들거리는 차축의 삐걱거림과 유리창의 진동 속에서 고분고분 흔들리는 승객들의 몸에 충격을 전달한다. 오로지 삶만이 연속 동작이 가능하고 오로지 삶만이 둥글며, 인간이 창조한 기계의 세계는 충격과 변화와 변신만이 가능하다.

이것은 몽상인가? 팡타스마고리*인가? 단순히 공상이다. 다른 이들은 환상이라고 할지도 모른다. 매 순간, 우리는 어쩔 줄 모른다. 언젠가 나는 교외선 열차에서 한 여인이 기절하는 것을 보았다. 젊고 우아한 여인이었는데 남편의 억양으로 보아 모리셔스 '섬사람'(나에겐 외국에서도 동포를 탐지해내는 레이더가 있다)임을 알 수 있었다. 숨막히는 더위에 열차는 초만원이고 창문들은 닫혀 있었다. 사람들 한가운데 서 있던 한 떨기 등꽃처럼 가냘픈 여인의 꿀빛 피부가 창백해지더니 잿빛이 되고 떨리는 눈꺼풀 아래서 두 눈이 뒤집히면서 그 자리에서 정신을 잃었는데, 주변의 남녀들은 아무 영문도 모르는 채 그저 자신들에게 실

* 어둠 속에 프로젝터로 나타내는 환상적, 초자연적 이미지의 하나.

리는 이 몸의 무게로부터 벗어나기 위해 서로 떠밀며 여인을 받치고 있었다. 다음 역에서 객차가 비자 여인은 단번에 쓰러지는 것이 아니라 사람이 걸치지 않은 옷이 떨어지듯 천천히 바닥에 쓰러졌다. 남편은 여인을 일으키려 하면서 주변에 호소했다. 비었다가 어느새 다시 사람들로 가득찬 객차, 목소리에 담긴 절박하고 분노하는 어떤 것, 허공에 대고 아무에게나 외치는 질문, 고통스러워서 더욱 부적절해져버린 노래하는 듯한 억양 때문에 아무도 알아듣지 못하는 질문, 질책, 그 자리에 있던 사람들을 향한 호소. "아니, 여기 창문 하나 열어줄 사람 아무도 없어요?"

그것은 간격을 두고 구멍난 공간, 균열, 놀라움, 벽을 이루는 벽돌들 사이의 검은 공동이다. 끝난 것도 완수된 것도 아무것도 없다. 한순간 나는 구경꾼이지만 그다음 순간 내가 바라보고 있는 남녀가 된다.

내 앞에서 잠들어 있는 저 몸, 십중팔구 아프리카인인 서른 살가량의 여인은 오른손으로 머리를 받쳤는데 그 손이 유리창에 기대어 있다. 또다른 시간과 또다른 장소를 향해 뒤로 실려간다. (하지만 눈을 감으면 동작이 역전되지 않는가?) 아름다운 섬, 대양의 파도가 부서지는 검은 바위산, 코코넛 열매들이 매달린 척박한 대지. 그녀의 섬은 모든 여행의 시발점이자 종착점이며 아프리카와 아메리카를 연결하는 보이지 않는 교두보다. 나는 저 피곤한 몸속으로, 가꾸지 않은 되는대로의 저 얼굴 속으로 들어간다—추방의 고통, 팔마와 푼샬*의 먼지 자욱한 선착장에서의 기다림, 두려움, 류머티즘으로 부어오른 손가락, 오래 걷느라, 그리고 바리케이드가 쳐진 거만한 영사관 앞에서 줄을 서느라 부르튼 두 발, 근근이 위태롭게 버티고 있지만 더는 어떻게 할 수 없는 순간, 땅바닥에, 인도 가장자리에, 교회 계단에, 지하철 좌석에 쓰러지는 순간이 오는 것이다. 그녀의 깊숙한 곳에서 회랑이 열린다. 바다의 흰 거품, 하늘의 검은 돌벽에 공간이 뚫리는 것이다. 그 문은 돌아올 수 없는 문이다.

또는 알헤시라스의 수용소에 이민자들을 가두는 이 철책, 경기관총을 흔들어대는 감시원들—왜 그들은 하늘을 향해 총을 발사하는가, 교육을 받은 건가, 자신들의 힘을 과시하려고, 아니면 불쌍한 사람들을 공포에 떨게 만드는 게 좋아서?

그녀의 닫힌 눈꺼풀 안에서 나는 다른 기억 속을 헤엄치고 있다. 기실 기억이란 무엇인가, 책 읽기와 비디오 영상과 어디서 주워들은 것, 늘 하는 생각에서 가져온 내 것인가? 보편적인 사고라고들 하는 인간의 기억인가? 다른 여인, 요동치며 허리를 꿈

* 각각 스페인 마요르카 섬과 포르투갈령 마데이라제도에 위치한 도시.

틀대는 이 낡은 철제 캡슐의 힘을 빌려 내가 어떤 상태에서 다른 상태로 이동하면서, 출렁거리는 살과 드나드는 숨결을 타고 불법 침입하게 된 여인의 기억인가?

문장 하나가 떠오른다. 슬론 스퀘어, 사우스 켄싱턴, 글로스터로드 등 순환선의 역 이름처럼 단어와 리듬으로 나를 사로잡는 문장이다. 내가 그대들을 생각하듯 그대들도 나를 생각하는지, 친구들이여, 친구들이여?

하나의 문장에 사로잡힐 수 있는가? 러티샤 엘리자베스 랜던의 이 단어들은 왜 나를 혼란스럽게 하는가? 마치 그 말들이 사랑과 향수, 회한과 욕망을 촉발하듯. 알고자 하는 욕망, 그리고 죽기 전에 그 말들을 쓴 여인을 이해하고, 그것을 써내려간 손을 따라가고, 무심했던 사람들을 대신해 결코 보내지지 않은 그 편지를 읽고 답장하기 위해 시간을 거슬러갈 수는 없다는 회한. 내가 그대들을 생각하듯 그대들도 나를 생각하는지, 친구들이여, 친구들이여? 어떻게 이해할까? 삶은 어느 정도로 분리되는가? 삶은 어느 정도로 노리개 노릇을 멈추고 진실해지는가? 당시엔 아무도 상상조차 못했을 이 기계에 들어가 내가 땅 밑에서 살고 있는 이 순간, 감정이나 경험으로부터 무엇이 남는가? 가짜 낭만주의의 자세, 검은 바위를 때리는 파도라는 바이런풍의 취향, 부자연스러운 태도 혹은 기만, 러티샤의 비극적인 죽음을 알리는 소식이 당도했을 때 펠리시아 도로시아 브라운 히맨스, 엘리자베스 배럿 브라우닝의 말. 오, 꽃일랑 가져오지 마세요…… 그러나 여행은 일방적인 것이어서 떠나온 것은 꿈속에서조차 되찾을 수 없다.

덜컹거림, 좌우로 흔들림, 일시적인 혼수상태…… 수수한 회색 정장을 입고 태피스트리 천 가방을 들고 하이힐을 신고서 플랫폼에 서서 허리를 뒤로 젖혀 전동차의 움직임에 저항하는 윤기 흐르는 갈색 머릿결의 아가씨는 누구인가? 입가에는 신산을 겪은 주름이 팬 비극적인 얼굴을 한 채, 자신 속으로 들어가 자신의 생각 속에 갇혀 있는 저 여인은 누구인가? 그리고 서인도제도 사람이나 미국인의 특징이라고는 전혀 없이 너무나 호리호리하고 연약하며, 피부가 얼굴뼈에 녹은 금속처럼 찰싹 달라붙어 있지만, 단련되고 참을성 있는 저 아프리카 흑인 청년은? 내가 그들에게서 감지하는 것은 생소함이 아니라 친숙함과 소속감이다. 공통의 이야기. 아샨티족과 전쟁을 하던 시절 영국인들이 엘미나 요새에 투옥시킨 나나 아퀘시 프렘페의 이야기. 우리에 갇힌 사자와 같았던 이 노인은 요새 꼭대기에서 바다와 빛과 바람에 시력이 약해졌다. 이야기는 그의 동향 마을에서 잡혀 노예로 끌려온 열 살배기 올라우다 에키아노가 해준 것으로, 올라우다와 함께 납치되었지만 소식을 전혀 알 수 없는 그의 여동생 이야기이기도 하다. 열차가 돌진하고 있는 터널은 노예 상인들이 노예들을, 여자, 남자, 어린이 들을 모두 모아 긴 여행을 위해 최종적으로 지나가게 했던 말할 수 없이 험난한 산속의 좁은 길과 비슷하다……

그날로 되돌아가자. 매 순간이 아득하게 여겨질 만큼 긴 어느 하루, 일 년과 같은 하루, 한 세기와 같은 일 년. 터널 속에서는 공기가 압축되어 귀가 막혔다가 작은 딸각거림과 함께 열린다. 모든 것이 바쁘거나 느긋한데 사실은 둘 다 같은 게 아닌가? 얇은 플라스틱 가리개, 개별적인 칸막이가 사라지고 결국 삶들이 서로 뒤섞인다. 얼굴들. 언제나 얼굴들은 거대한 나선형 계단실에 걸린 가면들처럼 보인다. 그것들은 아무도 알려고 애쓰지 않는 보편적인 진실 한 가지를 감추고 있다. 나에게는 그 생김새, 높은 이마, 중간 높이의 코, 입술, 가끔 은청색의 번뜩이는 시선이 새어나오는 감긴 눈꺼풀, 뺨, 턱, 주름진 목, 어깨 그리고 피곤과 권태에 절어 축 처진 전신이 눈에 들어온다. 우연과 뜻밖의 만남과 몹시 짧아서 부질없는 욕망의 결과인 현존하는 전 인류, 비밀, 잃어버린 말들, 지식에 대한 환상, 어린 시절의 환상을 품고 죽음의 파도에 실려가는 인류가 보이는 것이다. 내일이면 그들은 늙을 것이고, 사라져버리고 없을 것이다. 조물주가 되려는 유혹에서 치유된 자들이다. 강자건 약자건, 가진 자건 가지지 못한 자건, 허영쟁이건 승리자건, 거지건 부랑자건, 귀한 사람이건 세련된 사람이건, 모두가 이 지옥 열차에 실려 격렬한 흐름의 손아귀에 맡겨진 채 끌려가고 있다는 말이다. 아무것도 구원받지 못하리라. 전속력으로 물러나 빠져나가는 얼굴들, 나도 마찬가지다. 단 한 마디의 말, 단 하나의 행동이 그들을 제지할 수 있을까, 얼마나 오래? 하지만 그건 시간의 문제가 아니다(이 노선에서 A 지점과 B 지점 사이의 거리를 고려해 분分의 문제 역시 아니다).

나는 손에 수첩을 들고, 변신의 목록을 적어보려 한다.

지하철 바닥에 힘겹게 두 발을 내려놓고 커다란 배 양쪽으로 두 손을 벌리고 있는, 눈에 다크서클이 있는 임신부

어두운색 정장에 넥타이를 매고 작은 가방을 들고 문에 기대서 있는 남자

아마도 뱅센 경마장에서의 경마 결과나 주식시세를 보느라—그게 그거지만—일간지 읽는 데 푹 빠져 앉아 있는 또다른 남자

오른쪽 눈에 안대를 하고 넝마를 걸친 젊은이

세 살가량의 아이와 함께인 여인, 그녀와 닮은 여자아이인데 둘이 말도 않고 미소도 없이 서로를 바라보고 있다

다리를 끄는 노인, 객차에서 내리자마자 꽁초에 불을 붙인다

잘 차려입은 오십줄의 남자, 아마 레바논인이거나 시리아인, 아니면 세파르디 유대인으로 보이는데 눈꺼풀을 가늘게 찡긋거리며 관찰하고 있다. 그는 여행중인데, 하기야 여기서 여행을 하지 않는 사람이 누구람?

소설을 읽고 있는 저 여인은 제외다. 그녀는 끝이 잘린 장갑을 끼고 있어 손가락 끝으로 자유롭게 책장을 넘길 수 있다. 그녀는 객차 저 끝에서 어떤 소리가 들리자 그제야 잠시 읽기를 멈추었다.

입구의 접히는 의자에 앉은 열일곱 살가량의 흑인 청년이 소리를 지르기 시작한 것이다. 그는 자리에서 일어나 소리를 지른다. 쉬잔!!! 그러더니 다시 제 발을 내려다보기 시작한다

그러나 아무리 빨리 적어내려간다 해도 일어나고 있는 일의 전모, 즉 표현, 생각, 소음과 한숨, 철길 위를 구르는 쇠바퀴의 소음에도 불구하고 느껴지는 침묵 같은 것까지 메모하지는 못한다.

어떤 정류장에서 열린 문으로 또다른 외침이 들려왔다. 이름도 아니고 부르는 것도 아닌 그냥 외침이었다. 하우아, 외침이라기보다는 어떤 정신 나간 남자가 내지르는 날카로운 소음에 가까운 소리로, 그에게는 이 외침만이 유일한 언어인데, 고문당하고 능욕당한 희생자의 외침이었다. 사람들이 그를 피해 그 앞에서 양쪽으로 갈라졌다. 그러고는 문이 쾅 하고 닫히면서 그 외침은 끊어지고 남자는 해체된 꼭두각시처럼 플랫폼에 실려갔다.

그리고 넓적한 얼굴에 볼록한 이마, 작은 입, 겨우 눈에 띄는 납작코, 그리고 비스듬히 올라간 큰 눈, 고양이 눈, 페루 가면의 황금 잎사귀처럼 생긴 눈을 한, 일본인인지 한국인인지 모를 아가씨. 하얀 얼룩처럼 자기 자리('쉬잔'을 부르짖던 청년 옆자리)에서 미동도 않는 그녀는 풍성하게 흘러내리는 윤기 나는 검은 머리카락으로 에워싸인 조각상과 비슷하다. 소음과 사람들 그리고 미친 청년의 외침에도 불구하고 그녀의 시선은 허공을 붙잡고 있고, 나는 그녀에게로 들어가 마치 강력한 존재가 나를 감싸고 보호하듯 강렬한 열기와 빛의 폭발을 받아들인다. 나는 다른 곳에서 오는 시선, 여름밤 하늘과 비교되는 광채, 다른 세계에서 온 부드러운 별빛을 받아들인다. 한순간, 단지 한순간일 뿐이다. 나는 깨닫지 못하고 있었지만, 내가 이 열차에 있는 것은 바로 그 때문이고 우연이란 없거나 반대로 모든 것이 우연이고 나는 이 순간을 기다려왔기 때문일 수도 있다. 자신이 가야 할 궤도로 빛의 속도로 발사된 이 객차에서 나를 에워싸고 있는 모든 것, 이 모든 사람들, 나와 더불어 우연한 승객일 수도 있고 일 년 정기권을 가진 사람일 수도 있고 여행자일 수도 있고 떠돌이일 수도 있고 구걸과 소매치기 상습범일 수도 있는 모든 사람들, 손에 들린 탐정소설을 읽지 않을 소녀부터 플랫폼에서 홀로 소리를 지르고 있는 백치에 이르기까지, 모든 사람은 무엇인가를 의미하고 무엇인가를 성취하기 위해 모인 것이다. 하지만 무엇을? 신을 알게 된 순진한 소녀에게 접근하기 위해서? 한 줌의 밀기울이나 한 뼘의 가죽에 지나지 않을지라도 그들 삶의 한 조각을 주기 위해서? 인류보다 더 위대한 기억을 움직이기 위해서, 존재가 이 소녀의 작열하는 중추에 붙어 이 사람에게서 저 사람에게로 날고 나를 통과하기라도 하듯, 그들을 바라보고 그들을 상상하는 이 전체의 한 조각, 이 소우주의 먼지 한 점에 불과한 나를 말이다……

기계의 속도가 떨어지고 브레이크의 마찰음이 열차 안으로 들려오고 황 냄새 같은 것이 공기중에 떠돌면, 현실은 우주선의 동체 안에서 다시금 몸을 불린다. 우리는 어쩔 수 없이, 불가피하게 하차를 시작했다. 여행에 끝이 있으리라는 것은 분명했다. 모든 것이 다시 닫힌다. 아가씨는 계속해서 커다란 눈으로 바라보는데 살짝 미소를 짓는 것 같기도 하다. 끝은 분명 안도를 예고한다. 지하철역 이름들, 과거의 지층, 기념물, 헌병과 도둑, 장군과 병사, 법관과 군인, 여걸과 여학자, 혁명의 딸들, 폐허가 된 들판, 출정가, 행복의 섬 등등 뒤죽박죽인 도시들 속에 나란히 놓인 무분별한 단어들,

워털루

미셸앙주몰리토르

을지로 삼가

캔도스

로즈 힐보바생

라 루이즈

모카

유레카

각자에게 자기 인생을

옮긴이의 말

열린 세계를 향한
르 클레지오의 앎과 삶과 글쓰기

「발 이야기」를 비롯한 아홉 편의 단편소설과 한 편의 에세이(「조금은 교훈적인 이야기」)가 실려 있는 『발 이야기 그리고 또 다른 상상』은 다양한 지리적·언어적·상징적 세계에서 문학적 영감을 퍼올리는 르 클레지오의 다층적이고 다문화적인 작품의 계보를 충실히 잇는 단편집이다. 이 단편집은 오늘날의 세계가 겪는 문제들, 온전한 삶을 살지 못하는 여성들, 난민, 종족 전쟁, 환경 파괴, 우리 안의 타자와 소수자 등의 현실적인 주제를 다양한 인물들과 언어, 문화 속에서 그리고 있다. 르 클레지오에게 오늘을 사는 것은 한계 속에 고착되어 고정되는 것이 아닌 까닭에, 그는 실제든 상상이든 여행을 통해 움직임으로써 글쓰기를 풍요롭게 살찌운다. 그는 자연과 인간의 몸에 대한 놀라운 지식과 미세한 부분까지 포착할 수 있는 보기 드문 관찰력을 가졌으며 지칠 줄 모르는 호기심으로 온 세상을 구석구석 살핌으로써 사산된 아이의 목소리를 내는가 하면 거미들의 삶까지도 놀랍도록 생생하게 그려낸다.

살아 움직이는 르 클레지오의 언어

이 단편집의 주인공들은 한자리에 머무르지 않는다. 「발 이야기」의 유진은 애인 사뮈엘과 만나기 위해, 혹은 그와 헤어진 뒤에는 과거를 정리하고 자신을 찾기 위해 온 도시를 헤매고 다닌다. 위험한 지역까지. (그리고 여기서 그려지는 도시 풍경은 초창기부터 르 클레지오가 견지해온 그대로 철과 시멘트로 이루어진 냉혹한 정글이다.) 「행복」에서도 전쟁으로 인해 깨진 거울처럼 되어버린 황막한 도시에서 '불완전한 자'로 살아가는 화자는 스스로 죄수가 되어 자신의 케이지 안에만 머무르도록 강요당하고, 노인들 역시 지하 통로에 붙박여 있지만, 행복의 존재를 믿는 구원자 비람은 발길 닿는 대로 온 도시를 걸어다닌다. 「바르사, 아니면 죽음을」의 파투나 「야마 나무」의 마리도 이와 같은 오디세이를 겪어낸다. 「L.E.L., 마지막 날들」의 러티샤 역시 케이프로스트 성에 머무를 때도 밤마다 성안을 방황했고, 나중에는 숨막히는 성을 떠나 아프리카 오지를 여행하면서 낭만적으로 상상해온 식민지 아프리카의 현실과 남편 조지 매클레인의 위선을 직시하게 되고 죽음을 택한다. 매클레인의 숨겨진 여인 아두미사 역시 딸과 함께 모진 시련을 겪으며 여기저기를 떠돌아다닌다.

르 클레지오의 언어 역시 작가 자신과 작품 속 인물들처럼 유랑하면서 쉬지 않고 움직인다. 그는 언어를 다른 문화들에서 자양분을 취하고 자라고 풍요로워지는 하나의 유기체로 생각한다. 르 클레지오에게 언어란 다양한 태생을 가진 다양한 단어들의 혼합이다. 그는 『크레올어 수수께끼집*Sirandanes*』에서 자신의 언어관에 대해 이렇게 말했다.

> 언어, 어떤 언어? 나는 언어를 획득된 자산, 최종적 형태로 간주할 수 없다. 나는 내가 말하고 쓰는 언어가 움직이고 변화하며 달아나는 생명체라고 느낀다.

다른 나라 그리고 이질적인 문화의 수용은 하나의 공간에서 공존하는 다양한 민속과 문화에 따르는 여러 가지 언어의 사용을 수반한다. 일찍부터 다양한 언어를 접하고 말해온 작가는 이 작품집에서 영어, 스페인어, 포르투갈어, 힌디어, 보즈푸리어, 우즈베키스탄어, 크레올어는 물론 아메리칸인디언의 방언, 아프리카 원주민의 판티어, 아샨티어까지 사용하며 원주민의 노랫가락이 자연스럽게 삽입되기도 한다. 특히 「비밀스러운 사랑」의 소녀들과 「야마 나무」의 정원사 다다가 사용하는, 모리셔스 섬에서 통용되는 프랑스어에 기반한 크레올어는 등장인물들에게 생동감과 역동성을 부여한다. 그는 이처럼 창조적이고 역동적으로 언어를 사용함으로써 우리가 알지 못하는 문화의 다원적인 면모를 그 다양성 속에서 드러내 보여준다. 르 클레지오는 1998년 〈마가진 리테레르〉와의 대담에서 이렇게 말했다.

어떤 언어로 글을 쓴다는 것은 사전과 문법으로 되는 일이 아니다. 다른 것이 필요하다. 이 다른 것이란 읽으면서 받아들인 것을 이해하고 전환하며 변화시키는 것이다. 이 모든 화학작용은 스스로가 써야 할 것을 쓰기 위해 이루어진다.

이 단편집에서는 구전으로 이어오는 전통, 전설, 방언 등이 이야기의 짜임에 스며들어 조상들의 집단적인 정체성이 남겨놓은 흔적들을 보여준다. 예컨대 「야마 나무」에서 마리는 어떤 풀들이 아픈 에스메를 치료할 수 있는지를 알고 있으며, 전해오는 의식을 통해 하이에나와 소통하고, 자신만이 아는 초원길을 가로질러 야마 나무에 다다른다. 이런 모든 지식은 가르침이 아니라 야마 할머니의 젖을 통해 마리에게 전수된 것이다. 「L.E.L., 마지막 날들」의 원주민 여인 아두미사가 수정 구슬, 숲의 정령들과 대화하고 계곡의 노인들을 찾아가 알 수 없는 그들의 언어로 마법 의식을 행하여 러티샤를 죽음에 이르게 하고 자기 자리를 되찾는 것, 그리고 「비밀스러운 사랑」에서 앙드레아가 교도소 소녀들을 위해 지어낸 '별 없는 사람들'이라는 이야기에 나오는 가련한 인도 노파 마야가 행하는 제의도 마찬가지다. 그녀는 시멘트 덩어리를 제단으로 삼고 토기 하나를 제기로 삼아 향을 태우며 제단을 지킨다. 무엇인가가 그녀와 그녀의 집과 애매한 무언가를 지켜준다고 믿는다. 자연과 조상들 사이의 긴밀한 관계가 애니미즘 전통을 통해 산 자들 가운데 다시 나타나는 것이다. 이처럼 르 클레지오는 이질적인 문화에서 비롯된 사고와 이미지들을 다양한 언어에 실어 환상적인 풍경으로 펼쳐 보여준다. 르 클레지오의 언어는 살아 있는 존재의 일부이며 삶의 지층이 쌓여갈수록 색채와 의미가 달라지며 변화를 계속한다.

여인들의 초상

이 작품집에는 표제작 「발 이야기」를 비롯해 「바르사, 아니면 죽음을」 「야마 나무」 「L.E.L., 마지막 날들」 「비밀스러운 사랑」 등에도 르 클레지오의 이전 작품에서와 마찬가지로 여성 주인공들이 주로 등장한다. 이는 르 클레지오 자신의 개인사적인 이유와 목소리를 낼 수 없는 사람들을 위해 목소리를 내야 한다는 작가로서의 소명 의식에 기인한다.

그것은 내가 받은 교육과 연관이 있는 것 같다. (…) 특히나 전쟁통에는 남자의 목소리라고는 들을 수 없었다. 내가 글자와 문학을 접한 것은 할머니(대단한 이야기꾼이기도 했던) 덕분이었다. 어떤 책들은 어린아이가 읽기에 적당하지 않은 것도 있었지만 (…) 사회의 여성적인 부분에 대해 이야기하고 있었는데, 나는 늘 여성적인 것에 둘러싸여 살고 있던 터라 그것을 확인하는 것은 쉬운 일이었다. (…) 나의 글쓰기는 존재의 이중성을 인정하고 나 자신에게서 불완전한 여성성이 남겨놓은 흔적들을 찾아보려는 경향이 있다.*

그의 소설 속 여성들은 스스로를 긍정하고 자신의 삶을 선택하고 존엄을 유지하는 데 어려움을 겪는다. 선한 여성과 악한 남성이라는 이분법이 거슬릴 수도 있지만 지금까지 권력은 남성의 것이었고 그 권력이 여성의 삶을 위협한 것이 사실이기에 억압받는 자로서의 여성이 그려진다. 르 클레지오는 여성들에게 가해진 폭력과 그들의 사회적 행동, 그리고 그에 대항하는 국가나 민족의 한계를 넘어서는 여성들의 연대성에 대해 말하면서 여성들이 정치나 전쟁의 폭력에 저항할 때의 힘을 강조한다. 브리티시컬럼비아 대학교의 로버트 앨빈 밀러 교수는 자신의 논문을 통해 "르 클레지오의 글쓰기가 가진 힘은 여성 인물들, 특히 억압받고 소외된 여성 인물들의 눈과 입을 통해 세상을 보고 말하게 하는 고집에 있다"**고 말했다. 그리하여 그의 작품 속에는 온전한 삶을 살기 어려운 상황에서도 닥쳐온 역경에 불굴의 의지로 의연히 맞서 나가는 여주인공들이 등장한다.

이들은 보통 젊은 여인들이다. 그들은 처음부터 어리석고 잔인한 세상 속으로 내던져진다. 가난 속에서 혹은 결핍 속에서 태

---

* 「여성 문제: 르 클레지오와의 인터뷰*Questions de femmes: Entretien avec J. M. G. Le Clézio*」, 『Les Cahiers J. M. G. Le Clézio』(2013. 6), p. 33.

** 「르 클레지오와 여성의 목소리: 트랜스헤게모니를 찾아서*Le Clézio et la voix des femmes: à la recherche du transhégémonique*」, 『Les Cahiers J. M. G. Le Clézio』(2013. 6), p. 27.

어나 역경과 불행과 추방의 드라마를 겪는다. 작가는 불안하고 비극적인 환경에 놓인 소녀, 젊은 여인들을 주인공으로 불러내지만 그들을 위해 희망의 문을 열어둔다. 삶에 공격당한 이 여인들의 구원은 어디에 있는가? 그것은 앞으로의 도피가 아니라 그녀들의 뒤에서 찾아야 한다. 어디로 가야 할지를 알기 위해 어디서 왔는지를 알아보고 뒤에서 행복의 열쇠를 찾아야 하는 것이다. 그렇기에 「발 이야기」의 유진은 사뮈엘이 떠난 뒤 그와 함께 갔던 장소들을 샅샅이 누비면서 과거를 직시하고 극복한다. 「야마 나무」의 마리 역시 천신만고 끝에 고향 마을로 돌아와 할머니의 정령이 깃든 나무 속에서 안전을 구한다.

「발 이야기」의 유진이나 그녀의 딸 윌랄리, 「바르사, 아니면 죽음을」의 파투, 「야마 나무」의 마리 등 이들 여주인공은 이름으로만 불리고 아버지의 성이 따라 나오지 않는다. 이는 가부장적인 지배에 대한 암묵적인 거부를 의미하며, 「야마 나무」에서 마리와 할머니의 영혼이 깃든 나무 속에서의 공생은 마리와 에스메를 잔혹한 지배자 찰스 테일러의 남성 병사들에 의해 자행되는 폭력으로부터 구원한다. 인류의 구원은 '여성들의 손에' 달린 것이다.

「발 이야기」의 사뮈엘, 「L.E.L., 마지막 날들」의 조지 매클레인과 식민지 관리들, 러티샤를 파멸로 내몬 런던 문학계의 남성들,

「바르사, 아니면 죽음을」의 사기꾼 오마르 등은 이기주의나 비겁함 때문에 배신을 일삼는다. 러티샤를 향한 아두미사의 질투와 복수는 잔인하지만 그것은 총독 조지 매클레인이 상징하는 남성의, 식민지의 이중적인 지배를 아두미사라는 젊은 아프리카 여인이 극복한다는 점에서 긍정적이며, 어떤 의미에서는 두 여인의 대립마저 여성해방이라는 공통된 투쟁 속에서 희미해진다.

우리는 다양한 지리적·문화적 지평으로부터 이 여인들이 내는 목소리에 귀기울여야 한다. 이 작품집에서는 특히 전 세계를 망라하여 여성들의 삶의 조건이 드러난다. 폭력이 수반되기 마련인 가부장적 지배, 작업장에서의 노동 착취, 매춘, 광고나 포르노 잡지에 의한 여성의 물질화 등등 현대를 살아가는 젊은 여인들의 모습들. 그러나 저지당하고 배반당하고 매맞고 우롱당하는 이 여인들의 연약한 실루엣 저편에는 위기와 폭력의 시대에 여인들이 보여주는 일상생활에서의 영웅주의가 펼쳐진다. 이들은 섬세한 우정과 능동적 연대성을 통해 「야마 나무」의 마리와 에스메처럼 서로 의지하며 시련의 시간을 견디고 살아남는다. 「바르사, 아니면 죽음을」의 파투는 바르셀로나로 향하는 험난한 길에서 만난 말도 통하지 않는 여인 시타와 공책에 서로의 이름을 적어 교감한다. 파투는 자신이 아껴 간직해온 샌들을 시타에게 선뜻 건네주며, 그녀와의 진정한 소통을 통해 무사히 바르사에 도착해 연인 왓슨을 되찾게 되리라는 희망을 갖게 된다.

흥미로운 것은 작가는 여주인공들의 사회적·역사적 위상에 관한 증언을 넘어 그들의 내밀한 감각과 정서까지 파고든다는 것이다. 이를테면 「발 이야기」에서 임신한 유진이 겪는 몸의 변화와 곤란함, 출산의 고통, 처음으로 12센티미터짜리 하이힐을 신고 몸으로 느끼는 감각 등이 내부로부터 말해지는 듯하다. 「발 이야기」에서 유진의 발은 그녀 자신을 은유한다. 못생긴 발, 그러나 춤을 잘 추는 발, 그녀를 온갖 장소로 데려가는 발. 죽음을 결심했다가도 생에 대한 강한 애착을 보이는 발이 그녀가 홀로 설 수 있는 동력이 된다. 특히 마지막 에필로그에서 유진은 어릴 적 어머니가 불러주었던 자장가를 자신의 딸 윌랄리에게 불러주며 어머니와 함께했던 바닷가에서의 추억을 재현하면서 난관 속에서도 모성을 통해 이어지는 삶을 보여준다.

「L.E.L., 마지막 날들」에서 모성은 보다 복잡하고 고통스러운 양상을 띤다. 어린 러티샤는 유부남 윌리엄과 사랑에 빠져 임신하고 외국으로 몸을 숨겨 딸 로라를 출산하지만 남의 손에 맡겨진 아이는 두 살 때 죽고 만다. 이후 케이프코스트의 총독 조지 매클레인과 결혼해 아프리카에 오지만, 남편 조지가 이미 아프리카 여인 아두미사와 살림을 차려 딸을 낳았고 공교롭게도 그 아이의 이름이 자신의 딸 로라의 프랑스식 이름 로르라는 것을 알게 된다. 여성해방과 노예해방을 꿈꾸며 아프리카에 온 러티샤는 낯선 땅에 유배당한 영국인이자 총독의 부인이라는 굴레에 갇혀 있는, "검은 바위 위 난파선처럼 자리잡은 이 불타오르는 잔인한 백색의 요새"(184쪽) 케이프코스트 성의 수인이자 이방인에 불과하고, 멀리 사라진 과거와 닿을 수 없는 미래 사이에서 그리고 로라와 로르 사이에서 갈등하다가 죽음을 맞는다. 반면 비록 속박당해 있을지라도 자신의 부족들처럼 용감하게 저항하면서 스스로의 역사를 계승하고자 하는 아두미사는 총독이 지배하는 식민의 굴레를 벗어던지고 딸 로르 아위아빌을 데리고 떠나온 고향을 향해, 희망과 자유를 향해 길을 떠날 수 있게 된다.

「L.E.L., 마지막 날들」에서 아두미사가 희망과 자유를 얻었다면 그것은 그녀가 식민 통치의 현실과 남성들의 위선을 상징하는 조지 매클레인을 되찾았기 때문이 아니라 그녀가 여성이며 식민지인이라는 이중의 소외를 극복하고 조지 매클레인의 세계를 벗어나, 숲속의 길을 걸어 자신의 고향으로 돌아가 자연과 하나가 되었기 때문이다. 그녀 스스로 자기 삶의 방향을 결정한 것이다. 이런 의미에서 아두미사는 핍박당한 여성성, 짓밟힌 자연의 회복을 지향하는 에코페미니즘의 상징이라 할 수 있겠다.

「비밀스러운 사랑」에서 흥미로운 것은 앙드레아가 속한 현대사회와 앙드레아가 창작한 노과 마야의 세계 사이의 대조다. 앙드레아가 일하는 교도소의 소장이 아이들에게 이야기 따윈 필요 없다는, 실용적 가치에 의해 모든 것이 평가되는 현대 서구 사회의 기준을 가지고 있다면, 가난하고 무지한 원주민 노파 마야는 망나니 아들은 물론 어미 없는 손자까지 받아들여 키우면서 작은 행복을 느끼는 포용력을 보여준다. 이 글에서 르 클레지오는 앙드레아의 입을 빌려 작가의 소명에 대해 이렇게 이야기한다. "마리즈는 제 언니를 만나러 규칙적으로 교도소에 가고 앙드레아는 '별 없는 사람들' 이야기가 담긴 그 멋진 공책을 그애에게 주었다. 앙드레아는 마리즈가 그것을 다른 아이들에게 읽어줄지, 간직할지조차 확신할 수 없다. 모든 덧없는 것들이 그렇듯이 결국은 그것도 비에 젖고 음식물로 얼룩지고 나방에게 먹혀버리고 말리라. 앙드레아는 그건 그리 중요하지 않다고 생각한다. 작가는 사람들이 자기 책을 간직하라고 글을 쓰는 게 아니다. 단 몇 글자, 문장 한 줄, 이름 하나만 남는다 해도, '이스트 아스파라코타 사리, 토레 라스타 타카트 랄리', 마야가 죽기 전에 중얼거린 이 보즈푸리어 몇 마디만 남는다 해도 희망은 있는 것이다." (276~277쪽)

현실의 뿌리에서 피워올린 상상의 나무

"예술가란 손끝으로 세상의 한 부분을 우리에게 가리키는 사람이다. 예술가는 우리가 그의 시선을 따르고 그의 모험에 동참하도록 인도한다." (르 클레지오, 『육체적 환희*L'Extase matérielle*』, 1967)

"말이나 생각에서 아름다운 것은 바로 현실이다. 사진과 책과 노랫가락 속에 실린 현실 말이다. 우리는 늘 그것을 향해 나아가고, 늘 그것을 욕망한다." (르 클레지오, 『지상의 미지인 *L'Inconnu sur la terre*』, 1978)

르 클레지오는 오늘의 세계 구석구석에서 일어나는 일에 귀를 기울이고 거기에 뿌리를 두고 상상의 나무를 피워올린다. 「바르사, 아니면 죽음을」의 주인공 왓슨과 파투가 살고 있는 고레 섬은 세네갈의 한 섬으로 노예무역의 중계지였다. 배에 실려 신대륙으로 끌려가기 전 흑인들이 갇혀 있던 감방이 '노예의 집'으로, 그들이 마지막으로 지나간 문이 '돌아올 수 없는 문'이라는 관광지로 개발되어 있다. 여기서 왓슨은 얼치기 관광 가이드로 일하고 파투는 관광객들을 상대로 기념품을 팔고 있다. 오늘 아침 신문에 실린, 카누에 빼곡히 올라 구명조끼를 향해 절실히 손을 내뻗고 있는 난민들의 사진 속에 고레 섬을 떠나 바르사를 향해 가다 난파하여 '바르사크(죽음)'를 맞이하게 될 왓슨이 있을지도 모른다. 그리고 「L.E.L., 마지막 날들」에서 묘사한 케이프코스트의 노예해안, 노예무역의 본거지인 엘미나 성의 지하 감옥은 아직도 남아 있다. 르 클레지오는 이 지하 감옥을 케이프코스트 성의 광장 아래로 옮겨놓는데, 러티샤를 통한 그 감옥의 묘사가 어찌나 사실적인지, 검은 이끼로 뒤덮인 벽에 선연히 남아 있는 분노와 절규의 할퀸 자국들, 숨쉴 수 없을 정도로 지독한 악취, 식민지 관리들의 노리개로 끌려가는 여죄수들의 겁에 질린 시선 등이 눈앞에 펼쳐지는 듯하다.

2010년 한 유명 모델이 전 라이베리아 대통령 찰스 테일러로부터 다이아몬드 원석을 받았다는 사실을 밝혀 전범재판에 소환될 상황에 처했다는 뉴스가 들려왔다. 「야마 나무」의 소녀들을 곤경에 빠뜨리지만 결국 당당한 하나의 인격체로 성장하게 만들었던 내전의 도화선인 그 피의 다이아몬드 말이다. 「비밀스러운 사랑」의 무대인 어느 지방 여자 교도소에 수감된 소녀들의 사연 역시 우리에게 심심찮게 들려오는 이야기다. 「행복」 「조금은 교훈적인 이야기」에 등장하는 지하철 순환선에서 우리는 서울의 지하철 2호선을 떠올린다. 「아무도 아닌」은 전 세계 어디선가 일상적으로 벌어지고 있는 테러와 자살 폭탄에 관한 이야기다. 작가는 「우리 거미들의 삶」에 나오는 거미들처럼 온 세상에 거미줄을 치고 소외받는 이들, 희생된 이들의 삶의 현실에서 출발해 상상력과 창조성을 거쳐 작품이라는 피조물을 탄생시키고 생명력을 부여한다. 르 클레지오는 우리와 같은 시대를 살고 있기에 그가 출발하는 현실은 우리에게 더욱더 큰 호소력을 지니며 여기에는 지리적·언어적·문화적 경계를 뛰어넘은 그의 범세계적인 삶과 철학이 녹아 있다.

열린 세계를 향하여

2012년 다문화주의에 반대하는 프랑스 평론가 리샤르 미예가 노르웨이의 살인마 안데르스 브레이빅이 저지른 살육에 대해 정체성과 언어 혈통의 순수함을 파괴하는 다문화주의의 폐해를 지적하는 "형식적으로 완벽한" 경고라고 주장하자, 르 클레지오는 격렬한 어조로 반론을 제기했다. 인간은 원래 교환과 유동성 덕분에 살아남은 종족이고 문화적 차이야말로 갈등의 원인이 아니라 인류를 풍요롭게 하고 번영하게 하는 원천이며 문학은 이러한 문화의 교환을 구체화하는 훌륭한 수단이라는 것이다.

2001년 한 인터뷰에서 르 클레지오는 “프랑스의 문학 체제는 소위 백과전서파의 보편적 사고의 후예임을 자처하면서도 프랑스 밖의 것은 ‘이국적’이라고 규정해 주변적인 것으로 만들어버리는 개탄스러운 경향을 보여왔다”고 지적했다. 그는 자신을 프랑스 작가, 프랑스어권 작가로 규정하면서 문학이란 “오늘날의 세계를 이해하는 훌륭한 수단”으로 상정한다. 오늘날의 세계가 서구 문명에만 한정된 것이 아님은 분명하고 그의 저작들은 다양한 문화의 현실을 천착함으로써 오히려 보편성을 갖게 된다. 그는 프랑스 문화에 자신을 가두기보다는 끊임없이 벗어나고 이동함으로써 오히려 창작을 통해 만들어내고 재발견하는 이야기들의 역동적인 상호 교차의 결과를 정체성으로 삼으려는 듯하다. 그의 세계는 타자와의 접촉, 즉 민족, 언어 그리고 다양한 문화와의 만남으로 풍성해진다. 그는 한정된 틀에 갇히기를 거부하고 낯익은 가치들을 뛰어넘어 마음과 정신을 열고 더 풍요롭고 폭넓은 삶을 조화로움 속에서 그려내고자 한다. 창작 작업과 세상에 대한 여러 가지 경험은 서로 연합하여 자아를 확장하고 지식을 나누게 되는 것이다. 그렇기에 노벨문학상 심사위원들은 그의 작품을 가리켜 “다른 곳, 다른 문화 공간들로의 열림”이라고 말했다.

르 클레지오는 2017년 5월 서울대학교에서 열린 ‘문학과 삶’

이라는 제목의 강연에서 "작가로서 더 나은 세계를 만들기 위해 어떤 일을 하고 있는가?"라는 질문에 대해 모리셔스 섬에서의 자신의 활동을 소개했다. 모리셔스 섬에는 이슬람 공동체, 기독 공동체, 힌두 공동체 등이 존재하지만 이들 사이에는 교류가 거의 없기 때문에 작가는 이들 공동체의 어린이들을 서로 만나게 함으로써 다른 언어와 문화의 존재를 알고 이해하게 하는 작업을 해오고 있다는 것이다.

문명의 충돌이 아니라 문화 간의 교류와 상호 이해 속에서 인간과 자연과 문화가 조화를 이루는 세계를 꿈꾸며 앎과 삶과 글쓰기가 하나임을 보여주고 있는 르 클레지오의 비전은 특히 오늘날의 세계가 쏠려가고 있는 국수주의와 배타주의적 성향의 소용돌이 속에서 더욱더 큰 울림을 주는 듯하다.

정희경

지은이 **J. M. G. 르 클레지오**

'현대 프랑스 문단의 살아 있는 신화'라 불리는 작가. 1940년 프랑스 니스에서 태어났다. 1963년 스물셋의 나이에 첫 작품 『조서』로 프랑스의 권위 있는 문학상인 르노도상을 수상하며 화려하게 데뷔했다. 1980년 『사막』으로 아카데미 프랑세즈가 수여하는 폴 모랑 문학 대상을 수상했고, 2008년 노벨문학상을 수상했다.

옮긴이 **정희경**

서울대학교 사범대학 불어교육학과를 졸업하고 서울대학교 인문대학 불어불문학과에서 석사학위와 박사학위를 받았다. 이후 프랑스 파리 7대학에서 수학했다. 『은유, 그 형식과 의미작용』을 썼고, 『천재의 역사 2』『모데라토 칸타빌레』『카르멘』『카산드라』 등을 우리말로 옮겼다. 현재 서울대학교에 출강하고 있다.

문학동네 세계문학

발 이야기 그리고 또다른 상상

초판 인쇄 2017년 6월 16일 | 초판 발행 2017년 6월 26일

지은이 J. M. G. 르 클레지오 | 옮긴이 정희경 | 펴낸이 염현숙

책임편집 김미혜 | 편집 신선영 오동규
디자인 고은이 최미영 | 저작권 한문숙 김지영
마케팅 우영희 정진아 김혜연 | 홍보 김희숙 김상만 이천희
제작 강신은 김동욱 임현식 | 제작처 한영문화사(인쇄) 경일제책사(제본)

펴낸곳 (주)문학동네
출판등록 1993년 10월 22일 제406-2003-000045호
주소 10881 경기도 파주시 회동길 210
전자우편 editor@munhak.com
대표전화 031) 955-8888 | 팩스 031) 955-8855
문의전화 031) 955-8896(마케팅) 031) 955-8860(편집)
문학동네카페 http://cafe.naver.com/mhdn | 트위터 @munhakdongne

ISBN 978-89-546-4603-1 03860

www.munhak.com